承蒙你深爱
Love

沈南肆
SHEN NAN SI
著

广东旅游出版社
GUANGDONG TRAVEL & TOURISM PRESS
悦读书·悦旅行·悦享人生

中国·广州

图书在版编目（CIP）数据

承蒙你深爱 / 沈南肆著. — 广州：广东旅游出版社，2020.12
ISBN 978-7-5570-2207-5

Ⅰ.①承… Ⅱ.①沈… Ⅲ.①长篇小说－中国－当代 Ⅳ.①I247.5

中国版本图书馆 CIP 数据核字 (2020) 第 051358 号

出 版 人：刘志松
总 策 划：邹立勋
责任编辑：龙鸿波

承蒙你深爱
CHENG MENG NI SHEN AI

广东旅游出版社出版发行
（广州市荔湾区沙面北街 71 号首、二层）
邮编：510130
电话：020-87347732
湖南天闻新华印务有限公司印刷
（湖南省长沙市望城区银星路八号出版科技园）
880 毫米 ×1230 毫米　　32 开
10.5 印张　　287 千字
2020 年 12 月第 1 版第 1 次印刷
定价：39.80 元

【版权所有　侵权必究】
本书如有错页倒装等质量问题，请直接与印刷厂联系换书。

目录
CONTENTS

第一章
相逢应不识 · 001

第二章
可念不可说 · 019

第三章
如你听说我 · 041

第四章
手可摘星辰 · 063

第五章
最后的防线 · 082

第六章
留在我身边 · 103

第七章
归顺你旗下 · 128

第八章
将心动捕获 · 153

第九章
我只需要你 · 174

第十章
骑士与公主 · 195

第十一章
在爱里躲藏　·213

第十二章
一路灯长明　·228

第十三章　　　　　第十五章
拿爱回应我　·239　陪你渡千山　·279

第十四章　　　　　第十六章
千万种心动　·258　来路是归途　·312

番外一
　　　　　·319

番外二
　　　　　·325

第一章
相逢应不识

盛夏时节,热浪翻涌。

飞机终于降落,时欢拿过行李走出了机场。她摸出手机,从联系人列表里翻出迟软的电话号码,将电话拨了出去。

对方并没让她等太久,手机响了几声,电话就被接通了。时欢懒洋洋地开口:"宝贝儿,到了没?"

听筒内传来对方甜糯的嗓音:"你这么快啊?我还在车上呢。"

"行吧,多久能过来?"

"还要五分钟,你在机场出口等着,我过去找你,顺便陪我去买点东西。"迟软说着,耳边一阵电流声,她无奈道,"这边信号差,见面聊,你等我一下啊。"

时欢应声,指尖轻滑屏幕挂断了电话,就这么站在机场出口等着。她本来是打算直接飞回国的,但昨天迟软打来电话,称她在这边有工作,三言两语便将时欢成功地拐了过来。

迟软是一名战地记者,经常活动在前线,时欢担心她,索性就直接飞过来了。

没几分钟,时欢的视野里出现了一辆越野车,越野车一个急刹停在自己面前,地上的尘土都被扬起。随即,车后座的车窗降下,迟软探出头对时欢笑着招手:"上车!"

敢情还有专车接送?时欢略一挑眉,将行李放进后备厢,动作利索地上了车,整个身子瘫在座位上。车内开着冷风,尤为清爽,她不禁轻声喟叹。

司机闻声回头,时欢这才看清这个年轻小伙子的模样,脸庞青涩,看来刚出社会不久。他主动介绍道:"你好,我是小周,迟软姐的助手。"

"你好啊。"时欢勾唇,大方回道,"我是时欢,迟软的朋友。"

眼前的女子明艳爽朗,眉眼精致动人,不同于迟软的娇小可人,这位当真是个美人。小周到底还年轻,脸颊顿时有些发烫,忙不迭地别过头去,连说话都开始结巴:"好、好的,时欢姐。"

迟软不禁笑出声来,用手肘碰了碰身旁的时欢:"我的欢,你依旧魅力无穷啊,我家小助手都脸红了。"小周闻言,两颊的红晕更甚,便略微低了低头。

"别调戏人家了。"时欢扫她一眼,语气慵懒,"你要买什么?这地儿不好多待,咱们最好快点回国。"

"给我妈买点饰品,她快过生日了,我来之前她还特意跟我说了一声。"

原来如此,这边的银器和宝石的确是物美价廉。时欢略微颔首,葱白的指尖随意地挑了一缕发丝把玩着:"成,那买完赶紧订回去的机票。"

"这个你就不用担心啦。"迟软扬眉轻笑道,语气带着几分得意,"我在这儿的工作已经结束了,也已经订好回国的机票了。不过回国之前要先去一趟我国驻外维和部队,一会儿买完东西就去。"

小周闻言,似乎想起了什么,回首问她:"对了,迟软姐,这次工作结束就会休假吧?"见迟软点头,小周当即松了口气,道:"那就好,等会儿你们先走吧。我准备直接去我女朋友那里,已经订好机票了。"

迟软尚未说什么,时欢便抬眸望向他:"小周,你和你女朋友是异国恋?"

"嗯。"小周语气扭捏,眉眼间却洋溢着幸福,低声道,"她在海外深造,我没她那么优秀,早早就在国内开始打拼了。"

时欢闻言目光微动,心下晦涩了一瞬,对他笑了笑:"好好坚持,挺过去就是一辈子。"

迟软听时欢说完这句话后当即伸手揽过她,意味深长道:"欢欢,看来你感触颇深啊。"

时欢"啧"了一声，抬手轻刮了下迟软的下巴："得了吧你，赶紧走。"

迟软不过是随口说句玩笑话，闻言便比了个"OK"的手势，随即对小周道："小周，你认路吧？知道怎么去集市那边吗？"

"认路，认路。"小周连忙点头应声，开车前往目的地。

越野车一路行驶，车窗外的景象映入眼帘，这片土地破落到极致后竟生生成就了不一般的美景，时欢心中不免有些怅然。开到集市附近后，人潮拥挤起来，小周找了个地方将车停好，三人步行进入集市。

人来人往，天气闷热，目之所及的事物都开始虚幻起来，时欢略微眯眸，暗自打起精神。

迟软边挑着饰品，边同商贩谈笑风生，小周也随意打量着摊子上的小物件。

不多久，时欢见迟软买好东西走了过来，手上拿着的是一条蓝宝石项链，大方精致，璀璨耀眼。见完事了，时欢便懒洋洋地招了招手："准备回去？"

迟软点头，拿出自己的手机，打算联系维和部队的人："欢欢，你等一下，我打电话问问他们启程的时间。"

时欢刚想应声，便听一声惨叫响破天际，旋即周围一片寂静。

迟软被刚刚那声突兀的惨叫惊住，连号码都忘了拨出去。小周望着声音传来的方向，有些发怔。时欢的反应算快，在人们陷入恐慌前，她便向后退了一步。紧接着，人群混乱起来，无论是商贩还是行人，都纷纷神情张皇地四散奔逃，然而越慌越乱，场面顿时一发不可收拾。

时欢却语气悠闲地道了句："风紧，扯呼。"

迟软迅速冷静下来，伸手一把拉住她，蹙眉问："什么情况？"

"估计是发生了纠纷。"时欢刚说完，听得有男子怒吼了一声，说的是当地语言，时欢也就没听太清，但听声音，应该就在不远处。她无暇多想，因为有位老人被人撞倒在地，她下意识地弯腰去扶，然而下一瞬，小周那声焦急的"时欢姐"却传到耳畔。她目光微动，心底骂了一声，当即将老人扯开，自己侧身一退。

尽管她已经反应过来，但还是不幸被对方用冰冷的武器擦破了左肩，鲜血顿时浸透了外套。

站在时欢面前的是一位外国男子，此时的他面容狰狞，持伤人武器的手略微颤抖着，显然，他就是这场混乱的始作俑者。

时欢没敢耽搁，抬腿将他手中的武器扫开。与此同时，两个身穿迷彩服的男人迅速奔来，估摸着是来抓人的，几下便制服了罪魁祸首。

时欢慢悠悠地站直身子打量着这两个穿迷彩服的男人，看样貌像是同胞。时欢愣了愣，又将视线移到那名伤人的外国男子身上。

"太恶劣了。"她捂着受伤的左肩，故作痛心地对肇事者道，"我就是不小心挡了你的路，你居然想杀我，我觉得你太冲动了。"

肩膀都流血了，敢情这姐还能在这耍嘴皮子？迟软见此不禁翻了个白眼，再想到时欢方才斗胆踢刀的场景，她都不知道到底是谁冲动了。她叹了口气，上前逮住时欢就是一顿检查，确定肩膀上的伤口不深后，才松了一口气，语气微怒："你搞什么鬼啊？！"

时欢摆了摆手示意没事，嘴角笑意依旧："问题不大。"

迟软气不过，正欲开口，却见人群中不知何时让出了一条道，一辆军车稳稳地停在眼前，紧接着，从车中走出一个人。

由于时欢背对着军车，所以并不知道迟软看见了什么，更不知道迟软为何突然变了脸色。时欢是行动派，见迟软这副反应便干脆回过头去看。只见迎面走来一位穿着迷彩服的男子，男子相貌英俊，气质非凡，完美得近乎无可挑剔，偏那神情清冷至极。

看清眼前这男人的相貌后，时欢顿时僵住了，只站在原地怔怔地望着对方。而男人在望见时欢后，一贯波澜不惊的双眼里倏地掀起了一丝波澜。时欢脑中的思绪，在二人对视的那一瞬彻底断了。

终于，他站定在距离她三步远处，神情淡漠地望着她缄默不语。时欢一扫方才的尴尬，敛眸掩住眼中情绪，整个人俨然一副乖顺的模样。随即，她听见方才擒拿外国男子的那两个人对眼前的男子恭敬唤道——

"辞队。"

"辞队。"

辞野略一颔首，随即对他们道："刘峰押着人跟我走，张东旭留下，看有无人员伤亡。"他嗓音低沉悦耳，一字字落在时欢心头，唤醒了她内心深处最难忘的回忆。

"是。"二人应声，刘峰当即强押着罪魁祸首离开，辞野却没动。迟软偷偷地瞅了一眼身旁的时欢，见时欢明明很紧张却还要强装乖顺的模样，心中不禁有些好笑。

天气闷热，衣服又紧贴着伤口，让人很是难受，时欢不自在地抬了一下左肩，不免后悔起今天的穿搭。宽大的外套下，她只穿了一件修身短吊带，绑带还是交叉式的，要多清凉有多清凉，实在不方便脱外套。她正懊悔着，便听辞野淡声道："伤得严重？"

显然是在问她了，但这是在关心她吗？时欢闻言眨巴着眼，神情无辜地勾起嘴角："还行，就是有点疼，你要不要看看？"说完，她将左肩的衣裳扯下，锁骨处一大片白嫩的肌肤显露了出来，教人移不开眼。

时欢这样做不过是意思一下，见达到想要的效果后就立刻将外套拢好了，似笑非笑地望着辞野，眸中意味尽显。

几人都觉得这是一场视觉享受，唯有辞野一眼就望见了那道鲜红扎眼的伤口。他轻皱眉头，"啧"了声，对她道："车里有东西，自己去包扎。"

"这倒不用。"时欢歪了歪头，笑吟吟道，"我上前线的次数也不少，什么罪没遭过，不差这点小伤。"

上前线？张东旭耳朵尖，听见了关键词，余光瞥向时欢，在心里猜测着她的身份。

"一会儿看着她处理好伤口。"辞野径自对张东旭道，语气不容置喙，"解决利索后带他们三个去营地，随后我们准备回国。"

时欢微不可察地扬了下眉，想起迟软先前说要去一趟维和部队，没承想现在赶巧了。

最终，辞野和刘峰押着罪魁祸首另外开车离开了。今日的这场集市闹剧虽不在他们的管辖范围之内，但他们出于职业精神还是出手了，不过这闹事的人还是要交给当地相关人员处理才好。

军车留给了剩下的几个人，小周见没什么事便先行开车走了。一时间，集市又热闹起来，仿佛方才的混乱只是假象。

想必当地居民对此也是习以为常了。时欢正叹息，便见一名黑人男子神色张皇地跑过来，用英语对张东旭说了句什么。

他说的是英语，虽磕磕绊绊，但时欢多少听明白了意思，大抵就是刚才有人被那男人伤了，想让他帮忙包扎伤口。

张东旭了解情况后去车里拿了医疗箱，却被时欢一把扯住，她微抬下颌道："专业人士在这呢。"

张东旭愣了愣："你是军医？"

"无国界医生。"说完，她从张东旭手中拿走医疗箱，同黑人男子简要地介绍了自己的身份，便随他走向了伤者所在的地方。

伤口在手臂，比时欢想象中的伤情要好太多。包扎过程中，她顺便了解了事件发生的原因。不出时欢所料，果然是顾客与摊主之间的纠纷，不过幸好没出人命。

时欢手法熟练，没几下就将伤口处理好了，伤者忙不迭地对她道谢，她笑着摆了摆手，随即起身。

左肩突然传来一阵剧痛，她疼得暗自抽了一口冷气。

"你的伤有点严重啊，赶紧处理，别到时候感染了！"迟软说完就闻见了一股血腥味。

时欢瞥了一眼左肩的伤口，面上神色不以为意。

"不能耽搁了。"张东旭拎起医疗箱，对二人道，"去车上处理吧，我带你们回营地。"

时欢闻言只得跟着他上了车，坐上座位后就利索地将外套扒了下来。

张东旭条件反射地闭上双眼，迟软见他这么自觉，不禁有些好笑。

时欢动作麻利，几分钟后，张东旭便听身后的女子笑吟吟道："好了，能睁眼了。"

张东旭这才缓缓睁开眼，老老实实地开车驶向营地。

前往营地的路程有些远，三人有一搭没一搭地聊着天，时欢发现张东旭看着不爱言语，熟了之后却是个话痨。谈笑风生间，张东旭终于将憋在心头已久的问题问了出来："对了，姐，你是不是跟我们辞队认识啊？我看你们对视了好久。"

不待时欢回答，迟软便感叹道："小兄弟，你问到点子上了！"

张东旭当即来了兴致："怎么说？"

"我和他见过几次，不是什么熟人。"时欢笑道，撑着下颌，神色从容，没给迟软开口的机会。

张东旭一怔，没想到是这个回答："那真是怪了，我见辞队上来就盯着你看呢。"

时欢耸了耸肩："也许是他的老相好跟我长得像。"

迟软默了默，最终问张东旭："对了，我之前工作时怎么没遇见辞队长？"

"辞队和副队去的地方太危险了，就没放你去。"

"这样啊，难怪呢。"迟软摸了摸下巴，又问他，"那你们辞队有没有女朋友啊？"

时欢闻言顿了顿，心下蓦地起了波澜。

"这个绝对没有。"张东旭迅速否认道，随后长叹一声，"我是这两年才进队里的，虽然不知道之前怎样，但听说辞队已经多年没有谈女朋友了。"

"哦？"迟软挑眉，"多年没谈？这么说你们辞队多年前谈过？"

李副队讲的那些八卦，想必辞队一个大男人应该是不会计较的。这么想着，张东旭便坦然道："这事儿还是副队喝醉后和我说的，所以部队里只有我跟他知道。我偷偷告诉你们啊，其实我们辞队曾经有一个最爱的女人，那个女人叫时欢。"

迟软一把摁住差点要从座位上跳起来的时欢，笑着对张东旭道："这么劲爆啊！能多透露点吗？我想了解辞队长。"

张东旭叹了口气，边开车边沉声道："迟记者，如果你想追辞队的话，估计不容易，因为我们辞队都为她守身五年了。"

迟软继续摁着时欢，佯装惊讶道："五年？"

时欢拗不过她，便干脆放弃，挨着车门，一脸的尴尬。

"对，就是五年。"张东旭没注意二人间的互动，重重地点了点头，"别看辞队这么冷漠，其实他特别重情义。"

"是啊。"时欢懒懒地应了声，撑着下颌，神色复杂地感慨道，"为情痴，为情狂，为情'哐哐'撞大墙。"

迟软哑然。她服气了，讪讪地放开了摁住时欢的手。

"我听副队说，当年时欢对辞队始乱终弃，辞队低迷了很长一段时间。"

张东旭说着，似乎是想起了什么，语气陡然沉痛起来，"唉，其实这些都不重要，关键是辞队用情至深啊。"

他这话说得仿佛背后有什么惊天大秘密，把人的好奇心全给勾起来了。时欢蹙眉问他："什么意思？"

"说来话长，不过毕竟你们跟辞队也不认识，所以也不怎么了解他。"

时欢撑着下巴，听到张东旭这么说，心下更好奇了："怎么了？辞队身上发生了什么？"

"关于时欢的事，辞队从来没在我们面前提起过。虽然我们都能看出来辞队还对那人念念不忘，但辞队偏偏还不承认。"张东旭下意识地压低声音，语气神秘道，"辞队每次出任务前，都会去自己的储物柜那儿待好久，我们都不知道他在看什么，不过很可能是他那前女友的东西！"

他说这事时神情认真，让人想不信都难，迟软在一旁听得瞠目结舌。时欢本来还将信将疑，但她从后视镜看到张东旭一本正经的模样后却突然说不出话来了，只狠狠地拧紧了眉。

"唉，最爱的女人离开他了，辞队只能靠着那个女人留下的东西来思念她。五年啊，那个时欢五年里都没找过辞队，可真是狠心。"

时欢听到最后一句的时候不小心被自己的口水呛到，不禁咳嗽起来。

张东旭没在意，只惋惜地摇了摇头，对迟软语重心长道："你们千万别声张，要是辞队知道了，肯定会觉得特没面子。我说这么多就是为了劝你放弃。辞队爱惨了那个时欢，让他走出来不容易。"

迟软看了几眼时欢，生怕露馅，忙点头道："那我再考虑考虑吧。"说完，车里便安静下来。兴许是因为快到了，张东旭也就没再开口。

不多久，三人到达营地。

营地里，一群穿着训练服的小伙子正在休息，辞野则在旁边为面前的军犬褪下军犬背心。

军车停下后，几人都习惯性地看了眼，谁知这一看，便见车中走出一个女人。女人也就罢了，问题是这个女人还是个美人。

她眉目含情，身段窈窕，短裙下露出一双白玉般的修长美腿，对于年轻气盛的小伙子们来说，这无疑是一场视觉的享受。

她挥手，笑眯眯地跟他们打招呼："你们好啊。"脸上的笑容令人眼前一亮。

辞野眸色微沉,心下没来由地烦躁,也因此下意识地抬起了摁着警犬的那只手。于是乎,在众人还未反应过来的时候,便见那条军犬以迅雷不及掩耳之势朝时欢扑了过去,那架势,拦都拦不住。

时欢被这突如其来的变故惊了一下,却在看清楚那条军犬的模样后下意识地唤道:"哮天!"紧接着,哮天就扑进了时欢的怀里。时欢蹲下身子将它抱住,俯首用额头抵了抵哮天的头,欢喜之情溢于言表。哮天一个劲儿地在时欢怀里蹭着,连眼角都带了泪花,看起来激动得不行。

在场的小伙子们都难以置信地望着眼前的场景。就在刚才,他们眼睁睁地看着辞野的军犬扑向了一名陌生女子,并不停地献殷勤,仿佛和她是旧识。

刚下车的张东旭也是一脸茫然,心想这医生不是和辞队不认识吗?难不成哮天是隐形的颜控?

众人皆是一脸疑惑,只有迟软瞬间便认出了这条军犬的身份。身为时欢十年的老友,迟软自然见证了时欢与辞野的那些爱恨纠葛,而另一个见证者则是哮天。想当初,哮天还是时欢亲自抱回家养大的,不过时欢离开后,辞野便接手哮天,将哮天训成了军犬。念及此,迟软不禁摇了摇头,轻声叹息。

就在此时,辞野不紧不慢地起身,语气清冷道:"哮天,回来。"只四个字,哮天便眨巴着眼,有些蔫蔫地退出了时欢的怀抱,转身打算走向辞野,却被时欢一把搂住。

"我这么久不见哮天了,就不能让我抱会儿?"时欢扫了眼辞野,不着痕迹地撇了撇唇,抬头与他对视着,随即扬眉笑道,"辞队,你要是嫉妒,我也给你抱会儿啊。"

这话容易让人产生其他联想。辞野眸色微沉,见时欢眼神直勾勾地盯着他,面上虽笑吟吟的,却像是别有意味。他眉头轻蹙,最终"啧"了一声,似是无奈。

没人注意二人间这极其细微的互动,只有刘峰好奇地问了句:"辞队,你们认识?"

"认识,怎么不认识?"辞野轻笑道,眸中光芒凛冽,望着时欢一字一顿道,"老熟人了。"

张东旭"啊"了一声,受委屈似的侧首望向时欢:"姐,你骗我啊?"

时欢正笑眯眯地揉着哮天的脑袋,闻言,佯装无辜地耸了耸肩:"我以为你们辞队不想跟我熟呢,看来是我多心了。"

瞎说,明明就是她自个儿心虚。迟软就这么看着时欢睁眼说瞎话,她估计这二人还要周旋,便拿着相机去采景了。

时欢轻拍哮天,随即起身整理了一下衣服,歪了歪脑袋,对张东旭笑道:"对啦,你们这里有什么休息的地方吗?我想歇会儿。"

"有的,有的。"张东旭忙不迭地点头应声,伸手指向营地某处,"那边是医务室,里面有床,你受伤了就过去休息吧。"

"成,谢啦。"她顺着他所指的方向看去,果然望见不远处有个小屋子,便抬脚走了过去。

临走前,时欢还冲辞野别有意味地眨了眨眼:"辞队,待会儿见啊。"俏皮得简直要上天。然而辞野理都不理时欢,径自侧首问几名队员:"李辰彦回来没?"

"没,估计要个把小时。"

他颔首:"回来了就跟我说一声,我们准备回国。"

"好嘞。"队员爽快地应声道,垂眸见哮天慢悠悠地踱到辞野脚边,不禁笑道,"哎,辞队,看上去你跟刚才的女人认识很多年了啊,连哮天都认识她。"

"的确很多年了。"辞野道,也不遮掩,"哮天还是她抱回来的。"

这关系似乎不一般啊。几人神色各异,但都觉得这是人家的私事,便也无人继续问。而此时,刘峰见辞野抬脚欲离开,随口问道:"去哪啊?"

辞野头也不回:"医务室。"

刘峰"哦"了一声,紧接着又觉得不对,侧首与张东旭对视,两人面面相觑,一脸疑惑:辞队去医务室干吗?

与此同时,时欢靠在医务室的软椅上将外套半褪,正经地查看起左肩的伤势。她掀开纱布,无意间牵扯到了皮肉,不免痛得倒抽了一口冷气。

这伤口的处理被她一拖再拖,在车上的时候,为了不耽误张东旭的时间,她没敢仔细处理,只将伤口潦草地包扎了一下。

现在看来,再不处理的话,怕是真要发炎了。念及此,时欢不禁轻声叹息,她在医务室的柜子里搜罗一番,寻齐了工具和药物,坐在软椅上认真地处理起伤口。

偏就在此时,医务室的门被人推开,时欢目光微动,当即将外套拢好,好整以暇地望向来人。

随后,她愣住了。只见辞野不紧不慢地反手关上门,迈步走近她,神情说不上清冷,甚至还带了点闲散。

"辞队,这就想我了啊?"时欢反应过来此时房间里只有他们二人,不禁心下一紧,下意识地往后靠了靠,对他笑道,"我不是说了待会儿见吗?"

辞野自然发现了她的小动作,在她面前站定,盯了她半晌,随即语气淡淡道:"你怕我?"

怕?时欢闻言扬眉,说出口的话带着几分轻佻:"怕啊。"说完,她将身子靠进软椅,一双美腿交叠着,一副闲适懒散的模样。

"我可真是怕得不行呢。"她说着,眸中熠熠生辉,水光颤动,像个妖精。

辞野低声轻笑,略微俯身逼近她,淡声道:"不是你说要给我抱会儿吗?"

时欢被这句话噎住了,随后却勾唇道:"见面礼嘛,别说抱了,亲都行。"

辞野垂眸,这个角度刚好能望见她柔软的双唇,轻张轻合间,引人遐想。视线下移,便是那纤细的脖颈、精致的锁骨……

"行。"辞野喉间微动,低缓的笑声滑过时欢的耳畔,"那你亲啊。"

时欢这次是真蒙了,第一反应便是:完蛋,撩脱了。就辞野这反应,时欢绝对相信他下一秒就能扑过来。她当即恢复正经模样,蹙眉道:"喂,你不要面子的吗?"

辞野嗤笑出声,语气不屑:"那东西没用。"

时欢哑口无言。张东旭骗人啊!说好的辞野会觉得"特没面子"呢?!

"我受伤了啊,你别乱动。"她难得窘迫一回,右手抵上他的胸膛向外推,"要我处理伤口,你回避下。"

"你太慢了。"辞野一把握住她的手,眸色清浅,"我来。"

"这还真不用……"

他望着她,语气淡淡:"然后让你为了躲我就粗糙地处理伤口,再等它回国发炎恶化?"

一句话,精准地揭示了她心中所想。时欢不吭声了,将外套一扯,直接将左肩朝向辞野。

伤口因拖了太久,此时已略显狰狞,辞野不知怎的,竟联想到先前时欢说的那句"我上前线的次数也不少,什么罪没遭过"。他轻"啧"了一声,也不知自己在烦躁什么,只好默默地给她处理伤口。

李辰彦回来的时候,正好赶上队里的几个人收拾好东西后在营地等着。张东旭见了他便唤了声"副队",李辰彦颔首应声,却不见辞野的影子,有些疑惑,问道:"辞野呢?"

"在医务室……啊,出来了。"张东旭刚说完,便见不远处走来两个人,当即伸手指了过去。

李辰彦顺着他指的方向望去,在看清辞野身边的人是谁后,瞬间傻眼:那人怎么这么像辞野的前女友?直到那明艳的女子兴高采烈地冲他打招呼,李辰彦才敢出声确认:"时欢?"

"时欢?"一旁的张东旭倏地开口,"怎么办啊,刘哥?我感觉我要完了。"张东旭语气沉痛,整个人仿佛失了魂。

一旁的刘峰忍不住侧目问道:"你干吗了?"

"唉,我说错话了。"张东旭抓了几下自己的头发,满脸愁容,"我好像把未来嫂子给骂了。"

刘峰一脸茫然。什么玩意?从哪蹦出来的未来嫂子?

正赶巧,一行人刚集合,迟软便抱着相机回来了。她看了看辞野,又见旁边站着的是李辰彦,不禁愣了愣。几乎是下意识地,迟软侧首看向张东旭,面色复杂地与他对视。

半晌,她用唇语悄悄示意:"小兄弟,对不住。"

张东旭很是无语。他有点受不了这委屈。他提心吊胆,生怕时欢说出什么惊人的话,然而时欢给足了面子,并没有拆穿他。

哮天依旧黏着时欢,举止亲昵得要命。辞野不经意侧目时,望见时欢敛着眸,垂手逗着哮天,嘴角微弯,眸中满是温柔。他长眸微眯,不知怎的,想起了多年前，当年的时欢也是像现在这般站在阳光下逗着哮天。

那时的哮天还只是一只小奶狗，被人弄伤后丢弃在路边的草丛里，是时欢将它送去了宠物医院，并好生照料着。

他那时待在部队，在部队的一切都是按部就班的，虽感荣耀，却也不免枯燥；而能让自己开怀的，除了时欢，便是哮天。在那段晦暗无光的日子中，他曾拥有过她。他如此一想，也想要再来一遭。

"时欢啊，你怎么突然就回来了？也不打个电话通知一声。"李辰彦抱胸看向时欢，随口道，"你这么突然，我都没法给你弄接风宴。"

时欢哑然失笑，摆了摆手，道："这有什么？有空一起喝酒就行。"她似笑非笑地对身旁的辞野道，"辞队到时候也要来啊，就当给我个面子。"

辞野闻言扬眉，淡声道："怎么能不给？"

时欢不过是随口一说，没想到辞野还真答应了，她顿时怔住，没应声。

李辰彦拍了拍手，笑道："正好，我们回国后就会休假一段时间。时欢，你回国有事没？"

她回国后倒是清闲，只是难不成这接风宴真的要办？时欢正思量，迟软便已出言敲定："她回国后除了回家什么事儿都没有，悠闲得很。"

"那就行！"李辰彦听见这答案，心满意足道，"过段时间我们就找机会拼一桌。"

辞野颔首："可以。"

时欢硬着头皮道："行啊。"说完，她侧首望向辞野，"不过辞队是大忙人一个，居然还给面子来参加我的接风宴啊"。

辞野轻笑，坦然地与她对视，一字一顿道："那得看是谁。"

言下之意，可不就是说她时欢是特例？张东旭见此，便想挽回一下局面，他说道："时欢姐，你这就想多了。忙算什么？对于我们辞队来说，情义最重要。"

时欢闻言深以为然，随即便伸手拍了拍辞野的肩膀："对，辞队只是看着冷漠，但我知道辞队肯定是那种特别重情义的人。"

这话听着怎么有点耳熟？张东旭正在内心叹息，却见自家的队长解释道："感情错了。"

感情错了？如果不是情义，那是……张东旭琢磨了半晌，而后小心翼翼地打量着时欢和辞野，低声犹豫道："那是情爱？"他话音刚落下，全场陷入沉默。

辞野没想到张东旭会这么猜测，愣了愣，有些失笑，却也没否认。

"不不不，情爱是公认的精神错乱。"时欢摆手替辞野否认，一本正经道，"我觉得辞队挺冷静的。"

说话一套一套的，迟软听完时欢的说法，心想这丫头前脚刚说人"为情痴，为情狂，为情'哐哐'撞大墙"，后脚就夸人冷静，简直是造孽。

李辰彦不言语，只拿余光瞥辞野。究竟是不是"精神错乱"，怕是只有当事人清楚了。

而辞野身为当事人，自然是清楚的，但他并未作声。他对时欢的那份清醒，让从他初遇时欢那天起，便保持至今。她让他心心念念，经年难忘。

短暂休整后，辞野领着队伍率先踏上了回国的专机，而时欢和迟软随后也回了国。

正式踏上故乡的这片土地时，已经入夜。那久违的闷热，确是 A 市无疑了。

多年未归，不想这 A 市的夏日依旧如此闷热，时欢打了个哈欠，虽十分疲惫，还是想着先回家看看二老。她回国的事尚未同他们说过，还想着给他们一个惊喜。

二人上了出租车，迟软家在市区，比较近，就先下车离开了。时欢今晚要回父母家，在 A 市下面的县城，从市区开车过去需要一段时间。

等到她到家门口时，已是深夜，路旁行人稀少。

时欢拎着行李箱上了楼，敲开门后，迎面便是身穿睡袍敷着面膜的时母，语气很是不悦："之前就跟你们物业说……"话说到一半，她便看清了来人，顿时哑然。

"妈，你越来越漂亮了啊。"时欢说着，笑眯眯地走进家里，环顾房内，"我爸呢？"

"你爸在书房。"时母这才反应过来，喜悦之情溢于言表，忙关好门去接她的行李，嗔怪道，"你这丫头，怎么回家也不打个电话？"

"我不是想给你们一个惊喜吗？"时欢正笑着，时父闻声从书房走出，见是自家闺女后,愣了愣,随后才敢相信五年未归的女儿终于回家了。

时欢见父亲这模样不禁有些想笑,眼睛却也有些酸涩。她伸出手抱了抱他,抱完后,整个人突然放松了,如同旅人在异乡辗转经年,回到故乡,终得以褪去满身风尘一般轻松。

时欢轻声开口,嗓音有些沙哑:"爸,我回来啦。"

她回来了,她终于又踏上这片故土了。

迟软趴在软榻上,感受着后背力道刚刚好的按摩,手垫着下巴,歪了歪脑袋问道:"你和辞野就这样了?"

回国数日后,安静闲适的水疗房中,欧式的装潢典雅高贵,暖橙色的光晕朦胧了视野,教人身心皆处于放松的状态。

房内有两张软榻,时欢趴在其中一张软榻上,眼眸微合,神情慵懒,好不自在。听到迟软的问题,时欢这才懒懒地抬眸望向她:"是啊,不然还能怎样?"

迟软语气笃定道:"辞野肯定没放下你。"

时欢愣了愣,道:"是你的错觉吧。"

"喊,你就装傻吧。"迟软见她这态度就难受,当即点破道,"你敢说你没有这种错觉?"

真是一语中的。时欢撇了撇嘴角,抑制住想要叹息的冲动。她本以为她当年不辞而别,按辞野的性格,他定是会将她忘得一干二净的。然而五年后再遇,辞野的态度却令她捉摸不透。他那么傲气的一个人,怎么可能会愿意吃回头草?仔细一想,时欢这下打死都不信辞野还对她有意思了。

"我知道这是错觉。"她摇了摇头道,眸色随即暗了下来,"我当年把他甩得那么干脆,他怎么可能还会动心?"

迟软"啧"了一声,觉得时欢有点不可理喻:"口是心非的女人,说得好像你面对辞野时有多冷静似的。"

她面对辞野时,总是容易自乱阵脚。

"你说我是不是劳累过度啊?"时欢不着痕迹地蹙眉道,指尖滑过下颌,狐疑道,"怎么自从我遇见他后,就开始注意力不集中,还间接性地失去了原有的聪明劲儿?"

"说得那么高深。"迟软无情地嗤笑道,随即简单明了地做了总结,"不就是精神错乱。"

时欢被噎住了。

"话说,真是对不住那个叫张东旭的小伙子啊。"迟软想起当时在营地故人相逢的尴尬场景,不禁同情起张东旭来,"他看着好像也就二十岁出头吧,估计刚进部队。时欢,你少吓人家啊。不就说你狠心吗?说得也没什么毛病啊。"

时欢想了想自己五年前的行径,的确挺狠心的,便深以为然道:"行吧,我认了。"

"李哥说的接风宴,你打算怎么着?"

时欢合眼:"喊我就去呗。"

"你倒是坦荡啊。"迟软打了个哈欠,懒懒地开口道,"说真的啊,时欢,没什么跨不过去的坎儿,喜欢就追,别磨叽。"

"我也不想磨叽啊。"时欢无奈,轻声道,"我自己还没从当年的事里走出来,你要我怎么跟辞野说?"

迟软登时哑然。是啊,五年前的那场意外,本就是时欢最痛苦的回忆,可那场意外偏还是辞野最想了解的事。

"算了,慢慢来吧。"迟软叹了口气,也不多谈,一心一意地享受着水疗。

两人从美容院出来,再加上吃饭,时间已经到了下午。回国休息了几天,二人难得出来,自然是要好好玩,便去了附近的小吃街。

时欢这些年到处跑,很少有放松的机会,这次难得休假回国,得犒劳犒劳自己。

二人在小吃街买了两杯冰奶茶,边喝边逛。迟软扔纸袋时抬头看了一眼商场的钟,不禁"咦"了一声,侧首对时欢道:"话说,都这个时候了,我们晚饭都可以直接在这……"话还未说完,迟软便一眼望见了时欢身后的场景,当即怔住,有些狐疑地揉了揉眼睛。

一家冰激凌店前站了两个男人和一个三四岁的小男孩。小男孩生得水灵精致,他拉着其中一人的手,明眸中泛着泪光,好似很委屈的样子。

迟软视线上移,打量着被小男孩拉着手的那个男人——容貌清俊,眉目俊朗，教人眼睛一亮。

迟软傻眼了。这人不是辞野吗？他旁边那个站着玩手机的男人不是李辰彦吗？他们俩怎么还带着一个小孩？

时欢见证了迟软短短几秒内精彩的表情变化，顺着她的视线看过去，结果就望见了不远处的三人，顿时有些发愣：这是什么奇怪的组合？

与此同时，小男孩正锲而不舍地求着辞野，神情可怜，语气软糯："辞野哥哥，你就给我买个甜筒好不好？"

"不行，吃了会肚子疼。"辞野长眉轻蹙，神情有些无奈，"你哥哥把你送来的时候怎么说的？要听话，听见没？"

一旁的李辰彦见辞野这般好声好气地哄小孩子也不禁失笑道："老席那高冷的性子，怎么弟弟这么黏人？"

小男孩对李辰彦眨巴眨巴眼，仿佛在暗示什么。李辰彦佯装不懂，收起手机，随意地偏过头。

小男孩失落不已，只得放弃暗示，转而继续对着辞野撒娇："就一个，就一个，哥哥不会知道的。"

辞野态度坚决："不行。"他话音刚落，孩子的眼眶瞬间就有些泛红，紧蹙着眉头撇了撇嘴，眼看就要哭出来："辞野哥哥不买，那嫂嫂买！"

此话一出，李辰彦忍不住看向小家伙，调侃道："你辞野哥哥还想让你嫂嫂买甜筒给他呢，这机会怎么能让给你？"

辞野笑了声，没当回事儿，只揉了揉小家伙的脑袋："只要你能找到嫂嫂，我就给你买。"这不过是敷衍的玩笑话，在场的两个大人都没有当真。小家伙却当真了，开始认真地四下打量着来往的行人。

辞野嘴角微弯，正欲开口，却见小家伙眼睛一亮，迈着小短腿迅速奔向某个方向。李辰彦忙"哎"了一声，抬眼却愣住了。

只见前方不远处，席家小少爷正不管不顾地抱着时欢的腿，一口一个甜甜的"嫂嫂"，喊得时欢一脸蒙地望着他们这边。

什么情况？李辰彦目瞪口呆。

"辞野哥哥！辞野哥哥！"小男孩忙不迭地对辞野喊着，喜悦之情溢于言表，"我找到嫂嫂啦！"

无须提醒，辞野自然看见时欢了。二人目光交会瞬间，他一顿，目光微沉,转身走向冰激凌店前台,对服务员道:"原味甜筒,大份的。"

"席然,是谁告诉你这个大姐姐是你嫂嫂的?"李辰彦向正美滋滋地吃着甜筒的席家小少爷悄声问道。

小席然终于吃到了冰激凌,心情大好,便也学着李辰彦一样悄声道:"是我哥哥告诉我的哦。哥哥给我看过嫂嫂的照片,还让我不要告诉辞野哥哥呢。"

一旁偷听的迟软险些笑出声来,心想,这小朋友的哥哥真是神助攻。她望向李辰彦,道:"李哥,这位小朋友是谁家的?"

"一个朋友的弟弟。"李辰彦答完,见迟软略微诧异的表情,又解释了一句,"他家有三兄弟,老大和老二的年龄差比较小,不过这个小的和上面两个哥哥的年龄就差得多了。"

经他这么一解释,迟软表示理解地点了点头:"这样啊。"说完,她望向前面并肩行走的两个人,想起时欢先前说什么"好马不吃回头草",迟软不禁陷入沉思:为什么她总觉得这俩都不像好马啊?

第二章
可念不可说

"辞野哥哥。"奶声奶气的孩童声音在斜下方响起,时欢略一垂眸,便看见了那笑得正灿烂的小正太跑过来攥紧了辞野的手。

这孩子眉眼精致,不难想象他长大后是何等风华。只是,为什么她觉得怎么看他怎么眼熟?脑海中闪过一个人,时欢目光微动,侧首望向辞野,有些难以置信:"他是席家人?"

辞野颔首,似有若无地叹了口气道:"四年前席家添了个小少爷,就是他,叫席然。"

席家老二都有二十五岁了,这小少爷出生的时机可真是令人费解。

时欢哑然,半晌才讪讪道:"敢情是让席哥提前体验带着孩子的生活啊。"

辞野尚未开口,小席然便腾出另外一只手拉过时欢,抬头对她笑得天真无邪:"嘻嘻,这样就好啦。"

小家伙真可爱,很讨人喜欢。时欢嘴角微弯,垂眸轻声笑问他:"什么好了?"

"嫂嫂,你一直不肯牵辞野哥哥的手,是不是害羞呀?不过没关系的。"席然一本正经地对她道,"我一手牵着你,一手牵着辞野哥哥,这样你们也相当于牵手啦。"

有趣的逻辑。时欢被这小家伙给逗笑了,道:"宝贝儿,你为什么会觉得我是你嫂嫂呢?万一我和你辞野哥哥不认识呢?"

"你一定是嫂嫂!"席然笃定道,一字一顿,"书上说人在看喜欢的东西时,眼睛是发光的,辞野哥哥看你的时候就是这样。"

时欢闻言顿了顿,辞野却已轻咳了一声,不咸不淡地警告一句:"席然,好好吃你的甜筒,再乱讲话,下次把你留在家里。"这句话显然很有威慑力,席小少爷委屈巴巴地缩了缩脖子,不敢吭声了。

时欢无声扬眉,不禁调侃道:"辞队,你这是欲盖弥彰啊。"

辞野闻言,侧目望向她:"那你倒是说说,我想隐瞒什么?"他神情似笑非笑,平添几分戏谑,全然不同于他身穿军装时的清冷。

想隐瞒什么?她不过是开了个小玩笑,并无其他意思,但此时经辞野这么一问,竟然滋生出几分暧昧。时欢哑然一瞬,紧接着便笑眯眯地回道:"几年不见,辞队嘴上功夫好了不少啊。"

辞野轻笑出声,一脸意味深长。他开口,语气不紧不慢:"改天让你深入体会一下。"

时欢败下阵来。分开五年,辞野是脱胎换骨了吗?

由于几人刚好在商场偶遇了,李辰彦便干脆建议就近吃顿饭,席小少爷率先呼应,举双手赞同。此时已经是傍晚,正好到了饭点儿,剩下的三个人也没有异议,便寻了家川菜馆吃饭。

辞野进店前打了个电话,说了没几句便挂断了,对李辰彦摆了摆手:"席景卓有场手术,赶不过来,今天就我们吃。"

席然听说哥哥来不了了,面上却不见沮丧,而是兴冲冲地缠着时欢卖萌,一口一个"嫂嫂"。

时欢蹲下身,认真地纠正他:"要叫姐姐,不能叫嫂嫂。"

小家伙眨巴着眼睛,歪着脑袋无辜地笑:"好吧。姐姐,我喊你'嫂嫂'也是早晚的事呀。"

迟软终于忍不住笑出声来,对这个小助攻的好感度直线飙升,她拍了拍他的肩膀,比了个大拇指:"就冲你这句话,待会儿想吃什么,姐姐给你点!"

席小少爷闻言当即双眼放光,伸手牵住迟软的手摇了摇,嘴甜道:"谢谢漂亮小姐姐,我好喜欢你呀。"迟软瞬间被哄得眉眼间溢满了笑意。

李辰彦眉间轻拢,侧首望向一旁的辞野:"这小家伙这么黏人?"

辞野略一挑眉,不冷不热道:"不然你以为他为什么会被他哥扔在我这儿?"

李辰彦想了想,也是,依席景卓那冷淡的性子,想必最怕的就是席然这种小牛皮糖了。

五人走进饭店,店里的生意很火爆,刚好腾出个包厢,就被他们赶上了。

点完菜后没一会儿,菜也陆续上了桌,几人一边吃着,一边有一搭没一搭地聊起天来。

李辰彦喝了口啤酒,笑着问时欢:"对了,时欢,我还没好好问你呢,你这一走就是五年,在国外怎么样?"

"还好,我加入了无国界医生组织。"时欢抬眼,"然后就开始往战乱地区跑,最近两年基本没怎么在安稳地方待过了。"

"我和辞野这几年也没少出任务啊,怎么就没遇见过?"

时欢勾了勾唇,随口一答:"缘分没到呗。"她说完,随便夹了块辣子鸡放进嘴里,却被辣得不轻,忙不迭地咳嗽起来,顺手拿过杯子喝了一口,压下口腔中的辣意。

迟软侧目,见辞野面上并无异色,心下有些纳闷。这两个人说暧昧也暧昧,但是好像又都没那么在意对方,可真是矛盾的一对。

"哎?"忙着埋首吃东西的席然突然抬头,眼神疑惑地望向时欢,"姐姐,你这几年一直不在辞野哥哥身边吗?"

听到称呼终于纠正过来,时欢舒了口气,嘴角微弯道:"是啊,你这不也是第一次见姐姐吗?"

"不啊,不啊。"席小少爷一本正经地摇头,"我在辞野哥哥的手机……"他话还未说完,辞野便用筷子夹了块肉放入他口中,淡声道:"凉了就不好吃了。"

席然也聪明,知道辞野不想让他说这件事,便老老实实地咽下了食物,对时欢展露笑颜:"那姐姐,你和辞野哥哥是什么关系呀?"

时欢正吃麻辣鱼,这个问题不好回答,她便巧妙地给丢了回去:"你觉得是什么关系呢？"

席然一本正经地沉吟半晌，拍了下手："嗯，是要结婚的关系？"

四人差点惊掉下巴。童言无忌。

辞野眸色微沉，将酒杯置于桌上，器物相碰的声音脆生生地响在耳畔。时欢正欲开口，却觉鼻腔有一股热流涌出，她尚未反应过来，血便滴上了手背。

她居然流鼻血了。

旁边的迟软目瞪口呆地望着时欢。这鼻血流得太及时。

席然见时欢匆忙拿纸擦着鼻血，也有些惊讶，半晌才怔怔道："我看电视剧里，女孩子都是生病才会流鼻血哎。"说完，他还正儿八经地问时欢，"时欢姐姐，你现在流鼻血，是不是生病了啊？"

时欢被噎，想也没想便开玩笑道："是啊，你的辞野哥哥一级棒，我喜欢他，得了相思病了。"她话音刚落，辞野看向她，眉头轻蹙，似乎没想到她会这样回答。

他动作的幅度有点大，迟软一眼就发现了。她心想，惨了，时欢这不正经的，说这话肯定是在开玩笑，可别被辞野给当真了。

就在此时，时欢捂着鼻子起身，略带歉意道："不好意思啊，可能有点上火，我去厕所洗洗脸。"

李辰彦忙应声："去吧，去吧，不急。"

时欢有如得了赦令，当即快步逃离这个房间，反手掩上门，这才敢拨开耳边的碎发，让滚烫的耳朵降降温。她咬唇，勉强稳了稳心神，循着指示牌去了洗手间，好好洗了把脸醒神。许久，时欢才抬手拍了拍自己的脸颊，嘴角重新挂上笑意，喃喃道："清醒点。"

"你刚才不清醒？"清淡的男声自身后响起。

时欢微怔，却又迅速反应过来，拢了拢发丝，转过身直面来人，道："辞队，你就这么跟过来不太好吧？"

辞野不置可否，长腿一迈便走近她，直到让时欢被迫靠在洗手台前，他才不紧不慢地止步。

二人距离极近，近到他垂眸就能望见她心虚的模样。他倏地轻笑，略一侧首贴近她，饶有兴趣地将问题丢回去："那你开玩笑说喜欢我，这行为是不是有点恶劣了?"

开玩笑?究竟是不是开玩笑,怕是只有时欢自己知道了。

"恶劣?"时欢低声重复了一遍,嘴角微弯,眸中光芒乍现。随即,不待辞野有所反应,时欢便倾身凑到他耳畔,启唇轻吹了一口气,暧昧至极。她贴着他耳郭,含笑道:"辞队,这才叫恶劣呢。"

辞野顿时僵住。女子的气息拂过耳边,仿佛落下了蜻蜓点水般的吻,那份酥麻无声地攀上了心房。

时欢终于将二人的距离拉开,丝毫没有察觉到男人的变化,只似笑非笑地望着辞野,道:"辞队,你还是那么敏感啊。"然而话音未落,腰间便出现了一股不容抗拒的力道,一瞬间,时欢已经被辞野扣着腰身揽入了怀中。

那一瞬间,时欢脑中只有三个大字:完蛋了。辞野是个异常清醒的人,他所做的每一件事都极具目的性,他始终知道他要做什么,不要做什么。正因如此,时欢在回国前就曾告诫自己:远离辞野,远离情爱,远离这两个看似美好实则危险的"洪水猛兽"。然而回国后的时欢貌似有些得意忘形了,以至于让自己现在身处如此尴尬的境地。

被禁锢在辞野怀中,时欢寻不到脱身的机会,只能面色讪讪地与他对视。辞野眸中晦暗不明,说出口的话也是意味深长:"时欢,我的脾气没以前好,跟我闹之前,你先想清楚后果。"时欢闻言心尖不禁一抖。

二人有过一段曾经,那些日子里,爱肆意蔓延,足以在彼此的记忆和身体上烙下印记。她被他揽在怀中,肢体无可避免地有所接触,肌肤都泛上了一层热意,悄无声息间就能勾起那些回忆。

时欢在这样的气氛下怂了。

"辞队说得是,我的错,我的错。"她忙不迭地开口道歉,并一本正经地发誓道,"我保证以后再也不揩你的油了,真的!"

辞野没理时欢的后一句,将着重点放在她对自己的那声称呼上,不禁眉头轻蹙,沉声问她:"你叫我什么?"他老早就烦这小丫头见了他之后一口一个"辞队"了,如此生疏的称呼,怎么听怎么不顺耳。

时欢自然知晓他的意思,却还是执意装傻,说话时眼神都有些闪躲:"怎么了?"

辞野懒得跟她周旋，直接用行动来印证他的那句"我脾气没以前好"。他伸手扣住时欢的下颌，慢慢俯首，眼看着就要吻下去。

时欢这回是真急了，忙不迭要和他拉开距离，略微抬高声音警告他："辞野！"

这二字仿佛是个暂停按钮，登时便生效。

辞野停下动作，嘴角笑意从容。

"这不是能喊名字吗？"他低声嗤笑，力道放轻，捏了捏她的下颌，"还非跟着喊什么'辞队'，听着难受。"

时欢望着他，心跳突然不可遏制地开始加速。空气逐渐升温，她迫不及待想要逃离这里。

耳朵又有些发烫，她轻咳了一声，侧身同辞野保持一定安全距离。

时欢整理着思绪，为了不尴尬便随口问道："怎么就难受了？我觉得'辞队'挺好的，挺正经啊。"

他扫她一眼，神色淡淡："再正经的称呼，到你嘴里也有不正经的感觉。"

时欢顿时被堵了个哑口无言。是了，她唤人时语调总是会略微上扬，听起来俏皮又不正经，不论什么称呼，从她口中出来都有种戏谑感。

她半晌憋出四个字："情趣所在。"而后，她便错身越过辞野，快步离开了洗手间。

辞野倒没急着回去，只无声抬手，将指尖轻搭上方才被时欢接触过的耳郭，肌肤上仍残留着燥热，他眸中却波澜不惊。

时欢兴许笃定他会彻底放下她，只因她走得那般决绝。可为什么要放下？她终究是小看了他对她的情感。

今天这顿饭是辞野请的，本来李辰彦还想分摊费用，却被辞野撇开了。

吃完饭后，迟软不胜酒力有些头晕，便早早打车回去。李辰彦送席小少爷回家，只剩下了时欢和辞野二人。

天上飘着细雨，虽然稀疏，却也带着些许凉意，不知道这场雨会不会下大。

辞野今天开了车来，因此在饭桌上滴酒未沾。他转了转指尖挂着的车钥匙,淡声问她:"我送你?"

"不用不用。"时欢老老实实地跟他保持距离,忙不迭道,"一会儿可能下雨,你赶紧回去吧,我打车就好。"

说完,她不待辞野开口,转身便走向马路那边,步履稳重,高跟鞋踩在地上发出清脆的响声。

夜太黑,时欢没看路,刚走几步,鞋跟便死死卡在了下水道铁栏的缝隙中。

真是有够倒霉的。她暗自咬牙,使劲儿一拔,鞋子岿然不动,十分不给面子。

她终于有点烦躁,脑子一热,便将另一只鞋也脱了下来,打算赤着脚走。然而在脚将要落地的前一瞬,她被人打横抱起。

男子身上独有的凛然气息萦绕周身,糅杂着些许熟悉的清冽,迅速侵占了时欢的鼻腔。

她条件反射地将手搭在他的肩头,脸颊不经意蹭过他的嘴角,酥酥麻麻的触感令她浑身一僵。

辞野敛眸看她,见她纤密的长睫轻掩,眉眼间尽是柔和的情愫,朱唇在夜色下泛着莹莹光晕,很是勾人。

他喉间微动,心下没来由地添了几分燥热。

下一瞬,时欢却抬首笑吟吟地望着他,手臂迅速环过他的脖颈,理直气壮地道:"辞队,我报个警,你能不能帮忙给我把鞋子拔出来?"

温香软玉在怀,辞野不禁眸色微沉。敢情她是"抱"警了。

"这不在我的工作范围内。"他望着时欢那理不直气还壮的模样,问她,"所以你要打车,还是我送你?"

见问题又绕回来了,时欢忍不住在内心默默翻了个白眼,轻叹一声,对辞野无辜地眨眨眼:"帮个忙都不行吗?"

辞野并不急于给出回复,见怀中人儿这般动人的模样,心下微动。低缓的笑声自喉间溢出,说不出的慵懒性感,眉眼间无声蔓上清浅笑意,他终于实话实说:"主要是我不想帮。"

随着他的话音落下,时欢陷入沉默,她突然有种身心俱疲的感觉。造孽啊。

她深吸一口气，下定决心不能再跟辞野有过多接触，便开口道："那我打……"

"我就问这一遍。"辞野打断她的话，不紧不慢道，"我建议你想清楚再回答。"

什么建议？他这摆明了就是威胁。

雨滴落下的频率快了些，肌肤攀上些许凉意，似乎在催促她赶紧下决定。

"好啊。"时欢嘴角微弯，两只手臂揽着辞野，不松手，"那就麻烦你送我回去了。"

不就是搭个顺风车吗，没什么大不了。时欢这么想着，便被辞野抱去了地下车库，取车。

那是辆黑色的悍马，大抵是坐习惯了，辞野买车也是挑越野款的。

时欢自觉地钻进了副驾驶位，窝在座位里提醒道："回我家，城区那套。"

她家在A市有两套房子，原先一家人都是住在城区的，但父母喜清静，便搬去了下边的县城，城区这套房自然成了她的独居房。

辞野略一颔首，倒是没说什么。他记得地址，干脆利索地启动车子上路。

然而不凑巧，通往时欢家的那条主道正在封路维修，汽车无法通行，只能走小路过去。此时雨下得越来越大，小路半分光亮也无，还满地泥泞，实在不是什么好的选择。

难不成要去路边酒店住了？时欢正烦恼着，车身却震了震，车子被人启动，缓缓退出这条道路。

她愣了愣，有些茫然地看向辞野："我们去哪？"

辞野面不改色，道出两个字："回家。"

时欢瞬间便明白了他的意思，心下不免有一些慌乱，佯装无所谓道："可那是你的家啊。"

辞野沉默，半晌才意味不明地嗤笑："那曾经也是你的家。"

他这声笑极轻极淡，自嘲的意味似有若无，时欢的心头痛意翻涌，略含酸楚。

"行吧。"时欢别开视线，强迫自己看向窗外，语调轻松，"那我就跟你回家。"

奇怪,她突然有点笑不出来。时欢就这么盯着窗外,见证了由细雨转变为倾盆大雨的全过程,面色十分复杂。

两人一路无言,待她回神时,辞野已经把车稳稳停在车库里了。

"下车。"说着,他将手伸向副驾驶位上的时欢。

时欢下意识便拒绝:"不用了,我自己走就行。"

辞野微顿,却没作声。他打开车门,长腿一迈下了车,站在外面饶有兴趣地望着她,似乎是想看她怎么下来。

时欢方才的拒绝是条件反射,此时见辞野这看戏的模样,才反应过来——她,没穿鞋啊。

辞野看见时欢变了脸色,就知道她已经清楚了自己的处境。他却没给她台阶下,而是好整以暇地与她对视,道:"既然要自己走,那麻烦动作快点。"

时欢有点尴尬。

就在辞野决定不再为难她时,这个小女人却率先服了软。只见时欢挪到驾驶位上,坦然面对着他,眸中湿漉漉的,温柔得不像话。

她对他微张双臂,软声道:"辞野,你抱抱我。"

时欢的声音如水般温柔,夹杂着些撒娇意味,拂过耳畔,撩人心弦。

辞野喉间微动,心下一处仿佛被点燃,那火越烧越旺,终成燎原之势,几乎快烧光了他的理智。

无可否认,无从否认,方才一念之间,他想要将她藏起来,藏到一个谁也找不到的地方,私有她。

辞野合眼,长眉轻蹙。清醒点。

而此时此刻,时欢目光潋滟,柔媚勾人,正对他笑着轻歪脑袋:"抱一下嘛。"

那个类似撒娇的"嘛"音未落,辞野便将她一把捞起,打横抱入怀中,力道不容抗拒。

清冽的气息盈满周身,时欢自觉地伸手揽住他的脖子,嘴角笑意渐深,乍一看竟有些许得意。

"看来我当年把你惯得不轻。"辞野嗓音微冷,看也不看她,言语中的情绪有些复杂，"没大没小。"

时欢愣了愣，"扑哧"笑出声来，心情没来由地大好。她嘴角微弯，眉眼间洋溢着粲然笑意，伸出手轻拍辞野的脸颊，笑道："辞野啊，五年不见，你更勾人了。"

辞野冷着脸不说话。

成！可把她给能耐坏了！

二人进屋后，辞野才将时欢放下。

哮天顿时飞扑过来，看见时欢后异常兴奋，在她脚边打着转，时不时扒拉她几下。

时欢笑着揉揉它的脑袋，站在玄关处望了望，发现这房子的格局和当年基本没什么差别，不禁心下微动，嘴角抑制不住地上扬。

辞野没注意到她这小情绪，反手带上门，打开鞋柜换掉鞋，顺便递了双拖鞋给时欢。

时欢乖巧地接过，换好后便走到客厅四下打量，坐到沙发上，笑着问他："家里还是老样子啊？"

辞野不置可否，只是去厨房倒了杯水。哮天慢悠悠地跟在他后面，爪子踏在木地板上，发出很轻的声响。

时欢看着这画面，竟觉得有种难言的温馨感。

辞野走过来，将杯子放在时欢面前，对她道："早点休息，待会儿我睡沙发。"

水是温热的，还氤氲着朦胧雾气。暖意攀上她略微冰凉的肌肤，寸寸游走。

时欢嘴角微抿，她捧起水杯浅酌一口，而后抬眸看他，言语中带有几分轻佻："我还以为要一起呢。"配上她那戏谑神情，这显然是句玩笑话。

辞野闻言却低笑，敛眸俯视她，眸中晦暗不明，说了三个字："你确定？"

只一刹，时欢便萌生了危机感。

"孤男寡女当然要保持适当距离啦。"她当即转为正经模样，笑眯眯地掩饰方才的玩笑，"我可是很相信辞队的人品哦。"最后一句话她意有所指,却也悄无声息地为二人划清楚了界限。

语罢,时欢几口将杯中水饮尽,起身伸了个懒腰,懒洋洋地问辞野:"我洗个澡,不介意吧?"

她清楚此时两人是独处,还问他这问题?虽说无碍,辞野却有些烦躁。

他不着痕迹地蹙眉:"你没点戒备心?"

"这不是在你家嘛。"时欢吐舌耸肩,模样有些俏皮,脚步轻快地走向浴室,"那我去了啊。"

听了她的解释,辞野的气又消了。他轻"啧"了一声,坐上沙发,哮天轻松跃到他身边,老老实实地趴着。

"新浴袍在第二个抽屉里。"他说。

时欢远远应声,似乎是已经走进浴室,声音有些模糊,不多久便传来隐约的水声。

四下寂静,辞野抬手轻捏眉骨,眸色微沉。

哮天突然探身,用嘴巴拱了拱辞野的左手。他垂眸,望着腕间的手表默了默。随后他解开表带,将手表放在桌上,眸色深沉,不知心里在想些什么。

两个人多年后再遇,究竟是喜悦还是烦躁,大抵只有辞野自己清楚了。而那些煎熬难眠的日夜,也只有他一人清楚记得。

辞野轻声叹息,起身走向阳台。

他突然很好奇,二人分开的这五年,是不是只有他一人念念不忘,自我成全?

辞野想知道答案,却又不想。

时欢洗完澡后,照着辞野的话寻到第二层抽屉,换上了新浴袍,一身轻松。

她的发丝尚且滴着水,辞野家里似乎没有干发帽,她便将自己的衣物叠好,收到了浴室旁空置着的小柜子中。

时欢用毛巾擦了擦头发,直到发尾不滴水,才走出浴室,来到客厅。

辞野不在,只有哮天在沙发上睡得正酣。她眨眨眼,抬脚便朝着阳台方向走去。

阳台有吊顶,雨滴只偶尔随风而入,些许打在植物绿叶上,沙沙作响,安谧又祥和。

辞野则靠在护栏前,手肘支在栏杆上,指间火光若隐若现,烟雾缭绕,恍惚了面庞。

时欢拉开阳台门时,入目的便是此番情景。

她微不可察地蹙了下眉,放轻脚步,迈步上前。辞野兴许是在出神,并没有察觉到她的接近。直到手中香烟被拿走,他才蓦地侧首望向身旁的人。他眉间轻拢,想要说什么,却见时欢将烟放到唇边,不紧不慢地抽了口,朱唇轻启,薄烟弥散。

她模样成熟,那双眸含了水色,摆明根本不会抽烟。

辞野眸色渐沉,伸手将烟从她指间取回,利索地掐灭在烟缸中。他言简意赅地淡淡开口:"少逞能。"

时欢不语,倾身,半个身子趴上护栏,偏着脑袋望他,展露出笑颜:"那你别抽啊,别给我机会逞能,万一我学会后比你的瘾还重呢?"

辞野没作声,只侧目打量她。

时欢刚出浴,发丝还湿润着,身穿宽大浴袍,领口处松松垮垮,精致的美人骨若隐若现,整个人都透着媚态。

她神情慵懒,一双桃花眸微合,闲适自得,如猫一般。

辞野喉间微动,强行转移视线,望着窗外的倾盆大雨,对她道:"行了,去睡吧,明天雨停了我送你回去。"

时欢不紧不慢地伸手,将长发顺到肩后,露出修长白皙的脖颈,略一挑眉:"吹风机放哪儿了?"

"卧室门口的架子上。"

时欢颔首,临走前还不忘嘱咐他:"不许抽烟啊。"

辞野"嗯"了声,算是答应。

没走几步,时欢又回首:"对了……"

他看向她,望见盈盈月色下,她容貌姣好,笑意柔和,美得不可方物,朱唇开合间,传来那悦耳的嗓音:"五年后,晚安吻就没了吗?"

然而,时欢还是脸皮薄,不待辞野回应,她便喊了声"晚安",快步溜去了卧室,只留辞野一人在阳台上。

辞野的目光始终锁定她的背影，直至她彻底消失在视野中，他才转而观雨。手习惯性地摸向口袋，指尖触碰到烟盒，他却顿了顿，最终缄默着收手。

耳边仿佛还回响着时欢方才的话，也不知是不是故人归来的缘故，此时此刻回忆如潮水，席卷而来，几欲吞没了他。

辞野微拢五指，一点点割舍那些过往碎片，心绪复杂，情愫滋生。

时欢于他来说，大抵是噬骨之毒。而他只能眼看着自己的毒瘾越来越重，最终病入膏肓，竟毫无办法。

雨声淅沥，夜色沉寂。

与此同时，时欢走进卧室，反手关上门，插好吹风机插头后便吹起了头发。

她的发丝已经半干，因此并没有花费太多时间。她拢了拢浴袍，踢掉拖鞋，躺上床，钻进被窝中，闭着眼睛却睡不着。

时欢自我催眠了大半天也没能入睡，索性坐起身来，打开床头灯，轻手轻脚地走下床，打量起辞野的卧室。

时欢其实是有私心的，但不论书架上还是桌子上，就连几个抽屉她也随意翻了翻，都没有寻到任何有关于自己的东西。

虽然一开始就想到了这种可能，但当猜想成为现实时，她心里还是控制不住地感到低落。

时欢轻声长叹，坐在床边，盯着自己的双足出神，模样有些茫然，心里还有些许无措——原来辞野，已经将她的所有痕迹从生活中扫除了啊。

嘴角的笑意染上无奈，时欢揉了揉头发，心底骂自己一声矫情，便打算熄灯睡觉，却在准备关灯时，不小心碰倒了床头柜上的一个小相框，发出一声闷响。

她忙将相框扶起摆正，见是张风景照，照片上的背景很熟悉，照片捕捉到了曙光乍现的瞬间，美不胜收，充满希冀。

时欢的手蓦地僵住，半晌，她哑然失笑，指尖搭上相框，眸色暗下些许。

以这种方式来纪念她，真不愧是辞野啊。

那相框并不起眼，照片也很寻常，没什么亮点可寻，不过是张略显大气的风景照。但时欢被它触动了心底某处，指腹摩挲着相框边缘，眸色晦暗，

031

心绪不明。

这是数年前,枪林弹雨过后,她在辞野身边亲手拍下的祥和风景。

他从未下定决心将她从生命里驱逐,却又不愿回想有关她的过往,只得以这种隐晦的方式纪念她。

时欢小心翼翼地将相框放回原位,心里沉寂了不少,躺回被窝,合上双目。

多少年前,他们还是羡煞旁人的一对。现在,想起就让人心酸。

深夜里,一声惊雷划破天空,夹杂着淅沥雨声,说不出的寂寥空旷。

室内四下寂静,暗沉沉的。

辞野蓦地惊醒,蒙眬的眼眸迅速恢复清明,长眉轻蹙,坐起身就欲走下沙发,却在即将迈步的那一瞬顿住。

他这才发现,他是朝着卧室的方向动作。这完全是潜意识在作祟,以至于他尚未反应过来,身体便已率先行动起来。

意识到这点,辞野捏了捏眉骨,重新坐回沙发,沉着眸望向卧室那边。良久,不见有动静传来,辞野这才收回视线,暗讽自己多心。

这么多年过去了,她怕打雷的毛病该是早就没有了。

想到这里,他便打算重新躺下。谁知偏在此时耳边传来脚步声,听起来有些仓皇,下一瞬,视野中出现了一双玉足。

辞野几乎是浑身一震,抬眸望向来人,神情有些许讶异,似乎这情况出乎他意料。

只见时欢赤足站在他面前,她发丝有几分凌乱,眸中水光潋滟,轻咬着唇,惹人怜。浴袍领口微敞,她香肩半露,看得辞野喉间微动,强迫自己移开视线。

他开口,嗓音有些沙哑:"你……"

"你陪我一会儿。"时欢不等他话完,便绞着双手,可怜巴巴地说,"你陪我一会儿,好不好?"

她倒是开门见山。辞野一时哑然,正欲开口,便听眼前的小女人嗓音软糯道:"辞野,我怕。"

时欢害怕雷声,自小便怕,周围熟识她的人都知道这点,辞野也不例外。

他最后的那一点冷硬也被她以柔情磨尽。无奈，他只得低声叹息，淡声道："过来。"

时欢闻言如得救一般，当即扑到辞野怀中，伸手紧紧环抱住他，将脸埋在他肩上，竟有些如释重负。

辞野这才发现她在发抖，怀中人遍体冰凉，柔柔弱弱地依偎着他，仿佛是将死之鱼有幸汲水，一旦依赖，难再放下。

察觉到时欢的身体逐渐回暖，辞野眸色微沉，心下无奈轻笑，随即便将她打横抱起，走向卧室。

兴许是因为被雷声所惊，时欢难得乖顺一回，窝在辞野怀中听话得很，任由他将自己重新塞回被窝中。

辞野坐在床边，背对着她，嗓音淡淡的："睡吧，我陪着你。"

时欢眨眨眼："你就这样坐着？"

"不然？"他轻声嗤笑。

时欢默了默，便裹了裹被子，道："那我睡了啊。"

末了，她还不忘补上一句："晚安。"

辞野"嗯"了声，不再多言。

有辞野陪着，时欢才安心睡下，困意逐渐侵袭，意识开始模糊，浅浅睡去。

辞野也不知坐了多久，直到身子有些发僵，才动了动。他斜身倚上床头，听见女人平稳清浅的呼吸声，他微微合目。

然而这份安稳并没持续太久，没一会儿，天边又是雷声轰鸣，声音比刚才更大，更可怕，连辞野都禁不住蹙了蹙眉。下一瞬，手腕被人攥住，辞野能感觉到，她的手在略微发颤。

身后的人迟疑着说道："辞野，你至少……等我睡了再走。"

她的声音很柔和，又似乎含着些许撒娇的意味，带着几分颤意，听得辞野耳根都软了。

时欢现在是真的处于恐惧之中，他能清清楚楚地感受到这点，继续这样她根本没法安下心来睡觉。

僵持半晌，辞野的理智率先投降。他蹙眉叹息，干脆利索地翻身躺下，伸手环住时欢的腰身。

温香软玉在怀,辞野已经预料到,他这觉肯定不会睡得好。

时欢没料到他会这般,身子微僵,正要开口,辞野却在她耳畔哑声道:"别乱动,睡觉。"

时欢顿了顿,这才安下心,稍微同辞野保持了些许距离,合上眼不久便沉沉入睡,一夜无梦。

翌日清晨,当和煦的日光散落室内时,窗帘都遮不住那雨后的灿烂,零零散散的斑驳晒下来。

雨过天晴,天空碧蓝如洗,寻不见半分昨夜恐怖的样子。

时欢悠悠转醒,翻了个身,伸手探了探,枕边却冰凉空旷。几乎是瞬间,她就清醒了。

她开口,嗓子有些干涩,有些不确定地试探:"辞野?"

无人回应。时欢掀开被子起床,睡袍自肩头散落,她随手拢好,穿上拖鞋走出了卧室,想要找杯水喝。

哮天听见声响,忙顺着楼梯跑过来,蹭了蹭时欢裸露在外的半截小腿,模样很是温驯。时欢嘴角微弯,蹲下身揉揉它的脑袋,便穿着睡袍下了楼,却依旧不见辞野的身影。

说不失落是假的,她轻叹一声,旋即便无奈地问哮天:"哮天宝贝,你知道辞野在哪儿吗?"

哮天歪了歪脑袋,一脸无辜。

时欢也不过随口一问,刚要起身,便见几步远处的浴室门被拉开。

雾气氤氲,混杂着薄荷的清冽味道,有几分朦胧。时欢惊得脚都软了,蹲在地上,尚且保持着揉哮天脑袋的动作,怔怔地望着从浴室中走出的辞野。

他的短发略微凌乱,上面还冒着水雾,眸中漆黑如夜。他只披着浴袍,肩宽腿长,腰带松散地系着,腰身精瘦,上身大片暴露在空气中,时欢瞥了一眼,那完美无缺的肌肉线条便尽收眼底。

只一眼,便教人血脉偾张。

时欢心下微动,耳朵没来由地烫了起来。她不太自在地别开视线,轻咳了声,讪笑道:"原来你去洗澡了啊……"

辞野扫她一眼,随意拢了拢浴袍:"怎么了?"

怎么了?她也不知道自己怎么了,只是想见他而已。

时欢沉默良久,半晌才找到了一个借口:"我饿了。"

辞野还以为她会说什么,闻言眉头一皱,伸手示意厨房的方向:"冰箱里有食材,想吃什么自己做。"

时欢一把抱住哮天,对他眨眨眼:"可我想吃你做的。"尾音绵软如同在撒娇,根本让人不能拒绝。

辞野动作微顿,最终还是无奈地问她:"想吃什么?"

时欢当即喜笑颜开,伸手捧着哮天的脸,对着辞野乖巧地眨眼:"都行,你尝试一下。"

"你怎么不尝试?"

她一本正经地摇首,笑容甜蜜,说出口的话却有些无赖:"我尝试吃啊。"

辞野长眉轻蹙,但望见时欢那纯良模样,却又半分脾气也没了。

于是乎,时隔五年,时欢终于又一次让辞野下厨。

饱食餍足后,时欢美滋滋地伸了个懒腰。见外面晴空万里,她终于打算收拾收拾回自己家。

时欢去浴室换上了自己的衣服,穿着拖鞋坐在辞野对面,发愁没有能穿的鞋子,神色苦恼地把玩着自己的手机。就在她想给迟软打电话求助的时候,辞野却不紧不慢地起身,在时欢困惑的目光中,走向玄关,从鞋柜上拎了个方方正正的袋子过来,内里装的似乎是……鞋盒。

时欢正忙着否定自己的猜测,便见辞野将袋子扔给她,漫不经心地说道:"我早上买的,将就穿。"

时欢愣了愣,当即伸手拆开袋子,果不其然,是双小白鞋,款式倒是百搭。她翻看了鞋码,是自己常穿的码数。肯定是他早晨出去买来的。

意识到这点,她嘴角不可抑止地略微上扬,心情都明朗了不少。

"Surprise(惊喜)!"时欢抬首望着辞野,笑吟吟地开口,随意晃了晃右腿,"辞队您对我可真是上心。"

修长白皙的美腿在眼皮子底下晃来晃去,意味不明,辞野登时"啧"了一声,伸手稳稳攥住时欢的右脚踝,制止了她的动作。

温热触感攀上肌肤,时欢千算万算也算不到辞野会抓住她,当时便怔在原地。异样的情愫自心底滋生蔓延,她扶着椅子,一时间竟忘记将脚收回。

辞野敛眸,指腹在她细嫩的肌肤上一滑,暗道时欢这个人生得极妙,五官精致也就罢了,就连肌肤也水嫩白皙得很,寻不见半分瑕疵。

先前他没怎么注意过,但是现在仔细一看,她的脚踝处,似乎有一片色泽不太对劲的地方,远看不会注意到,这会儿距离近了,辞野便发现了这个地方。

时欢迅速回神,佯装无谓地笑了:"嘿,我的腿又没事,我以后不闹腾了行吧?"说着,她便暗自发力,想将脚给收回来,却不想脚踝被辞野禁锢在手中,根本动弹不得。

辞野目光微沉,手扣着时欢的右脚踝,指腹摩挲着脚踝某处,能察觉所触肌肤并不是那么光滑。

二人皆无言。时欢轻咬唇,收不回脚,她便干脆放弃,对着辞野无所谓地笑道:"看不出来啊辞队,你还是'足控'?"

"足控"这个标签,显然与辞野是八竿子打不着的,面对时欢的调侃他不予理会,眸色晦暗不明,心思难测。

时欢那片色泽暗淡的肌肤,是道似有若无的疤痕。但是这么看起来实在是不对劲,他蹙眉辨析了一下,发现疤痕上盖了一层遮瑕膏,根本就看不出来疤痕原有的模样了,跟正常皮肤差不多,这才没有让旁人瞧出问题。

即便伤口早已痊愈,还被有意遮掩,疤痕却还留着如此深的痕迹,由此并不难想象,当时受的伤有多严重。

辞野缄默不语,神情看不出半分异样,但时欢单是看他这模样,就知道自己的疤还是被他发现了,不禁在心底默叹了一声。

那遮瑕过了一夜,估计褪去不少,这件事果然藏不住吗?

这疤痕时间已久,每每她望见,都会不可抑制地回想起那噩梦般的场景。后来她用专门遮盖疤痕的遮瑕掩盖住,美观了点儿,也能转移自己的注意力。

其实当初那般疼痛,时欢已经有些淡忘,也无所谓它的存在了。而此时,这疤痕被辞野一摸,她竟有些不自在了。

辞野终于将眸中的复杂情绪掩藏好,抬眸与她对视,眉头轻皱:"怎么受的伤?"

"好些年了,被暴民用武器划伤的。"时欢将早就编好的理由丢给他,趁机将脚收回来,耸了耸肩,"怪我当时没注意吧,我都忘记具体情况了,就不跟你详细说了啊。"

辞野知道她不想谈,便也不再多问,反正她性子倔,多关心也是无用。

"怎么?"她似笑非笑地望着辞野,"辞队,你心疼我啊?"

辞野没搭理她,只慢条斯理地起身,走向楼上。

"哎。"时欢还以为他当真了,忙站起来要追上前去,解释道,"生气啦?我开玩笑的,别走啊。"

辞野上楼的脚步微顿,他单手搭着楼梯扶手,略微侧首,淡声问她:"我换衣服,你跟着?"

时欢脚步一僵,果然老老实实地坐了回去。她深吸了口气,摆摆手:"看多容易上火,算了。"

辞野哑口无言。

他薄唇轻抿,最终叹了口气,回身欲走。然而身后却再度传来时欢的声音:"辞野,你在生我的气。"

她语气笃定,带着难得的正经。

辞野闻言长眉轻挑,回首含笑问她:"那你说说,我气什么?"

他气什么?时欢顿时哑然,本来还能理直气壮地对上辞野的视线,此时却突然有些心虚,别开了眼睛。

他生气的原因向来很简单——有关她的事,他从来都是最后一个知道,包括当年她出国,他也是从别处听闻的。

辞野别的不在乎,只讨厌欺瞒。时欢知道这点,而且一直知道。

辞野见她这般模样,不禁哑然失笑:"时欢,你什么都知道,那你还想问我做什么?"话音刚落,他便抬脚上楼,没有丝毫迟疑。

时欢望着他的背影彻底消失在视野中,有些颓然地趴在桌子上发呆。这还是时隔五年她与辞野重逢后,他第一次这么清晰地告诉她,他内心所想。

"时欢啊时欢,"她伸手拍了拍自己的脸,有些犯愁,喃喃道了句,"你做个人啊……"

她咬了咬唇,干脆将脑袋中复杂的思绪扫空,弯腰慢悠悠地将鞋换上,大小刚刚好。

就在此时，门铃被人按响，将时欢的神思给唤了回来。

她身子略微后仰，因为顾及辞野在楼上卧室，她便尽量抬高了声音："辞野，有人找！"

她隐约望见卧室的门敞开些许，随即传来辞野言简意赅的回答："熟人就开门。"

"你说的啊。"时欢说着，从椅子上起来，脚步轻快地走向玄关处，透过猫眼打量来人。她蹙起眉，发现这小伙子眼熟得很。好像是叫张东旭？

这个是辞野的队员，应该算熟人吧？

"旭哥哥，为什么辞野哥哥还不开门啊？"席然站在门外，嘟着嘴扯了扯张东旭的衣摆，模样有些委屈，"辞野哥哥嫌我烦了吗？"

"不会的，辞队应该是有事耽搁了一会儿，马上就给你开门。"张东旭好生安慰着，心里却纳闷辞队怎么还没开门，他正欲再按一次门铃，门却打开了。

"辞队，早……"张东旭面色一喜，抬首看清对方后，面上笑容却蓦地僵住。

他目瞪口呆，望着开门的女人满面震惊，一时间连话都说不出来。

"早啊，我先替你们辞队收了。"时欢拢了拢长发，对张东旭弯着嘴角，随意打了声招呼。

而后，她便敛眸望向席小少爷，蹲下身对他招手，笑吟吟地说："嘿，小少爷，又见面啦。"

席然当即喜笑颜开，迈开自己的小短腿乐颠颠投奔时欢怀中，甜腻腻地喊："嫂嫂！"

时欢一本正经地纠正他："叫姐姐，不是嫂嫂。"

"姐姐。"席小少爷乖巧，眨巴眨巴眼睛唤道，"漂亮小姐姐。"

小家伙嘴可真是甜，时欢有些忍俊不禁，轻轻捏了捏他软嘟嘟的脸颊。她不紧不慢地起身，在张东旭眼前挥了挥手："嘿，走神呢？"

张东旭这才反应过来，忙不迭退了半步，紧张得连话都说不太利索："姐，你、你、你怎么在这儿啊？"

时欢闻言弯唇，眸中水光潋滟，很是明媚："问你们辞队喽。"

这句话意味深长。他果然没猜错，这时欢就是未来嫂子啊！

时欢正欲开口，身后便传来辞野的声音："张东旭？"

"辞队！"张东旭忙出声应道，示意了一下旁边的席然，"席医生去部队没找到你，他有事，不方便照顾他弟弟，我就帮忙送过来了。"

辞野扫了一眼正逗着席然的时欢，对张东旭略一颔首："麻烦了，谢谢。"

"不用不用。"张东旭巴不得赶紧结束话题走人，生怕打扰了他们，"那辞队，我先走了啊！"

见辞野应允，张东旭便快步离去，头都不带回的。

"旭哥哥走那么急啊！"席小少爷喃喃道，抬首看了看时欢，又看了看辞野，"是不是怕打扰你们？"

辞野无言以对，这小家伙到底跟谁学的这些东西？

时欢"扑哧"笑出声来，揉揉席然的脑袋，含笑问他："宝贝，你怎么总来找辞野哥哥呢？"

哥哥说了，要给辞野哥哥和时欢姐姐制造机会，绝对不能太明显。这么想着，小家伙眼珠子骨碌碌一转，抱紧了时欢："因为有辞野哥哥的地方就有姐姐啊，我好喜欢姐姐的。"

"行了，别黏着姐姐了。"辞野突然出声，蹙眉将他从时欢怀中拎了出来，"姐姐要走了，不能陪你玩。"

时欢闻言不禁愣了愣，侧首看向他。他难道是在吃小孩子的醋？

席然撇了撇嘴，却只是伸手扯了扯辞野的手，小心翼翼地问："那辞野哥哥，我能不能拜托你一件事呀？"

最终，应席小少爷的要求，时欢临走前，和辞野一同去零食店买了盒新款巧克力。

二人排在队末结账，倒是不急。

"席景卓这么放心把弟弟给你看啊？"时欢单手拿着手机翻看微信消息，随口问着身边的男人。

"席家父母早出晚归，席景卓他哥从商，他也要忙医院的事，不就拜托到我这了。"

"这样啊……"时欢沉默几秒突然转移了话题，"辞野，我们还是微信好友吗?"

辞野顿了顿,半晌淡声回答她:"早就不是了。"

"那重新加回来吧,也方便联系啊。"

辞野闻言,眉头轻蹙,垂眸望见她那纯良明艳的笑容,心下不禁微动,却没回答。

此时轮到二人付款,他上前将东西递给收银员,顺便回答了她:"有电话就行了,没必要加微信。"

听到这句回答,时欢只"嗯"了声,望着收银台上的显示器,神情淡然,不知在想什么。

然而就在辞野拿出手机,打开微信"扫一扫"对准二维码准备付款时,身旁的时欢却以迅雷不及掩耳之势将手机凑了过去。

只听"嘀"的一声,辞野微怔,手机便显示出了添加联系人的页面,正是时欢的微信。

时欢迅速伸出根手指,在他的手机屏幕上轻巧一点,便发出了添加申请。

随后,她从容地点开自己手机中的微信提示,同意添加联系人的申请,而后抬首对他莞尔一笑。这一波操作连一旁的收银员都瞠目结舌。

时欢笑得粲然生辉,看上去得意得很。辞野握着手机岿然不动,看向她,眼眸微眯,眸中暗色越发晕染开来。

半晌,他低声轻笑,语气意味不明:"能耐了啊,时欢。"

第三章
如你听说我

"我觉得我的能耐一直不小啊。"时欢丢出一句俏皮话,将辞野的手机攥在手中,防止辞野拿回去再删好友。

紧接着,她解锁自己的手机,干脆利索地扫码付款,随后拎起装着巧克力的塑料袋,迈步离开了小超市。

辞野眉头轻皱,长腿一迈便轻松跟上前去,刚好瞥见她眉眼含笑的模样。

她很开心?意识到这点,辞野的脚步顿了顿。

而时欢表面从容不迫,心里却波涛翻涌。她多少还是有些忐忑的,若是辞野真的将手机拿回去再次删了她的好友,那就真的太尴尬了。

不过,他似乎并没有这个想法。他到底怎么想的?

时欢同辞野并肩走在路上,她脑中胡思乱想着,余光刚好瞥见辞野不紧不慢地抬手,将袖口上挽。

那手修长干净,骨节分明,有日光沿着指尖淌下,刹那耀眼,好看得让人很想牵住。

时欢有些蒙,侧首看向身旁的辞野,见他神色淡定,只一瞬间,光晕流转,朦胧了视线,世界只余怦怦的心跳声。

时欢脑中一片空白,紧接着脚下一绊,她惊呼一声便向前栽去。电光石火间，辞野倏地伸手抓住她的手，用力将她给拉了回来。

有惊无险，时欢松了口气，正要道谢，却发现自己的手还被他牵着。

掌心肌肤的触感很是熟悉，彼此的脉搏在无声传递，气氛瞬间便微妙起来。

时欢嘴角微弯，示意一下二人紧握的手："辞队，你这是有意地？"

辞野一怔，方才他也不过是情急之下做出的反应，此刻经时欢这么一说，他不禁眉头轻蹙，当即就要松手。

时欢反手握住他的手，一脸无辜："别啊，牵了手哪有再放开的理？"

辞野沉默半晌，随后"啧"了声："时欢。"

"怎么啦？"

"我的手机还在你那。"

她差点忘了这事儿。难得牵手，还真是不容易。

时欢努力维持好那不失礼貌的微笑，慢条斯理地将手挪开，尽管心底早就掀起惊涛骇浪，面上却仍旧不起波澜。

她专注于控制自己的情绪，却错过了在她挪开手的那一瞬间，辞野手指微拢的小动作，似是不舍，似是挽留。

手机终究要物归原主，时欢将手机还给辞野，还不忘旁敲侧击地暗示他："微信联系多方便啊，还不需要话费呢，对吧？"

辞野扫了她一眼，收起手机，淡声道："我不删。"

时欢这才彻底放心，嘴角不由自主地上扬几分，心底的欣喜萌生得奇怪，却不觉有什么突兀。

辞野眼眸微眯，盯着时欢的侧颜，望见她眉眼间洋溢的愉悦，心下微沉。

"时欢，你当年……"

听见他开口，时欢刚抬首望他，便听身边传来略显苍老的女声。

"小姑娘，方便帮我个忙吗？"

时欢的注意力瞬间被转移，她循声望去，见是一位慈眉善目的老太太，便软下声音应道："可以啊，奶奶你遇到什么麻烦了吗？"

"哈哈，其实就是想拜托你一下，能不能帮我和我老伴拍张照片？"

老太太说着，对时欢笑了笑。她可能觉得不好意思，面上有些拘谨，轻声道："这个公园是我和他的回忆，不过现在快被夷平了，所以我们就想拍张照片留个纪念。"

她开口时,眸底溢出的满是不舍与怀恋,看得时欢有些怔愣。

那是跨过了岁月的情感,深沉不已。

辞野始终缄默着站在一旁,此时略微歪了歪头,这才望见老太太身后还站着一位老者,看他们面上岁月的痕迹便足以推断出,二人大概都在古稀之年。

方才辞野未说出口的话,似乎也没了再说下去的气力,最终消融在喉间,仿佛那只是一阵冲动。

"当然可以了。"时欢莞尔,老太太当即面露喜色,将自己的手机递给她,随即便回身拉着老伴,二人不紧不慢地坐在了公园门口的长椅上,等待时欢拍下照片。

时欢蹲下身,将手机摆正,找了个最佳角度,将二位老人以及他们身后的公园,都圈进了手机镜头中。

他们挽着彼此的臂弯,笑意清浅,气氛闲适,甚至有几分甜蜜。

时欢目光微动,旋即轻笑一声。真幸福啊,这大抵便是老夫老妻的浪漫了。

此时的时欢只顾着感慨眼前这对老夫老妻的爱情,全然没有发现斜后方的辞野正凝视着她。

日光洒在女子的身上,恰到好处地描摹出她面庞的线条,在她那微弯的嘴角上闪耀着,美得不可方物,与记忆深处的身影重合,再度将二人过往的那些回忆拼合。

光晕顺着她的下颌流转而下,缓缓掠过那白皙纤长的脖颈,在两抹锁骨处泛起涟漪,看得人心跳都停了半拍。

辞野喉间微动,强制性别开自己的视线,呼吸都有些不稳。

辞野,你怎么回事?他眉头轻蹙,不禁在心下暗骂自己的反常。

而时欢全然没有注意到辞野,找好角度便按下拍摄键,拍好后便上前将照片给他们看,嘴角还挂着笑:"好了,你们看看满不满意?"

"满意,很满意。"老太太喜笑颜开,当即拉过身旁的老伴,"等花园没了,我们就看看照片吧。"

老爷爷嘴角微弯应了一声,随即便抬首对时欢和蔼地说道:"谢谢你啊小姑娘，愿意花时间给我们拍照，真是麻烦了。"

"没事，不麻烦。"她连忙摆摆手，"倒是爷爷奶奶你们，感情可真好啊。"

老太太闻言，嘴角笑意更深。她没答话，只抬起手轻轻示意了一下时欢身后，含笑道："小姑娘，你男朋友在后面看着你呢，快去找他吧。"

时欢愣了愣，回首去看，刚好对上辞野的视线，望进他眸中那潭幽深的水。

男朋友吗？时欢哑然失笑，不禁轻轻摇头，却也没有解释，便同二老简单道别，脚步轻快地走向了辞野。

"你不用送我回去了，一会儿到路口我直接打车就好。"时欢说着，将装着巧克力的袋子递给身旁的辞野，"唉，刚才那对爷爷奶奶真好啊，挺难得的。"

辞野闻言扬眉，似乎有些兴致："你很羡慕？"

"多少有点羡慕吧，嫁给爱情这种事大概是所有女孩子的梦想。"时欢略一耸肩，虽口中说着这种话，却也没什么正经模样，半开玩笑似的说道，"辞队你这就没看透我了，别看我这人没个正行，其实我也是想图个安稳的好吧？"

辞野不置可否，只意味不明地低笑一声。

时欢望着他，沉默了几秒，突然笑着轻拍了下他的肩膀，道："我开玩笑的，我这人无浪不欢，今天不造作，明天变垃圾，这点你可比谁都清楚。"

辞野"嗯"了声，却淡淡吐出三个字："我不信。"

时欢听见这三个字有些纠结。他说他不信，可他不信什么？是不信她说想要安稳，还是不信她后来的解释？

虽然心里做着激烈斗争，时欢面上却没表现出半分不对劲，她最终也没有问清楚辞野那句"我不信"指什么，而是适当转移了一个话题："对了辞野，你之前想问我什么来着，结果被老奶奶给打断了？"

辞野顿了顿，随即果断答道："没什么，你听错了。"

"啊？"时欢眨巴眨巴眼睛，"不会吧，我好像记得听见你说什么当年……"

"我忘了。也不是什么重要的事，等想起来再说吧。"

时欢只得作罢，倒也没察觉出其中的隐情，耸了耸肩站在路口观望起来，看有没有出租车可拦。而辞野见时欢并没有追问下去，不禁松了一口气。

有些事要慢慢来，有些问题还是晚些再问比较好。

其实他当时是想问她，当年她一声不吭就出国的真正缘由。

事实上，他们现在的关系很怪异。因为五年前时欢离开后，他们都不曾提及分手，只是默契地不再联系对方。这段关系结束与否，怕是只有当事人心里清楚了。

而且说实话，时隔多年，辞野现在还有些摸不清当初二人分开的原因。

那不过是一场饭局，时欢一反常态地给他灌酒，二人微醺去了酒店，顺理成章春宵一度后，辞野再醒来时枕边已然微凉，哪里还有时欢。

那时她什么都没留下，手机关机联系不上，就连她父母都不清楚她的去向。而辞野又是自尊极强的人，寻不到人，便干脆放弃。

后来想想，二人在一起以来矛盾鲜少，各方面都算融洽，仔细想想彼此间的尖锐问题，也就那些。分析过后，辞野大抵也明白了她出国的原因，只是欠缺当事人的证实。

他本以为二人此后怕是再无续集，然而谁知这世界如此之小，轮转几番，命运终究还是让他们相遇了。

只是这次，他不想为了那些乱七八糟的理由放走她了。

收回思绪，辞野望着时欢的身影，眸色微沉。他这辈子难得为谁较真，好容易才遇见了一个，却还让他吃了瘪。他不会就这么放过她的。

很快，时欢便拦下一辆出租车。车在她面前缓缓停下，司机将车门解锁，时欢便上前拉开了车门。

她还不忘回头对辞野挥挥手，嘴角微弯地对他道："今日一别，再见又不知道是什么时候了，辞队，你可要记得想我啊。"

语罢，时欢还挺俏皮地给辞野丢过去一个wink（眨眼），也不等辞野开口，便侧身上了车。

她伸手，正欲将车门关上，却见辞野以迅雷不及掩耳之势伸手拉住了车门。她登时一愣，千算万算也没想到辞野会这么做，不禁有些茫然地望向他。

只见辞野略微颔首凝视她，眸中暗色仿佛要溢出来，内里情绪复杂得令时欢捉摸不透。

随后他俯身靠近时欢,二人的距离倏地拉近,时欢猝不及防,也没来得及给出什么反应。

她清晰地听见自己那逐渐杂乱的心跳,思绪也开始混乱,脑中陷入短暂的空白。

辞野盯着她,将这小姑娘的纠结与慌张尽收眼底,他低声轻笑,略一倾身,在她耳畔一字一顿道:"时欢,我们来日方长。"

他说话时,暧昧的气息拂过时欢的耳畔,仿佛有电流经过身体,引得她一阵酥麻。

时欢闻言顿了顿,半晌眨巴眨巴眼睛,半句话都没吐出来,也不知是无话可说还是怎的。

彼时辞野已经从容地直起身子,正欲回身离开,却被时欢给扯住了衣角。

辞野长眉轻挑,侧首望向她,只见她神情似乎有些纠结,犹豫了一会儿,终于下定决心般抬首对上辞野的视线,小心翼翼地问了句:"方长是谁?"

辞野只觉太阳穴突突地跳,好容易才平复好了气息,抽身一把摔上车门,对司机冷声道:"送她去洸和花园,谢谢。"

也许是因为辞野的气场太强,司机便忙不迭点头,当即发车驶向了目的地。

车内,时欢无趣地撇了撇嘴,双手抱臂百无聊赖地靠在车座上,在心底叹了口气。

唉,不就稍微开了个玩笑吗,又摆冰块脸。五年不见,辞野还是那么闷骚啊。

这么想着,时欢的嘴角又不可抑制地上扬,她突然想起辞野方才说的"来日方长",不禁怔了一瞬。

来日方长……他是什么意思?时欢百思不得其解。

她以为,多年后重逢,辞野应该是对她避之唯恐不及的,辞野的行为却与她想象的大相径庭,不但不回避,反而还在靠近她?

时欢发现,自从她回国遇见辞野后,她心底的疑惑便越来越多了。

可怜时欢这种什么事都喜欢摊开说的耿直性子,天知道她费了多大的力气,才成功控制自己没去问辞野到底什么意思,真是快憋死了。

时欢念此便长叹一声,司机等红灯时有些无聊,便问她:"小姑娘,你和你男朋友不错啊,相处挺有趣的。"

"我和他?"时欢闻言歪了歪脑袋,无奈地牵了牵嘴角,笑道,"啊,我们其实不是那种关系,他已经是我前男友了。"

"那真的挺遗憾的啊。"司机没想到她会给出这样的回答,一时难免有些唏嘘,语重心长道,"小姑娘,我看你们相处挺好,两个人之间有些矛盾,一定要好好说。人生又不像小说,只有一个结局,生活中难免有些坎,但只要你肯回头,就有机会重新开始。"

这位司机倒是颇有感触。时欢闻言陷入沉默,垂下眸子,目光散漫地盯着某处出神。

爱要好好爱,话要好好说,她也知道这个理。可是有些错误一旦犯下,挽回的概率近乎为零。

感情中有千百个可犯的错误,唯有沉默地离开最不可饶恕。不巧,她犯下了这个错误,因此也当自食恶果。

五年前那场意外仍旧是蒙在她心头的阴影,她自己都不敢回想,还如何能告诉辞野?她连坦诚都不能给他,却还想靠近他。

时欢勾了勾嘴角,不再多想,侧目望向窗外的景物。

这座城市依旧繁华忙碌,好像和当年也没什么区别,变化最大的,大概就是她的心态了。

到达小区门口后,时欢付完车费便走进了小区,乘电梯来到相应楼层,走到自家门口,从包包中摸出钥匙,打开门走了进去。

回国后,时欢好好将房子收拾了一番,衣柜鞋柜也全部换新,虽然花了不少钱,不过居住环境总归是舒适不少。

时欢反手关上门,换好鞋便懒懒散散地来到卧室,换了身新衣服,坐在化妆台前准备化个妆,待会儿找迟软出去逛逛。

时欢将角落处的化妆包拿过来,随意瞥了一眼,便望见了化妆包后的小相框。

照片中的二人还是有些青涩的模样,少女眉眼间尽是粲然笑意,少年虽神色冷清,眸底的柔和却是掩盖不住的。

时欢愣了愣，过往的回忆登时涌上前来，她倒抽口气，强行掐断了脑中思绪，抬手"砰"的一声将相框倒扣在桌上。

时欢深深合上眼，不禁哑然失笑，捏了捏自己的眉心，心下的无奈扩散开来。

时欢啊时欢，你还说辞野怎么着，你自己不也是念及旧情？真够好意思的啊。

时欢平复了一下气息，心情有些复杂。她只简单化了个淡妆，拿起手机正要给迟软打电话，却有个来电。

时欢看了眼来电显示，不请自来，正是迟软。

"喂，宝贝。"她接起电话，身子自然向后靠，后背靠着椅子，"我正想找你呢，咱们真是心有灵犀。"

"得了吧，你找我不就是想找个人陪玩儿？"迟软叹了口气，直接揭穿了时欢。

时欢翻了个白眼，直接摊开说："你知道我要找你玩，你不还是接电话了？说明你也无聊，女人啊女人。"

"不啊。"迟软一本正经地否定她，"你是我的宝贝心肝甜心蜜饯儿，我可是巴不得成天跟你在一起。"

时欢无语了，怎么跟讽刺似的？

迟软悠悠然叹了口气："可惜我的宝贝见色忘义，昨晚干什么了也不跟我说。"

时欢眨巴眨巴眼睛，自然明白迟软在说什么，却不正经道："昨晚我想你想到睡不着啊。"

电话那边的迟软吃了颗草莓，闻言不紧不慢地提醒时欢："时欢小姐姐，我刚办了两张健身房的卡，而且还是A市最大的那家。"

时欢瞬间正色道："其实事情有点复杂，我这就跟你简单概括下。"她清了清嗓子，说道，"昨天不是下雨吗，因为一系列花式意外，我不得不借住在辞野家里。"

迟软顿时被呛到了："这、这么快就'本垒打'了？！"

"不。"时欢的眼角跳了跳，迅速否定，"'本垒打'是不可能的，这辈子都不可能的。"

迟软闻言觉得有些没劲，叹了口气低声道："说得好像没打过似的。"

"恋爱中的男女对那方面是食髓知味的。"时欢"啧"了一声，赶紧结束这个奇怪的话题，"就这样了，然后我一夜无梦睡到天明。"

说完，她回想起什么，喃喃道了句："不过有点遗憾啊……"

迟软再次吃了颗草莓："什么？"

"我发现辞野家好像塞不下第二张床了。"时欢蹙眉道，揉了揉头发，"唉，就很急。"

迟软："很急？"

"不说这个了，反正也没发生什么。"时欢话锋一转，"去健身房放松放松吧，在家里也无聊。"

于是，二人约定了见面地点，打算一同去健身房健身。

与此同时，张东旭在小吃街买了一盒炸土豆，边吃边从店中走出，艳阳高照，他有些不适地眯起双目，余光却刚好瞥到不远处经过的男子。

那抹身影可是眼熟得很，张东旭忙抬高声音喊道："辞队！"

喊完，他见辞野停下步子朝这边看过来，便抬脚走近了些。

"巧啊。"辞野打了声招呼，"来吃东西的？"

"啊，我吃点东西，等会儿去健身房锻炼。"张东旭示意了一下手中的炸土豆，叹了口气，"我本来和李副队都说好了，还特意办了两张健身卡，结果他今天去相亲，我得一个人去了。"

说完，他似是想起什么，问道："哎，辞队，你今天还有什么安排吗？不然咱们俩过去？"

"我倒是没什么事。"辞野思忖几秒，道，"行吧，那等我把巧克力给席然带回去。"

张东旭见有同伴了，心下便愉快了些。辞野住的小区就在旁边，巧克力送到后，小席然表示十分满意，便美滋滋地抱着巧克力去看电视了。哮天窝在他身边陪着他，模样懒洋洋的。

辞野去换了身黑色运动服，抬手整了下衣裳，站在门口微抬下颌，对张东旭道："走。"

两人上了辞野的车，到前方路口时红灯恰巧亮起，辞野"啧"了一声，踩下了刹车,开始新一轮等待。

他的身子略微向后倚,手搭在方向盘上,指尖有一下没一下地轻叩着。

张东旭坐在副驾驶席上,思考了好一会儿,脑中过了无数流程,终于下定决心般深吸一口气,侧首看向辞野。

他这番动作有些夸张,辞野长眉轻蹙,侧首与他对视,问了声:"怎么了?"

"辞队,我就问一下啊。"张东旭清了清嗓子,一本正经地问道,"就是早上,时欢姐怎么在你家?"

辞野闻言,似乎有些意外,不过他瞬间便恢复常态,略一颔首:"我还以为你不会问这件事。"

张东旭有点儿蒙。所以,辞队有没有正面回答的打算?

"你想问我和时欢的关系?"

张东旭忙不迭点点头:"嗯嗯!"

辞野神情从容了一些,笑问他:"李辰彦什么都没跟你说过?"

张东旭的第一反应——完了。他尽量控制好自己的面部表情,正儿八经地睁眼说瞎话:"没啊,因为李副队从没提起过这些事,所以我才那么好奇。"

也不知辞野信没信,总之辞野闻言便若有所思地点了点头,却也没急着开口。

红灯结束,辞野启动车子前行,车内陷入了短暂的寂静。

辞野目视前方,对一旁的张东旭淡声道:"时欢是我前女友,我跟她五年没见了,前段时间是偶遇。"

这个张东旭早就知道了,他点点头,紧跟着问道:"那辞队,今天早上是怎么回事?"

辞野长眉轻挑,似笑非笑地将问题给扔了回去:"一下子出来这么多问题?"

张东旭闻言顿了顿,也意识到这个问题太过私密了,心里暗骂自己太没数。

"辞队真是对不⋯⋯"

张东旭都做好了跟辞野道歉的准备,话出一半,就听辞野说道:"昨晚她住在我家。"

张东旭却傻眼了,有些蒙地看向辞野:"啊?"

刚才,辞队说什么?好像有点劲爆?

"昨晚雨太大了,由于一系列意外情况,她昨晚暂住我家。"辞野将事情简单说了一遍,"就这么简单。"

说完,他停了几秒,又补充道:"什么都没发生。"

张东旭目瞪口呆,半晌才将这个消息成功消化,听到辞野最后那句"什么也没发生",犹豫了一会儿,旋即小心翼翼地问他:"辞队,那你的意思是,希望发生点什么吗?"

辞野默了默,眼神复杂地看了一眼张东旭,没说话。

张东旭顿时捂住了自己的嘴。完了,他知道的是不是太多了?

抵达健身会所,时欢和迟软换好衣服后,一同去跑了会儿步。

时欢稍微出了点汗,活动开身子便去练腰部旋转机了,迟软则去做有氧运动,二人分开前,迟软还不忘打量几眼时欢的马甲线,啧啧感叹了两声。

时欢瞬间会意,笑眯眯地拍了拍迟软的肩膀:"宝贝啊,少吃甜品多锻炼,要做好随时迎接春天的准备。"

迟软也笑着拍回去:"说得好,到头来你的第二春还是辞野。"

时欢的眼角跳了几下,她摆手示意这对话简直没法继续,便抬脚走出了健身室。

刚走出来几步,时欢便见旁边几位女孩子正站在一起,望着某个方向低声讨论什么,看表情,似乎是看到了什么好光景。

时欢顺着她们的视线望过去,只见一名男子背朝这边,正做着引体向上,提身动作从容不迫,毫不费力。

他背部的肌肉线条极为流畅,手肘撑起身体的瞬间,手臂线条紧绷,实在是视觉享受,看得人咋舌不已。

时欢喉间微动,垂眸轻声低笑,果然是好光景。

辞野心下记着数,每提身一次,数字也随之增加,待数到二百时他松手落地,稍微平复了一下气息。他伸手拿过一旁的矿泉水,饮水时下颌微抬,有水光顺着滑落,滑过喉结,没入胸膛。简直就是男版的活色生香。

时欢见一旁几位小姑娘眼睛都看直了，不禁暗自翻了个白眼，正要上前打声招呼，却见辞野略一侧首，目光与她对接。

辞野顿了顿，长眸微眯，语气中有些诧异："时欢？"

时欢眨眨眼，感受到身旁妹子们的目光，干脆把握住机会，笑眯眯上前打招呼道："又见面了，你的身材真是越来越好了。"

本还有想上前搭讪的女孩子，见目标已经"有主"了，只好摇了摇头，拉着朋友去了别处。

望见时欢嘴角微扬，似乎有些小得意，辞野便明白了她的意思，低笑了声，意味不明道："怎么，看不顺眼？"

"辞队，你女人缘还真好啊。"时欢干脆利索地忽略辞野这问题，扬眉看向他，调侃道，"这些年身边也不缺桃花吧？"

辞野看着她，眉眼间似乎染了些许笑意："你很关心这个？"

"没有，绝对没有。"时欢迅速否定，仍是漫不经心的模样，"我就是随口……"

"这五年，我都是一个人。"辞野声音淡淡的，打断了时欢的话。

时欢当即哑然，微启唇，未说出口的话就在喉中这么不上不下地悬着。最终，她眨眨眼睛，笑了声："看来辞队为了保家卫国，都贡献出自己的恋爱时间了。"

辞野低声嗤笑，也没说什么，只略一挑眉："我还没说什么，你倒是急着给我找理由。"

时欢一愣，他什么时候这么擅长话里有话了？

"行啊，那你说说，为什么你这五年都单着？"她深吸一口气，皮笑肉不笑地抱臂与他对视，"难不成是旧情难忘？"最后一句不过是开玩笑，时欢也没正经说，根本没放心上。

就在此时，时欢身后传来熟悉的男声，听语气似乎还有些意外："时欢姐，原来你也在这儿啊？"

时欢回首看了一眼，认出是张东旭，笑着同他打了声招呼："嘿，又见面啦，缘分哪。"

怕不是和他的缘分。张东旭讪讪一笑，心底这么想着，看了看辞队："那你们继续？"

时欢一本正经地点头："谢了小张，把辞队借我一会儿，我有事要问清楚。"

然而辞野闻言，却只是饶有兴趣地盯着她，刚才的问题也没给她一个回答。

张东旭忙不迭应声："那我等会儿……"

"我下午还有事。"辞野却在此时出声，微抬下颌示意健身房出口位置，对张东旭道，"时间差不多了，走吧。"

时欢愣住，当即眉头轻蹙，伸手想拉住辞野的手腕："等等……"

话还未出口，辞野便握住时欢的手，眸色微沉，颔首轻唤："时欢。"

掌心温度传来，时欢发现自己又开始心律不齐，面上却照旧笑嘻嘻的："辞队，你就这么牵我的手真的好吗？"

"更过分的都做过，牵个手算什么？"辞野不置可否，难得让时欢窘迫一次，"你好好想，我到底什么意思。"

语罢，他便留下愣神的时欢，同张东旭离开了健身房，步履从容，不慌不忙。

半晌时欢才回神，有些焦躁地抓了抓头发，她心里乱糟糟的。留个悬念就走，辞野这行为实在有点儿恶劣。

时欢没将偶遇辞野的事告知迟软，冲澡的时候一直在出神思考，就连开了凉水都没注意。

待冰冷从头顶蔓延到脚底她才反应过来，手下一慌反而将水量调大，淋得更透彻了。

一冷一热的，时欢把淋浴头关上后便结结实实打了个喷嚏，她吸吸鼻子，无奈地笑了出来。

时欢啊时欢，你真是有够没出息的。他的几句话，就让你栽彻底了。

似乎，辞野从来都是时欢命中的不可抗力，就连时间都无法将其改变。这太糟糕了。

时欢回家后，脑袋昏昏沉沉的，还有些鼻塞，她就知道自己大概是要感冒。

身子没什么力气，她又乏又困，去厨房倒了杯热水喝，这才缓过劲来。

时欢换上睡裙，滚进被窝，打算先小憩一会儿再吃药，然而意识越来越模糊，她竟不知不觉睡沉了。

浑身发冷，脑中一片空白，浑身上下说不出来地难受，时欢不知道这种状态持续了多久，意识到自己在发烧，想要挣扎着醒来，却是徒劳。

她好像做了个梦，梦见血色与绝望，梦见自己身处硝烟四起的战地，有人哭喊着，却握不住逝去的生命。

昏暗中她触碰到什么人，对方肌肤冰冷，没有半分生息。悲怆在寂静中疯狂叫嚣，似要吞没她。

时欢蓦地睁开双眼，呼吸不稳。所幸周身安稳，房间内空无一人，唯有她躺在床上浑身滚烫。

又梦到五年前的事了。时欢自嘲地笑了声，突然有些烦躁，也不想吃药了，索性翻了个身，又沉沉睡去。

如坠冰窖，却又遍体滚烫，整个世界空旷又模糊，眩晕感令人几欲作呕，时欢能清晰地察觉到，自己在发高烧。她昏昏沉沉的，身子使不上力气，也不知现在是什么时候了。

迷糊间，时欢似乎又坠入一个温柔的夏日时光。

那已经是多年前，温和的午后，光晕熏微，草色青葱，少年好似就站在眼前，好看的眉轻皱着。少女堵在他面前，怀中抱着只小奶狗，她面上一副无辜模样，眸中湿漉漉的，歪了歪脑袋，对他笑："你回来啦，我这几天给你找了个陪玩的小宝贝哦。"

说着，她抬了抬手中的小奶狗，狗狗的腿部尚且缠着绷带，她讪笑一声，凑上去眼巴巴地瞅着辞野："养着好不好，养着吧，辞野你看多可爱啊。"

辞野那时整日忙于部队中的训练，压力很大，能腾出来的时间更是少，面对时欢提的要求，他实在是头疼。他抬手捏了捏眉心，长眉轻蹙，问她："从哪带回来的？"

"我回家时在路边草丛找到的。"时欢见辞野这么问，连忙乖乖地回答道，"它受伤了，我给它处理好了伤口，今天才带它下来跑跑呢。"然后，她就撞见了突然回来的辞野。

时欢暗自吐了吐舌头，心下惊慌，面上却没表现出来。

小奶狗窝在时欢怀中倒是乖巧，不闹腾，也不叫唤，望见辞野后，便睁着一双水灵灵的大眼与他对视,那模样比时欢都无辜。

辞野薄唇微抿,心下软了几分:"你想养它?"

"它的用处很大的!"时欢一本正经地摇摇头,抱紧了怀中的狗狗,"你想想,如果有了它,你累的时候就有两个宝贝陪着你了!"

辞野沉默半晌,终于笑着轻叹一声,眉眼柔和了几分:"好,那就再多一个宝贝。"

时欢当即展露笑颜,踮起脚对准辞野的脸颊就亲了一口,刚要撤离,就被辞野单手揽住了腰身,下颌被他抬起,一个吻落在了唇间。

美好的场景定格,多年过后,好像只有时欢还停留在此处。

时欢发现这场感情中,她总是以各种方式在辞野身边留下痕迹,而她身边,却鲜少有辞野留下的什么,因此最后她一声不吭地离开了他,这么多年也没什么东西能用来回忆他。

身体的知觉在逐渐消退,感官有些麻木,时欢缓缓睁开双眼,目光所及之物都有些重影。她还在梦里吗,还是说已经醒过来了?

抱着这个疑惑,时欢向旁边望去,望见灯光昏暗的房间,她眯了眯眼睛,半晌,意味不明地笑了声。如果睁开眼睛身边空无一人的话,那就说明她是在现实中了。

天色似乎已经暗下,时欢仍旧有些不舒服,但身子酸软无力,她便任由自己躺着了。回想起方才的那场梦,时欢不禁皱眉。

别再想了,时欢在心里对自己说。她真是服了自己了,永远无法控制自己去接近辞野,但又无法对他坦诚。

创伤的后遗症让她无比敏感,一旦想起些许当年事故的片段,她就会浑身发冷,好像又回到那濒死边缘。时隔多年,她还是没能真正克服心里那道坎,不敢将事件回忆起来。

有些无能啊,时欢这么想着不禁笑了声。脑袋里乱糟糟的,胃里也不舒服,她蜷了蜷身子,换了个稍微舒服点的姿势,竭力想要忽视这份不适。

时欢身体素质不错,发烧的话,多喝点水,盖上被子睡一觉发发汗,醒来差不多就能退些烧了。但方才做的梦导致时欢异常清醒,无论如何都睡不着,偏偏意识又蒙眬得很,浑身上下所有的不舒服都能感受得到,那滋味实在一言难尽。

人在生病时，似乎更容易将委屈放大。

时欢撇了撇嘴，有些费劲儿地从枕边摸过手机，想玩会儿手机酝酿酝酿困意，谁知她点了几下，便点出了辞野的微信。

到了这时候，时欢都不知道自己为什么要找他了。

她有些蒙地给他发了条语音："辞野。"

发完，时欢盯着手机屏幕看了会儿，就在她在心底嘲讽自己多事的时候，辞野回复了她："嗓子哑了，怎么回事？"

时欢微怔。语音消息不过两个字，这种小细节，都被他发现了？

不知怎的，时欢觉得鼻子有些发酸，心底惯性压抑着的委屈似乎也涌了上来。

时欢从来都是个极其独立的人，兴许是在异国的几年养成的习惯。她因为学业与工作，时常辗转于各个新环境，结识不同的人，出国这几年她似乎也没怎么交过朋友，时间不足，也没有心思。遇到了问题，她从不麻烦别人帮忙，即使独自处理会多受些苦，她也通通一声不吭地扛下来，刚开始还会觉得累，不过时间久了，似乎也成了习惯。

可当她安静下来，下意识中，她还是觉得辞野是个令她百分百依赖的存在。仔细想想，自己能给他什么？

时欢在心底暗讽自己一声，清了清嗓子，佯装无事地录了句语音发给辞野："有点发炎，我就是无聊喊喊你，我要睡了，有空聊。"

说完，她便干脆把手机调成静音，将自己严严实实地裹在被窝中，合上双目酝酿睡意。

所幸这次比较顺利，很快，时欢的眼睛便沉重起来，终于，她再次入睡。

与此同时，辞野听完时欢发来的语音消息，不禁蹙眉。

总觉得哪里不对劲，他这么想着，又将短短两条语音消息听了几遍，果然听出时欢嗓音的异样。

真的只是发炎了？辞野对此保持怀疑。他给时欢打了个电话，结果无人接听。结合种种迹象，他猜测她大抵是发烧了。虽然时欢口口声声说就是随便喊他一声而已，但辞野知道她那死不服软的脾性，即便当真生了病，也不会对他实话实说。

既然她不说，那他似乎也没什么过去的必要，也省得到时候再出现什么尴尬场面。

辞野这么想着，便垂眸继续看书。

哮天吃完饭盒中的食物，打了个哈欠，慢悠悠逛到辞野脚边趴下，蹭了蹭他。

辞野目光微动，望着哮天，淡声道："她应该没事。"

哮天茫然地抬首看他，似乎没听懂他在说什么。

辞野放弃纠结，只皱了皱眉头，继续看书。哮天懒洋洋地将下巴放在地板上，闭目小憩。

几秒后，辞野"啧"了声，再次看向哮天，语气中却多了份复杂："她应该没事？"

听着主人前后两个句子，哮天有些辨识不能，歪着脑袋也有些疑惑。

"该死的。"辞野忍不住骂了一声，终于有些烦躁，起身将书合上放于桌面，无可奈何地叹了口气，捏了捏眉心。

他真是服气了。想到时欢万一发烧熟睡无法开门，辞野便去了自己的卧室，从床头柜第一层抽屉的角落处，摸出一把钥匙。他望着手中的钥匙沉默半晌，最终起身离开。

开车来到时欢的住所，辞野用钥匙将门打开后进屋，反手关上门，望着眼前熟悉的房间布局，眉头轻皱，抬脚便走向了主卧，推门而入。

床上的人儿用被子将自己裹紧，只露出半张脸来，发丝略微散乱，脸颊两侧泛着病态的潮红，看起来十分可怜。

辞野推门的声音并不算轻，而时欢是对周遭环境十分敏感的一个人，此时却无任何反应，看来的确是状态不佳。

此时的时欢哪里还有半分神采？她虚弱无力地躺在床上，意识模糊，憔悴的模样看得辞野心下狠狠一沉，痛得发闷。

时欢的身子有些麻木，她睡眼蒙眬间，似乎感觉到有人将手放在她的额头上轻轻试探，力道轻柔，小心翼翼，对方的肌肤带着些许凉意，贴着很舒服。

时欢低喃了声，将双眼睁开一条缝隙，好像看见了坐在床边的辞野。仍旧是那熟悉的面庞，只是他眸中竟盛满了担忧与怜惜？

时欢有些不解，费劲儿地辨析了一下，好像真的是怜惜这种情绪。

她有些发蒙，随即轻笑出声。睁开眼有辞野的话，那就是梦了吧？那在梦里的话，是不是干什么都行？

时欢这么想着，微睁着双眼，哑着嗓子轻声唤："辞野。"

辞野见她似乎有些意识，顿了顿，淡声应她："我在。"

这梦还挺真实的啊，她哼了声："对不起啊……"

他这次没应，只是指尖微动，将手从她的额前拿开。谁知下一瞬，时欢便略微侧首，将脸颊贴上了他的手，眸中水光潋滟，开口软糯糯地说道："你说我们现在，到底是什么关系？"

时欢发着高烧，整个人迷迷糊糊的，双眸半眯泛着粼粼水光，病态而慵懒，竟有种别致美感。

她的嘴角似有似无地弯起，柔软的脸颊靠着辞野微凉的指尖，开口喃喃："辞野，我们是什么关系？"

如此暧昧，他们究竟是什么关系？五年前的那场分离，无人提及分手，五年后的重逢，他们却也闭口不谈当初。

他们，究竟是什么关系？这个问题也始终困扰着辞野。

他如此清醒，清醒着靠近她，清醒着任那莫名的占有欲肆意蔓延，紧紧将他捆绑。他们之间的互动好似亲密无间的情人，但彼此都能清楚地感知到那层隔阂。若不破坏掉那层隔阂，这乱七八糟的情愫也只会继续混乱下去。

辞野沉默良久，长眉轻蹙，眸中难得出现几分纠结，淡声答："我不知道。"

时欢分不清这是梦境还是现实，只觉得辞野在梦中还是这般情商低下，不禁轻叹一声，勉强裹了裹被子，合上眼道："算了，好像也是我一直缠着你。"

她泄气般，声音没什么情感，低声道："你走吧辞野，我等会儿自己吃药。"

"时欢，你在闹什么？"辞野被她气笑了，仍旧保持着自己的冷静，"你别忘了你也欠我一个答案。"

"我欠你的多了去了。"时欢嘟囔了一句，"不就是五年前我离开的原因吗……"

她虽然意识模糊,心里倒是清楚。

辞野薄唇微抿,虽不想乘人之危,却还是将声音放低缓,问她:"你告诉我原因,我就走。"

可辞野不知道,那是时欢无论如何也不愿仔细回想的事情。

她浑身微僵,沉默许久,才低声道:"她死了。"

辞野眉头一皱:"谁?"

即便是在意识模糊的情况下,时欢对于这个话题也存在抵触心理,她无论如何也不愿再开口,固执地闭着眼睛。说出刚才那三个字,时欢心下便又沉重了几分。她此时有些嗜睡,索性一声不响地窝在被窝中,不再说话。

辞野"啧"了声,见她的确是不想提起这件事,只好暂时放下,耐着性子问她:"药在哪儿?"

时欢睁了睁眼,意味不明地笑了声,嗓音带着几分沙哑,道:"你再这么关心我,我们可是连朋友都别想做了。"

她的话音落下,周遭好似寂静了一瞬。就在时欢几乎以为自己要睡过去的时候,突然听身边人轻声嗤笑,她颊边的发丝被轻轻扫开,酥麻感在肌肤上蔓延开来,泛着不可说的暧昧。

他说:"时欢,你好像搞错了。"

她闻言一怔,随即有些困惑地睁开双眼,便对上辞野的视线。

他眸中深不可测,无从窥探,似有暗光掠过:"就算我不清楚我们现在的关系,但有一点我可以确定……"辞野望着她,指尖轻搭在她的嘴角,嗓音低沉,字字落在时欢心头,"无论如何,我们都是做不成朋友的关系。"

时欢目光漾了漾,旋即她弯唇,轻声道:"你过来点。"

辞野蹙眉,最终还是迁就似的,略微俯下身子,贴近时欢。

她开口:"再过来点。"辞野照做。

"很好。"时欢笑了笑,继续道,"亲我一口。"

辞野权当她是发烧了神志不清,当即直起身子,面上神情恢复如常,问她:"药放哪儿了?"

时欢歪着脑袋,笑得纯良:"不是说做不成朋友吗?"

辞野冷笑:"你觉得我亲一口就能完事?"

她闻言便老实了，闷声告诉辞野退烧药在哪儿后，乖乖合眼小憩。辞野冲泡好退烧药，便回卧室去给时欢喂药。

时欢生病时异常乖巧，除了嗜睡外，不作也不闹。辞野将她从被窝中拉出来，她哼唧了一声，便懒洋洋地靠在他怀中，张嘴等喂。

辞野眸色微沉，蹙眉对她道："你不是要自己吃药？"

"我生病了。"时欢从容不迫地回应他，"我说过的话很容易忘。"

辞野算是服气，也懒得跟时欢僵持，索性将汤药喂给她，好让她赶紧睡觉。时欢也没再闹，兴许当真是疲倦了，喝完退烧药，便自己钻回了被窝中。不过几分钟时间，时欢便已经入睡。

辞野将杯子刷干净放好，收拾利索后回到卧室。他长腿一迈，走上前坐在床边，垂眸望着时欢的睡颜。

房内一片寂静，唯有时欢清浅的呼吸声似有若无。

辞野看了眼窗外，此时天色已晚，星辰明月都现出了形。他捏了捏眉骨，回忆起方才时欢那些无厘头的话语，心里突然乱糟糟的。

他和时欢之间仍旧有着千丝万缕的联系，他尚未有什么动作，却发现时欢似乎想要斩断这些联系。

五年前她不声不响地离开，这件事是横亘在二人之间最大的问题。

念及此，辞野眉头紧锁，想着时欢那句简短的"她死了"，心下疑惑越积越多，这滋味实在是不好受。

谁的死亡，会让时欢离开故土，远赴海外，不顾一切地离开他？

辞野无从得知答案，除了时欢亲口说出来。

许久，辞野轻叹一声，对情绪的控制有些松懈，眉眼间便浮现几分倦意。他看了眼时欢，决定再待一会儿看看她退烧的情况。

此时闲来无事，他便起身随意打量着时欢的卧室。对比当年，房间似乎也没什么改变，不过她刚回国没多久，大抵也只是整理打扫了一下房子。

时欢家的钥匙始终被辞野放在床头柜中，只偶尔会拿出来看看，随后再擦净放回去。

时欢走后，辞野一次也没去过她家里，也许是固执地不愿触碰过往记忆，也许还有其他原因。

虽说辞野性子硬，处理感情也是干脆利索，除了哮天外，他几乎将时欢留在他身边的所有痕迹都清除干净了,却因为心有遗憾,便将她同他一起拍的照片打印下来摆在床头。

辞野现在还记得时欢离开的那天,他花了一天时间来扫去她的痕迹,情绪却更加复杂。他在清除她的痕迹的同时,也在将他们的往事一点点回忆。

她留下的那串手链,是她亲手编好,在他生日那天送给他的。辞野一直好生保存着,直到最后也没舍得丢弃,便放在了自己的储物柜中,每次出任务前,就拿出来看一眼。

想起这些往事,辞野心里难免有些泛苦,他轻声叹了一口气,目光随意掠过房间某处,似乎也没什么让他感兴趣的东西。

化妆台角落处有个倒扣的相框,辞野还以为是歪倒了,便好心伸手将它扶起摆正,却在看清楚照片的那一瞬间蓦地顿住。

照片中的主角,赫然就是时欢和他。

这张合照时间已久,不承想时欢还留着。辞野长眉轻蹙,指尖在冰凉的相框上轻轻摩挲,心下微沉,情绪有些复杂。

看来这相框也不是意外歪倒,而是被某人有意掩上的。

辞野摸不透时欢所想,也不知道是否只有他一人隐晦地沉浸在回忆中。他向来厌恶优柔寡断,偏偏在时欢面前,他没半分原则。

辞野去阳台点燃一根烟,明灭星火在指间燃起,他深吸一口,眸色浓得化不开。

夏夜的风夹杂着丝丝凉意,扑面而来,也无声携走了他启唇吐出的薄烟。

几根烟抽完,辞野也掐断了脑中的思绪,洗了洗手,确认烟味可忽略不计后,才走进卧室。

时欢还在沉睡,被子边缘遮盖上她的脸颊,辞野抬手轻轻扯下被子,望见她面上病态的潮红褪下些许,这才稍微放心了些。他用手背试了试她的额头,虽然还有些烫,却已经退烧不少,估计她睡醒一觉就能好了。

辞野终于没什么可操心的事,便要起身离开。

几乎是他准备动身的瞬间,时欢口齿不清地低唤了声什么,辞野稍加辨识,便听出是自己的名字。

"好黑啊……"时欢嗓音有些发颤,声音很低,呢喃道,"别丢下我……"

她开口时,还夹杂着些许微弱的哭腔,辞野顿了顿,唤道:"时欢。"

时欢没反应,眉间轻蹙,始终合着双目,看来是在说梦话。

辞野完全可以在此时离开,反正时欢也察觉不出什么。但时欢那哭音一出来,别说陪着她,连这病痛与梦魇辞野都想替她受了。

辞野薄唇微抿,从一旁拿把椅子在床边坐下,顿了顿,最终还是握住了时欢的手。

时欢似乎在睡梦中察觉出什么,眉间舒展几分,呼吸也平稳了不少。

夜色深沉,辞野敛眸掩下眸中暗色,那些混乱的思绪,好似突然在这寂静中舒缓开来。

那一刹,他好像是迎来了曙光。

第四章
手可摘星辰

时欢醒过来时,已经是深夜。她不知道自己睡了多久,慢吞吞地眨了眨眼,察觉到自己的身体已经舒适不少,好像已经退烧了。

奇怪,她记得自己好像是没吃药就躺下了。

时欢有些困惑,还记得自己做了场梦,梦挺真实的,梦里的她还跟辞野索吻遭拒来着。

唉,做个跟他有关的梦,都没发生什么美好的事情。这么想着,时欢懒洋洋地打了个哈欠,正要抬手揉揉眼睛,却没抬起来。

时欢当即顿住,察觉到手背上的温热触感,便侧首看向床边。只见她那梦中人正坐在一旁,手肘撑着床边,闭目小憩,眉眼间似乎埋藏了些许疲惫,看起来没少忙活。

时欢有些哑然,尚且没反应过来是怎么回事,垂眸便见辞野正握着她搭在床边的手。即便时欢此时已经醒来,也不见他有松手的迹象。

所以说,那并不是梦。所以说,索吻被拒也是真实发生的了?几乎是瞬间,时欢便意识到了这点。

时欢表情复杂地抹了把脸,简直想把自己给掐死。敢情她就是趁着发烧,间接性揩了辞野的油?

时欢有意将动作放缓,但辞野对周遭环境的变化十分敏感,即便在睡梦中也是瞬间清醒了过来。他蹙眉望向时欢,刚好对上她探究的视线。

两人四目相对,却无言。

时欢尴尬到不知说什么好,只能和辞野大眼瞪小眼,小心脏"扑通扑通"地跳,生怕辞野提起她发烧时说的那些胡话。

所幸辞野并无意提及那些,只是打量时欢几眼,面色如常地问了句:"身体舒服点儿了?"

"嗯,好像退烧了。"时欢忙不迭应了声,乖乖将脑袋凑过去,"要不你摸摸看?"

辞野见她能皮了,就知道她的病已无大碍,当即便松开手,起身拍了拍身上并不存在的灰尘,"那你好好休息,我先回去了。"

"哎,别急啊!"时欢开口阻止他,语气有些急,"这都几点了,你在这休息会儿吧。"

辞野略一扬眉,不咸不淡地回应她:"我刚才睡一觉了,无所谓。"

"多待会儿也可以啊,你还多个陪聊对象呢。"时欢见他停下了脚步,赶紧补充道,"反正你回家也会担心我感冒会不会加重嘛,这个你没什么否认的必要吧?"

她一本正经地说实话,还真是把辞野那点儿埋藏的担忧给道出来了。

辞野看了眼时间,此时已近四点,休息会儿倒也无妨。念及此,他叹了口气,随意地坐到卧室桌前的软椅上,身子略微向后靠,带了几分慵懒。

他盯着床上的时欢,将问题抛给她:"那你说说,你想聊什么?"

"可聊的话题那真是多了去了。"时欢笑吟吟地应他,目光悠悠然落到辞野身上,"不过眼下有一个问题比较重要。"说着,她歪了歪脑袋,"辞野,你为什么还留着我家的钥匙?"

"以备不时之需。"辞野倒是回答得坦然,"比如现在这种情况。"

时欢有些哑然,实在找不出这答案的漏洞,只得哼哼了声,嘀咕了一句:"你就不能再多加点个人感情色彩?"

"个人感情色彩?"辞野听了时欢的吐槽,长眸微眯,"因为我要留个念想,所以不舍得扔掉这枚钥匙……"

辞野的突然坦白令时欢措手不及,她眨眨眼睛,这意外之喜实在是让她有点接受无能,只好轻咳了声,摆摆手道:"我懂我懂,你不用说得这么……"

她话音未落,便听辞野不紧不慢地说道:"你想听的就是这种回答?"

时欢的表情瞬间僵掉。尴尬,这个人绝对是故意让她尴尬的。

时欢做了个深呼吸,努力平复好自己的心情,却还是有点儿气不过,一掀被子从床上坐了起来,腿一迈就要下床。

辞野抬眸便见那双玉足在床边晃荡着,时不时点在木地板上,非常可爱。他的视线顺着修长白皙的小腿上移,那风景是绝妙的视觉冲击,实在是勾人得很。

辞野喉间微动,强行移开视线,嗓音有些低沉:"你躺好,起床做什么?"

时欢记仇,心里还念着方才的尴尬情景,因此答话的语气也不算特别友好:"发烧缺水,了解一下?"说着,她双脚摸索到了拖鞋,穿上后便猛地起身走向卧室门口。

兴许是因为还没完全退烧,时欢还没走几步,便觉有些眩晕,当即双腿发软向前栽去。

辞野不着痕迹地适时伸手拉了时欢一把。然而时欢正处于短暂眩晕中,一声谢谢还没说出来,身子一歪便坐到了辞野的腿上。辞野条件反射,将手搭上时欢的腰,扶住了她。

温香软玉被揽入怀中的那一瞬,辞野蓦地顿住,眸色当即便沉了下来。

他掌心贴着女子不盈一握的纤腰,肌肤的温热透过睡衣轻薄的布料传递过来,灼烧了心下某处,燃起一丛火焰。

时欢还有些不适感,伸手揉了揉太阳穴,全然没反应过来自己背对着辞野的姿势有多危险。而这姿势太过熟悉,即便辞野的记忆淡了些许,身体却还没忘记。

多年前的某个夏日,燥热又沉闷,却是最荒唐愉悦的日子。

他坐在椅子上,阅读着文件,少女散着长发窝在他怀中玩手机,背抵着他的胸膛。白晃晃的腿自然垂下,脚尖轻点地板,腰身微弓,如猫儿般慵懒。

空气中都萦绕着旖旎缠绵的香,二人氤氲的情意,在这柔和的午后,经久不散。

然而就在此时，怀中的人儿身子突然微微僵住，显然也是想起了些许往事。

辞野狠狠"啧"了声，下腹微紧，却还是耐着性子将时欢从怀里给提了起来。

他好整以暇地打量着她，淡声问："要喝水？"

时欢忙不迭将脑中那些香艳的回忆画面给抹干净，讪笑道："对，我有点儿渴。"

她突然恨自己当时胆儿肥，给他们之间制造了那么多带颜色的回忆，肢体记忆简直逼死人。

辞野起身将她按回椅子，抬脚走出了卧室，似乎是去厨房倒水了。

时欢赶紧拍了几下自己的脸，将心下异样的情愫挥开，闭上眼睛缓了一会儿，长舒一口气。

她再睁开眼，便见辞野将水杯递到她眼前，微抬下颌示意："热的，小心烫。"

"好，谢谢啊。"时欢接过水杯，吹了吹，抿一口润了润嗓子。

辞野自觉远离时欢，坐到了一旁，支着手肘打量她，目光清浅，毫无波澜。

时欢想了想，将心底的某个小疑惑给提了出来："对了辞野，你怎么会想到来我家的？"

辞野言简意赅："你给我发语音了。"

"我发语音只是喊了声你的名字，你就知道我生病了，还特意来找我。"时欢闻言嘴角微弯，语气有些愉悦，"难不成你要说这是连锁反应？"

辞野长眉轻挑，看着她道："所以，你想表达什么？"

时欢想也没想，一本正经地道："我的直觉告诉我，你好像对我图谋不轨。"话一出口，她差点儿咬了自己的舌头，生病生得说话都不过脑子了吗？

天知道时欢是费了多大的力气，才没让自己把头低到胸前。纵使她脸皮再厚，这种话说出来也有自作多情之嫌，那场景一定尴尬至极。

她怎么就一冲动，没过脑子就把话说出来了呢？

然而就在时欢忐忑不安时，却听辞野低声轻笑，他略一颔首，目光微动，似是饶有兴趣的模样,望着她,不紧不慢地吐出四字:"直觉很准。"

时欢顿时哑然,难以置信地与辞野对视。

他刚才是说了什么话吗?这是闷骚如辞野该有的坦诚吗?

"不是吧辞野。"时欢佯装惊讶,喝了口水顺顺气,但举手投足间还是流露出些许无措,"你就这么承认了?你知道这话意味着什么吗?"

辞野没答,不紧不慢地起身,一步步走近她。

时欢没来由地倍感压力,喉间微动,将水杯放在桌上,正要开口,辞野却已经立于她面前。

"你发烧时问我,我们是什么关系。"他俯视着她,神色照旧淡然,道,"我现在告诉你,我们已经分手了。"

时欢心下微微刺痛了一瞬,她咬了咬唇,勉强弯起嘴角。挺好的,辞野终于给她一个确切答案了,她也能安心地不再自作多情了。

就在时欢自我安慰时,辞野却略微俯身,与时欢对上了视线。他眸中深邃沉寂,是她所看不懂的静默风暴。

"所以,重新开始。"他开口,嗓音低沉,"我们重新开始。"

辞野话音刚落,时欢便愣住,怔怔望着他。他刚才……说什么?

时欢抬首与辞野对视,却望见他眸中沉寂一片,是比以往还要认真的模样。

"辞野,你……"时欢有些难以置信地伸手,要摸辞野的额头,"你不会是被我传染了吧?"手还没完全伸出去,便被辞野一把握住。

辞野没说话,垂眸望着她,神色严肃。时欢见他这副模样,也彻底明白过来,辞野是认真的。

"你这话有点突然啊。"时欢彻底蒙了,连手都顾不得抽出来,震惊地望着辞野,"你是会吃回头草的人?"

"总有特例出现。"

时欢无言以对。她轻笑了声,脑中灵光一现,好像有什么朦胧的东西被缓缓挖掘了出来。

突然,时欢想起了当时在异国车上,张东旭说的那番话。

她细细回想了一番,自己当时在辞野家里的时候,除了那张照片外,其他跟她有关的东西都没找到。

时欢想着张东旭的爆料,心下有些不稳。虽然她怀疑真实性,但姑且还是问一下好了。

于是,时欢微弯嘴角,扬眉示意了一下:"等等,有更重要的事。"

不待辞野开口,她便抬了抬被握着的手,对辞野莞尔道:"辞野,为什么我上次去你家的时候,发现床头有张挺眼熟的照片啊?就是想不起来在哪儿见过了"

辞野神色一凝,当即松开时欢的手,声音冷了一瞬:"顺眼而已。"

"顺眼?"时欢眸中闪过一抹光,她低声轻笑,"别骗我,我记得清清楚楚,你从来没有打印照片的习惯。"

"是吗?"辞野面不改色,淡声答她,"时隔五年,我的新习惯可不止这个。"

时欢闻言耸肩,虽然只是撒了个小谎,但她心下已经确定辞野在瞒她什么。

"辞野,如果我们真要重新开始,你还保持什么神秘感?"时欢歪了歪脑袋,身子向后靠,姿态闲适,"你在隐瞒什么?"

"我在隐瞒什么?"辞野默了默,半晌低声轻笑,似乎对于时欢的话有些兴致,"告诉你也未尝不可,不过坦诚是双向的,你要跟我说什么?"

时欢还以为辞野是指她对他的情感,便随意摆手:"你随便问喽。"

辞野倒也干脆:"告诉我五年前的事。"

他话音刚落,时欢便浑身僵住,就连那闲适也瞬间消散,随之而来的便是冰冷与僵硬。

五年前的那场意外,是她最不愿回想的事。

望见时欢这副模样,辞野便轻声叹气,嗓音淡淡的:"时欢,你自己都做不到坦诚,还要求我?"

语罢,他撤身,抬脚便要离开,留下一句话:"我承认放不下你,但我不是没原则。"

时欢坐在椅子上,久久静默着。直到关门声响起,她才垂下眼帘,掩住眸底的情绪。

那些被敲碎的记忆逐渐拼合,血色与硝烟好似又重现于眼前,晃得她惶恐。声声哭喊都唤不回的生命,那些场景,是她闭上眼就会清晰浮现的午夜噩梦。那段时间,是时欢信念破碎的日子。

　　头突然传来一阵剧痛,时欢倒抽了口气,指尖搭上太阳穴揉了揉,好像也没缓解多少。

　　回忆起那些事,即便时隔多年仍让时欢陷入莫名的恐惧中,前额都起了层冷汗。她强行撑起身子,将屋内的窗帘拉开,曙光透过玻璃射入她眸中,那冰冷无力的感觉才渐渐远离她。

　　时欢靠在床边,扶着额头平息了会儿不稳的呼吸,情绪逐渐稳定下来。

　　她低声骂了句,去卫生间洗把脸,随后量了量体温,发现已经完全退烧了,恢复得还算不错。

　　时欢拍拍自己的脸,心情有些复杂。

　　她自己因于梦魇不愿回忆的事情,偏偏是令辞野挂心的她离开的缘由,双方这么纠缠下去,似乎没完没了。

　　可是,将那些痛苦的回忆重新拼接起来,她真的能做到吗?

　　接下来的日子,时欢都没见到过辞野。也许偶遇的缘分都用尽了,时欢是这么想的。她其实可以尝试去克服阴影,道出心事。只要他对她伸手,她就跟他走。只是可惜,他不愿更进一步,而她,也没有主动接近他的勇气。

　　往日旧友得知时欢回国的消息,几个女人许久不见,忙在微信拉了个群聊,一起张罗着晚上去蹦迪。

　　时欢听着她们讨论,不禁也回忆起她十八九岁那会儿。她那时候性子野,和迟软她们几个到处浪,后来跟辞野在一起后被他管得死死的,这才消停了。

　　定好晚上的时间后,几人便退出了语音聊天。

　　时欢刻意放慢了整理节奏,饭后她洗了个澡,换好衣服化好妆,时间也就差不多了,她便踩着高跟鞋出门。

　　店内灯光迷离,音乐震耳欲聋,嘈杂而疯狂,一切都沉溺在纸醉金迷中。

　　舞池中央,男男女女的身影扭动着,泛滥着醉人的气息,麻痹着人的思维。

　　时欢和迟软坐在吧台前喝酒聊天,朋友刚从舞池出来,一撩长发走向二人,扬眉问道:"你们两个就在这儿拼酒,也不活动活动啊?"

"姐姐上年纪了啊,蹦不动。"时欢笑着摆摆手,悠悠然跷起长腿,"你们几个丫头都安稳了,就留我和迟软忙事业是吧?"

"哪啊,年纪轻轻图什么安稳?"对方哑然失笑,要了两杯酒,递给时欢一杯,"来,我把她们叫过来,咱们喝酒叙叙旧。"

这会儿欢愉得很,时欢暂时将心里那些乱七八糟的事扫开,沾酒就停不下,也不知喝了多少杯。最后迟软被送回家,时欢喝得烂醉被朋友扶到酒吧门口。她醉醺醺的,问话也答得乱七八糟,好友实在无奈,便摸出时欢的手机,直接给辞野打了电话。她也是喝过了头,都忘了时欢和辞野已经分手了。

电话很快便被接通,她简单说明情况,几秒后听辞野开口:"地址给我。"

奇怪,听到辞野的声音,她总觉得自己好像忘了什么。她蹙了蹙眉,没多想,直接把地址告诉辞野。

好友挂断电话后没一会儿,一辆悍马停在路边,车门打开,一名男子下车走来。

时欢醉酒,只想傍个人小憩。她察觉到自己被拉入一个熟悉的怀抱,还挺舒服的,便蹭了蹭。

好友也困得不行,见大功告成,便挥手告别二人,自觉打车离开了。

辞野望着怀中半睡半醒的女人,隐约闻见酒味,不禁蹙紧了眉,语气也不太好:"醒醒,我送你回去。"

时欢睁了睁眼,见是辞野便嗯了声:"嘿,巧啊。"

辞野黑着张脸,没理她,直接将她打横抱起扔到车里。

时欢不满地嘟囔了句,她包里的东西散在座位角落,辞野耐着性子给她收拾好,却蓦地顿住。他重新翻找了一次,然而并没有看见目标物。

辞野有些头疼,拍了拍时欢的肩膀:"你的钥匙呢?"

时欢随意挥挥手,转个身继续睡:"在家啊……"

辞野真是服了,皱了皱眉骨,简单平复了一下呼吸,坐上驾驶座启动车子,行驶一段路程,瞥见路旁有家酒店,便将车停在了停车场。

时欢整个人昏沉沉的,辞野办理好入住手续后,便带着时欢上了电梯。

时欢全程都很听话,也不吭声,就安安静静地靠着他。

辞野见她不闹，本来还挺放心的，谁知就在走进房门的那一瞬，时欢突然伸手环住他的脖颈，脚尖一踢，便将门给带上。

房内昏暗一片，辞野靠着门，身前是女人略含酒香的气息。她的身体贴着他，勾人得很。

时欢懒懒地靠着他，将唇贴上辞野的领口，略一侧首，口红便蹭下了些。随后她抬起脑袋，眸中酒意泛滥，嘴角笑意纯良。似乎这只是个恶作剧。

倏地，辞野轻笑出声，嗓音低沉："时欢，你给我继续装。"

知道被识破了，时欢便抬眸，弯了弯嘴角："玩笑而已，不好意思，好像过分了。"她说着，松开手臂便想撤身，却被辞野单手掐住了腰，紧接着她身子一转，被辞野抵在门上。

房内灯没亮，时欢变得尤为敏感，察觉到辞野那近在咫尺的呼吸时，身子僵了僵。

"时欢，我警告过你，我脾气没以前好。"辞野开口，嗓音低沉，带着几分沙哑，"出事了，你都给我受着。"

时欢嘴角的笑意尚未敛起，下颌便被辞野抬起。

她察觉到异样，当即要伸手推他，却刚好给了辞野机会，双手都被他制住，摁在头顶。下一瞬，极具侵占欲的吻便落到了她的唇上。

时欢无论如何也不会想到，多年之后，自己还会有被辞野摁着亲的时候。她承认自己借酒试探，也有过瞬间的动心。

时欢自知不是那种见异思迁的人，可她本性也不长情，在五年内不联系、不见面的情况下还能心心念念着一个人，她知道自己这辈子大概也就这么深情一次了。

可时欢在过往与当下间进退两难，辞野的心结也是她的心结，她自己尚且无法开解，该如何同他敞开心扉？

她不是不知道二人两情相悦，只是若他们真的在一起，这场感情实在是不对等的。

两个人在分开的这几年里，或多或少都有改变，这段感情的延续究竟是因为不甘还是真情实意，真正的答案也有些模糊。

其实听到好友给辞野打电话时，时欢便有些酒醒，她本来以为辞野会推托，谁知他当真赶来接她了。

虽说时欢是真的一时健忘没带钥匙,但哪知道辞野会带她来酒店。也不知是不是酒精上头的原因,时欢突然觉得,把所有事情都告诉辞野,将自己完全交给他,可能并没有想象中那么困难。

但事情发展到这个地步,是时欢万万没有料想到的。

时欢的双手被辞野扣在头顶,身体被他牢牢抵在门上,整个人动弹不得。

她虽力气不大,但职业原因她也学过些脱身技巧,然而在辞野面前,她任何反抗的机会都没有。

辞野的吻并不温柔,含着深切的欲念,凌厉而具有攻击性,强势到让时欢软了腿,若不是有辞野撑着,估计她早就瘫地上了。

辞野向来有着极强的掌控欲,在某些方面,尤为显著。

时欢承受着辞野毫不克制的吻,房内半点灯光也无,黑暗中她即便睁着双眼,也无法看清辞野的神情,所有感官都变得极其敏锐。

她的呼吸逐渐乱掉,唇齿间的气息被无情掠走,她整个人都发软,任辞野摆布。

时欢蒙了会儿,在无力的推拒后,她突然反应过来自己身处弱势,当即便侧首轻咬辞野的嘴角。

她觉得自己用了劲,实际上却是软绵绵的。这无关痛痒的报复行为引得辞野长眉轻蹙,心中的躁动又被点燃几分,最后那点理智都差点儿丢了。

二人唇舌纠缠,吻得一点儿都不温柔,亲吻于他们像是战争,非要拼个输赢似的,谁也不肯放过谁。

终于,还是时欢率先撑不住。她勉强撤开脑袋,晕晕乎乎地骂:"辞野你个浑蛋……"

辞野不置可否,只低笑一声,俯首咬着她莹白的耳垂:"不对你浑蛋,你就不会长记性。"他嗓音低哑,呼吸有些重,显然已经沾染了某些难抑的欲望。

湿热感自耳部传来,时欢一个激灵,当即在心底骂了声,然而她的手还被辞野禁锢着,无法推开他,只能垂首,泄愤一般咬在他的锁骨处。

辞野最知她的弱点,可她也清楚他的弱点。

时欢念及此,当即侧首吻上辞野的脖颈,意图不良。

她的双唇贴上他的喉结那一瞬,辞野浑身一僵,当即便忍不住骂了声,伸手握住她的腰,将她拉开些许距离。这女人就是个妖精!

双手得以释放,时欢便得逞地笑着环住辞野的脖颈:"想让我长记性,这点程度还不够啊,辞野。"

她话音未落,便被辞野一把扛起,直接甩在了床上。

时欢心底警铃大作,她翻身要起来,辞野长腿一顶便轻松制住她,将她死死锁住动弹不得。他伸手扯下时欢的牛仔外套,随手扔到地上,力道好似有些发狠。

"还真把你能耐坏了。"辞野低低开口,眸中光芒不复往日的清冽,借着微光,时欢能清楚望见他眸中的那抹晦暗,浓得近乎化不开。

时欢不是未经人事的小姑娘,清楚那代表了什么。

这次是真玩脱了!意识到这一点,时欢忙不迭伸手去推辞野的肩膀:"我错了,我错了,不行!"非正常情况下的欢爱,时欢绝不接受。

可辞野完全不给时欢改过自新的机会,他单手攥住她的手腕,吻在她的指尖,哑声一字一顿道:"容不得你说不行。"

时欢快被辞野逼疯了,几乎就要缴械投降出声求饶,辞野却突然止了动作。

怎么没动静了?时欢又茫然了,她的脚还抵在辞野的腰侧,他突然没了下文,搞得她很蒙。

紧接着,辞野狠狠"啧"了声,似乎是怕控制不住自己还是怎的,松开时欢,径直起身坐在床边,平复着气息。

其实辞野的本意就是警告一下时欢,谁知彼此的肢体太过熟悉,事态发展不受理智所控,他差点就没停下来。

该死……辞野在心里骂了声。有火发泄不出,他有些烦躁,好在他自制力还不错,平复得也快。

经历了刚才的事,时欢也没敢再闹腾,裹着被子暗中观察辞野。酒意在这时有点上头,她脑子有些乱,无法完全集中注意力,只被动地坐在床上。

半晌,辞野打开了床头灯,昏黄灯光倾泻而下,映着辞野的面庞,给那清俊冷硬的面部线条都描上了柔和的轮廓。

时欢眼睛一眨不眨地盯着他,望见他眸中深邃之色尚未褪去,眉眼间浮着些许隐忍，不用想都知道他在克制什么。

时欢喉间微动，瞥见辞野衬衫领口此时已经敞开，似乎是方才意乱情迷间被她咬开了纽扣，锁骨处的咬痕有些抢眼，她不禁讪讪地收回视线，没再看下去。

辞野缓缓吐了口气，合眼哑声对时欢道："好好睡你的觉，再盯着我看，小心我吃了你。"

时欢闻言，第一次这么听话，立刻盖着被子乖乖躺在床上，佯装正在酝酿睡意，实际上眼睛还是开了条缝，想看看辞野要做什么。

辞野背对着她，但时欢还是能看见他从兜中摸出了烟盒跟打火机，隐约望见他颔首，似乎是咬了根烟出来，紧接着便起身，看样子是朝着卫生间的方向去。

酒精在此时发酵，她整个人都有些眩晕，不太舒服，睡眠是此时最好的解决办法。

时欢抿了抿唇，共处一室的对象是辞野，她倒是放心。想罢，她缓缓合眼，正儿八经地开始小憩，不多久便陷入沉睡。

而辞野几根烟下去，又冲了个凉水澡，这才算是彻底冷静下来。

他随手拿过挂在一旁的浴袍披在身上，捏了捏眉心，似有若无地叹了口气。

无从否认，即便辞野仍对五年前时欢的离开心怀芥蒂，也控制不住自己对她的步步紧逼。

扯什么重新开始，完全不可能。他对她动机不良，还怎么清心寡欲地跟她慢慢来？

辞野将额前湿发撩起，眉眼间有几分暗色。他推开卫生间的门，不紧不慢地走到床边，垂眸望着时欢的睡颜。

虽然是装醉，但是她看起来真的喝了不少酒。

时辰不早，而时欢此时醉酒后又睡得沉，辞野便也打消了开车回去的想法。

他倒是不急着休息，正想坐会儿，便听时欢低声嘟囔了声什么，翻身换了个舒服点的姿势。被子被她无意识地踢开，白净修长的腿搭在外面，昏黄光晕洒在她的脚踝上，皮肤光滑白皙，在此时被镀上了一层潋滟的华光。

辞野眯了眯眸,心下有些无奈,却还是俯身将被子给时欢整理好,过程中,他的指尖不经意触碰到她那原先被遮瑕掩盖住的伤疤,他不禁顿了顿。

今天时欢似乎并没有用遮瑕来掩盖,那伤疤现在就清清楚楚地落入辞野眼中。

辞野记得他问过时欢这伤的由来,她当时好像是说,这是被暴民用刀划伤的。

辞野对此存疑,上次时欢躲闪得太过迅速,他都没来得及看清楚伤疤,此时她陷入熟睡,辞野刚好能借着点光看清楚究竟是怎么回事。

指腹搭着时欢落疤的伤口处,只一眼,辞野便确定那并不是划伤便能造成的疤痕。

脑中突然闪过什么,他指尖蓦地滞住,眸中异色尚未来得及隐藏好,便已经尽数自眼底蔓延开来。

辞野是在生死边缘探过无数次的人,时欢脚踝处的疤痕究竟是如何造成的,他略一打量便能看出来。

她胡说什么被武器划伤,真以为用遮瑕膏盖上了,他就看不出端倪?

辞野微启唇,想说什么,最终咬咬牙,敛眸"啧"了声,将被子给时欢盖好。

时欢脚踝上的伤疤,显然是被放血后留下的。

放血姑且能算是逼供手段,让对方清晰感受到体内生机的流失,实在不会好受。看这痕迹,估计当时的情况并不乐观,

对方的主要目的肯定也不是问话,根本就是想让时欢死。

辞野受过很多比这严重的伤,可偏偏这是落在时欢身上的,他甚至都无法想象她究竟是身处怎样的环境,才会遭受这般对待。

她在外面漂泊的这五年里,到底都经历了些什么?

辞野心下乱作一团,一星半点的睡意都没有。他拧紧了眉,迈步站立于窗前,放眼望着外面那灯火通明,将繁华都市的一角收入眼底。

五年前时欢究竟经历了什么,才会突然离开?这伤疤又跟那件事有没有关系?

她从未对他有所欺瞒,唯独对这些事闭口不提,甚至找借口搪塞隐瞒。

辞野眉头轻蹙,脑中思绪乱七八糟。他合目,想要暂时将这些乱七八糟的事放下。

时欢再怎么没心没肺,也是心里有数的人。辞野能察觉到时欢在情感上的接纳,这让他堆积在心口的沉重有所减轻。但那最大的疑团没能解开,压迫感令人无法忽视。

也许她真的有自己的苦衷。不过时间还长,他既然已经确定了对时欢的心思,那这些事就慢慢来好了。

念及此,辞野长舒一口气,再次睁开双眼,眸中已经清明了些许。

他关上灯,思虑了一会儿,最终还是适度保持了些距离,不紧不慢地和衣躺在时欢身旁。

夜色渐沉,嘈杂渐退,两人一夜好眠。

时欢已经很久没有睡得这么安稳了。

这些年她每每闭眼就是梦魇,昨夜却睡得异常香甜,连梦都没做。

这已经是翌日清晨,时欢睁开双眼后茫然了一瞬,昨夜发生的事被她一点点回想起来。她还在回忆里抠着细节,却在此时听到身旁传来了平稳的呼吸声。

他没走吗?时欢有些迟疑地侧首,果然望见了正熟睡的辞野。

他眉眼间的冷冽尽数退去,真正安静下来的时候,倒还真有些岁月静好的模样。

这么看来,这次算是他们重逢后的第二次同床共枕。无论是上一次还是这一次,原因都挺狗血的。

时欢想着,慢悠悠地从床上坐起身来,冷不丁离开被窝还有点儿冷意,她顿时清醒不少。

时欢将动作放轻,下床走到窗前。她伸手轻轻掀开窗帘边缘,向外看了一眼,见天还未大亮,才发现自己竟然起得这么早,却没有什么不适,浑身上下都透着舒坦。

是因为睡眠质量突然提高?时欢念及此不禁哑然失笑。她摇了摇头,放下窗帘,侧首看向了床上的辞野。

辞野昨晚估计不好受,此时睡得正沉,时欢心下有些难言的歉意,最终还是决定不叫醒他,让他多休息会儿。

身上衣服还是那些,除了凌乱了点倒是没什么。时欢整理着吊带,心里暗暗庆幸昨夜混乱间,辞野并没有在她身上留下什么痕迹。不然她穿这么清凉,还真不好解决。

她拎起地上孤零零躺着的外套,口袋一翻,兜中的东西就掉了出来。时欢定睛一看,陷入了沉默。

这可不就是她的家门钥匙?敢情辞野昨晚只想着翻她的包,都忘了翻她的外套口袋。

肚子有些叫唤,时欢想着反正时间还早,便去洗手间简单洗漱了一下,清清爽爽地打算去买点早餐回来。

包包在门口处的柜子上,时欢伸手拿了过来,指尖搭在包上却倏地停顿下来。

他们两个人现在……是在复合的边缘试探吗?时欢眨巴眨巴眼睛,有了这个想法,她禁不住又侧首看了眼辞野那边。

嘴角不可抑制地上扬,时欢顿觉心情也明朗了不少。

总之,创伤后遗症也好,感情的事也好,都慢慢来吧。

时欢蹬上鞋子,推门离开了房间,在看好房间号后,轻手轻脚地将门关上,刚好电梯停在这楼,她走了进去。

这边距离美食区有些距离,不过好在是繁华市区,大清早也车水马龙的,时欢轻轻松松就拦下一辆出租车,去了附近的一条美食街。

现在时间还早,天还没完全亮起来,但一些商铺前已经排起长队,生意火热得很。

时欢正思忖要买什么吃,包包中便传来了手机铃声。

她眉间轻蹙,还以为是辞野睡醒了给她打的电话,看也没看就滑开锁屏接通电话,懒懒散散道:"你等我会儿啊,我买早餐呢。"

对方似乎没料到时欢接听后就说这句话,陷入了短暂的沉默。

时欢有些纳闷,正要开口,便听手机听筒中传来女声:"时欢,你知道今早赶时间,你还不接我电话?"

对方语气有些焦灼,还夹杂着些许不满,听起来相当耳熟。

时欢傻眼,大脑运转停滞了刹那后,瞬间反应过来,道:"晚晚?"

程佳晚是时欢在无国界医生组织的同事,时欢擅长外科手术,程佳晚则是麻醉师,二人配合向来不错,因此也有一番交情。

"是我。"程佳晚在电话那头翻了个白眼,叹了口气,"我昨晚给你打电话,你怎么没接?"

时欢"呃"了声,忙不迭找理由搪塞:"我昨晚和朋友'嗨'去了,睡一晚上。"

"昨天下发紧急通知,今早就飞巴尼日亚,组长没联系上你。"程佳晚"啧"了声,也不多说废话,直接问她,"这些事等会儿再说,你现在在哪里?"

"中区槐路……"时欢正报着地名,一辆车却在此时稳稳停在眼前,驾驶席车窗被降下,只见程佳晚手搭着方向盘,微抬下颌:"上车。"

时欢略一挑眉,当即吹了声口哨,看也没看手机便挂断了电话,因而也没有注意到电量不足的提示。

时欢笑眯眯地坐上了副驾驶座,开口就问候一声:"哟,这么巧?"

"可不是,我正要去敲你家的门。"程佳晚哭笑不得地扫了时欢一眼,当即开车前往她家中,"赶紧回去收拾行李,时间没剩下多少了,早饭等会儿再吃吧。"

时欢没有异议,只耸了耸肩,姿态倒是悠闲,望着窗外叹了口气:"咱们才刚回来多久啊,怎么又出事,真不太平。"

"唉,那边乱得不行,谁能说准什么时候出状况?"

说得也对。时欢没再开口,只觉得有些忧伤。

她的辞野小哥哥还在宾馆床上等着呢,两人好不容易有了点儿进展,又要分开一段时间了,真是辛苦啊。

时欢是个利索的人,程佳晚把她送到楼底下,看她上楼。也就等了大概十分钟的时间,时欢就拎着行李箱快步走了过来,开后备厢放行李,关后备厢上车,一串动作一气呵成,没有半分拖沓。

她这么快的收拾速度,可都是这些年练出来的。

二人马不停蹄地赶到机场,前去支援的医疗团队已经等着了。见时欢和程佳晚姗姗来迟,组长倒也没发火,只是口头警告了一下,便去同相关工作人员沟通。

这任务十分紧急,时欢昨天压根没注意有没有通知,这都能赶上来,她也是佩服自己。

程佳晚舒了口气,在一旁抱臂看向时欢:"对了,你昨晚到底干什么去了?"

时欢没答,只意味深长地对她笑了笑,随即伸手轻拍几下她的肩膀,含笑道:"我的春天,来了。"

程佳晚张大了嘴巴。

这姑娘才多久不见,这么快就有艳遇了?

提起这个,时欢也是才想起来自己还没跟辞野打电话。她当即掏出手机,迅速打开联系人列表,翻出了辞野的电话号码。

程佳晚有些好奇,把脑袋探了过去:"跟谁打电话呢?你的春天?"

时欢暗暗比了个拇指,示意她猜对了,随即便嘴角微弯将电话给拨了出去,静心等待着电话打通。

就在此时,组长已经让另外一些团队成员上了飞机,见时欢和程佳晚还没过来,便出声催了句:"登机了,手机和行李给工作人员单放!"

"我的行李拿过去了,手机打完电话就关机!"时欢忙应声,拉着程佳晚跑过去上了飞机。

组长也没硬性要求,等时欢打完电话关机也未尝不可。

时欢坐好后便等电话打通,然而就在此时,手机突然"嘟"了一声,似乎是电量低的提示音,紧接着,机身微振,手机已经自动关机。

其余人的行李和手机都不在身上,手机关机后,她还怎么能联系到辞野?她无论如何也不会想到,还会第二次无声无息地离开。

时欢神色微僵,在舱门闭合的那一瞬间,指尖颤了颤,手机无声滑落了下来,掉落在地,发出闷响。

与此同时,辞野缓缓睁开了双眼。

屋内光线刚好,窗帘还未拉开,能让眼睛适应环境。

想起身旁应该还睡着个人,他眯眯侧首,却在下一瞬浑身僵住。身边哪里还有时欢的身影?

辞野眸中闪过一抹暗芒，他长眉轻蹙，伸手探了探一旁，已经没有半分温度。看来她已经离开一段时间了。意识到这点，辞野的动作瞬间止住。

这醒后身边空荡的感觉，和五年前如出一辙。就连他下意识试探身旁温度的反应，都一模一样。

辞野心下微沉，尽量将那浮现的不适感扫清。他起身，拿起手机想要看看有没有未接来电，却是空空荡荡的。

辞野由衷地希望，时欢不要败掉他最后一点耐心。

他耐着性子给时欢打电话，然而等待了几秒，却是系统女声冰冷地提示他，对方电话已关机。

辞野蓦地顿住，眸中暗色迅速蔓延开来。他握着手机的手无意识发力，脑中所有的思绪突然在此时断裂开来。

辞野实在想不到，多年之后，他会再次被她扔下。

即便在发现身旁没有她时，他也在心底给了她无数理由，然而在发现她的电话关机的那一瞬间，所有理由都被撕碎。

辞野想要平复自己的情绪，却没什么效果。他起身去卫生间洗了把脸，好不容易才让自己冷静下来些许。

抬首的瞬间，他望见镜中的自己，一侧锁骨上的咬痕十分醒目，泛着红，是昨夜时欢咬出来的。

辞野静默半晌，突然低声嗤笑，眉眼间浮上些许冷冽之色。

很好，她又给他留了个念想。既然她要跑，那就千万别被他抓住。不然自己会对她做什么，辞野也不敢保证。

就在此时，手机响起。

辞野心头微动，拿过手机，却见来电人是李辰彦。

他低骂了声，最终还是接起电话，语气也不算太好："有事？"

"大清早火气这么大啊。"李辰彦没注意辞野的不对劲，只随意吐槽了一句，便谈起了正事，"我刚接到部队的电话，上面给任务了。"

怎么偏偏赶上这个时候？但事关公事，辞野即便不耐，还是尽量控制好自己的情绪，淡声道："说详细的。"

"这两天收拾收拾，情况好像不太乐观，死不少人了，上面派咱们过去支援。"李辰彦说着,抬手揉了揉太阳穴,对电话那边的辞野道,"后天,飞巴尼日亚。"

第五章
最后的防线

"时欢?"程佳晚轻轻拍了拍时欢的肩膀,神情有些担忧,"时欢,怎么了?"

时欢蓦地反应过来,俯身捡起掉落在地的手机,迅速敛下面上的异色,调整好表情后,抬首对程佳晚笑了笑:"没事,手机没电关机了,电话没打出去。"

程佳晚顿了顿,见时欢一副没事儿人的模样,倒也没再多问。

"不好意思,我耽误了点时间。"时欢嘴角微弯,面色恢复如常,从容不迫地看向组长,"组长,巴尼日亚那边是什么情况?"

时欢所处的无国界医生团队,组长是位中年男人,眉宇间尽是岁月与经历沉淀出的稳重,此时他正翻看着手中仅仅几页的资料。

听见时欢的提问,他沉吟几秒,而后便轻咳一声,简单说明了情况:"巴尼日亚在六年前开始爆发战争,损伤惨重,国内人口数量迅速下降。去年情况稳定下来,环境也改善不少,但前段时间当地再次燃起了战火。截止到现在死亡人数已达五万余人,仍呈上升趋势激增。"

有位队员禁不住叹了口气,幽幽地说道:"乱七八糟的,这些年就一直没安生过。"

"自从战争开始,那边医疗不足的情况日益恶化,据统计,巴尼日亚人均寿命男性为三十一岁,女性为三十七岁。"组长缓缓摇头,语气有些沉重,"情况并不乐观,就在前天,一位外国救援团队的志愿者被绑架未获释放,生死未卜。"

即便他们是人道组织,在这种情势下,也难逃人祸。

其实时欢偶尔也会问自己,她是为了什么才去往一个个噩梦般的地域,只可惜这个问题永远没有答案。人道主义,从来就是个隐秘的词汇。

"一会儿抵达后,用不用先去那边的医务中心和医院?"时欢用手支着下颌,开口提问,"中心医院那边协定如何?"

"等会儿离开机场后,我们直接乘车去营地,忙完手下这一批后,会有其他救援组织赶来,到时我们再去医院和医务中心。至于中心医院,虽说协定是免费治疗,不过可信度有待考量,暂时不考虑。"

将这些事情解释清楚,组长便将资料放在一旁,捏了捏眉心,对众人道:"任务艰巨,这两天估计是不能好好休息了,你们趁现在都睡会儿。"

抵达巴尼日亚前,在飞机上的每分每秒都无比珍贵,一行人深知这点,便都合眼小憩,时欢也不例外。

她靠着窗,眼眸微眯望着外面掠过的云层。云层深浅不一,渐变得很好看。

时欢的心情跌落至低谷,因此她现在无比清醒,情绪上没有任何波动。

也许当真是她和辞野有缘无分,好不容易重逢后有了和好的势头,老天又摆这一出来分开他们。

时欢纵有再多的理由,也只有她自己清楚。若是从辞野的角度来看,她时欢就是再次一声不吭睡完就走。

时欢不愿想辞野会是何等心情,也不敢想。同样的错误她千般避免,却还是又犯了一次。

时欢突然有些累,无声合目,呼吸沉稳,脑中空荡一片,放弃思索。

刚好够众人睡上一觉的时间,飞机缓缓降下,一行人终于抵达巴尼日亚。

他们的个人行李由专门的人员送去有派遣部队保护的安全区域,那是分给他们这支无国界医生团队的住所,不用担心任何安全问题。

时欢刚随团队走出机场,便望见一群逃亡的民众,这其中有青壮年,有年迈的老人,也有抱着婴孩的妇女,相同的是他们面上都挂着憔悴与惶恐。

时欢对此情此景早已习惯,收回了视线。队伍分乘两辆车前去营地,程佳晚拉着时欢坐上其中一辆,两车一前一后在狭窄的公路上行驶。

时欢望着窗外,见街头除了步履匆忙的人,还有些横七竖八的人体躺着,生命的流逝近在眼前,看得她心下微沉。

"时欢。"程佳晚却在此时开口,蹙眉轻声问她,"我还是不太放心,你没事吧?"

"没事。"时欢摆了摆手,面上一副从容模样,"电话没打出去而已,现在是工作时间,我不会分出心思去想这些事的。"

程佳晚认识时欢这些年,也算是对这个姑娘了解不少。这姑娘表面看起来没心没肺,难得才有一次正经模样,实际上她工作时能够做到全身心投入,效率能超过大部分医生,不会让任何外界因素影响到自己。她有着很出色的专注力。

程佳晚轻声叹息,嘴角笑意有些无奈,知道时欢自己有数,便不再多言。

抵达营地后,一行人刚下车,便被早已等候在入口处的病人家属们团团围住。时欢披上白大褂,戴好口罩拎起自己的医疗箱,便快步随家属进入帐幕中抢救病人。

团队每个人都有自己的职责,局势紧迫,他们很快便各自在营地中忙碌起来。

与此同时,A市军区。

辞野一身军装,自司令部中走出。他反手掩上门,手中拿着份任务相关资料,走向楼梯口。

辞野下了楼梯,抬眼望见队中其余几位成员已经靠在军车边上等着,几人有一搭没一搭地聊着天,等着辞野过去。

辞野拍拍手中的资料,几人闻声望去,见是辞野来了,便都正色站好。

李辰彦走上前,瞥了一眼资料袋,问:"出来详细的了?"

"巴尼日亚那边的形势不太乐观,上边派我们去支援。"辞野将资料卷成筒状抵在掌心,将此次任务的详情简要明了地概括下来,开口淡声道,

"战火再起,这次比以往都要激烈,已经有多名志愿团队人员被绑架,其中有两名国人需要我们解救。那边双方冲突严重,这次任务将是场拉锯战。"

在场几位基本都是老将了,自然知道巴尼日亚这几年的紧张局势,情况无需辞野多说明,大伙心里便也都清楚明了。

这任务来得突然,感觉还没从前线下来多久,就要重新回去了。

"巴尼日亚那边会安排人员迎接,并给予部分资源支持。"辞野淡声道,声线平稳,"后天早上五点的飞机,收拾好东西,都和家里说一声。"

队员们异口同声地响应道:"是!"

烈日当空,天气炎热,让人有些躁。

辞野还惦记着上午时欢不告而别的事情,心情有些难言的烦躁。

"解散。"辞野说完,便有些不耐烦地抬手,将领口处扯松了些,想散散热意。

却不想他这么随意的一个动作,便引得打算离开的队员们纷纷止步,皆满面震惊地望着他。

辞野衣裳领口微敞,几名队员清清楚楚地望见,他一侧锁骨上的一圈清晰红印,可见用力程度。

明眼人都能瞧出来,这就是个咬痕。

辞队今早情绪不算很好,具体原因倒是无人过问,但此时看见这落在他身上的痕迹,大伙的心情突然就微妙起来。

他们都知道辞队的前女友回来了,二人尚且纠缠不清,昨晚他们聚餐时给辞队打电话,却被他推托,也不知是有什么事。

现在看来,昨夜辞队的事情,似乎不言而喻。

几人目瞪口呆,互相对视一眼皆哑口无言,只好一言难尽地望着他们的辞队,不知道该不该提醒一句。

他们的反常太过明显,辞野长眉轻蹙,尚未反应过来:"怎么了?"

最终还是张东旭和李辰彦交换了个眼神,张东旭咽了口唾沫,有些讪讪地开口道:"辞队……你的领口要不收一下?"

辞野顿了顿,几秒后突然想起什么,不禁在心里骂了声"该死",当即抬手将领口敛好。

随后,他佯装无事一般,冷声命几人解散后,便径自抬脚离开。留下几名队员大眼瞪小眼，某些事情不用言语交流便已心领神会。随后，他们便各自分开，去准备各自的事情。

辞野却并未回去，而是拿了纸笔，按照惯例在任务前写下了遗书。

由于他们从事的是高危职业，每次出任务都可能连尸骨都带不回来，因此部队里规定每次行动前，都要事先写好遗书。

部队中大多数的人，成功归还后便将以往写过的遗书丢弃，像辞野这样将每封遗书都保存起来的人，还是比较少见的。

辞野写好遗书后，便从自己的储物柜中将一个盒子拿出，打开，将新的遗书叠好放进去，与下面厚厚的信纸堆出方方正正的一摞。

望着这些遗书，辞野动作微顿，眸中终于有了些许波澜。许久，他微抿薄唇，将盒子封好放进柜中，轻拧钥匙，柜门便被锁死。

离开军区后，辞野回了趟家里。他将车停好，把资料收起，这才不紧不慢地拔下钥匙，从车中走下。

走进小院，刚好撞见正悠闲地浇着花的母亲，辞野唤了声，迈步走上前去。

辞母听到儿子的声音便直起身来，推了推鼻梁上架着的眼镜，似有若无地叹了口气，侧首看向辞野，神情有些无奈。

不待辞野开口，辞母便已经明白了他的意思："又要出去了？"

"嗯，今天上午刚下来的任务，后天的飞机。"辞野干脆承认，看了眼屋内，"爸呢？"

"他和你叔叔钓鱼去了，估计中午就能回来，等等吧。"辞母将洒水壶放到一旁，俯身拿起剪子，蹲下身去修剪盆栽的枝叶，眉眼间尽是无奈的笑意，"你啊，每次回家都是道别，你不用说我都知道了。"

辞野略一耸肩，不置可否，陷入沉默之中。

他这些年的确鲜少回家，毕竟职业原因，他时时刻刻都有接下任务的可能，在父母身边陪伴的时间少得可怜。不过好在二老想得开，虽然有些不乐意，但还是尊重儿子的职业，他和父母也没有因为这件事起过什么冲突。

"对了辞野。"辞母似乎突然想起了什么，开口问他，"你是不是有什么事没告诉妈？"

辞野顿了顿，认真回想一番，发现没告诉母亲的事也就那一件，不过她大抵是不知道的。

念及此，他便将问题丢了回去："关于哪方面的？"

"我除了你感情方面的，还关心过哪方面？"辞母"哼"了声，似乎不太满意，悠悠道了句，"跟妈说实话，你是不是谈女朋友了？"

辞野蓦地愣住，有那么一瞬怀疑自己听错了，但紧接着他便否认了这个想法，蹙眉淡声否定道："没有，怎么想起来问这个了？"

"没谈女朋友？"辞母闻言也愣了愣，似乎有些纳闷，侧首打量了眼辞野，又沉思几秒，随后便以笃定的语气对他道，"那就是小欢回来了吧。"

辞野吃了一惊。

虽然被猜中了，但这二者之间难道有什么他不明白的因果关系？

"是，前段时间在国外遇见了，还是一起回来的。"既然被说中，辞野便干脆承认下来，倒也不隐瞒什么，"我也没提过这事，妈你听谁说的？"

"之前我碰见席太太了，她领着席家小少爷要去逛街，小家伙见了我，就说他帮你找到嫂嫂了，跟邀功似的，真可爱。"

辞母回想起当时的情景，还是忍不住"啧啧"感叹了两声："妈又不是不知道你是个情种，那既然你没谈女朋友，不就是小欢回来了？"

第一次，辞野对母亲思维逻辑之严谨感到吃惊。

"你也不用想太多，我就随便问一句而已。"辞母给他吃了颗定心丸，摆摆手表示她对这事儿没怎么上心，边剪着枝叶边道，"我不插手你们的事，小欢是个好姑娘，五年前她离开应该是有原因的，你们有话好好说，互相理解退让一下。"

辞野闻言默了默，半晌才"嗯"了声，淡声道："我有自己的想法。"

辞母刚好在此时剪下了最后一片杂叶，停下手上的动作，指尖抚了抚绽得正艳的花朵，叹息道："你的脾气从小就强硬，也别怪妈多说，就是不想让你后悔。"

辞母嗓音柔和，不疾不徐地对辞野道："我只是希望，不论是五年前还是现在，时欢都是能支撑你的人。"

营地的情况十分糟糕。医生们刚将一名病人从生死边缘拉回，便有源源不断的伤员被家属带了过来。

外面战火不断,伤亡人数持续增加,似乎无论怎样努力都是无济于事。

手术成功结束,时欢放下器械取下手套,抬手用手背拭去额前的薄汗。

伤者家属热泪盈眶地对她道谢,她回以笑容,让他们找床位躺下休息。

好容易有了一刻轻松,时欢吐出一口气,眉眼松懈了一瞬,些许疲倦显露出来。

此时她身上的白大褂已经沾染了灰尘与斑斑血迹,当地的气温十分高,氤氲的热气夹杂着空气中的腥气,有种令人难言的窒息感。

旁边的程佳晚有些腿酸,干脆就这么坐到地上,盘着腿望向营外,眼神有些涣散。

这污浊的空气,蔓延在空气中的尘埃肉眼可见,入目全是陌生的人和物,偶尔还会有语言不通的情况,的确有点费精力。

就在刚才,一个伤者家属抱着逐渐冰冷的尸体,声嘶力竭地责怪程佳晚,质问她为什么没有尽力,为什么没能将病人成功救治,那一声比一声绝望的哭喊,令程佳晚没有任何反驳回去的力气。

家属已经如此崩溃,她也感到很是疲惫。她已经尽力,但病人伤口已经全部感染,即便去了手术室,抢救回来的概率也近乎为零,她拼尽全力去挽救这条生命,可最终还是失败了。

生死啊,在这种地方来说,都是最轻最淡的事。

程佳晚叹了口气,揉揉太阳穴,站起身来,准备重新开始忙碌。

时欢知道程佳晚不太舒服,却也没出声劝她,只拍了下她的肩膀,对她轻声道:"晚晚,人的能力有限,我们尽了力,就不要太苛责自己。"

程佳晚闻言顿了顿,旋即便牵了牵嘴角,对时欢点点头:"继续吧。"

纵然有生命逝去,却也还有更多的生命可以被挽救回来。在这片土地上的每分每秒都无比珍贵,时间是生命这个道理,在此时体现得彻彻底底。

就这样,时欢一行人在高度紧张中度过了这两天。

第一夜他们甚至都没有休息的时间,只能拿来稍微干净点的帐篷,累了的人进去躺一会儿,随后接着出来迎接新的伤员。

时欢是唯一一个没有进帐篷休息过的人,本来组长也不愿浪费时间,奈何上了年纪,精力不似以前好,便被时欢劝去休息了会儿。

程佳晚始终同时欢一起合作进行手术，救治病人，最后她的眼皮实在沉得不行，才去小憩了十几分钟，醒来后又重新投入紧张的工作中。

"时欢。"程佳晚望着身旁眉眼冷淡的人儿，有些迟疑地对她道，"你如果累了，可以去休息一下。"

"没事，我精神头不错。"隔着口罩，时欢的声音有些模糊，确实能听出来有些笑意，她嗓音有些哑，"正好我也不太想让自己休息，就累两天吧。"

程佳晚不禁蹙眉，实在是怕时欢身体撑不下去："你这是不拿自己的身体当回事啊。"

谁知时欢闻言沉默了几秒，倏地笑道："是啊。"她敛眸，长睫掩住眸底的晦涩不安，轻声道，"我犯了个大错，就当是稍微自我惩罚一下吧。"

时欢从未如此拼命，她实在不想让自己停下来，只有让自己始终处于忙碌状态，她才能多少让自己好受点。

只有这样，她才会稍微觉得，她离开辞野的委屈，完全对得起自己现在救下的生命。

时欢不敢放任自己情绪泛滥，也不敢想结束工作回国后会是怎样，该如何面对辞野。万般委屈无法说，她要好好憋在心底，半分都不能透露出来。

这是在工作，这是在工作，时欢每隔几分钟都要这么提醒自己一下，才好不让自己多想。

无论如何，坚持下去。

辞野一行人抵达巴尼日亚机场的时候，已经是下午。

巴尼日亚方派专人来迎接他们，辞野上前与对方交流，简单了解了现下局势后，便轻皱了皱眉。

在上级给出的任务中，首要任务是先救出两位本国人质。解救成功后，才是他们的维和任务。

辞野向接应人员问清楚人质营所在地，对方拿出地图来，给他细细说明了每个可供击破的地点，顺带着告诉他相应分布的敌人密集程度。

辞野清楚情况后，脑中便迅速有了相应对策。他拿着地图同其余队员商讨计划，不一会儿便完成了分工。

几人都是有过多次配合的搭档，确定计划后碰了碰拳头，便准备实施。

接应工作人员示意旁边的三辆军车，用当地语言对辞野道："这三辆车是给你们的，后备厢有一些武器和补充，你们可以用。"

辞野会些当地语言，在沟通上并无障碍。他略一领首，安排队员上车时问了句："除了军方，各支援团队都赶来了吗？"

"已经有一支无国界医生队伍赶到了，现在正在营地救助，后面还会有团队抵达。"

辞野应了声，也没多想，单脚蹬地上了军车，便驶向了目的地。

在第二队救援组织赶来时，时欢算是迎来了她当日繁忙工作中的最后一名病人，一位女童。

这名小女孩看起来有些营养不良，身子很是瘦弱，呼吸急促，紧闭着双眼，即便天气炎热，她仍旧不停颤抖着身体。她腿部受了伤，但这显然不是导致她状态不佳的原因。病童的母亲满面慌张，虽语言不通，但时欢能清楚地瞧见她面上的担忧与乞求。

时欢捏了捏眉心，她虽然已经疲惫不堪，却还是强打着精神去给女孩检查身体情况，最后发现女孩脉搏微弱，问了最近几日的饮食情况，最终确认女孩患上了霍乱。

女孩腿上的伤口血肉模糊，已经感染发炎，才会引起如此严重的发热，烧得她神志不清，只能晕晕乎乎地偎依在母亲怀中，也不知自己身处何处。

女孩被抱过来的时候已经错过了最佳救助时机，状况并不算太好。时欢自知自己状态不好，却还是尽全力去抢救。

时欢目前整个人处于极度紧绷状态，随时可能泄气，她已经忙了近乎两天一夜，休息的时间少得可怜，此时精力实在是糟糕透顶。但病人就在眼前，她只能咬着下唇集中注意力，直到口中有了些许腥甜，她才条件反射地松开咬着的唇。

意识空白了一瞬，她手下的动作也停了停。

然而就在时欢怔神的那一刻，病榻上的女孩轻轻伸手，握住了时欢的食指。

那小手瘦得皮包骨头，柔弱无力，刚触碰到时欢就要落下，却被女孩拼命维持住原有的动作。

她在努力去争取自己的生命，去在这荒芜土地中求得生存。

　　死亡是个很模糊的东西，似乎人人惧怕，又似乎并没有什么好怕的，一瞬间的决断，未知的感觉令人存疑。而生命，是能够在这片阴暗地带中唯一盛开的艳丽花朵，充满盎然生机。

　　人们即便饱经战争的苦难，却还能够对未来有些许憧憬，能够具备强大的求生欲，从死亡里向光而活。

　　时欢蓦地僵住，大脑好像就在此时停止了运转。

　　女孩的声音轻到不能再轻，仿佛随时会永远沉寂下来，那声音听着令人心颤。

　　她说："姐姐，我不想死。"

　　时欢眼眶一酸，紧绷的情绪因为女孩这几个字险些崩溃，她差点就要落下泪来。

　　她迅速收敛好自己脑中乱七八糟的疲惫，目光恢复清明，重新操刀。

　　时欢没有开口回应女孩，只是抬手轻轻握住了女孩的手，似是给了她一个郑重的承诺。

　　此时无声胜有声，女孩用仅存的意识求生，随即便垂下手陷入昏迷之中。

　　过了半晌，抢救成功，女孩终于脱离了生命危险。家属抱紧了自己的孩子，隐忍许久的情绪终于崩溃，流着泪向时欢道谢。

　　时欢此时也是没了气力，结束手术的那一瞬间，她手中的手术刀掉落下来，手都在微微颤抖，浑身处于一种极度疲惫的状态，若不是时欢扶了一下床边，险些就要摔倒。

　　她舒了口气，对病童家属略微颔首，便转身离开。

　　时欢的脚步有些发软，她走到队内休息的帐篷中，坐下抱着腿，将脸靠在膝盖上，轻轻合上了双眼。

　　她很累，并且无人理会。高强度工作过后，好像连神经都还下意识地紧绷着，迟迟不肯放松，强迫时欢清醒。

　　她启唇，在此时极度疲劳的情况下，潜意识里想要唤什么，然而话刚到嘴边，却蓦地顿住。

　　时欢抿了抿唇，半晌低低笑了声，没什么感情。真累啊……

短暂休息之后，时欢又跟着忙了小半天，直到中午时分，医疗队伍才一同上了车，前往他们的居住地。

抵达居住地后，迅速分好了房间，医疗队的众人都早已筋疲力尽，拿了各自的行李便都回房了。

无国界医生团队居住的是派兵区域，十分安全，住宿环境也有一定保障，单人单间，配备卫生间也可供淋浴，虽然朴素了些，但在这种地区已经算是很好的条件了。至少比时欢原先那连洗澡都要开车跑好远的地方，强了太多。

时欢进屋后打开行李箱，将常用物品都摆了出来，又把脏兮兮的白大褂脱下来，去卫生间冲了个澡，换上一身宽松休闲点的衣服，算是舒坦多了。

洗完澡，她将湿发裹起来，便一头栽倒在了床上。她太累了，裹上被子闭上双眼，没几分钟便沉沉睡下。

医疗队的每个人都很是疲惫，基本上抵达住所后都选择先睡上一觉，再考虑别的事情。

房内十分安静，时间无声流逝。

时欢一口气睡到了傍晚时分，从床上爬起来的时候浑身轻松，状态比先前好了实在太多。

她本就是回血快的类型，自然醒后也不赖床，伸了个懒腰，顺顺头发便懒洋洋地穿好鞋走出了自己的房间。

她从二楼看了眼大厅，见组长已经坐在大厅的椅子上了，旁边有两位医疗队的成员，似乎也都是刚刚休息好。他们在讨论什么，声音不大，时欢也没听太清楚。

组长抬首间，不经意望见了站在二楼围栏边的时欢，便抬了抬眼镜，向时欢轻轻招手，示意她下楼过来，加入讨论。

估计是关于当地情况的事，时欢心里有数，撩了下长发，便快步下了楼梯，走向几人，弯唇问道："讨论什么呢？"

"营地的口粮已经严重不足，太多病患出现营养不良的情况，病童的营养奶已经不够用了。"组长有些头疼，伸手揉了揉太阳穴，长叹一声，"情况有些棘手啊。"

时欢歪了歪脑袋："带人开车去输送粮食？"

　　"我们想过这个办法。"旁边一名男志愿者开口，眉眼间尽是愁绪，"但是这边很乱，输送粮食的时间较长，就怕路上出什么意外。"说着，他指了指组长手中的地图。

　　时欢"嗯"了声，侧身看了看，问："组长，地图借我用用？"

　　组长将地图交给时欢，她凝眉看了半晌，神情始终沉重，却在下一瞬，眸中有刹那的闪耀。

　　"这条道路。"时欢将地图展在几人面前，指尖抵着所说之处，认真解释道，"这条道路虽然绕，但那边有驻守士兵，较为安全，我建议向指挥部提议开通该道路，让人道物资能够被运输进营地。"

　　组长看了看时欢所指的那条道路，实在是不显眼，他方才竟然都没有考虑到，此时听时欢这么一说，似乎还真是个可行的办法。

　　有了想法，随即就要落实，组长立即点头应道："这个主意不错，我稍后就去提交申请，如果可以的话，尽量今晚就把相关文件盖章。"

　　问题解决，随后医疗队的成员们都陆续走出了房间，一行人一同去餐厅吃了饭，便优哉游哉地打道回府，走向了他们所居住的那栋小楼。

　　组长在前面和队员讨论着病患情况，时欢和程佳晚在最末尾慢悠悠地跟着。

　　程佳晚侧目问时欢："你这丫头可是两天没睡觉啊，休息过来了没？"

　　"我恢复能力可是一级棒，你不用担心啦。"时欢说着，随意摆了摆手，眉眼间的疲倦已经全然扫清，"我工作起来命都不要，你知道的。"

　　"深有体会。"程佳晚哑然失笑，背过手去，"感觉刚回家没多久，现在又来救人了。"

　　时欢耸了耸肩，叹了口气道："估计这次也要待个半年左右吧，巴尼日亚这几年实在不太平。"

　　程佳晚颔首，也轻叹了一声。

　　一行人刚到小楼门口，组长却突然止步，隐约间听到交谈的声音，用的似乎是当地语言，距离的原因声音听着有些模糊，因此也不知道前面在说些什么。

　　紧接着，沟通语言便成了中文，时欢听见组长做了个自我介绍，估计是在见什么人。她没注意，也没什么兴趣，侧首正要继续同程佳晚闲聊，却突然听到一声熟悉的男声响起。

"苍狼突击队队长，辞野，今天开始执行维和任务。"

那人嗓音低沉，虽然语气略显淡漠，拂过耳畔却十分悦耳，字句敲在人心上，留下了深浅不一的痕迹。

时欢浑身僵住，难以置信地循向声音传来的方向，一眼望见了不远处站着的辞野。

他神情漠然，眉眼清冽，一身军装衬得他身姿笔挺，姿态有些倨傲，英俊的面庞线条硬朗，没有半分情感色彩，整个人却熠熠生辉，仿佛映亮了这晦暗的夜色，点上了星彩。

那是时欢梦中爱人的模样。

不过两日不见，时欢却莫名有种令她眼眶发酸的感觉。她抿了抿唇，心下突然裂开一角，有什么情绪迅速涌现出来，逼得她不得已将视线从他身上移开。

就在此时，辞野余光扫过对面医疗队末尾的身影，见她别开了脑袋，他不着痕迹地皱眉，眸中光芒晦暗了一瞬。

他的情绪收敛得十分恰当，几乎没有让任何人察觉出其中的不对劲。

组长同辞野握了握手，随即便对他道："我队于前天上午抵达巴尼日亚，今天来到住所，以后要一起工作了，请多指教。"

辞野略一颔首，神色淡然："客气，这两天你们辛苦了。"那公事公办的态度当真是淡漠得很。

跟在辞野后面的几名队员都老老实实地挺直腰板站着，神情一个比一个严肃。李辰彦本来并没有注意对面的医疗队，然而余光似乎瞥见了一抹熟悉的身影，定睛一看，倒抽了口气。

怀疑是自己眼睛不好使，李辰彦还暗中给旁边的张东旭使了个眼色，连话都不用说，张东旭便顺着李辰彦示意的方向看了过去，顿时也是一愣。

只见对面医疗团队末尾处，站着个身材高挑的女人。她身穿简单的素白休闲装，长发慵懒地散落在肩头，即便是素颜，那柔和精致的眉眼也令人眼睛一亮。

她是人群中的一处风景，便是夜色浓重，也没能掩住她的光芒。可不就是时欢?

她竟然不在A市?突然想起方才医疗队组长说的那句"我队于前天上午抵达巴尼日亚",张东旭眸中闪过一抹讶异,面上却仍旧不动声色。

前日他望见辞队锁骨上的痕迹,还以为他们晚上是待在一起的,但如果时欢他们一队人马于早上抵达巴尼日亚,那也就是说,辞队接到通知前往军区前,是和时欢在一起的?

不对啊,那辞队为什么看起来心情那么差?

疑问越来越多,最终张东旭放弃思考,戳在一旁自我放空。这两人的感情太过神秘,旁人实在是不好看透。

时欢倒是没发现自己被人看见了,只暗自叹息,心下情绪说不上喜说不上忧,十分复杂。

程佳晚打量着前面的辞野,不禁"啧啧"感叹了几声。她没发现身旁时欢的异样,稍微倾身附在她耳边,轻声道:"这位兵哥哥挺帅的啊,我工作都多少年了,还没遇到过这么极品的。"

"是啊,极品。"时欢目光微动,模样看起来似乎有点惆怅,"活儿好话少,还不黏人。"

程佳晚动作一顿,这姑娘刚才说什么?

几秒后,她好像突然反应过来什么,表情有些复杂地看着时欢:"你们俩是非正当关系?"

时欢被她呛了口,想反驳,但似乎也没什么好的理由。毕竟她和辞野目前的关系很复杂,不是三言两语就能解释清楚的。

组长同辞野进行了简单对话后,队伍便解散,成员们各自回房休息。队末的时欢和程佳晚随之便显露出来,对面几个人站在辞野一旁,一眼看过去也觉得时欢好生眼熟,却没什么印象。

最终还是李辰彦问了声好,对时欢笑着挥了挥手:"时欢啊,你也来了?"

时欢本想低着头进楼,却不想被点到了名,一愣,随即抬首微弯嘴角,唤道:"李副队啊,还真巧。"

"几天不见,没想到在这儿遇上了。"李辰彦也没觉得有什么,便跟时欢聊了几句,"前些年出任务都没遇见你,这次难得遇上了,一起努力啊。"

"一定的。"时欢歪了歪脑袋，嘴角笑意闲适，"李副队你们也记得多注意安全啊。"

李辰彦本来就是想搭话试探两人，谁知时欢和辞野连个眼神交流都没有，这点有些出乎他的意料。

组长见二人聊天气氛融洽，便笑着问了句："原来你们认识？"

李辰彦还未开口，辞野已经淡声应道："熟人。"

时欢闻言目光微颤，抬首看向辞野，他却没有看她，神色依旧平淡，看不出任何感情色彩。

他绝对是生气了。时欢撇了撇嘴，难得不想皮了，只牵起嘴角微笑示意了一下，便拉着程佳晚进了楼里。

她途经辞野身旁，似乎带走了几分他周身的凛然。

柔和的馨香似有若无，辞野顿住，眸色深沉。

楼旁的灯光洒下，映上她的面庞，秀气的五官逐渐清晰起来，部队几人这才反应过来这是辞队的前女友，大伙先前都见过一面，不过也没什么交集。

除了张东旭和李辰彦，其余人都才知道时欢是无国界医生，但显而易见，辞野和时欢似乎有些原因不明的生疏。

然而就在时欢即将踏进大门的时候，突然有个当地工作人员小跑过来，同组长说了些什么，顺便将手中的相关文件递给他，神色认真。

组长颔首，先是开口喊住了时欢和程佳晚，见二人止步回首，他便抬手示意了一下，随后翻看了一下文件，确定无误并且盖好章后，才舒了口气，眉眼都舒展些许，似乎放了心。

时欢将组长的表情变化收进眼底，不禁有些疑惑，问道："组长，还有什么事？"

"指挥部批准开通道路，可以让我们把人道物资运送到营地，相关文件已经盖好章了。"组长说着，舒了口气，对时欢感谢道，"时欢啊，这次多亏你想出的办法。"

时欢听闻这喜讯，嘴角微弯道："没事，营地的人能吃上东西就好。"

就在此时，巴尼日亚的工作人员开口，用英语补充道："指挥部会派士兵和医生一起护送，当然，你们也可以找维和部队来帮忙，毕竟你们是同胞。"

毕竟还是国人较放心些,组长看向辞野,似乎想看他的态度。

辞野思忖几秒,便将事情应了下来:"护送任务交给我们这边就好,麻烦了。"

工作人员点点头:"好的,另外是大车输送,但因为沿线都有士兵驻扎保护,没有任何安全问题,因此只需要一两名医生随行,你们自己安排就好。"语罢,他便同几人道别,转身离开了。

组长想了想,随后看向时欢,道:"时欢,明天运输你随行吧,这个活不重,你这两天基本没睡觉,正好休息休息。"

"这两天基本没睡觉?"张东旭在此时疑惑出声,似乎有些惊讶,"营地情况不好吗?"

"很不好,救治速度赶不上病人增加的速度,时间很紧张。"组长摇首,谈及此事不禁叹息,"一天半的时间,队员或多或少都去帐篷里睡了会儿觉,就这丫头不肯休息。"

"职责本分而已。"时欢眨巴眨巴眼睛,莞尔道,"组长,我缓得快,明天继续工作也可以,不用这么照顾……"

然而她话还没说完,辞野却看向她,淡声道:"持续高强度工作任谁也吃不消,适当休息效率才能更高,你没必要在这事上逞强。"

时欢顿时哑然,耸耸肩不说话了,示意自己没有异议。

最终,程佳晚表示自己可以继续工作。于是第二天的输送人员,便确定为时欢和辞野。

巴尼日亚给部队安排的住所,就在医疗团队住所旁边不远,走点路就能到。李辰彦望着前面走着的辞野,见他步履稳重,从容不迫,摇首叹息,暗自感叹道:"果然是孽缘啊。"

时欢回房后便老老实实将灯关上,准备睡觉。然而躺在床上翻来覆去,时间流逝,她却一点睡意都没有酝酿出来。

时欢无比清醒,实在睡不着,索性起来披了件外套,轻手轻脚地出了房间,下楼走到外面,想看看周围环境,正好透透气。

夜晚的派兵区很是祥和,天空很干净,繁星明月清晰明了,在空中熠熠闪光。

倘若没有纷飞的战火,这原本可以是个很美好的地方。

时欢的心情逐渐平和下来,她漫无目的地走了一段路,也不知道是到了何处,随意抬眸间,脚步倏地顿住。

她望见前方的坡上正坐着个人,那人背对着她,背影修长笔挺。从时欢的角度看,那人周遭星辰闪耀,泛着光,看得她心跳都漏了一拍。

时欢没有继续上前,只眸色复杂地望着他,瞥见似乎有烟雾升腾,也许他是在抽烟。

算了,还是别过去了,时欢想。

辞野仍背对着时欢,不见有动作,只那薄烟不见消散。望着不远处的辞野,时欢没来由地心生退意,抬脚就打算先行离开。

然而就在此时,辞野倏地开口,淡声道:"时欢,过来。"

兴许是在抽烟的原因,他的声音有些沙哑,低沉地融入这夜色。

辞野始终背对着她,即便是开口说话时,也未曾有什么动作,时欢都不知道他是什么时候发现自己的。

她叹了口气,心下一横,索性坦荡荡地背着手上前,几步跨上小坡,大咧咧地盘腿坐在辞野身边,佯装镇定地道了句:"嘿,辞队,咱们还真是缘分不浅,到哪儿都能遇见。"

辞野正抽着烟,时欢知道他心情不好,这节骨眼上也不想跟他杠这个,就没提醒。

时欢一直没敢与辞野对视,说完这话她便安安静静地等辞野回她,谁知等了半天也不见回复。她实在忍不住,便侧首看向辞野,想看看他是什么表情。

只见辞野咬着根烟,正慢条斯理地擦拭着手中的武器。他齿间微移,烟身轻抖,那明灭星火便颤了颤,有烟屑悄然抖落。

随后他放下武器,深吸了口烟,烟身夹在修长的指间,他喉间微动,那烟雾便顺着唇齿无声氤氲开来。

时欢心下微动,不知怎的,突然觉得……辞野抽烟的样子好像还挺诱惑的。

她脑中正乱七八糟地想着,身边的辞野便已经开口,声音平稳,毫无波动:"舍得往我这看一眼了?"

时欢轻咳一声,抬手顺了顺头发,当即别开自己的脑袋,有些难言的心虚:"哪需要看啊,我眼里一直有你。"

话说得可真好听,但辞野心底还是有心结,便也怎么想怎么说,他低声嗤笑:"挺会哄人。"

前天的不告而别,辞野始终耿耿于怀。时欢让他挂心的事情本来就多,如此一来,又多了一件。

时欢自己心里也清楚,可她实在是委屈,电话没打出去就自动关机,就算她想证明自己打了电话,也没有拨打记录可证明。

她不想败光辞野所有的耐心与信任,可不知道为什么,她总是在让他原地打转。

时欢微启唇,似乎是在想该如何解释,但想了半天也不知道怎么将事情完整地说清楚。她便深吸了口气,看着辞野一本正经道:"辞野,其实我给你打了电话的。"

她话音刚落,辞野刚好一根烟燃尽。他将烟头碾灭在地上,侧首毫不遮掩地对上时欢的视线。他略一颔首,对她的解释不置可否:"继续说。"

辞野目光平淡,眉眼间尽是漠然,称不上冷漠,却足够让时欢心下一沉。

也是,自己骗了他那么多次,没什么资格再让他相信自己了。

"无所谓,我也不管你信不信了。"时欢牵了牵嘴角,别开脑袋不再看辞野,只望着天边的繁星,轻声道,"我只是早起出门想给你买份早餐,然后接到了同事的电话,因为早上就要赶飞机,我又耽搁不少时间,到了机场才有时间给你打电话。不过电话还没拨出去手机就没电关机了,所以我没什么证据能证明。所有巧合都出现了,这么看来好像也没什么可信度。"

时欢说着,笑着耸了耸肩,嘴角笑意有些苦涩。她向来不信命,不过为什么她与辞野间总是阴错阳差?这实在令她头疼。

感觉头昏沉沉的,她轻摇脑袋,抬手捏捏眉心,突然有些疲倦。

辞野默了默,没做出什么回应,只是问她:"你是不是真要所有事都瞒着我?"

时欢顿住:"什么?"

"你隐藏你脚踝上的伤口。"辞野眉头轻蹙,又从烟盒里咬了根烟出来,点燃深吸一口，哑声道，"那个疤痕到底是怎么造成的，你没跟我说实话。"

时欢清清楚楚地记得，自己当时明明给搪塞过去了，没想到辞野竟然还记得这件事，而且还发现了其中的端倪。她敛眸，启唇欲说些什么，却又不知该从何说起。

最终，她抿了抿唇："创伤后遗症知道吗？"

辞野顿了顿，眼神终于有了些许情绪波动，他一时哑然，不知该如何开口。

"那些痛苦的回忆，我即便愿意去回想，但潜意识里，我还是无法将所有事想起来，我不是不想说，是做不到。"时欢自嘲般笑了笑，语气倒是平静，"那疤痕是被武器伤的，不过是因为有人想杀死我，对方下手也狠，只是最后，死的人并不是我。"

其实辞野在得到时欢的答案之前，心下就有了些许朦胧的猜想。时欢能够对他提及这些事，对他坦白些许，这已经在辞野意料之外了。

他指尖微动，烟最终未燃到半分，便被人碾灭。

辞野吐了口气，眉眼松了几分，先前那冷洌也减轻了不少。他没说话，只将已经擦得锃亮的武器收好，递向一旁，直接丢过去两个字："收好。"

时欢一时没反应过来，结果就被辞野递了武器，她目瞪口呆，怔怔望着辞野，也没伸手去接。

辞野长眉轻蹙，干脆直接将武器扔到她怀中，随即起身，拍了拍身上并不存在的灰尘，漫不经心地对时欢道："保护好自己，我不在你身边的时候，不许出事。"

时欢接住武器，愣了愣，这才回过神来，嘴角却忍不住向上扬起。

"辞野。"她笑吟吟地看着他，"你今晚是不是想我想得夜不能寐，才特意在这等我啊？"

辞野轻嗤了声，嗓音淡淡，没什么情感："再跟我废话，我就让你夜不能寐。"

时欢自觉住嘴，乖乖抱紧了武器，心里实在是美滋滋的。傲娇自有傲娇的乐趣，当真如此。

"不早了，回去睡觉。"辞野说着，将她给拎了起来，"明天早上还有任务。"

时欢那没心肺的笑容重回脸上,她挽着他的臂弯对他道:"我还以为你要陪我睡呢。"

"我陪你睡?"他扫了她一眼,眸中晦暗,意味不明,"把那晚没做的事做完吗?"

时欢不说话了。算了算了,她本来就累,再折腾就吃不消了。

念及此她讪讪一笑,默默同辞野拉开些距离,背着手走在他身边,二人一同朝着住处所在的方向走去,一路静谧,却也不觉尴尬。

时欢懒洋洋地打了个哈欠,刚伸了个懒腰,便听身边辞野开口:"你们组长说你一直在工作,是真的?"

"真的啊。"她歪了歪脑袋,笑容闲适,"我忙了一天半,累得几乎就在崩溃边缘,我都佩服我自己。"

辞野不着痕迹地蹙眉:"不要命。"

"我睡不着啊。"时欢乐呵呵地说,"闭上眼我就想起你,我大清早就这么走了,你得多难受啊,我怎么能让自己好过?"

辞野闻言微怔,脚步都缓了一瞬,但被他迅速调整过来,因此并没有被时欢察觉。

心下柔软处仿佛被她拥住,柔和的情愫随之涌现而出,叫他无所遁形。

他喉间微动,也没应声,就这么向前走着,和她一起,并肩向前走着。

翌日清晨,时欢起了个大早,洗漱过后便换好衣服走出房间,打算看一看人道物资的详细情况。

而辞野已经在同相关工作人员进行货车装箱了,声响并不大,难怪她没有听到箱子碰撞的声响。

时欢本来以为自己已经起得很早了,谁知这边货车都快装箱完毕,难以想象几个人已经忙活多久了。

忙了不少时辰,辞野的额前都起了层薄汗。他随意抓了抓发丝,手指埋在发间,平复着自己的气息。

物资装箱完毕,里面有常见肉类的罐装食品、矿泉水,以及一些无国界医生团队所需要的必备药物和工具,倒是十分齐全。

货车封箱盖印后,便有工作人员在车上安装了一套完整的无线电系统,确认安全无误后，这才算是大功告成。

辞野正同工作人员交谈，神色认真，一丝不苟地确认着此次护送的相关事宜，似乎并没有注意到刚刚从小楼里走出来的时欢。

时欢抱臂盯着他那边，见清晨的曦光洒在辞野的侧脸上，将他整个人都照耀得熠熠生辉，英俊的面庞惊艳夺目。一早起来便欣赏到美景，的确是种其他意义上的养生了。

时欢"啧啧"感叹了两声，辞野刚好结束话题，余光便瞥见了时欢。

她笑着招招手，几步上前，探着身子问："怎么起这么早呀？"

"因为你会起早。"辞野给了一句模棱两可的回答，语罢便看着手中被盖上印鉴的文件，不再多言。

时欢想了想，眼睛一亮。

辞野的意思是，因为他知道她会起早来帮忙，所以他为了不让她受累，就起得更早将事情先行解决利索？

不管了，反正无论如何，她就这么理解了。

时欢想了想，嘴角微弯，脑中灵光一现。

辞野正在阅读文件，也没有注意她。趁着指挥部派来的工作人员回头忙活的间隙，时欢便以迅雷不及掩耳之势，果断地踮起脚，在辞野的颊边落下一吻。

第六章
留在我身边

时欢踮起脚，迅速在辞野颊边落下一吻，倒是悄无声息。

辞野眸色微沉，时欢亲完就要跑，撤了身子还没躲开，便被辞野单手扣住了下颔。

时欢见被抓包了，也不慌，就这么抬着脸看辞野，脸上一个大写的无辜，笑吟吟的。

他长眸微眯，指尖意味不明地在她的肌肤上轻轻摩挲，随即便松开她的下颔，敛眸淡声道："别闹腾。"

时欢眉眼含笑，发丝垂在肩头，有几缕散到颊边，一副慵懒模样。她歪着脑袋与他对视："就是得趁白天闹腾啊。"

这话一语双关，其中含义十分晦暗，令人不好解读。

辞野默了默，半晌却哑声轻笑，俯身靠近她耳畔，嗓音有几分低沉："白天和晚上闹腾，结果都一样。"

这话说得比时欢那句还隐晦。两个人跟打哑谜似的。

时欢微弯嘴角，抬首按住辞野的肩膀，正要开口说话，那名司机却在此时忙完了手上的活，回首看向二人，便刚好撞了个正着。

司机望着姿势暧昧的二人愣了愣，当即说了声sorry（抱歉），果断掉回头假装什么都没看见。

辞野蹙了蹙眉,当即退开,与时欢保持得当的距离,佯装无事地迈步上前,同司机沟通此次运输的相关事宜。

时欢见他这副正经模样,一个没忍住轻笑出声。她随即便轻咳一声,背着手也换上一副认真模样,走到辞野身边,听二人谈话。

时欢本以为只需护送一辆车的物资,司机却同她讲,还有一辆车已经装箱完毕,由指挥部派来的士兵进行护送,待会儿会同他们一前一后前去营地。

那倒是丝毫不用担心物资不够用了,有整整两车的量,足够撑上一段时间。

时欢暗暗舒了口气,却又无可避免地想到营地那些因营养不良而死在父母怀中的孩子,心下微微发涩。

他们这群人,在这片战火纷飞的土地上,也不过是尽到一份微薄的力量,能拯救的也不过是手边的生命。

事实上,这边没有电,没有交通工具,许多人在赶来营地的途中便已经撑不住,而情况紧急的病人送去医院后,被遣回来的概率也十分大。

这倒也不能责怪谁,只能说,病人太多了,而且始终在无休止地增加。

时欢原来在国内过着安逸生活,虽然偶尔跟着上过几次前线,却也没有接触过深。直到她奔赴海外,修完热带病学后加入了无国界医生组织,这才开始满世界跑,彻彻底底去人间地狱体验了数次。

最初的时候,时欢也会感到非常不适,周围的生命流逝太快,有时前天还在同她谈笑风生的人,第二天就已经咽了气。这近距离直面死亡的感觉实在令人不好受,只是时间久了,她对这方面好像也看淡了些许。

时欢轻晃了晃脑袋,将脑中思绪掐断,不再多想。

这些事也就能在她放松下来的时候想想了,若是她在工作时间感慨这些,效率怕是会低很多。

辞野同司机确认好了具体的发车时间后,司机便颔首应声,折身上车等待着他们。

这个时间也差不多到了吃早饭的时候,估计医疗团队的诸位已经陆续醒来收拾。时欢闲得无聊,便凑近辞野,问道:"对了,我都忘了问,你们这次过来是有什么任务啊?"

这些事情都是机密，辞野轻轻摇首："具体任务不方便透露，不过现在主要任务是维护当地秩序，也算是协助你们人道组织的活动。"

"这样啊。"时欢闻言顿了顿，眸中掀起些许波澜，"对了，我好像听说，前段时间有人道组织的人被绑架了？"

辞野垂眸看着她，淡声道："没什么事，不要想太多。"

他这么说了，那肯定就是真事了。时欢脸色微变，不过被她迅速掩下，并没有给辞野捕捉到她异样情绪的机会。

时欢对于"绑架"这个词汇太过敏感，而听到辞野这个回答，得知被绑架的人是志愿者，她的情绪越发复杂起来。

虽说类似于无国界医生这类的人道组织，都是中间人，走个过场而已，但毕竟是异乡人，矛盾纠纷是无可避免的事情。他们在当地营地中帮助住民，有时难免会被当地对立方和暴民盯上。

在这里是没有任何道理可讲的，时欢最清楚这一点。

她抿了抿唇，又试探性地问了句："那没出什么人命吧？"虽然她心里清楚，这句话问了相当于没问。

辞野眼神深沉地望着她，似乎不太想同她说这件事，最终还是低声道："我们过去的时候已经晚了，只剩下十名人质存活。"

虽然这个回答在时欢的意料之内，但她心下不免还是有些发闷。

无辜的生命，因为来到这是非之地，被冠上了罪。

"这样啊，挺可惜的。"时欢敛眸，面上并无任何异色，"你们没受伤吧？"

"比较幸运，没遇到什么危险。"辞野略一颔首，神色淡然，"这个你就不用担心了。"

看见时欢听到他的回答后舒了口气，辞野心下也松了几分。他隐约猜到，时欢五年前遭受的事与动乱相关，因此他也尽量去避开这些话题，不让她回想起那些事。

所以辞野并没有告诉她，那十名人质皆受到不同程度的伤害，即便是解救后立即送去救治，存活率也并不高。

有些事并没有那么理想化，辞野不想让她接触太多这些事，这样才能让她对人性有更高一点的期望。

这片土地本就已经乱作一团,在这混乱中,他也希望她能保持好自己的初心,一直向前走。

早饭过后,时欢同辞野上车准备一同护送物资,医疗队其余人随组长直接前去营地开始工作,而维和部队的其余几人,便在派兵区驻守,随时准备迎接突发事件。

辞野和部队几人谈话时,程佳晚趁机溜到了时欢身边,附在她耳边问:"昨晚都没来得及问你,你和那个兵哥哥什么关系啊?"

时欢微弯嘴角,抱臂望着辞野,看到日光顺着他的面庞流转而下,勾勒出那英气俊朗的轮廓,刹那耀目。

那是她的辞野啊。他是属于国家的,也是属于她的。

"我前男友。"时欢歪了歪脑袋,轻笑,目光潋滟,"兼未来老公。"

程佳晚一脸蒙。

前男友和未来老公居然能相提并论,敢情这是要吃回头草了?

"我看着你们昨晚气氛不太好,还以为怎么了呢。"见时欢这副模样,程佳晚不禁舒了口气,"这就是你那个电话没打出去的春天?"

时欢比了个对号,嘴角笑意很是粲然:"宝贝儿你太聪明了。"

"得,没吵架就好。"程佳晚哑然失笑,拍拍她的肩膀,"路上注意安全,保护好自己,虽然那边沿途有士兵,但我记得路途中间有一段盲区,一定要小心。"

程佳晚这边刚嘱咐完,输送物资的车辆就到了启程的时间。时欢忙不迭同她道别,给她丢了个飞吻过去,便小跑着上了车厢。

程佳晚收回视线,也去队伍里听从组长接下来的安排了。

运输人道物资的这条道路有些偏,绕了点路,因此时间有些久。

时欢安心抱臂靠在车厢内小憩,旁边有辞野,她倒是可以放心闭上眼睛,也不用担心其他,整个人处于难得的放松状态。

这些年来,时欢每每出去工作都习惯保持警惕,即便是睡觉的时候,也不敢完全睡熟,时时刻刻保留着戒备心。只有这次辞野在身边的时候,她才能真正放下心来,将双眼合上。

万幸,他们之间没有再出现什么裂缝与误会。如果两人就这样继续相处下去,重新开始慢慢来也未尝不可。

辞野坐在一旁，将右臂搭于膝上，指尖搭着武器冰冷的金属壳。车厢内光线并不算敞亮，他敛眸看向身边的时欢，见她正闭目养神，嘴角微弯。他眸中的冷硬无声融化几分，随即他无声侧首，将视线收回。

一路无言，很是安稳。

时欢隐约觉得自己似乎是睡着了。也不知过了多久，车身猛地一停，紧接着，她的身子便向旁边栽去。

时欢刚醒神，反应并没有那么快，暗骂一声糟糕，正要伸手支地，肩膀却已经被辞野环住，迅速稳了下来。

时欢正欲说话，未出口的话语却因外面一声巨响，被堵在喉间。

那一瞬间，所有的安逸氛围被打破。外面突然传来嘈杂的人声，当地语言充斥双耳，言语激烈，令众人瞬间紧绷起来。

虽然刚才在车上没睡沉，但时欢的脑袋还是有些发蒙。被这么一惊，她多少有些反应过来，迅速稳下心神，当即蹙眉看向辞野，然而见他眉眼冷冽严肃，不禁顿了顿。

"待在车上别动。"辞野单手按住她的肩膀，嗓音低沉。

时欢隐约明白发生了什么，当即颔首答应，伸手扯住他，嘱咐了句："尽量别和对方起冲突，一般只是需要讲和就行了。"

辞野"嗯"了声，利索地将武器备好，发出一声清脆的响，随即他打开车厢门下车，将门虚虚掩上。

时欢无声地攥紧了拳头，将车厢内的小窗打开些许，透过缝隙刚好能望见外面的情况。

后面那辆跟着他们的货车也停了下来，车厢内负责护送的士兵们早已迅速下车，同对面的暴徒分子们对峙着，气氛十分紧张。

时欢想起早上临走前，程佳晚嘱咐自己的那句话，不禁有些头疼。还真是什么事儿都能遇上，也太倒霉了。

就在时欢观察外面形势，浑身松懈的这一瞬间，没能注意到车厢门被无声打开。

对面的暴徒漫天要价，竟开出条件要整整一车物资。谈判已经无用，辞野眉头轻蹙，在思考其他解决方法的时候，身后却传来一声骂声。

那方向是时欢所处车厢的方向，辞野回头看去，下一瞬，他眸中冷光乍现，阴森冷意迅速涌现。

他本以为时欢待在车厢内很安全，便将车门虚掩上，谁知这是个致命性的错误。他没有想到会有暴徒趁双方谈判的时候，上车去挟持人质来威胁他们。

此时，时欢被人用刀抵着脖颈，对方并不手软，时欢白皙的肌肤上已经染上几分血痕。时欢不敢妄动，蹙紧了眉，倒也不慌乱，暂时乖顺听从于暴徒。

双方对峙着，谁也不肯放松，剑拔弩张，一触即发。

对面暴徒有五名，算上挟持着时欢的那个，一共六个人，都持武器。

时欢在对方手中，已经见了血，谁也不敢轻举妄动，唯有那些暴徒用当地语言嚷嚷着什么。时欢大概能听懂些，无非让他们留下一车的物资，不然就动手。

脖颈处传来的阵痛令她无比清醒，那熟悉的不适与惶恐迅速席卷而来，攀着那些破碎的记忆，一同砸向了她。

仿佛又重新回到那阴暗潮湿的地方，生命一点点自她体内流失的感觉越发强烈，恐怖的回忆迅速占据她的脑海。

时欢双眸涣散了一瞬，紧接着，眼里便闪过一抹阴沉之色。她轻挪指尖，悄无声息地搭上了后腰的位置。

指挥部派来护送物资的士兵有六人，算上辞野也不过只比对方多一人，并不占什么优势，双方一旦开火，这事情怕是难解决了。

辞野没有动，巴尼日亚的几名士兵便也没有动作，只在后面严阵以待，随时准备行动。对方何尝不是这般镇定，两队人马相对，擦枪走火不过是一瞬间的事。

辞野长眉紧蹙，心下不免有些烦乱。

这些人道物资十分重要，此次护送半分闪失都不能有，向暴徒分子妥协是绝对不可能的。但时欢在暴徒手中，事关她的安危，辞野便是再沉着冷静，此时也不免烦躁。

任务与她，他实在难以抉择。

然而就在这紧张时刻，暴徒手中的时欢突然开口："Don't point that knife at me（别用刀对着我）。"

她嗓音清澈，甚至可以说是没有任何感情波动，很是冷漠。她用的是英文，显然是对着身后的暴徒说。

暴徒似乎没料到她会开口，本来就急躁，待听清楚她说什么后，不禁有些发火，手下登时发力，刀锋处便再度没入那细嫩肌肤几分，刺目的鲜血顿时涌现。

辞野神色一凛，登时对准对方，脚微微一动，马上就要打算动手了。

却在此时，突发变故。

暴徒张口，辱骂的话语还未来得及发出，手下的人已经迅速将头向后一顶，他出神的那短短数秒，便觉有冷硬的物品抵住了腰身。

他瞪大双眼，难以置信地望着眼前敏捷脱身的女人。

时欢在俯身的那一瞬间，她手下的暴徒发出一声闷哼。几乎是同一时间，辞野单手扯过即将扑倒在地的时欢，紧紧将其搋入怀中。

从时欢挣脱到她跌入辞野怀中，不过短短几秒的时间。她甚至已经做好了趴在地上的准备，竟没想到二人如此默契。

时欢还未来得及开口，便听耳畔传来男子低沉冷漠的命令。

与此同时，她听见有武器的声响，他面对她身后，那杀意朝向谁，想都不用想便知。

时欢心下一紧，她条件反射要抬头去看，然而刚瞟了一眼，就被辞野单手轻扣住后脑，将她的额头抵上了他的肩膀。

一瞬间，辞野身上明爽清冽的气息便将时欢无声包围，竟然让她那颗不上不下的心就这么落了下来。

时欢眸中的晦色逐渐褪去，一股无可抑制的酸楚自胸腔涌上前来。她指尖颤了颤，手中沾着血迹的刀"啪嗒"一声掉落在地，发出一声脆响。

辞野靠在时欢耳畔，对她轻声道："听话，别看。"

情势如此紧张，在这生死时刻他甚至难以自保，却还能立刻伸手去保护她，柔下声音告诉她，不要看。

时欢眼眶发酸，紧紧合上了眼睛，老老实实地待着。

紧接着便是一片混乱的声响，在这乱七八糟的声音里，时欢能听见隐约的骂声与惨呼。

物体倒地的声音响起，似乎是自她前方的暴徒方向传来的。

她微微启唇,最终还是缄默不言。同情心与怜悯,并不是对谁都要有的。时欢虽然心下难受,但她知道对面那群人身上已经背了太多无辜的性命,即便是死,也并没有什么好可惜的。

一阵嘈杂过后,便是阵阵死寂。

隐约闻到血腥气息,时欢顿了顿,察觉到辞野的力道松了些,便抬手轻轻推开了他。

辞野唤她,语气似乎有些复杂:"时欢,你……"

"我又不是没见过这场面。"时欢嘴角微弯,刚刚抬首的瞬间,她便将对面那血肉模糊的情形望得清楚,神色没有任何改变。

她对辞野笑了笑,突然伸手捏捏他一侧的脸颊,轻声道:"保护好自己,我做到啦。"

辞野目光微动,随即哑然失笑,揉了揉时欢的脑袋。

他起身时,神色已经恢复往日的冷淡。时欢也随着他起来,拍了拍身上的灰尘。

紧接着,她快步上前去过问了一下士兵们的情况,得知只有一人手臂受伤后,连忙跑去车厢内拿了医疗工具,过来给他处理伤口。

时欢对这种伤口再熟悉不过,而巴尼日亚派来的这几名士兵都算是有些军人素养的,即便在时欢进行消毒的时候,那名伤员也不过是皱了皱眉,没出任何声响。

时欢动作利索,将伤口简单清理后便迅速进行了止血消毒,几下便包扎好了。

士兵简单活动了一下手臂,确认无碍后,对时欢略一颔首,用英语道了声谢谢。

他发音并不算标准,甚至可以说是有些生涩。

时欢心里疑惑,却没问出来,只是笑了笑。

随后士兵们便上了车厢,司机坐在驾驶位上,看模样似乎是松了口气。

时欢和辞野也上了车,仿佛方才什么都没发生过,两辆货车一前一后向前行驶,很是安静。

"这些士兵,我看着年纪都不算很大啊。"时欢撑着下巴道,有些疑惑,"不过刚才那小伙子的英语似乎有些生涩。"

"他们年龄都不大。"辞野嗓音淡淡的,将武器放在一旁,"小小年纪因为战争失去双亲,他们只能加入当地部队,也没机会学习什么语言,每天努力生存就很累了。"

原来如此,难怪他们都沉默寡言的,同她也没什么交流。

时欢抿了抿唇,叹了口气,难免有些心酸。

摆脱了刚才的紧张局势,时欢紧绷的神经在此时得以松懈,疲惫感便迅速涌了上来。

她半睁着眼,情绪逐渐稳定下来,脑中那晦暗的思绪也逐渐清明。方才被他揽入怀中的感觉再度重现,那一瞬间迸发的情愫,好似又无声泛滥开来,柔和得令人心生酸楚。

辞野正闭目养神,身旁的人忽然轻轻靠上他的肩膀。淡香氤氲,他顿了顿,缓缓睁开双眼,敛眸看向她。

时欢合着眼,开口,嗓音柔和:"嘘,让我休息一下。"

五年前的那场噩梦,就让它逐渐消散吧。人生苦短,抓住良机,她不想再离开他了。

时欢跌入了梦境里。她身处阴暗潮湿的房屋中,双眼被黑布所蒙蔽,透不进半分光亮。

双手被束在身后,脚腕也被绳子紧紧捆着,她无奈又绝望。偏偏这屋子里还挂着个表盘,"嘀嘀嗒嗒"的声响十分清晰,令这未知的恐惧越发明了,逐渐将人的心理防线击溃。

时欢觉得自己好像死了,又好像还活着。混混沌沌中,她伸手碰了碰身边的人,察觉到对方还在,便舒了口气。

她们二人早已饿得没力气说话,彼此都没有吭声,只相互依偎着。

那阴沉沉的布似乎都要蒙上她的世界,时欢昏昏欲睡。也不知过了多久,她隐约听到了开门的声音。

她所有的感官在此时被唤醒,前额瞬间起了层薄汗,顺着脸颊滑至下颌,缓缓滴下。

方才那名人质被抓出去的时候,声声惨呼仿佛刻到了时欢的灵魂里面,直到他们关门走远,时欢仍难以平复下来。

破碎的片段一闪而过,晦暗不清,时欢想紧握住它,却被刺得满手鲜血。

脚踝处的肌肤被划开,她先是感到一凉,随后一阵热意涌出,沿着她冰冷的皮肤缓缓下滑,滴在地面凝成浓稠的一摊。

身边的人也没能逃过此劫,时欢清晰地感受到生命在迅速流逝,引人一步步走向崩溃的边缘。

突然,门被人推开,那人骂骂咧咧地踢开了门。脚步声渐近,时欢屏住了呼吸。

他走了过来,最终,在地面前停下。

那一瞬间,时欢心跳骤停。紧接着,身边的女子被无情地扯了起来,与时欢紧握在一起的手迅速抽离。

女子惊慌的叫声随之响起,染上了绝望之色。

那一瞬间,时欢心里有什么东西死去了。

情景迅速转换,时欢被这噩梦惊起,蓦地睁开双眼,呼吸有些不稳。

入目是光线昏暗的车厢,她下意识握拳,却触碰到了手边的武器。

时欢顿了顿,唤道:"辞野。"

耳边立刻传来他的回应:"我在。"

他的声音很淡,也不过只是普普通通两个字,落到时欢耳畔却格外令她心安。

辞野察觉到她的不对劲,垂眸对上她的视线,望进她眸中的混沌与张皇,不禁长眉轻蹙:"怎么做噩梦了,因为刚才的事?"

她微启唇,想说什么,最终还是没有发声。她直起身子,扶额笑着摇了摇头,情绪逐渐稳定下来。

敢情他还惦记着刚才发生的事情,怕给她留下什么阴影呢。

意识到这点,时欢微弯嘴角,轻声笑叹,抱着膝盖对他道:"不是,梦见以前的事情了。"不待辞野开口,时欢便歪了歪脑袋,问他,"五年前的事,你是不是一直很想问我?"

"想。"辞野干脆承认,随即默了默,道,"但是我想等你愿意主动跟我说。"

时欢没想到他会这么回答,眨眨眼睛,笑了笑:"为什么这么说?"

"我不想你回忆那些不好的事情。"辞野淡声,望着她一字一顿道,"如果真的令你那么痛苦,倒不如我主动放下这个心结。"

时欢与他对视着,掉进他深邃的目光中,似乎要沉溺其中,不愿再脱身。她是真的很幸运啊,遇见了他。

时欢这么想着,眉眼都染上了些许笑意,抬手挽上他的臂弯,笑眯眯道:"哎,我真是越来越喜欢你了。"

辞野闻言顿了顿,随即一语不发,将头转了过去。

时欢刚开始还有点莫名其妙,紧接着,好像就反应过来了什么。

她探身凑过去:"不是吧,辞野,你是不是害羞了?"

辞野"啧"了声,抬手摁着她的额头把她摁了回去:"胡扯什么。"

时欢正要继续跟他开玩笑,然而就在此时,车停下来了,似乎是到地方了。

"走了,下车。"辞野淡声道,顿时拿好武器起身,抬脚走向车厢门,推门下了车。

时欢有点儿可惜,然而工作即将开始,她也只能抱臂叹了口气,乖乖将武器给揣好,跃下了车厢。

两辆货车一前一后停在营地前,周围是来往的病人家属。

时欢整了整自己的白大褂,活动几下脖颈,便换上一副正经淡漠的模样。同司机简单交流了一下,得知会有人帮忙搬运物资后她便安下心来,随即向辞野摆了摆手,进入营地中与自己的团队会合。

她刚走过去,便望见程佳晚蹲在一张病榻前,似乎正同榻上的病人说什么。

时欢从衣袋中摸出口罩来戴上,便迈步走了过去,拍了拍她的肩膀:"这边情况怎么样?"

程佳晚听到时欢的声音抬首,声音轻松了些,语调略微上扬:"你们这么快啊,今天的情况比之前好些了,送过来的病人数量有所减少,手底下这些病人的病况也没有恶化现象,还不错。"

"那就好。"时欢闻言舒了口气,心情也没那么沉重了,便问了句,"跟谁聊天呢?"

程佳晚笑了笑,正要开口,却听那病榻上的小人轻声唤道:"姐姐。"

时欢听得懂她的语言,二人沟通并无障碍,自然明白她在说什么。只是听这声音有些耳熟,她便蹲下身瞧了瞧病榻上的人,不禁愣了愣。

这位病人,就是那个抓住她的手指,说她不想死的小丫头。

虽然还是有些营养不良,看着没什么精神,但她已经能正常同人沟通了,看来恢复得不错。

时欢突然有种成就感,松了口气,伸手放轻力道摸了摸小丫头的脑袋,对她笑:"感觉身体好些了吗?"

她对时欢展露笑容,露出两颗可爱的小虎牙:"好多了,谢谢姐姐救了我。"

这小姑娘眉眼清秀,留着长鬈发,虽然此时此刻有些灰头土脸的,身子也瘦弱,她眼中却盛满了光,好像都能给周遭的人带去些许光芒。

她生得水灵,看起来就像个小洋娃娃。

时欢手撑着膝盖,不紧不慢地站起身来。程佳晚问她:"你和 Marry 认识?"

"这小姑娘叫 Marry 啊,她是我那天抢救过来的最后一名病人,印象挺深刻的。"时欢略一颔首,眸中漾着柔和的光,"能活下来,很厉害啊。"

"是啊。"程佳晚哑然失笑,"她心态也很好,真可爱。"

时欢突然想起什么,忙侧首问程佳晚:"她妈妈呢?"

"去接水了,这边离接水的地方挺远的,我在这儿陪她呢。"程佳晚说着,便拍拍时欢的肩膀,"你在这吧,我正好去忙了。"

时欢比了个"OK"的手势,程佳晚便走向了别的区域,忙手边的事去了。

Marry 轻声唤:"姐姐。"

时欢闻言,便重新蹲下身来,含笑问她:"怎么了吗?"

"那个……"Marry 似乎有些犹豫,目光明灭不定,半晌才有些怯懦地问道,"姐姐,我……我还能起来走路吗?"

时欢闻言顿了顿,想起这孩子先前腿上的伤,已经感染,需要有足够的恢复期。

想罢,她安抚 Marry 道:"可以的,只要你好好养伤,总可以下床走路的。"

Marry 点点头,展露出笑颜。

不远处,辞野正和无国界医生团队的组长沟通,余光不经意一瞥,看到了时欢那边。

从他的角度，刚好能看见时欢蹲着身子，对着病榻上的女孩，二人似乎是在说什么。

时欢虽然戴着口罩，但她眉眼间洋溢的粲然笑意，却在熠熠生辉，令她整个人都柔和下来。

"辞队？"组长疑惑地唤了声，有些纳闷。

辞野立刻回神，将那片刻的出神收敛，对组长正色道："不好意思，刚才说到哪了？"

"也没什么，就是后续分发物资的事情了。"组长微笑颔首，叹了口气，"多谢你们，最近团队人手不足，尤其缺外科医生，所以医生的时间不好腾出来，麻烦你们费些力气了。"

"外科医生？"辞野脑中想起了什么，倒也没多想，便直接问，"我记得苏医生似乎是位外科精英，怎么昨晚没见到？"

谁知组长听闻便愣住："苏医生，你是说苏祈吗？"

辞野见他这反应便察觉到不对，蹙眉道："是，有什么问题吗？"

"时欢没跟你说过啊……"组长似乎有些感慨，眉眼间浮上些许愁绪，"也对，那件事对那孩子的打击挺大的。"

辞野顿了顿，还未开口，便听组长道："苏祈，已经去世很久了。"

在时欢认识辞野前，她和苏祈便已经相识许久了。辞野记得时欢曾经和他提起过她和苏祈的事情。

苏祈姑且算是时欢远房亲戚家的姐姐，她比时欢大五岁，是名无国界医生，尤其擅长外科。

由于时欢学医，因此和苏祈的关系一直不错。某种意义上，苏祈也算是时欢的老师。

二人亦师亦友的关系就这样维持了多年，时欢受她的影响，也逐渐向无国界医生这边发展，似乎是想追赶苏祈的脚步。

后来时欢通过朋友认识了辞野，二人在一起后，辞野见过苏祈几次。

苏祈性格开朗，某些方面与时欢相像，但毕竟年纪摆在那里，心性要比时欢成熟很多。辞野对她的印象不算深刻，但苏祈的确是名令人感觉很舒服的女子。

其实辞野最初得知时欢想要成为一名无国界医生的时候，是不太愿意的。这毕竟是个高危职业，比他的职业安全不到哪里去，即便是人道组织，有时候也会被卷入那些战乱国家的纷争中去。

辞野早些年出任务，见过的意外太多，他心里比任何人都清楚，时欢的这个理想职业有多么危险。

时欢和辞野在一起这么久，两人其实几乎没吵过架，唯一的矛盾，也就是关于时欢想要加入无国界医生组织这件事。

苏祈去战地工作时，时欢偶尔会陪同前去，辞野实在放心不下她，却又不好直接将她拦下。二人因为这件事闹过，险些就将矛盾激化，偏偏时欢还是那种认准目标决不妥协的人，最终辞野只得松口，先行退了一步。

苏祈心里也有数，给时欢和辞野腾出了更多空间，这才算是将二人间的问题给压了下去。

时间久了，辞野对这件事似乎也就没那么执着了。虽然是高危职业，但他们二人算是可以并肩，倒也没什么。

直到五年前的那天，时欢突然不告而别，不知所终。二人的故事暂时中断，再次相遇后，他和时欢之间纠缠不清，竟然也没注意到再也没见过苏祈的身影。

而现在，辞野身处巴尼日亚，对面就站着无国界医生团队的组长，听他一字一顿道出"苏祈，已经去世很久了"这句话。

几乎是组长话音刚落的瞬间，辞野眸中便掀起了波澜。他素来能控制好自己的情绪，不轻易外露，然而听闻这个消息，纵然他再怎么冷静从容，也不禁感到震惊。

苏祈，竟然已经去世了？

兴许也是难得望见辞野的脸上有其他情绪，组长愣了愣，有些疑惑："时欢没有跟你提过这件事吗？"

"她没跟我说过，我也是突然想起来才问的。"辞野说着，眉间轻皱，眸色不自觉暗沉几分，"苏医生……去世多久了？"

"唉，就在五年前。"虽然时隔多年，但组长想起来还是忍不住心底发涩，叹了口气，摇摇头道，"当时出了场意外，谁都没意料到苏祈会出事。"

语罢，他再度开口，似乎还想说些什么，脑中却突然有什么一闪而过，他便哑了声。

"其实苏祈的事情当年对时欢打击挺大的,那孩子做了好久的噩梦,这几年才勉强算是走出来。"组长神色有些犹豫,最终还是对辞野道,"辞队,这事儿我身为一个外人,不太方便说,还是看时欢的意愿吧,抱歉了。"

看来五年前时欢的确是经历了什么事情,而且是和苏祈的死有关。

辞野对此表示理解,面上神情已经恢复了往日的淡漠,略一颔首,说道:"不用道歉,倒是我耽误了你一些时间,不好意思。"

组长摆摆手示意没什么,便转身去物资卸货处忙碌了。

辞野站在原地,久久没有动。他的思绪有些乱,无意识地拧紧了眉,侧目看向方才时欢在的那边,却没望见她的身影。

他顿住,忽觉双肩搭上了一双手,与此同时,耳边传来了女子满含笑意的声音,很是悦耳:"辞队,你刚才好像在偷看我哦。"

辞野低声轻嗤,单手握住了她搭在他一侧肩上的手,略微侧了侧身子,颔首看向她:"工作时间偷懒,你倒好意思说我了?"

时欢无所谓地耸了耸肩:"今天营地的情况有所好转,我难得落个清闲嘛。"说着,她看了眼方才组长离开的方向,随口问了句,"刚才你们在聊什么啊?你都没注意我过来了。"

"没什么。"辞野静默了一下,神色不改,对她道,"就是安排了一下物资分发的事情,你们的工作量应该是有所减少。"

"是啊,物资都到了,这样一来,就不用担心营地里的那些病人因为营养不良而失去生命了。"时欢畅然轻笑,念及此心下放松了些许,又想起方才重获生机的Marry,便有些感慨,"虽然这些年没少见过生死,但是每次来工作,多少还是有点感触啊。"

辞野敛眸看她,望见她眉眼中荡漾着柔和笑意,闲适又从容,在日光渲染下掠过了惊艳的一笔。

他突然开口,唤她的名字:"时欢。"

时欢侧首看向他,嘴角染着笑意:"怎么了?"

"你为什么这么坚持这份工作?"

时欢似乎没想到辞野居然会问这个问题,愣了愣,心里还真没有一个应对的答案。

她启唇,似乎想说什么又不知从何说起,便一时没答上话来。

辞野倒是不急,就这么好整以暇地等待她的答案。

时欢思忖几秒,随后便正色道:"说实话,我是那种比较感性的人,就算是这么多年过去了,我得知病人的死讯,还是会难过很久,这么看来我似乎并不适合这份工作。"这话倒是和辞野刚开始的看法有所相通。

"我能坚持下来,我也觉得挺神奇的,有时候我也会奇怪,是什么在驱使我前往一个又一个战乱地区,不顾自身也要救助别人的生命。"说到这里,她哑然失笑,目光淡了淡,"但是辞野你知道吗,当你用心治疗的孩子,他们终于能下地走路,向你奔过来给你一个拥抱的时候,你会感觉什么都是值得的。我们的微薄之力也不足以改变这个世界,但只要他们愿意坚持活下去,人道组织就绝不会不管不顾。"

时欢言罢,顿了顿,随即便轻声补充道:"这是苏祈姐之前对我说过的话,我记了很久。"

"哎,说了这么多,反正我也自认不是那种为他人献身的伟人。"时欢说完这些觉得怪正经的,便讪笑着歪了歪脑袋,"不过我能够尽力去带给他们生存的机会,就很满足了,毕竟他们还对未来有憧憬呢,怎么能轻易辜负他们呢。"

辞野没出声,只望着她,直直撞进她眸底的澄澈纯粹,那抹光芒是他所不愿抹去的。

半晌他低声轻笑,抬手揉了揉她的脑袋,淡淡嗓音中含了些许无奈的笑意:"我明白了。"

时欢有些不满地翻了个白眼:"我说一堆,你就四个字啊?"

辞野想了想,又补充:"好好加油。"

她可真是服了他的气哦!

与此同时,营养奶都搬运下来了,病人家属们正前去排队领取,时欢想起 Marry 的母亲兴许还没回来,便去拿了几包。

志愿者正忙着分发物资,时欢打算帮帮忙,便把 Marry 的位置告诉了辞野,让他把营养奶给小丫头送过去。

辞野记得方才时欢所处的床位,他嘱咐了时欢一句注意安全,便转身走向了 Marry 的床位。

辞野过去的时候，小丫头半靠在床位上，目光炯炯地望着他，乌黑的瞳仁中浮着好奇。

辞野在她身边蹲下身，十分公事化地问她："你是 Marry？"

Marry 点点头，看了眼他手中的营养奶，目光亮了一瞬："是医生姐姐让你来的吗？"

辞野心想她大抵是指时欢，便颔首承认："她叫时欢。"说完，他示意了一下手中的营养奶，"要现在喝吗？"

见她点头，辞野便替她拆了封，随即便递给了她。

小丫头乖巧地道了声谢，她的身体情况较其他病人好些，自行进食是不成问题的，不闹腾也不多言，安安静静地将营养奶喝完。

辞野看着时欢忙碌的身影在人群中若隐若现，有些出神。

Marry 顺着他的视线看过去，便锁定住了那抹熟悉的身影，她"唔"了声，张口刚要喊"医生姐姐"，突然想起这位哥哥方才说的话，便改口有些生疏道："哥哥，你和时欢姐姐很熟悉吧？"

辞野闻言微怔，眸底的柔和不经意泄露几分，嘴角微弯，敛眸问她："为什么这么问？"

"刚才你在那边时，姐姐看你的眼神，和你现在看她的眼神很像。"Marry 笑了，露出了小虎牙，"你们的眼睛里，都好像有星星跳出来。"

这个比喻倒是有趣。辞野哑然失笑，将视线缓缓转移到不远处的人身上，低声道："她是我爱的人，也许我运气好，未来能让她成为我的爱人。"

时欢帮工作人员分发物资，虽然人多，但所幸维持秩序并不算费劲，因此这活也不算太累人。忙了好一会儿，一个又一个空箱子被腾出来放在一旁，他们终于将物资发放完毕。

时欢抬手轻扯了扯口罩，望着病人家属脸上洋溢着的笑容，不禁也跟着舒了口气。

此时已经到了傍晚，时间不算早了，医疗团队基本也都到了该打道回府的时候。时欢见手上的事情都忙完了，便去了 Marry 那边，思量着辞野估计待在那里。

鲜艳的红已经染上天边，连自上而下倾泻的光晕也无限柔和。褪去嘈杂，这片土地难得地安逸。

时欢活动几下泛着酸痛的手腕，循着记忆抬脚前行，然而来到 Marry 的病榻前，却没有看到想见到的人。床榻上有位妇人正背对着她而坐，时欢上前轻轻拍了拍妇人的肩膀，见对方回首，便认出这是 Marry 的母亲，想必是接完水回来了。

妇人显然也认出了时欢，即使眉眼间有些难掩的倦意，她也对时欢报以和善温柔的笑容。

时欢回以微笑，轻声问她："Marry 不在这里吗？"

妇人略微颔首，用有些生涩的英语回答道："Marry 去看日落了，也许一会儿就会回来。"

"去看日落了？"时欢愣了愣，似乎有些惊讶，"她一个人吗？"

妇人见她这副震惊模样，不禁哑然失笑，忙否认道："不是的，Marry 还不能下床走路呢，但我回来的时候，有名军人在旁边陪着她，听他介绍自己是维和部队的人。Marry 想看日落，可我太累了，她就让那名军人带她去了。"

"军人"和"维和部队"等字眼传入时欢耳中，时欢便知道那名军人一定是辞野了。

"这样啊，那我去找找他们，刚好我们今天的工作结束了。"时欢对她点了点头，含笑道，"辛苦你了，有什么不舒服一定记得告诉我。"

"谢谢你。"妇人对她诚挚地道谢，眸中漾着清浅的笑。

时欢摆摆手示意不用谢，回身正欲离开，却在下一秒被妇人拉扯住了衣袖。她的力道极轻，若不是时欢注意到她，兴许还会以为是被风吹动了衣角。

她疑惑地回首，却看见妇人面带犹豫，似乎在踌躇着想要说些什么。

时欢微弯嘴角，稍微歪了歪脑袋，对妇人问道："请问，您是有什么话想跟我说吗？"

妇人缓缓点头，面上含着些许不安的神色，抓着时欢衣裳布料的指尖也无意识紧了紧，时欢的白褂上便落下了些许乌黑的痕迹。

似乎是察觉到了什么，妇人当即回过神来，将手收了回来，对时欢道了声对不起。

"没关系。"时欢知道她是在为弄脏衣服而道歉，但时欢根本就没往心里去。她上前，在妇人面前蹲下身子，"真的很难开口吗，如果实在不好说的话，可以再考虑考虑。"

兴许是时欢的温柔将妇人心头的冰刃融化些许，妇人终于轻叹了口气，敛眸咬了咬唇，开口轻声问道："医生，我其实就是想知道……Marry 的真实情况，现在她不在，我希望你能给我一个真实的答案。"

时欢闻言顿了顿，心下微动，突然有些拿不定主意。

事实上，Marry 被送过来的时候，她腿上的伤口已经感染发炎，一点都不乐观，虽然命是保住了，但她腿部的情况时欢一直不确定。之前她试探过 Marry 的腿是否有知觉，然而这小丫头似乎完全感受不到自己的双腿，时欢心里便已经基本明白情况。

Marry 下地走路的希望，已经谈不上渺茫，可以说是完全不可能了。

但时欢看见这小丫头纯真的笑容，如何忍心将这种残忍的消息告知她，只能尽量去回避这个问题，不让 Marry 多想。

然而此时 Marry 的母亲也许是察觉到了什么，才会这么问她。

时欢轻皱眉，倒是不急着回答问题，只问妇人："为什么会突然问这个问题？"

"刚才我接了热水回来，倒水的时候不小心洒在了 Marry 的腿上……"谈及此处，妇人的眼眶便有些泛红，"那水多滚烫，她却根本就没感觉到。"

这更加印证了时欢的猜想。她深深合眼，叹了口气，毕竟这是 Marry 的母亲，有权利知道自己孩子的真实情况。

念及此，时欢便伸手轻轻握住了妇人的手。

她抿唇，随后沉声道："很抱歉告诉你这件事情，但是 Marry 她，也许再也不能走路了。"

妇人即便早已经预料到这个回答，但当她真的听到这句话从时欢口中说出来时，还是忍不住眼眶发酸，泪水迅速涌出眼眶。她伸手捂住了唇，想要抑制住自己的哭泣声。

"老天哪，她才五岁，她才五岁……"

妇人低低的抽泣声拂过耳畔，扎得时欢心底微颤。

在这种地方工作，不论哭声还是咆哮，都是时欢每天会听到的，时间久了,她的情感也不那么容易泛滥了。

但此时,眼前妇人如此悲切,正为她过早失去行走能力的孩子哭泣,那声声隐忍克制的呜咽透过她的指缝,渲染上了无奈与绝望的色彩。

时欢实在是于心不忍,缓缓站起身来,决定让妇人独自宣泄情绪,便悄无声息地抬脚离开。

对于一个刚来到这世界没多久的孩子来说,她出生在这种环境,本就没有好好在广阔的地面上放肆奔跑过,然而现在,她连奔跑的机会都彻底失去了。

悲哀的情绪压抑在时欢心头,很是沉闷。

她做了个深呼吸,一面尽量平复着自己的心情,一面漫无目的地向营地外走去。她不经意间抬首,望见了不远处平旷的土地上,立着一抹熟悉的身影。

他身形颀长,正背对着时欢这边,影子在地上拉开长而斜的一道,柔和霞光将他周遭的冷冽都悄然融化。

他被黄昏的光芒所包围,整个人都熠熠生辉,时欢视线所及的风景里,他是最为绝妙的一抹。

时欢目光柔和,突然注意到辞野的左肩处似乎靠着个毛茸茸的小脑袋,她定睛一看,才发现原来是 Marry 被辞野抱在怀中,被他托着,稳稳坐在他左臂小臂上。两个人竟然有种说不上来的温馨感。

时欢顿了顿,嘴角好似有了些许上扬的弧度。

她几步上前,站在辞野身边,背着手与二人共赏眼前落日,见流云四散,橙红色的晚霞破碎又重组,很是好看。

辞野侧首看向她,还没开口,怀中的 Marry 便已率先发现了时欢,对她笑眯眯唤了声"医生姐姐"。

Marry 的笑容很有感染力,时欢心头的沉重似乎都减轻了几分。她笑了笑,敛眸轻刮了下小丫头的鼻尖:"又见面啦,日落好看吗?"

"好看!"Marry 忙不迭点头,一本正经道,"自从我没有家以后,我就再也没看过日落了,今天终于看到啦。"

这个回答配上孩子的纯粹模样,听得时欢有些心酸。

她无声笑了笑,嗓子有些哑:"只要你喜欢,姐姐天天带你来看,好不好？"

"真的吗？"

"真的。"不待时欢开口，辞野便已淡然道，"姐姐没时间的时候，哥哥带你来。"

Marry 闻言，笑容更加灿烂："谢谢，我好开心啊！"

时间已经不早，辞野便打算将 Marry 送回到她的母亲身边，时欢跟他一起。

路上，Marry 一直在出神，难得没活跃。直到即将进入营地的时候，她突然抬首看向时欢，目光坚定，问她："姐姐，我是不是以后再也不能走路了？"

时欢心下微沉，启唇止要否认，Marry 却已经轻轻摇头："你不用骗我的，今天妈妈把热水洒到我的腿上，我没有任何感觉，我都知道的，姐姐你不用安慰我。"

随后，她咬了咬下唇，即便眼睛里已经泛了泪花，却还是扬起嘴角对时欢道："我不想让妈妈伤心，所以当时就装作没注意的样子。所以姐姐，你能不能不要把这件事跟我妈妈说？爸爸已经离开我们了，我不想让她更难过了。"

时欢说不出话来，只闷闷地点头答应，心下沉重极了。

直到辞野将 Marry 送回去，他和时欢一起走出营地，打算同团队集合回营地，时欢依旧缄默不语，跟在他身后。

辞野突然止步，时欢不小心便撞了上去，这才回过神来。

她揉揉鼻子正欲开口，辞野却在此时回过身来，张开双臂，抱住了她，力道温柔，带着些许安慰的意味。

时欢怔了怔，随即蹙紧了眉，将前额轻抵上他的胸膛，泪水被带出了眼眶，悄无声息地顺着脸颊滑落。

时隔多年，她再次如此清晰地感受到了自己的无力。那种直击心脏的无名酸楚溢满了整个胸腔，仿佛要将她的呼吸夺走。耳边似乎传来辞野似有若无的轻叹，顺着风消散了。

辞野抬手，轻拍了拍时欢的背部。他颔首吻在她发间，敛眸柔声道："乖，你已经很棒了。"

其实时欢的压力一直很大。虽说她工作多年，抗压能力早已被磨炼得十分强大，但无论如何，时欢还是容易被影响到情绪。只是她早就已经习惯隐藏情绪，即便是一边工作一边自我疏导，对于她来说也是相对容易的事情。

五年前的那场意外，当她被蒙着双眼，感受到苏祈的手离开自己的掌心，那一瞬间的无力与悲哀，是时欢经历过的第一次，也是最后一次足以令她落泪的情景。

可如今，一个自知失去双腿的小女孩，在明白自己再也不能自由畅快地在田野间奔跑后，第一反应不是哭闹，竟然是请求时欢，不要将这件事告诉她的母亲。

她不想让她的母亲伤心，但她这副模样又怎能不让人伤心？

在生机勃勃的年纪，她失去了自由，在可以理所应当哭闹耍赖的年纪，她却过早地学会了沉默与隐忍。也许她不过是想象分布在世界各地的大多数同龄人那样，过着平淡的生活，牵着父母的手，站在他们中间展露幸福的笑容，迎着光生活。

但她生在这贫瘠荒芜的土地，这里常年战火纷飞，遍地疾病肆虐，生死都能够被人们看淡。

这里的生机几近于无，他们却还要奋力去寻找光明。有些命运，似乎从一开始就被安排好了的。

常年身处安逸环境的人，永远不会对那样的环境产生真切的感触，也不会有加深了解的冲动。正如那些身处阴暗的人，即便知道这世界很大，有无数充满光明的容身之处，但除了些许憧憬，他们再也无法产生更多的欲望。

生活的环境不同，人们所追求的事物自然也各有不同。

时欢抽了抽鼻子，哭完之后感觉好多了，自从来到这里后，她心里就积攒了些许压抑，如今被尽数释放了出来，舒坦不少。

辞野揽着她，见她缓过劲来了，便抬手轻揉了揉她的脑袋。

颔首望向她的时候，他神色清浅，眸底柔和一片。

"看到那小姑娘这么懂事，我真的挺难受的。"时欢突然开口，撇了撇嘴，因为刚刚哭过，因此她的嗓音略微沙哑，"她本来正处在无忧无虑的年纪,只是想像普通孩子一样活着,却要承受这些痛苦。"

辞野轻声叹息道:"生在这里,他们都身不由己。"

"其实Marry刚才不让我把这件事告诉她妈妈,但是……"时欢说着,心下酸涩难以抑制,"但是她不知道,在我找到你们之前,她的妈妈就已经找我确认了Marry不能再行走的事情,其实她妈妈心里也清楚。"

时欢嘴角笑意苦涩,她抬手捏了捏眉骨,笑叹道:"她以为只要我帮忙瞒着,她妈妈就不会知道这件事,可怎么瞒得住呢?"这小丫头终究还只是个孩子,单纯得很。

辞野薄唇微抿,他知道此时多说无益,时欢只不过是需要一个可以倾诉的对象,便揽过她的肩膀,安慰似的轻轻拍了拍。

时欢知道这些个人情绪需要迅速清除掉,边走边同辞野絮絮叨叨,说着说着,心下的沉重便减轻了许多。

时欢和辞野来到集合地点时,发现医疗团队的各位已经在等待着了。她"啊"了声,快步上前,不好意思地笑了笑,对大伙道歉:"不好意思啊,让你们等了这么久。"

"没事,正好都先休息了一会儿。"组长摆摆手示意没什么,说完便开始安排上车。

程佳晚虽然知道时欢和辞野的关系不简单,但她注重细节,一眼便发现了时欢微微泛红的眼眶,显然是刚刚哭过的。她心下虽然有些生疑,却也没在此时不合时宜地提出疑惑来,只是上了车,照旧同时欢坐在一起。

辞野和组长坐在前面的车内,两个人刚好谈一下巴尼日亚这边的情况。回营地的过程中,时欢感受到程佳晚的视线,也知道她在好奇什么,便将Marry的事情同她详细说了说。然而程佳晚泪点低,听完后便撇撇嘴要掉眼泪。时欢哭笑不得,忙不迭拍拍她:"你别掉泪啊,真是。"

"不是,"程佳晚叹了口气,勉强把眼泪给憋了回去,模样有些沮丧,"我就是觉得,我们虽然这么努力,但能帮上他们的,真的只有一点点而已。"

"是啊,只能帮上一点忙。"时欢有些感慨,身子向后靠了靠,启唇轻声道,"但我们能够将他们的生命延续一段日子,我觉得我们已经很不错了。"

他们能做的,也只有这些了。只希望经历了这些灾难,那些人还能够保持对未来的憧憬与希望，仍旧有挣扎出泥潭的信心。

众人抵达营地后，时欢透过车窗，不经意望见了营地门口的张东旭，他手中拿着什么吃的，正俯身在给一条狗喂食。

时欢定睛一看，立即便发现他手下的那条警犬是哮天。

时欢和哮天许久不见，此时她不禁双眼一亮，忙打开车门下了车，抬高声音唤道："哮天！"

哮天本来正一心一意地啃着爪子下踩着的排骨，突然听到了久违的女声，实在是耳熟得很，它两耳顿时竖了起来。哮天连排骨也顾不得了，抬起脑袋顺着声音看过去，准确定位到了时欢的位置，便撒开腿狂奔了过去。

程佳晚是跟在时欢后面下车的，冷不丁看见一条德国黑背朝这边冲了过来，还以为是发生了什么，吓得就差没叫出声来，抬脚就重新上了车。

她正想将时欢拉过来，却见那德国黑背跟见了主人似的，扑到时欢怀中便不肯松开，黏着时欢一个劲儿地蹭，那模样好像是在撒娇一般，一人一狗的关系似乎不错。

后面的医生们本来也纷纷后撤避开，然而看见时欢和它如此亲昵，不禁都有些纳闷。

此时，辞野不紧不慢地迈步上前，轻声唤道："哮天，没看见我？"

哮天忙里偷闲瞥了眼自家主人，虽然不怎么情愿，但主人还是需要讨好的，它便乖乖摇着尾巴跑向了辞野，在他脚边高兴地转着小圈。

时欢感受到大伙疑惑的视线，这才想起来什么，对众人解释道："它叫哮天，是辞队长的警犬。"

众人恍然大悟，然而与此同时，新的疑惑又在彼此心中生出——辞队的警犬，见了时欢却那么亲昵，这是不是隐晦地说明了什么？

无法细想，简直都要脑补出来一出大戏了。

晚饭已经有营地的工作人员在准备了，医疗队的众人便都先去自己的房间进行简单的梳洗，准备待会儿都清清爽爽地下来一起吃晚饭。

时欢冲了个澡，换上身轻便的深黑色运动装，将头发吹干后，差不多就到了吃晚饭的时间。

下楼后，时欢走到了小楼外，哮天不知何时来到她脚边，温驯地蹭了蹭她的脚踝。时欢微弯嘴角,俯身揉了揉它的脑袋,刚一抬首,便望见辞野站在不远处。

他指间燃着根烟,有明灭的星火在夜色中隐隐跳跃。他略微颔首,深吸了口烟,随后启唇,轻吐薄烟。烟雾缭绕间,朦胧了他的侧颜,为那清冽带去了些许浅淡的慵懒。

辞野顿了顿,侧目便对上了时欢的视线。他目光微动,随即便将仍未燃尽的烟掐灭,不曾有半分犹豫。

时欢几步上前,站在辞野面前,眉头轻皱:"你的烟瘾又起来了?"

二人原先在一起的时候,辞野便有烟瘾,只是后来在时欢的看管下戒掉了。时隔多年,时欢这才再次看到辞野抽烟的模样。

辞野看着她,半晌低声轻笑,嗓音带了几分哑:"这么多个难熬的日夜,没你在旁边,我除了抽烟解愁,还能做什么?"

时欢"呃"了声,无言以对。这似乎是正当理由,那她该怎么回应?

就在时欢纠结于如何开口时,突然听到有急促的脚步声传来。她与辞野几乎同时侧首看向声源处,却见是李辰彦快步走来,他面色严肃,步履也没那么稳重,似乎是有要事要谈。

时欢自觉地缄默着站在一旁。

辞野皱眉,迎上前一步,问他:"怎么回事?"

"我刚接到上面给的简讯,咱们有个临时任务,还不算轻松。"李辰彦在辞野面前站定,说着抬手捏了捏眉心,叹息道,"当地有小队执行任务时突然失联,巴尼日亚向我国上级部门提出协助搜救请求,现在已经被批准,上面要求我们协助巴尼日亚方,展开紧急搜救任务。"

第七章 归顺你旗下

"新任务。"李辰彦说着,几步走上前来,在辞野面前站定。

他眉头紧蹙,对辞野简单陈述方才收到的简讯:"昨天有个四人小队在进行缉捕敌人的任务时,突然与总部失联,截止到现在还没能成功取得联系。巴尼日亚请求援助,协助搜救行动确定,我们稍后要集合去协助巴尼日亚开始任务。"

哮天本围着时欢转悠,此时似乎也察觉到了什么,一本正经地蹲坐在地上,仰着脑袋看向二人。

辞野不着痕迹地皱了皱眉,"啧"了声,问李辰彦:"时间确定下来了?"

李辰彦看了眼时间,回道:"大概就在晚饭后,会有飞机前来接应。"

"巴尼日亚那边派几个人?"

"这个……"李辰彦闻言不禁叹了口气,抬手捏了捏眉骨,似乎有些烦躁,言语中有些无可奈何,"虽然说是搜救任务,但现在大家都正处于疲累阶段,没精力去顾这些事情,巴尼日亚并不打算派人参与此次行动,也就是说这个活完全落到了我们头上。"

时欢就在旁边听着,心下微沉。竟然是这个前提条件……这就着实让人感到为难了。

时欢这么想着,心情难免也有些复杂。她侧首看向身旁的辞野,想要听听他会怎么说。

辞野眉眼间浮上些许凛然之意。几秒后，他略一颔首，淡声道："我知道了，带上张东旭和刘峰，我们四个人去。"

"好，不过还有一件事要确定一下。"李辰彦点了点头，紧接着，他似乎看了眼时欢。

时欢本来就盯着他们两个人，冷不防和李辰彦对上了视线，虽然只是一瞬间，但她知道这绝对不是自己的错觉。她不禁歪了歪脑袋，有些疑惑地看着李辰彦，总觉得他是想要说什么。

李辰彦清了清嗓子，随即便对辞野道："对方很可能负伤，但时间紧迫，巴尼日亚来不及派军医赶来，所以我们要自己带一名医生过去。"说完，他迟疑了一秒，又补充了四个字，"外科医生。"

时欢心下瞬间了然。难怪刚才李辰彦看了她一眼呢，原来她也是可以跟过去的。

正好，小队失联地区暴徒活跃的可能性极大，这任务算不上绝对安全，她也想陪辞野过去。

时欢微弯嘴角，正要开口应声好，却听辞野开口："时欢不行。"

他将这四个字说得很是绝对。时欢闻言傻眼了，她无论如何也想不到辞野竟然会拒绝，一时间没反应过来该怎么驳回去，只难以置信地望着他。

不过李辰彦似乎早就预料到辞野会这么回答，便轻声叹息着摸了摸后脑，道："唉，这几年情况的确不太好，我就知道你会拒绝。"

"等等，情况不太好？"时欢蓦地回过神来，忙不迭出声争取道，"我好歹也是在战地工作过三四年了，自我保护的能力又不是没有，而且我最擅长的就是外科，我跟着过去是最好的选择啊。"

"你不了解巴尼日亚这边。"辞野蹙眉，似乎是铁了心不让时欢跟过去，"太危险了，我不会让你跟着。"

有那么一瞬间，时欢觉得辞野有点不可理喻。

从前就是这样，无论遇到什么事情，他总是优先选择能让她退到他身后的办法，似乎永远是在主动去保护她。

但时欢不喜欢这样，她不是什么娇花，不想总这么被辞野保护着。

李辰彦见两个人之间的气氛有些僵化，便出声劝时欢道："时欢你也别怪辞野,只是巴尼日亚出事的例子太多了,你的身份的确不太方便。"

时欢拧紧眉头,只吐出三个字:"我明白。"

辞野嗓音微冷:"你不明白。"

这两个人可别吵起来啊。李辰彦这么担心着,正要开口劝,时欢却出声了。

"我不管我到底明不明白。"时欢是下定决心要跟他们过去搜救了,默默翻了个白眼,索性抱臂直接将话给摊开讲,"反正我只知道,我喜欢你就是想站在你旁边,而不是一味被你保护着。"

李辰彦呆住了,这突如其来的表白落在耳边,扎得他心疼。

时欢话音刚落,辞野眼里便有了些许细微的波澜。

他方才有些武断,此时冷静下来想想,他的确一向习惯将时欢护在身后,不让她经历风雨。虽然他知道时欢完全有能力保护自己,生存下去,但是这环境如此危险,他还是无法完全放心。

辞野缄默数秒后,无可奈何道:"不许单独行动,必须在我的视线范围内。"

见他同意了,时欢当即将面上的不快扫清,笑眯眯地揽过辞野的手臂:"我就知道我们辞队最好了!"

辞野实在是没脾气,只得轻声叹了口气,实在是无奈得很。

这笑声里不知包含了多少宠溺,听得李辰彦只觉得自己心窝子疼。他做痛心状侧首,实在是看不下去了。他到底造了什么孽,出来执行任务都要被秀一脸恩爱?

确定好计划后,李辰彦便去通知张东旭和刘峰,随后又用无线电确定了飞机接应他们的时间。

一起用过晚饭后,时欢将大概情况同组长说明了一下,由于搜救行动是在雨林区域展开,时欢在这方面经验较少,组长便多嘱咐了她几句。时欢将组长的话牢牢记住,便同医疗队的众人挥手道别,跟随辞野四人一同走到了派兵区外,等待飞机接应。

武装直升机准时降落,飞行员让五人上了机舱,便迅速关闭舱门将飞机升起。

在前往目的地的过程中,飞行员同他们说明了这次失联事件的详细情况,并告诉他们搜救行动的大体区域。

敌人被打散后,有两个人向雨林一带逃离,巴尼日亚派小队进行缉捕,然而小队刚确定安全落地开始任务后不久,无线电中便传来一阵混乱的声响,随后便是持续失联,四名队员生死未卜。

"雨林旁边有山崖,也不知道是不是有狙击手负责掩护逃亡的敌人,小队很有可能是中了埋伏。"飞行员用一口流利的英语对他们说着,言简意赅,语气很是公事化,"我负责将你们送到小队降落地点,任务完成后请你们用无线电联系我,我会立刻过去接应你们。"

得到辞野的回应后,飞行员便不再多言,径直载着他们前往目的降落地点。

时欢和辞野并排坐着,她正闭目养神。

"对了,李副队。"时欢突然想起什么,抬首看向对面的李辰彦,疑惑道,"你之前说,巴尼日亚出事的例子太多了,是怎么回事?"

"这个……"李辰彦有些踌躇,看了眼辞野,随即耸了耸肩,"我怕给你造成压力,所以就没告诉你。"

时欢的好奇心被成功勾起,她正打算继续追问下去,身旁的辞野却伸手轻轻将她按住。他低声轻叹,对她沉声道:"近几年,人道组织志愿者在巴尼日亚丧生的概率,是最高的。"

时欢有些怔:"可我们只是来这边救死扶伤的啊。"

"的确如此,而且你们手下的伤患,也不全是当地人,这个毋庸置疑。"辞野说着,嗓音有几分低哑,"但如果对方要动手,理由这种东西,根本就不存在找不找得到,合不合理。"

虽然知道这里的生死从不讲理,但真的听辞野将这些事实讲出来,时欢的心情还是有些复杂。但是这并不重要,她也无所畏惧。她既然已经跟着来到了这里,有些东西,就已经高于她自身的安危了。

又不是没被绑架过,又不是没在生死边缘经历过。对于这些事情,她已经基本算是免疫。毕竟再也不会有任何场面,能够比五年前的那晚更让她绝望了。

时欢想着,不禁眸色微沉,但她很快便将那异样的情愫压下,没人捕捉到她的异常。

她随即撇嘴,将身子向后靠,轻声道:"我有实战经验,我会尽量保护好自己,不用担心。"

她说她会尽量保护好自己,多了个"尽量",这比她干脆答应下来更让人放心。

李辰彦见时欢对此事反应一般,便放下心来,在心下舒了口气。他还担心时欢在无国界医生组织待久了,这些乱七八糟的事情接触得少,得知真相后会觉得不适,但现在看来,他这担心显然是多余的。

他低估了这姑娘的承受能力,她完全有独当一面的本事。

这么想着,李辰彦不禁哑然失笑,心里暗暗浮现一个想法——还真不愧是能够与辞野并肩的女人。

他正出神,紧接着机身便剧烈摇晃了一瞬,与此同时,警报声也响了起来。

五人顿时警觉,纷纷直起身子,准备应对突发状况。

机身剧烈晃动着,坐都坐不稳。直升机驾驶员显然没有料想到这突发情况,忍不住骂了声。

毕竟是经验丰富的飞行员,他迅速便稳定下来,抬高声音冷道:"我们现在已经到达雨林区域,但是突然起雾了,都坐稳,准备迫降!"

真是什么意外都赶上来了,时欢在心底暗道。机身晃得实在是厉害,她便是坐着都发晕。她拧紧了眉,将脑袋偏向一旁想要分散注意力,谁知却刚好透过窗户,看到外面的情况。

只见直升机迅速下降,却是逐渐逼近崖边凸出的岩石块,若是直接就这样撞上去,后果不堪设想。

眼看着他们距离岩石块越来越近,生死皆在一线之间,纵然时欢这些年见过太多生死,然而此时如此逼近死亡,她也不禁有些冒冷汗。

她终于慌了,伸手便握紧了身旁辞野的手,指尖有些发颤,浮上些许冰冷之意。

辞野似乎察觉到了她的不安与惶恐,反手握紧了她的手。

掌心相触的那一瞬间,时欢与他对上视线,望见他眸底深邃依旧,没有半分慌乱,不起波澜。莫名地,时欢也有些安下心来。

喉间微动,时欢心头突然有些发酸。她和辞野还没正儿八经确认关系呢，他们还没重新和好呢，这就要把命给丢了？如果这次他们真的出事了，她还没把想说的话都告诉他，岂不是亏死了？

这么想着，时欢咬了咬唇，看向辞野，当即张口要说什么，辞野却已淡然对她道："闭嘴，有话等会儿说。"

时欢眸底浮现些许慌乱，她忙开口道："不行，我怕等会儿就没机会说了。"

"我在你身边的时候，你不会有任何危险。"辞野打断她欲涌出的话语，嗓音低沉，"所以闭嘴，煽情的话别放现在说。"

时欢闻言微怔，尚未出口的那些话似乎都在此时被遗忘，突然一个字都讲不出来。辞野一句话，她便安了心，当即合上双眼，屏息凝神握紧了他的手，等一个生还的机会。

如果这次活下来了，那就……

时欢的想法还没来得及想下去，直升机便已稳稳掠过了崖边岩石，成功降落在地。

尘埃四起，吹刮得绿色青草纷纷扬起，而后又在空中伴着潮湿的雾气缓缓下落。

机身稳定下来的瞬间，几人无不舒了口气。

时欢悬着的心终于放了下来。旁边的辞野显然也是放松下来，面上的冷峻都褪下不少。他侧首看向时欢，正欲开口，她却在此时凑了过来。

温香软玉撞进怀中的那一瞬，辞野顿了顿。半晌他哑然失笑，眸底柔软泄露了一个边角，无可抑制地溢出来。

"安全着陆！"张东旭说着，很是感慨地拍了拍胸脯，随即便伸手将两侧的李辰彦和刘峰揽过来，感动得不行。

他是有种大难不死的感觉，然而手底下这两位兄弟，却好像并没有什么感触，也没发出什么声音来。

张东旭不禁有点纳闷，颔首看了看二人，见他们都面色复杂地盯着对面，他便也跟着抬首看了过去。

入目便是时欢窝在辞野怀中，辞野伸手环着她的情景。更难以置信的是，他们素来冷面的辞队，此时脸上竟然带了笑容，是从未见过的温柔模样。

只一眼，张东旭便迅速低下头，两只手也没闲着，顺带着把李辰彦和刘峰的脑袋也按了下去。他不管二人是否来得及反应，一边按着他们的脑袋，一边低声碎碎念："什么情况？非礼勿视非礼勿视，我瞎了……"

李辰彦的眼角跳了跳，当即直起身子来："习惯就好，瞎咋呼什么？"

刘峰忍不住骂了张东旭一声，忙挥开他按在自己脑袋上的手："就是，冷漠如辞队也是可以有春天的！"

辞野在心里瞪了他们一眼。他可是听得清清楚楚。

时欢闻言也蓦地反应过来，立刻从辞野怀中抽身，轻咳一声化解尴尬，随即便面色如常地站起身来，拍了拍身上并不存在的灰尘，脸不红心不跳地道："我们真是太幸运了。好了，事不宜迟，赶紧开始搜救吧。"说完，她也不看其余几人的表情了，忙不迭跃下机舱，四处张望着简单了解环境。

他们所处的地方是块平地，不远处便是雨林区域。雾气缭绕，空气中都氤氲着潮湿的土腥气息，无数遮天蔽日的巨树矗立着，让整片雨林看起来阴森森的，只能望见星点微光，也不知是什么生物发出的。

雨林区域的危险是未知的，此时正是动物们行动的时候，若是在搜救过程中不小心引来了什么，麻烦可就大了。野兽怕火，但为了避免暴露行踪，火把是万万不可点燃的，他们只能缓慢前进。

此时天色已晚，没有了日光，搜救行动的难度上升了可不是一星半点。时欢有点发愁，不知道这次搜救任务要折腾到什么时候了。

几个人装备好基本武器后，都走了过来。李辰彦粗略分析了一下环境，眉眼间也有些怅然。这次搜救任务不会太轻松，已经是可以确定的了。

辞野跃下机舱前，扶了扶自己的喉麦，侧目看向飞行员："稍后在哪接应？"

"无线电联系，我会一直待在这里，任务完成后我会定位你们，过去接应。"

听到这个回答，辞野颔首，离开了机舱。他走到四人面前，抬手示意搜救行动开始。

时欢答应过辞野一定跟紧他，便老老实实地跟在他身侧走动，进入雨林后，光线瞬间便昏暗下来，但仍旧能将景物看得清晰，因此问题并不是很大。只是要万事小心，这泥土很是湿软，踩上去的感觉基本都一样，时欢每一步都踩得极轻，生怕踩到什么物体发出声响。

她本就是中途插进一脚的，一定不能给他们添麻烦，只要好好配合就可以。

　　这么想着，时欢抿了抿唇，方才在直升机上产生的眩晕感已经消散，她此时也好集中注意力勘察周围的情况，听是否有人声响起。

　　向前行走了一段路程，辞野突然停下，低声道："这里就是小队失联的位置了，小心行动。"他声音压得极低极轻，似乎要融入这沉寂的夜色之中。

　　余下三个人打了个手势，示意明白，随即便开始分头行动。虽说是分头行动，但其实彼此分开的距离也并不算远，毕竟深夜的雨林危机四伏，关键时刻彼此能有个照应也是好的。

　　时欢自然是跟着辞野，她小心翼翼地前进着，一直在努力寻找四周的蛛丝马迹，想看看是否有小队队员遗留下来的线索。

　　然而就在此时，时欢所踩之处，似乎有些不对劲。

　　她在暗色中的感官最为灵敏，当即便止住步伐停在原地，迅速伸手扯了一下辞野，让他将注意力转移到这边来。

　　辞野侧首看向时欢，便见她神色严肃地指了指她的脚下，随即，她打了个照明的手势。

　　辞野会意，拿出小型手电筒，蹲下身子，将手电筒的亮度调到最暗，照上了时欢所踩之处，竟然是个鞋印。

　　这里泥土松软，人踩上去后停留的时间一旦久了，便会留下不深不浅的鞋印，十分明显。

　　时欢的感官实在是灵敏，她不过是踩中了鞋印后方一点的凹槽，便察觉出不对劲，喊住了辞野。

　　见帮上忙了，时欢便嘴角微弯，轻轻将脚抬起，也蹲下身来打量着鞋印。

　　是军靴鞋印，这印记不是小队的队员，便是逃亡的士兵留下的。

　　时欢正要观察周围是否有延伸的鞋印，却见辞野将手电筒照着一处，望着那边，眉头轻锁。

　　时欢顺着看过去，发现他照亮的是不远处的树干，上面有些坑坑洼洼，她心头微动，定睛一看，果然是混战过后残留的痕迹。

　　这里曾经发生过一场惨剧，看来情况并不乐观。

辞野打量完那树干上的痕迹后,便开始搜查鞋印附近的踪迹,果然循着某个方向找到了些许深浅不一的印记。

看来是快找到了。时欢松了口气,下脚时也没那么小心翼翼了,随即便踢到了什么东西,似乎是金属物。那物体发出了轻微的"噼啪"声响,在这寂静的雨林环境中格外突兀。

时欢敛眸一看,发现她方才踢到的东西,竟然是个对讲机。

她正要开口,辞野却在此时将手电筒关闭,光线一下子便消失。

时欢看到辞野将手电筒灭掉的那一瞬间,就有种不祥的预感。她脑中还没什么想法,几乎算得上是条件反射,迅速将身子蹲了下去,低下脑袋。

她隐约知道要发生什么,额前有些冒冷汗,咬了咬唇,正暗自紧张着,辞野长腿一迈便已经到了她身边,抬手便轻按上她的肩膀,将她的半身放得更低。

时欢配合着俯下身子,屏息凝神,察觉到辞野迅速将她护住,她半靠在他怀中,心跳有些不稳,不全是因为紧张。

几乎是同一时刻,李辰彦三人也察觉到异常。李辰彦一挥手,张东旭和刘峰便会意,当即有所防备地隐藏起来。

下一瞬,闷声响起,划破了这片死寂,不清楚那边究竟发生了什么。

看来对方已经发现了这边,想必是因为方才那轻微声响,引起了对方的注意。

时欢心底的恐惧,经过方才那一次惊吓,便无可抑制地蔓延开来。不过现在看来,对方手中似乎并没有武器,若是她运气再差一点,现在怕是小命不保。时欢意识到这点,指尖都有些发颤,却还是强行控制着自己没有发出任何声响。

发现自己从阎王殿溜了一圈回来后,她整个人经历了短暂的放松,然后又瞬间紧绷起来,紧紧盯着声音的来源地。

就在他们二人前方不远处,时欢基本可以锁定到对方的位置,隐约能望见一抹朦胧的阴影,似乎是靠在树下,没什么动作。

那人受伤了?几乎是下意识的,时欢便产生了这个想法。

但这也只是猜测,她不敢妄动。三个人已经悄然聚拢过来,辞野简单打了个手势,三人便领首示意明白,暗中将手中的武器端好,锁定了某个方位。

时欢这时候绝对不敢掉链子,乖乖待在原地一动不动,将自己隐藏好。她保持着俯身的动作,即便四肢都有些酸痛,也不曾挪动半分。

辞野开口,声音不大不小,说了个类似于暗号的词语。时欢咬了咬唇,心下紧张得很,抬眸看向对面。

对方似乎明了辞野的意思,也没有任何动作,只发出微弱谨慎的喊声:"援兵?"

"我们是当地维和部队,收到上级任务,前来协助巴尼日亚进行搜救。"确认好了对方的身份,辞野心下松了松。他放下武器,对身边几人抬手示意了一下,随即抬脚快步上前,走向那名伤员。

二名队员紧跟其后,时欢知道自己该干活了,忙不迭将医疗包自肩上扯下,小跑着过去。

他们并没有完全接近那名伤员,仍旧保持着安全距离。

辞野开口,淡声道:"我们带了名医生过来,希望接下来你能配合。"

那名伤员沉默了几秒,似乎是强撑着开口:"虽然没什么用……过来吧,麻烦了。"他嗓音低哑,有些含糊不清,似乎是用尽全力在说话。

时欢对于这种感觉太过熟悉,还没上前靠近这名伤员,心下便已经有了大概的一个猜想。她抿了抿唇,手中拎着医疗包,正欲抬脚走过去,却被辞野抬手按住。

她愣了愣,回首看向他,见他眉头紧锁,用中文对她道:"随时做好动手的准备。"

时欢沉默几秒,随即颔首应声,立刻迈步上前,在那名伤员面前蹲下了身子,浓重的血腥气息顿时扑面而来。时欢不是没见过更血腥的场面,因此也没什么特殊反应,只简单打量了一下这名士兵的伤势,当即就皱紧了眉。

这名士兵已经失去了左臂,浑身是血,几乎分辨不出哪处是伤口所在,又或者说,他身上满是伤口。

这伤势实在严重,时欢有些不忍,不禁开口低声骂了句,竟然都不知道该怎么进行紧急救治。

眼前这名士兵,生还的概率已经几乎为零了。他受的伤实在太重,而且已经丢了一条手臂，此时失血过多呼吸微弱，怕是……

时欢咬了咬牙，突然有些不忍心看他，这种时候就算是打上麻醉剂也是徒劳，只能任他的生命自行流逝。

士兵对于自己的伤势早就清楚，知道自己时间不多了，便费劲地摇了摇头，轻声对时欢道："不要费力气了，谢谢你。"

时欢心里发涩，轻声叹息，后退了几步，回首对身后的辞野缓缓摇首，道："有什么要问的，赶紧问吧。"

辞野蹙了蹙眉，上前在士兵面前蹲下身，与他平视，给予了对方绝对的尊重。

士兵目光动了动，不待辞野开口询问，便开口想要说什么，然而话未出口，却猛烈地咳嗽起来。鲜血随即涌出，他似乎有些痛苦，却还是强撑着伸手攥紧了辞野的袖口，道："我们小队四人，本来是收到任务前来缉捕逃亡的两名敌人，却没想到会有前来接应的人，都中了埋伏……"

和事先料想到的情况差不多，张东旭和刘峰对视一眼，表情都有些复杂。

"你的同伴们呢？"辞野并没有将士兵的手甩开，定定望着他，"你们失散了？"

士兵缓缓抬起手，指了指某个方向，似乎已经用尽全力，仅一秒手又垂了下来。

他眸中的光越来越涣散，张口刚吐出破碎虚弱的音节，下一瞬，他的气息便微弱下来，直至他攥着辞野袖口的那只手无力滑落，摔在地上，发出轻响。

这名士兵的生命，彻底消失殆尽。

时欢抬手捏了捏眉心，心情有些复杂，只默默叹了口气。

场面沉重了半晌，辞野伸手为士兵合上眼睛，神色平淡，似乎并没有什么情绪波动。

他余光不经意瞥到士兵旁边散落了一串晶莹的物体，在月光映照下散发着微弱的光晕，被泥土掩住了几分。

时欢也注意到了那物体，上前俯身捡起，见是条项链，上面沾满了鲜血与泥土，被她耐心地擦净。

项链已经断开了，时欢小心翼翼地将项链垂下，发现上面有个小银牌，上面刻着字母，兴许是名字。

时欢总觉得眼熟，后面的李辰彦上前定睛一看，便沉声道："是这名士兵的兵牌。"

她闻言顿了顿，看向身侧的辞野，便将手中的兵牌交给了他。

辞野没作声，接过兵牌后，便收好放入士兵的口袋中。

全场缄默，算是对这名士兵最后的致敬。

"在这地方做个记号，一会儿我们回程的时候，把他的尸体也带回去。"辞野站起身来，嗓音淡然，"无论如何，我们得送他回家。"

为国家牺牲的人，自然该埋葬到自己的国土。

刘峰闻言，当即蹲下身子将定位器安置下来。确定成功定位此处后，他便起身，示意已经完成定位。

辞野颔首，随即便转身，朝着那士兵方才所指方向走了过去。时欢紧跟其后，背好医疗包，谨慎前行。

天色已经完全暗下来，四下寂静得很，只有潮湿的风拂过脸颊，带起了枝叶的窸窣声。眼下的环境对于搜救行动越来越不利，时间很是紧迫，不然越拖越慢。

时欢凝眉，努力寻找着踪迹。她在经过一条小道时，停了下来。

道路中间有个水坑，小道旁边是个小坡，她便只得想办法从中间的泥潭越过去。这有点为难人，时欢已经尽量迈开步子，却还是无法顺利跨过那泥泞。

四个人已经走到前面了，她落在队尾后面，十分焦急。

辞野似乎察觉到身边没有她的身影，回首去寻她，一眼便望见了在原地尴尬的时欢。

二人对上视线的那一瞬，时欢很是无辜地眨了眨眼睛，讪笑几声，摸了摸脑袋："那个……我腿有点短，不好意思哈。"

辞野轻声叹息，倒是没有嫌她麻烦的意思，走到她对面，随意打量了一下二人间的距离，便对她道："跳过来。"

跳过去？时欢闻言愣了愣，但并不打算继续耽误时间，当机立断，带了小段助跑，便向前跃去。果不其然，辞野张开双臂，稳稳拥紧了她。

时欢双手揽着辞野的脖颈，双腿大大咧咧地挂在他腰间，笑眯眯地向他眨了眨眼："辞野，你超棒的，爱你哦。"

自方才那士兵牺牲后，气氛就有些沉重，她倒是找到机会跟他说话了。轻飘飘的一句，便将辞野心头那点沉重拂去。

辞野低笑，抬手便将她的腿从腰间给扒拉下来，不待时欢有所反应，他已将她放到地上，好整以暇地整了整衣裳，背对着她，轻声道："走了，继续。"

时欢见他的情绪似乎有些好转，眉眼间不禁浮现些许笑意。她迈开腿，脚步轻快地跟上辞野，轻笑："行啊，我们一起走。"

搜救过程中，时欢不经意在一旁的树干上发现了些许血迹。血迹还算是新鲜，时欢举着小型手电，打量着这片鲜红的印记。他们这条路径是顺着刚才那名士兵所指的方向走的，遇到剩余三名伤员的可能性极大。时欢只希望，不要再遇到尸体，或者濒死的人了。

她倒不是惧怕，只是不管对生死如何淡然，心里多少还是会有些沉重。她突然觉得那安逸的都市生活，实在是美好太多。

脑中开了会儿小差，时欢哑然失笑。她轻轻摇了摇脑袋，手电筒稍微倾斜了几分，刚好照到一旁的地上，时欢便望见了脚边青草上的红痕，似乎也是滴溅到的鲜血。她谨慎起来，看向一旁的小坡，不禁心下生疑，便小心翼翼地探了探身子，竟然发现坡下有个小洞口。

时欢歪了歪脑袋，简单比量了一下，发现刚好是人能够进去的大小，是个藏身休息的好地方。她心下一喜，忙将手电筒关上，起身换了个位置，站到小坡边缘向下望去，这才看得更清楚些，望见了隐约的火光。

有人在！时欢当即面露喜色，侧首朝向辞野他们那边，出声唤道："辞野，这下面好像有……"

话音未落，她脚下一滑，人便已经摔了下去。

辞野刚回首就看见时欢摔下去，当即变了脸色，喊住了身后的三人，朝着时欢跌落的地方奔了过去。

所幸泥土松软，时欢直接滚落至小坡底部，也不过是身上脏了些，虽说身上可能有部分擦伤，不过已经是万幸。

时欢的脑袋有些发晕，身上的力气正在缓慢恢复，肩上的医疗包斜斜歪倒在一旁,手电筒也不知道摔到哪里去了。

她在心底暗暗骂了声,勉强撑起身子,刚抬首,前额便抵上了一片冰凉的金属。

时欢愣住,由于双眼已经习惯了暗沉的夜色,她率先看到的,是对面洞口内燃烧得正旺的火堆,鲜艳的颜色映入瞳孔,瞬间照亮了她的视野。

然而危险就在眼前,她眉头紧锁,抬眸看向眼前那物,心下微沉。

一把武器,此时正稳稳当当地抵在她的额上,眼前人的手没有分毫颤抖,只要他想,下一瞬时欢便会丧命。

时欢不是没眼力见的人,倒也不急着解释,只不紧不慢地将双手抬起,用巴尼日亚当地语言道:"我是名无国界医生,巴尼日亚派人来寻找你们,我是跟过来的医生。"

兴许是因为时欢那冷静镇定的模样的确不像外行人,而且时欢的口音的确不像本地人,那名士兵本来已经准备动手了,闻言却有些将信将疑,不过还是没有完全相信她的话。

时欢也没指望对方能立刻信任她,好歹是把情况给稳定下来了,她暂时不用担心自己有生命危险。

安静了几秒,那名士兵便冷声道:"我凭什么相信你?"

听声音,是名年轻男子。

时欢无声扬眉,仍旧抬着手,示意自己并没有威胁,从容地对他答道:"我的确证明不了什么,跟我一起来的搜救人员就在上面,我不小心从上面摔了下来,他们也许马上就会下来找我。"

士兵有些犹豫,将武器挪开了些许,正要说什么,便见一抹身影自斜坡上滑下,身形矫捷,稳稳站在了地面上。

来人是名男子,身穿迷彩服,稳住身子后便看向这边,神情很是冷峻。

士兵拧紧了眉,没有作声,也没有动作。

其余三人也随后赶来,站在辞野身后。他们在看到时欢被人用武器顶着后,都下意识准备去攻击那名士兵,辞野却抬手,示意他们不要轻举妄动。

"维和部队,受命前来协助进行搜救任务。"辞野声音平稳,很是冷静,也没有急着上前,先简单说明了身份。

那名士兵似乎开始信任眼前的几人,但还是没完全放下心来,似乎在想着确认对方身份的方法。

辞野自然看出了他的踌躇,开口便将对方小队四人的名字报了出来,神情淡淡地望着那名士兵。

在行动开始前,辞野便已经将这些基本资料熟记于心,为的就是预防这种突发情况。此时果然用上了,他也不知是该高兴还是该苦笑。

士兵听到了自己和队友的名字,终于彻底信服,当即将武器放下,俯身扶起了眼前的时欢,低声道:"对不起,我太紧张了,还以为是敌人。"

"没事没事。"时欢倒是没有什么怨气,她完全能体谅眼前的人,瞥见他手臂上的伤口,她不禁蹙了蹙眉,"伤口都处理利索了吗?"

士兵拧眉,语气有些沉重:"没有,我们没带任何工具,伤口都无法处理。"

辞野四人此时已经走上前来,李辰彦打量了一下他,便问:"其余两个人呢?"

士兵闻言却没有回答问题,而是抓住了他话语中的重点,脸色当即有些苍白:"你说两个人?"

李辰彦顿时哑然,和队员对视一眼,最终道:"我们刚才遇到了你们小队中的一名队员,十分不幸,他伤势太重,已经来不及了。"

士兵的神情有些恍惚,他垂首沉默了半晌,最终才哑声道:"我和其余两名队员身负重伤,逃到了这里,你们跟我来吧。"说着,他便回身走向前方那洞口,因此时欢并没有看见他的神情。但时欢知道,当得知并肩作战多年的战友死去,他心里一定十分不好受。

此时劝慰都是多余,他们只需要做好分内的事情就足够了。

时欢紧跟着那名士兵,走到洞口前,便见还有两名伤员靠在火堆旁,其中一人半靠在墙壁上,鲜血已经浸湿了他的上衣,他歪着脑袋,双眼轻合,似乎是在休息。

他们都伤得不轻,这次任务的惨烈失败着实是个教训。见来了几名陌生人,那名尚且清醒着的士兵便警觉起来,时欢回首看了眼辞野,又看了看身前的士兵,思忖着该不该解释。

显然解释这个活儿还轮不到她,士兵走上前去,同自己的队友简单说明了一下情况,对方这才有所松懈,对时欢略一颔首。

得到了应允，时欢便上前将医疗包放下，她动作倒是迅速，注射麻醉剂后便利索地将附在伤口上的杂物去除，给伤口消毒包扎，没耽误一点时间，很是专业。

　　时欢工作时的模样着实正经，与她平时嬉笑的模样全然不同，场面一时便这么寂静着，无人开口。

　　时欢只专注于手下的事情，迅速将两名伤员的伤口包扎完毕，方才那名最先遇见的士兵，他的伤是最轻的，只是肩膀受伤，时欢几下便利索解决了。

　　士兵低声道谢，时欢轻轻摆手示意不用。她将医疗包重新收拾好，便规规矩矩地走回了辞野那边。

　　随后便是辞野与士兵间的沟通了，他简单了解了事情的经过，和先前那名死去的士兵说得差不多，他们小队四人中了敌方的埋伏，死伤惨重。

　　与此同时，见任务即将结束，张东旭和刘峰便一同去了方才定位的地方，去将那名士兵的尸身带回。

　　此时已经是夜里了，时欢坐在一旁休息。她这时候安静下来，望着那正热烈燃烧着的火堆，眸中映上了光辉。

　　这难得的安逸使她的脑袋有些放空，正出着神，却冷不防听到远方传来似有似无的阴森声响，似乎是什么动物发出的，在这深沉夜色中听起来有些骇人。

　　时欢浑身一僵，这未知的恐惧实在是令人一言难尽，她皱着眉摸了摸手臂，向洞口内移动了几分。

　　其余几人自然也听到了那声响，时间紧迫，此时的雨林危机四伏，巴尼日亚也还在等待他们的消息，他们必须赶紧联系飞行员回去。

　　想罢，辞野便去洞口外用无线电联系飞行员，确定好了附近一个大概的位置后，他又联系了张东旭和刘峰，得知二人已经抵达定位地点，便将集合地告知他们，等会儿直接会合。

　　随后，几人便简单收拾了一下，趁三名伤员现在还有点体力，还能撑一段时间，刚好一同去平地等待接应。

　　时欢见似乎是准备回去了，连忙起身，跟在辞野旁边，一路前行到了集合地。

直升机已经在等他们了，张东旭和刘峰也已经抵达，他们将手下的尸袋拉上拉链，抬上了机舱。

在看到尸袋的那一瞬间，巴尼日亚的三名队员对视一眼，随后皆缄默无言，依次上了机舱。

然而机舱只能乘坐六人，刚好多出两个人，要等下一趟直升机来接应。

李辰彦见状，便主动要求留下来和辞野一起等着。

时欢想了想觉得不太合适，便道："李副队你跟着回去吧，我留下来。毕竟除了辞野，你是直接接触任务的人，赶紧带他们回去，给巴尼日亚那边交代清楚，别耽误了事情。"

李辰彦尚且没有开口，辞野便已经冷声开口："不行，你跟着回去，不差这一会儿。"

"就是因为不差这一会儿啊。"时欢抱胸，歪着脑袋，显然已经决定要留下来，"执行任务分秒必争。所以李副队，你就赶紧上去吧。"她说着，不由分说便将李辰彦往机舱里推，给飞行员比了个手势，便迅速后退跃下了机舱。

谁留下来并不在飞行员的考虑范围内，他只负责完成接应任务，见人上来了，便将直升机升起准备返程，独留下时欢和辞野二人在原地。

时欢抱臂，侧首望向辞野，嘴角含着狡黠的笑意，眸中粲然生辉："今晚要待在一起了哦，辞队。哎，辞野，你等等我啊。"

辞野在前面走，他人高腿还长，一步顶时欢两三步，她要小跑才能赶上去。实在是累了，她便喊了声，结果却没有得到任何回应。

辞野兀自在前面走着，迈开长腿，步履稳重，踏着冷冽的风。

时欢撇了撇嘴，追了他这么久，她前额都起了层薄汗，平时觉得自己这双长腿挺有优势，到这会儿简直派不上一点用场。时欢心里的无奈不止一星半点，男人闹起情绪来，还真不见得比女人好哄。

即使看不到辞野的正脸，时欢也能想象到他黑着张脸的模样，此时他肯定是在生气。不就是留下来陪他了吗，虽然说不安全，但是她完全没问题啊。

这男人还真是有够别扭的，愁人。

时欢有些头疼，轻轻摇首叹息，而后便加快步伐追上去，好不容易跟上了他的步伐,她开口说话都有些气喘:"辞野,我喊你你怎么不回头?"

辞野目不斜视,只眉头紧锁,脸色也有些阴沉。

果然是在生气嘛。时欢默默在心底吐槽了几句,随即讪笑着凑上去,好声好气地对他道:"别生气了好不好?我想陪着你啊,你不走我怎么能走呢?"

她人软,话也软,撒娇一般的语调,拂过耳畔,让人的心都化了。

不论再如何气愤,在听到时欢开口后,辞野当真是半点脾气都上不来了。

他低声叹息,却仍旧没看她,只淡声道:"逞能也不分场合,你累了一天,晚上又跟着过来执行任务,也不怕身体吃不消。"

时欢摸了摸头发,虽然想反驳,但她此时的确已经没什么体力了,正印证了辞野的话。

她在营地忙了一天,回来后又缠着辞野跟他一起来执行搜救任务,这雨林的环境本就危险,她需要打起十二分精神,其间还给人处理伤口,的确是忙碌了一天。无法否认,时欢此时已经进入疲惫期。

她有些发愁,而辞野见她陷入沉默,便知道自己这句话正巧说中了。他摇了摇头,蹙眉继续向前走,打算回到先前那洞口处,暂时靠着火堆取暖,刚好也能防着有什么动物靠近。

时欢还没反应过来,辞野便已经向前走去,她又不小心落在他后面了。

时欢忙不迭"哎"了声,抬脚就要追过去,谁知脚下一滑,她也没注意到横亘在脚边的树枝,直接被绊倒在地。

难得一次的平地摔,摔得时欢整个人都蒙了,根本就没反应过来,趴在地上有些难以置信。

辞野听到身后传来的闷响,脚步微顿,终于肯回首看向时欢那边,却见她慢悠悠从地上爬起来,坐在地上,抱着膝盖,低着脑袋,岿然不动,身上沾满了土,委屈巴巴的模样,还有些狼狈,好像被人遗弃了似的。

辞野叹了一口气。

他最终还是心疼,迈步上前,俯视着她,问:"怎么摔倒了?"

时欢气呼呼地闷声道:"我追不上你。"

辞野默了默,轻声叹息,在时欢面前不紧不慢地蹲下身子,侧了侧首盯着她:"受伤了没?"

"受伤了啊,可疼了好吧?"时欢闻言,顿时便有了反应,忙抬首与辞野对视,一本正经地伸手拍了拍胸脯,表情沉痛,"疼死了,我都起不来了。"

她的模样当真有几分痛苦,这么大个人就这样被绊倒,结结实实摔在地上,兴许当真是摔伤了哪里。

辞野皱眉,有些担忧,便伸手扶住她的肩膀,上下打量着她:"怎么回事?哪儿摔疼了?"

时欢摇摇脑袋,抬手一把握住了他的手,

二人掌心相贴,彼此的温度无声传递,渡去层层热意,挠得人心底发痒。

辞野微怔,尚且没有反应过来,身前人儿已经展露出狡黠的笑意,道:"辞队不理我,我的心可真是痛死了呢。"

辞野算是见识了,时欢这人不论何时都皮得起来。

他眸色微沉,当即就要起身,时欢却没打算放过他,一面唤着他慢点,一面动作利索地要从地上站起来,然而下一瞬,她倒吸一口气,握着辞野的手都不禁紧了几分。

辞野还以为她在装,然而望见时欢那瞬间苍白下来的脸色,他便知道她是真的不舒服,当即将她给放在地上,蹙眉问她:"哪里难受?"

时欢勉强扯出一个僵硬的笑容,伸手指了指自己的右脚:"那个……我好像,有比心更痛的地方。"

辞野懒得理她这抖机灵的话,指尖轻搭上她的右脚踝,按了两下,果不其然,听到了耳边时欢有些克制的闷哼声,肯定是刚才她摔倒的时候扭伤了。

辞野无奈叹息,他倒是可以直接进行迅速复原,就怕时欢承受不住那疼痛。只是这扭伤,若是时间拖长了也不太好。

时欢撇了撇嘴,没想到自己真的会受伤,一时也不知道该怎么办,便可怜兮兮地望着辞野。

辞野心下微动,随即便抬首对上时欢的视线,淡声问她:"之前直升机上,你抓住我的手想对我说什么?"

"啊?"时欢没想到他会突然问这个问题,紧张了一瞬,仔细回想了一下,老老实实地开口,"我想着如果我们活下来,我就……"

然而她话音未落,辞野已经迅速下手。时欢只觉得脚踝处传来撕心裂肺的一阵痛,疼得她把未出口的话都咬碎咽下。

那痛苦也就一阵,但那短暂的瞬间实在让时欢泪腺崩溃,酸意迅速涌上了眼眶与鼻腔,她抿着唇,双眼浮上了盈盈的水色。

"好了,脚踝复原了。"辞野松开时欢,轻描淡写道,"试试看,现在活动还疼不疼。"

时欢暗中咬牙,心里虽然有些生闷气,却还是乖乖自行活动了一下脚踝,发现虽然有些酸麻,但的确不怎么疼了。

她眨巴眨巴眼睛,舒了口气:"不疼了。"

辞野闻言便颔首,却突然想起什么,问她:"你刚才话没说完,如果我们活下来,你就怎么?"

时欢想起来就气,没好气道:"太煞风景了,不告诉你。"

辞野知道她记仇,轻笑一声,抬手揉了揉她的脑袋,随即不待她说什么,便将手搭在了她的膝弯处。

时欢先是愣了愣,随即心下一喜,已经自觉伸手揽住了辞野的脖颈,更方便他接下来的动作。

辞野将时欢打横抱起,迈步向前走去。时欢靠在他怀中,心里美滋滋的,好像突然觉得,也没那么生气了。

辞野啊辞野……她在心底暗自喟叹几声,便微抬下颌,懒懒地唤道:"辞野。"

时欢与辞野的距离本来就近,此时她又抬首说话,唇便好似吻上他的下颌,温热香软的触觉,再与她徐徐的呼吸声相结合,似有若无的感觉很是勾人。

辞野"啧"了声,虽然怀疑这人是故意使坏心眼,但他还是没作声,只侧了侧首,淡淡警告道:"老实点,别闹腾。"

时欢见他这般模样,没忍住笑了两声,眸中荡漾着星辉:"你知道我刚才想说什么吗?"

"你不是嫌我煞风景,不告诉我吗?"

"你现在就是在煞风景,我习惯就好。"时欢暗自翻了个白眼,虽然无奈,却没有半分恼怒的意思在里面,她双臂环着辞野,靠在他胸膛上,敛眸低声道,"我当时就在想,如果活下来了,我一定跟你一辈子。"她笑了声,嗓音有些哑,"我绝对不要再离开你了,真的。"

闻言,辞野顿了顿,脚步慢了半拍。

明明只是轻飘飘的两句话,平淡的表白而已,也没什么实际内容,却迅速在他心底占据了位置,沉甸甸的,泛着甜味,无声扩散开来。

那是他心里为数不多的柔和与温暖,是他每分每秒都小心翼翼珍藏起来的宝物。

时欢没得到辞野的回应,也没出声,就合着眼安安静静地靠着他,权当是小憩。

半响,辞野开口,嗓音低沉沙哑,在她耳畔响起:"我不会再给你离开的机会了。"

时欢仍旧合着双眼,嘴角却不可抑制地微微上扬,心里泛滥开来的柔和顺着胸腔涌上前来,蔓延至全身。

这样就好了。她陪在他身边,往后的日子里,两个人一起向前走。

这样,就好了。

时欢刚崴了脚,虽说辞野已经帮她把脚踝复原了,但最好还是少走些路。时欢倒也心安理得地待在辞野怀中,摔了一跤就能换一路的公主抱,仔细想想还挺值的。

二人重新回到原先的洞口处,火堆还燃烧着,火光却已经暗淡了几分。

辞野将时欢放下,去寻了些干树枝添火,随后投入火堆中,见火焰燃烧更旺了一些,才不慢不紧地坐到时欢身旁。

时欢有些犯困,抬手揉了揉眼睛,看向一侧的辞野,懒洋洋地问道:"下一趟直升机大概什么时候到啊?"

辞野随意猜测了一句:"估计要半个小时后。"

还有半个小时啊……还真是漫漫长夜。时欢禁不住打了个哈欠,撑着下颌,抬眸望天,满天星辰便映入眼底。

这边的天空着实干净,星星隐隐闪烁着光晕,在这片土地上是难得的安逸美好。不知道营地的那些人,有没有心情去好好欣赏这土地上为数不多的风景。

不过,大概是没有了。

时欢慢悠悠合眼,半晌轻声叹息,歪了歪身子,将脑袋靠上辞野的肩头,心情逐渐平静下来。有些一直以为难以回想的事情,那尖锐的棱角好像都变得有些柔和起来。

辞野没说话,时欢也缄默着,但气氛安好,倒也没什么尴尬的。好像彼此就要这么待着,一直等到直升机前来接应二人。

不过这段等待的时间实在是无趣,时欢想了想,便轻声开口:"辞野,我们现在都算是吃了回头草吗?"

辞野没应声,时欢的角度也看不到他的表情,完全不知道他在想什么。她没在意,只伸手把玩着自己耳边的发丝:"我一直以为你是那种绝对不会回头的人,看来还是我对你了解太少了。"

辞野长眉微挑,不置可否,只道:"我没有别的选择了。"

时欢没反应过来,眨巴眨巴眼睛:"你说什么?"

"除了你,我只能选择一辈子单着。"他开口,嗓音淡然,听不出有什么情绪,"后者有点痛苦,那就选择前者吧。"

时欢顿了顿,半晌微弯嘴角,语气中都含了笑意:"那前者就不痛苦了?"五年前那件事横亘在他们中间,时欢笃定那是辞野难以解开的心结。

"痛苦。"辞野倒是坦诚,略一颔首,"但是两害相较取其轻,我姑且委屈一下自己。"

傲娇自有傲娇的好,当傲娇坦诚的时候,简直让人心花怒放。

时欢现在的心情就十分美妙,她"啧啧"两声,正要开口,却听辞野淡然道:"还有,你刚才说错了。"

时欢手下动作一顿,莹润指尖捻住微卷的发丝,她抬眸,疑惑地轻歪脑袋:"嗯?"

"不是你对我的了解太少了。"辞野目光微沉,淡笑,嗓音有几分低哑,"是你小看了我对你的感情。"

随着他话音落下,时欢心下微动,耳边除了他的话,什么都听不到了;眼前也除了他,什么都看不见了。

那一瞬间,她似乎看到了比那漫天繁星更为灿烂、更能将她深深吸引的事物。仿佛有烟花被点燃，在海面上徐徐上升，最终轰然炸开数朵，熠熠光辉照亮了整个世界。

那明亮粲然的光，直透过时欢的眼底，在她眸中染上鲜明的色彩。

有些事情，真的是在瞬间就能决定下来的。

时欢缓缓直起身来，往日那嬉笑模样终于难再摆上来。她怔怔地望着辞野，心下有些难言的情愫迅速涌了上来，几乎要将她尽数吞没在那温柔里。

火堆正燃烧着，时不时发出若有若无的"噼啪"声响，跳跃的火光粲然满目，勾勒出男子清俊的面庞，连那冷冽都柔和了不少，恰好的时机，迎上了时欢心底最为心动的那一拍。

时欢清楚地知道，自己有些糟糕。她是真的，想要好好跟这个人共度余生了。

"辞野。"她侧首，脸面向火堆，神情难得地正经，"五年前的那天，我突然离开A市，不是计划好的。"

辞野闻言微顿，似乎没想到她会提起那件事，眉头轻皱，却还是道："我说过了，我不想逼你回忆起那些事情。"

"我自愿的，矫情了这么久，也该自己走出来了。"时欢伸手一拂长发，敛眸开口，"那天早上我突然接到了苏祈姐朋友的电话，得知苏祈姐失踪了，问我能不能赶过去。"

"我当时很急，本来想赶过去后再联系你，但是忙忘了，我也没想到事情会拖那么久。"她说着，似乎是想起了什么，顿了顿，才继续说道，"我赶过去的时候，组织里要找专业人员去找苏祈姐，但我一定要跟过去，他们拗不过我，最后分开行动的时候，我在一个山坡下，发现了被暴徒绑架的几名人质，其中就有苏祈姐。"

"我当时也是太冲动了，只想着救人，也没想着找帮手，竟然自己溜下去了，最后解绳子的时候被发现，人没救成，还把自己搭进去了。"时欢想到那时候，还是忍不住苦笑，"然后我们就被暴徒带走了，关到一个屋子里，都被蒙上了眼睛，我什么都看不见，也不知道待了几天。"

辞野知道，时欢要说到她最痛苦的回忆处了。他紧皱眉头，张口正欲打断她，然而时欢已经兀自说了下去。

"我当时真的挺害怕的,你知道吗?大概有十名人质,每隔一段时间,那些暴徒就会拉出去一个人,也许是示威吧,可能也录视频了,我当时脑子里乱七八糟的,根本就没想那么多。"时欢合上双眼,似乎还能感受到那刺骨的阴森,"我只知道,我们被关押期间,那群人一直在门口守着。我听觉很灵敏,他们走动的声响还有对话,我有时多少能听见些,真的都快崩溃了。我只希望救援的人快点过来,不要轮到我和苏祈姐。"她扯了扯嘴角,笑容有些僵硬,"几乎所有人都被带走了,好像是有部分人员被转移了地点。总之最后只剩下我和苏祈姐的时候,有人进来了。我也不知道对方是想折磨人还是怎么,他用武器划开了我的脚踝,让我感受着失血的过程。就在我以为自己快死了的时候。"时欢说到这里,停顿了几秒,有些艰难地开口道,"苏祈姐,被拖出去了。我是真的幸运,苏祈姐被拖出去没多久援兵就来了,但也晚了。"

时欢蹙了蹙眉,回想起这些事,还是有些难受,自嘲地笑了笑,道:"十名人质,只有我一个人活了下来,这幸运还不如没有的好。我见证了那些人的死亡,总觉得他们的命都背在我身上,从此以后我再也没安心睡过一场觉,不敢去回想这件事。后来我去修了热带病学,加入无国界医生组织,只有救人的时候我才能让自己的罪恶感减轻一些。"她说完,侧首看了眼辞野,目光暗了暗,"所以我才没有回国找你,没再联系你,因为我不想被你追问这件事,我不敢回忆起来。但我还是喜欢你啊,我也不想再莫名其妙地伤害你了。"时欢道,"后来我才想清楚,这种事情要自己慢慢克服。我现在已经在努力克服了。"她抬手,撑起下颌,轻声道,"所以辞野,我是真的想要好好跟你在一起。"

话音落下,时欢松了口气。她本来以为将当年的事情回忆起来有多困难,现在看来,似乎也还可以的。虽然心里还是无可避免地有些沉重,但较以前已经好太多。

时欢正出神,却在下一瞬,落入了辞野的怀抱中。

他将她揽入怀中,力道放得极轻,俯首吻在她发间,温柔得不像话,怜惜与心疼泄露无余。

"我不会让你再经历那种事了。"辞野一字一顿道,语气慎重又认真,"我保证。"

时欢眼眶有些发酸，从没觉得这么委屈过。她也是渴望被人呵护的，在那种绝望的情况下，她也希望有人能拉她一把，将她从那死寂中解救出来。可是那时，没有人能够知晓她的痛苦。被解救后，时欢也看似不过沉闷了一段时间，往后的日子里，没有任何人发现她的异样。

她的确是个会隐藏自己情绪的人，尽管午夜梦回梦见当时的情景，一夜不敢合眼，她第二天也能佯装无事。这噩梦困了她多年，却在与辞野重逢后，她不知何时松懈开来。他是她唯一的选择。

时欢将额头抵上辞野的肩头，那一瞬间疲惫与安心皆涌来，好似有了归宿一般。

尘埃落定。她在风尘中踽踽独行数年，终于找到了回家的路。

第八章
将心动捕获

很快,便有飞行员通过无线电联系了辞野,同他确认降落位置。

见辞野起来了,时欢也连忙跟着站起身来,拍拍身上的尘土,迈步跟在辞野身后。

脚踝已经完全不痛了,时欢走起来也轻快,前方不远处便有处平地,直升机停在那里接应二人。

走了没一会儿,时欢便望见了前方的直升机,想到终于要回去了,她不禁微弯嘴角,负手走在辞野身侧,突然有些感慨:"仔细想想,今晚最后那段时间还算不错。"

辞野扫了她一眼,嗓音淡然:"这就是你强行跟过来的理由?"

时欢很是无语。

得,敢情这人还记着她不听话的事儿。

登上直升机后,时欢便靠在机身上合眼小憩。她实在太困了,不一会儿便沉沉睡去。

辞野侧了侧身,让她将大部分重量靠在自己身上,这才侧首看向窗外,眸中深邃不可窥测。

时欢竟然主动对他敞开心扉,将那些往事统统告诉他,这是辞野无论如何也没想到的。

他虽然从医疗队组长那里只得知了苏祈的死讯，但结合先前的种种事情，心里已经有了一个大概的猜测，原本那些执着与好奇也放下了不少。那个谜团是否解开，对他来说也没那么重要了。

就在他都要放下这件事的时候，时欢却对他坦白了。这是惊喜，也是无上的欣喜。

辞野望着窗外的流云，有星芒藏匿其中，泛着隐隐约约的光晕，轮廓柔和又深沉。倏地，他目光微动，温柔情愫溢出眉眼，嘴角弯起的弧度极其细微。

也许她说得对，今晚最后那段时间，的确不错。

"哎，刚才维和部队的李副队他们三个都回来了，怎么没辞队啊？"

派兵区域，医疗团队晚饭后都在餐桌边坐着，姑且算是进行饭后话题。组长先行回房整理资料，留一群人难得落了个清闲，聚在餐厅里闲聊。

"哪里只少了辞队啊。"有名女医生想了想，忙不迭道，"时欢姐也还没回来啊！"

提问者蹙了蹙眉，有些疑惑："这么奇怪，这次任务到底怎么回事？"

"好像是巴尼日亚这边有个四人小队，在进行缉捕行动时与总部失联了，派维和部队的几个人去协助搜救任务。"程佳晚倒是略有耳闻，便随便说了几句，"不过我看并没有派去巴尼日亚的士兵，有点奇怪，这个我就不清楚了。"

"那时欢姐跟去做什么啊？"

程佳晚摸了摸头发，这个她也不太清楚，猜测道："巴尼日亚这边兵力分散太乱，可能没有医疗人员能够派遣过来吧。"

"这才是奇怪的点啊！"那名女医生突然在此时"啧啧"出声，语气意味深长，"虽然时欢姐是咱们医疗队里的精英，但是可选的人也很多，为什么偏偏就是时欢姐去了呢？"

她话音刚落，立刻有不少人反应过来，纷纷对视一眼，好像都想起了什么重要的细节。

程佳晚闻言，不禁心下一紧。她眼珠子骨碌碌转了一圈，心想难不成那两个人的关系就要被发现了？

"说起这个……"终于有个人开口，将那细节提了出来，"我记得我们之前到这边的时候，辞队的警犬好像对时欢姐特别亲？"

"对啊对啊。"那人刚说完，立刻得到了他人的应和，"而且之前我们刚跟维和部队的人见面的时候，辞队和时欢姐之间的气氛就有点奇怪！"

"对，我也发现了！"一人话音刚落，立刻又有人回应，"我们不是在营地吗，今天辞队因为运输人道物资也跟过来了，我就看到时欢姐和辞队经常在一起待着，还有说有笑的，那气氛完全不像是刚认识的普通朋友！"

"哇，那他们俩之间是真有点事了？"

程佳晚本来正喝着水，眼看着大伙儿越讨论越兴奋，心里就越发不安了。

完了完了，时欢和辞野那档子事儿绝对不能抖出去，万一时欢以为是她说的怎么办？

念及此，程佳晚便轻咳了几声，蹙眉道："你们这都能八卦啊，时欢都工作多少年了，也许她是原来和辞队有交集呢？"

她话音落下，众人不禁陷入沉思，仔细想了想，似乎程佳晚说得也有点道理。

"也是哦……"那名女医生顿了顿，抬手抚了抚下颌，若有所思，模样有些纠结，"时欢姐这种事业型女人，应该不会这么早考虑这些事情吧。"

程佳晚闻言沉默，心想那是你没见过时欢私下里有多皮。

众人也讨论不出个结果，索性便放弃了讨论，简单收拾一下饭桌上的残局，一同踏上了去往住处的小路。

然而大伙儿正有说有笑走到小楼门口的时候，却迎面撞见走过来的人。不对，严谨地说，是两个人。

程佳晚总觉得那逐渐接近的身影十分熟悉，定睛一看，顿时愣在原地。

医疗队的其余人也皆目瞪口呆，直勾勾望着来人，一时都屏息凝神，大气都不敢喘一下。

只见辞野怀中抱着时欢，正稳步走来，不紧不慢，面色如常，似乎这是再正常不过的行为。

时欢安安稳稳地靠着辞野,她似乎是睡着了,睡颜娴静,嘴角似乎还带着几分笑意。

这一幕,看起来竟然有些许没来由的美好。

辞野望见从食堂归来的众人,略一颔首,算是打了声招呼,随即便抱着时欢走进小楼,上了楼梯,似乎是朝着时欢的房间去了。

医疗队的众人便站在门口,瞠目结舌地望着辞野逐渐远去的身影,场面十分寂静,无人开口,似乎都无法相信眼前所见。

程佳晚更是震惊,她实在没想到,两个人的关系会以这种简单粗暴的方式曝光。看来他们两个人,也完全没有要搞地下恋的想法啊。

"这、这什么情况?"医疗队中,终于有人开口了,由于太惊讶,说话都有些结巴,"他们俩的关系,是我想象的那样吗?"

"都往房间去了,应该是那种关系吧……"

"什么情况?时欢姐和辞队真的有故事?"

"这么看来的话,何止是有故事啊。"方才那名女医生喉间微动,难以置信地摇了摇脑袋,"警犬都认识时欢姐,他们俩不是有故事,是有过去啊!"

关于时欢和辞野的话题,便到此结束了。众人没有继续讨论下去,都只望着时欢所住的房间,望着那紧闭的房门,陷入了沉思。

突然,医疗队中有个女孩小声说了句:"这还算是在工作中,虽然是休息时间,但他们两个人应该不会……吧?"

她话音刚落,便传来一阵不明原因的咳嗽声。

那省略的话语实在是让人浮想联翩啊!

与此同时,辞野没找到时欢房间内的大灯开关,只得先将她放在床上,抬手去摸床头灯。

然而时欢躺上床后,胳膊揽着他的脖颈不肯松开,辞野被迫俯身贴近她,手撑在床上,二人距离极近。

温热的呼吸纠缠着,暧昧无声蔓延开来。

这个距离实在太危险,辞野想抬抬身子,身下的人却不见放松,他不禁"啧"了声,蹙眉道:"时欢,你来精神了?"

"都抱到房间来了,不做点什么?"时欢半睁开眼睛,模样慵懒,媚态尽显,"我们可是分开五年了哎。"

她说话时,整个人都是软的,语气也极其柔媚,那慵意似乎融到了骨血里,有着近乎致命的吸引力。

辞野眉间又皱紧了几分,没说话。

时欢算是睡醒了,玩心大起,揽着辞野让他放低身子,张口便含住他的耳垂,贝齿抵上肌肤,湿湿热热的,着实磨人。

辞野有些躁了,单手将时欢摁在床上,俯首便是一记深吻。时欢不甘心,抬手似乎要拉他,双手却被辞野轻而易举地扣在了头顶,整个人动弹不得。

二人唇舌纠缠,缠绵的情意与欲念悄然滋生,连温度都好似上升了些许。

辞野这吻落得有些凶,时欢整个人都被亲得失了力气。

二人唇齿相依,时欢的呼吸完全是由辞野掌控着的,她好不容易脱身,却也只能靠在他唇边轻喘,气息不稳地骂:"你怎么这么熟练?"

辞野闻言,敛眸低声嗤笑,也不知是不是为了报复她的不信任,俯首便轻咬她的脖颈,哑声道:"这种事我早在脑子里想了无数遍,你说我怎么这么熟练?"

脖颈处传来的短暂刺痛令时欢浑身一颤,她当即蹙了眉,有些不满道:"你别留下痕迹啊,明天怎么办?"

辞野不置可否,只将问题给丢了回去:"你当时咬我的时候就没想过这个问题?"

时欢闻言不禁愣了愣,当真正儿八经地回想了一下,这才隐约勾起了些许回忆,想起她来巴尼日亚前的那一晚,的确借酒装疯和辞野纠缠了一会儿。

因为那时候的确有些醉意,时欢也没多少印象,不过她好像真的咬了一下辞野的锁骨,那一口还不轻,该是留下痕迹了。

念及此,时欢有些心虚,声音也弱了下来,低声道:"我那时候有些醉了啊,而且你也没被人发现啊……"

"你怎么知道没被人发现了?"

她眼睛一亮:"真的被发现了?"

辞野皱眉不说话了,没再透露更多,只撑身欲起来。

时欢这会儿可不依他了，恢复了点力气，便抬腿搭上辞野的腰，双臂环着他，模样似笑非笑。

辞野倒是无谓，只是他突然想起了什么，这才觉得此时不是好时候。但时欢似乎并没有反应过来，他想了想，便淡声道："他们发现了。"

"无所谓啊，反正这个点他们肯定都回房间……"时欢听到辞野的话后也没仔细想，随口便应道，然而话还没说完，她便蓦地清醒过来，"等等，你说什么，他们发现什么了？"

"我和你的关系。"辞野开口解释着，模样坦荡，面色如常，"刚才我抱你上来的时候，你医疗队的同事正好一起回来，就碰上面了。"

时欢有点儿蒙。其实辞野抱她下直升机的时候，她就已经有些清醒了，只是一直闭着眼睛在装睡。她根本就没听到任何人声，还以为他们都已经回房间各自休息了。

"你们没打招呼？"时欢这会儿彻底冷静下来了，难以置信地望着辞野，"怎么都没点声音的？"

辞野略一挑眉，平静地陈述事实："他们太惊讶了。"

时欢突然有些头疼，松开辞野，躺平在床上，揉了揉太阳穴。

也对，医疗队的大伙儿肯定都不会想到她和辞野会扯上关系。估计明天一早起来，她有的解释了。

时欢想到这里，便有些悲哀地叹了口气，撇了撇嘴问辞野："不过说到这里，你也不想着躲一下吗？"

辞野闻言，不禁蹙了蹙眉："有什么好躲的？"

有什么好躲的？一语将时欢惊醒，她想了想，好像的确也没躲的必要，反正他们俩都复合了，在一起就是在一起，这倒是无所谓。

想开之后，时欢便点了点头，笑容重新回到脸上，她笑眯眯地对辞野道："那就这样吧，来，继续！"

辞野单手揽住她的腰，眸色沉了沉，突然道："对了，还有件事。"

"嗯？"

"刚才，他们看着我把你抱进房间的。"

一分钟后，辞野站在时欢的房间门口，望着紧闭的房门，拧紧了眉。

早知道他不补充了。不过想起时欢方才震惊失措的模样，他倒是觉得有些有趣。

辞野哑声失笑,虽然无奈,却还是就此结束。算了,毕竟现在的确不是处理私人感情的时候。

念及此,辞野抬脚准备走向楼梯口,紧接着他好似感受到热烈的注视,靠到二楼围栏边上向下看,果然对上了医疗队众人的视线。

那一瞬间,上方辞野神色淡然,下方众人集体僵硬。

医疗队一行人的第一反应:不是吧,怎么这么快?

直到对视了几秒,程佳晚冷不丁一拍桌子,大伙儿迅速反应过来,纷纷佯装什么都没发生似的,聊天聊得火热,什么话题都扯得起来。

辞野收回视线,坦坦荡荡地走下了楼梯,步履稳重,不慌不忙,一边走,一边慢条斯理地整理着有些凌乱的衣衫,看得众人眼睛发直。

直到辞野走出小楼,身影彻底消失在众人的视野里,聊天声这才渐渐淡了下来。

许久,医疗队的一名女志愿者有些犹豫地开口,道:"这时间不太对啊,我们……是不是坏了什么好事儿?"

程佳晚"啧啧"两声,将手放在空中向下压了压,出声提醒:"克制一下,克制一下,咱们这是在工作啊。"

"不过现在的确可以确定了,时欢姐和辞队的关系肯定不一般!"

有个人突然出声道:"哎,其实我有件事没说,也不知道你们听没听说过。"

这句话当即吸引了众人的注意力,众人纷纷围了过去:"说啊说啊!"

"是有关时欢姐的事情,我也不确定啊,我听原来队里的前辈说的,别外传!"

程佳晚一听跟时欢有关系,难免也有些兴趣,便竖起耳朵听着。

那人整理了一下语言,便开口道:"我听人说,时欢姐原来有个特警男朋友,两个人关系特别好,但后来因为时欢姐加入了无国界医生组织,他们就分手了!"

"啊?"程佳晚蹙了蹙眉,这倒是有点不确定,"是假的吧,我看时欢和辞队关系挺不错的。"

"对啊,我这不就有点怀疑嘛。"那人点了点头,又补充道,"而且,我们都知道时欢姐是因为当年那场意外才下定决心加入无国界医生组织的，但我当时看辞队和组长谈话，辞队好像都不知道苏医生的事情啊……"

话音刚落，立刻有人哈哈笑道："那肯定就是假的了，如果真的是前男友的话，这种事情肯定要说啊。"

"也对，这么重要的事情。"

程佳晚见他们讨论得差不多了，便道："都这个点了，也别折腾了，明天还有一堆工作呢，大家都赶紧回房间休息吧。"

时间的确不早，经程佳晚提醒，大伙儿便都反应过来，互道晚安各自回房休息了。

房间内，时欢冲了个澡，擦着头发从浴室中走出，有些气呼呼的。

辞野在众目睽睽之下，就这么抱着她回了房间，两个人还纠缠了一段时间，简直就是逼着人多想。

完了完了，她洗不清了，形象都没了。

时欢苦笑着摇摇头，打了个哈欠，打开床头灯，坐在床边看了会儿外面的夜空，待头发半干了，她才将头发裹起来，慢悠悠地钻进被窝，关灯睡觉。

今天着实忙碌，但欣喜比较多，这一天算得上是她工作以来最轻松的一天了。

时欢微弯嘴角，合上了双眼，一夜好眠。

翌日清晨，医疗队集合吃早饭的时候，难得地安静。

时欢本来还有些纳闷为什么没人提起昨晚的事情，结果早饭过后，就有一堆人凑过来兴致勃勃地询问她和辞野的事情。

医疗队里一个年纪较小的姑娘问她："时欢姐，时欢姐，你和辞队什么时候确定关系的啊？太不够意思了吧，都不告诉我们！"

时欢眨巴眨巴眼睛，很是坦诚："昨晚确定的啊。"

"什么情况？"那姑娘一时口快，便道，"刚确定就打算……"话还没说出口，她迅速捂住了自己的嘴巴，及时堵住了没说完的话。

时欢有些疑惑："什么？"

"没事没事！"她连忙摆摆手，转移了话题，"那你们两个要好好的哦,都是精英呢!"

时欢勾了勾唇,笑道:"谢谢啊。"

随后,医疗队便准备上车前往营地,开始新一天的忙碌。

时欢排在队尾上车,上车前,余光刚好瞥见了不远处走来的几人,一眼锁定住那抹身影,她双眼一亮,当即挥了挥手。

医疗队的众人很会察言观色,纷纷看了过去,便看见辞队那张向来没什么情绪波动的脸上,难得浮现了些许柔和的笑意,那本就令人艳羡的眉眼,此时更引得队里一些小姑娘感慨。

众人看向笑吟吟的时欢,暗自达成共识:她是人生赢家,大赢家。

见司机还在同组长说着什么,而医疗队的成员们也还都没上车,时欢与辞野遥遥相望,她想了想,便快步朝着辞野他们那边小跑过去。

众目睽睽之下,辞野坦荡荡地张开双臂,时欢跑过去直接投奔到他的怀抱中,伸手搂住了他的脖颈,笑吟吟地踮起脚,在他颊边落下一吻,莞尔道:"早安啊,辞队。"

敢情这还有个早安吻的配送服务。辞野身后的几名队员纷纷倒抽了口气,心里是真的痛。

辞野不管旁人,微弯嘴角,眸中的柔情似乎都要溢出来。他抬手揉了揉怀中人的脑袋,轻声嘱咐她道:"工作的时候小心点,注意安全。"

时欢闻言,抬起脑袋有些疑惑地望着他,问:"你的意思是,你们今天不过去了吗?"

"今天要去中心医院,有点事情等着处理,就不过去了。"辞野耐心地同她解释,见她颊边散落了几缕碎发,便习惯性地替她顺到耳后。

"这样啊。"时欢抿了抿唇,虽然有些遗憾,不过即便辞野去了,二人也是分开工作,没什么区别。念及此她倒也没那么纠结了,颔首道,"那我们晚点见啦,你也记得注意安全。"

辞野的指尖顺过时欢颊边的碎发,不经意地将她散在肩头的发丝撩开,那脖颈处的红痕本来已经被隐蔽得极好,此时直直地撞入了辞野眼中。

他顿了顿,眸中晕染了些许无名笑意,看得时欢有些莫名其妙。

而辞野身后的队员们自然没有放过这个细节,几个大老爷们儿你看我我看你,就这么对视着,全靠眼神交流,从彼此的眼中看出万分感慨。

吃狗粮倒是无所谓，他们又不是没谈过女朋友的毛头小伙，这些事儿都懂。但辞队从来都是冷硬形象，身边好像都没出现过什么异性，如今这样秀起恩爱来，实在是令人心头作痛。这狗粮格外让人吃不消啊。

辞野眸中那抹暗色转瞬即逝，随即他将她的发丝拢好，对她道："过去吧，他们在等你。"

时欢回首看了一眼，见大家差不多都上车了，便冲辞野挥挥手，跑回去钻进了车中。

望着逐渐远去的两辆车，辞野不紧不慢地收回视线。

李辰彦这才"啧啧"两声，抱臂走到辞野身边，问他："你们两个这是复合了？"

辞野长眉轻挑，不置可否，那眸中的笑意却暴露了答案。

张东旭愣了愣，这才想起了什么："辞队，难不成是昨晚你和时欢姐留下的时候，你们俩就成了？"

辞野略一颔首，答案再明显不过。

虽然早就看出两个人一直在暧昧期，肯定迟早要成，但众人没想到这天会来得这么快。

有名小队员忍不住，开口八卦了一句："辞队，你们这是打算直接公开交往了？"

虽说都是男人，对感情生活都不大感兴趣，但如今对象是辞队，实在是让人好奇。

"都在一起了，瞒着有什么意思。"辞野淡声道，随后看了看时间，"不说闲话了，开始办正事。"

队员们听令，便去准备各自的事情了，打算一会儿一同去中心医院。

今天也将会是忙碌的一日。

车内，时欢和程佳晚坐一起，车里还坐着几个姑娘，都在谈笑风生，聊着自己这几天的欣喜与忧愁。

前往营地，身陷高强度工作前，这是医疗队为数不多的轻松时段。

"时欢姐，我跟你讲啊，我之前救下的那个孩子……"前座的女孩边说着，边回首看向时欢，却在下一瞬，嘴角笑容僵住，没说完的话踌躇着继续说了出来,"可以走路了。"

时欢没察觉到她的异样,便笑着应道:"那很好啊,孩子们都健健康康的。"

"时、时欢姐……"女孩突然有些口吃,脸颊有些泛红,好像是羞的,"要不你散一散头发吧。"

时欢一时没反应过来:"什么?"

闻言,车内众人纷纷看了过来,视线统统定格在时欢身上,上下扫视后,随后车内传来一片倒抽气的声音,好像都看到了什么不得了的东西。

时欢发现大家都在看自己,不禁有些发蒙,不知道发生了什么。她俯首打量了一下自己,没发现有什么不对劲的地方,很是疑惑:"你们在看什么啊,我的衣服没穿好?"

程佳晚就坐在时欢旁边,本来没注意,但时欢这么一动作,她便刚好望见了那雪白脖颈上的一抹红,心下微动,实在是感慨万分。

所以说昨天晚上,这两个人到底在房间里都做了什么?

"姐妹儿。"程佳晚面色复杂地拍了拍时欢的肩膀,温馨提示道,"你的脖子,最好用头发遮一下。"

她刚说完,车内便传来一片应和声:"对啊对啊,时欢姐,你们下次注意位置。"

"唉,以后记得遮瑕哈,我们又不急,你不用收拾那么快的。"

听到这些好心的建议,时欢刚开始还有些奇怪,但紧接着她便想起了什么,顿时反应过来,抬手准确捂住了那个位置。纵然她脸皮再厚,此时脸上也烧得滚烫。

辞野昨晚果然给她留下痕迹了!这男人的报复心实在是太可怕了。

时欢简直想藏起来,连忙抬手将头发分到肩前,松松散散地遮住了那醒目的红痕。所幸痕迹比较偏,用头发随便一遮就好,辞野还算是挺给面子的。

时欢随即又想起,方才辞野给她整理碎发时,那一瞬间的异色,肯定就是看到了什么。

她暗自咬牙决定,迟早要咬回来。

调侃过后,众人便到了营地。休闲时间已经结束,一行人各自戴好了口罩,迅速进入工作状态。

今天的营地依旧忙碌,仍有不少新病人被送过来,时欢问其原因,似乎是因为中心医院最近拒收现象比较严重。

她除了无奈也别无他法,在病榻间忙碌许久,好不容易才轻松了会儿。她想了想,便走向了 Marry 的床铺。

小丫头懂事得很,时欢自知已经没什么可为她做的了,只想多陪陪她。

"医生姐姐医生姐姐!"小 Marry 大老远就看到了时欢的身影,费劲地从床上撑起身子,笑眯眯地冲时欢挥着小手,"你今天也来看我啦。"

"对啊,姐姐不是答应你了吗,每天都会过来陪你的哦。"时欢微弯嘴角,虽然那笑在口罩下无法看到,但 Marry 能够透过她的眼睛望见粲然笑意。

"姐姐今天还要带你看日落呢。"时欢说着,轻揉了揉小丫头的脑袋,Marry 的母亲同她微笑颔首,时欢做出回应,同样地点头微笑。

关于 Marry 的双腿,母女两个都想要对彼此隐瞒,那她就不要提这些事情了。

日子过一天便是一天,只要能够熬到战火停歇的那一日,就会迎来天晴吧。时欢由衷期待着那天的到来。

"今天是姐姐带着我吗?"Marry 笑着歪了歪脑袋,似乎有些好奇,"军人哥哥有事要忙吗?"

时欢点了点头,笑道:"对的,哥哥他有很重要的事情要处理,处理好后就能过来和姐姐一起陪你啦。"

"这样啊。"Marry 颔首,感慨道,"哥哥姐姐的感情真好呢,你们要一直相爱哦。"

时欢闻言顿了顿,随即便有些忍俊不禁,问道:"Marry 为什么会这么说呢?"

"因为我问过哥哥呀,我问他和姐姐的关系呢。"

"那,哥哥是怎么跟你说的?"

"嗯……"Marry 努力回想着,尽量将原话给复述下来,"哥哥说,你是他爱的人,如果他幸运的话,你也许还会成为他的爱人呢。"

稚嫩的话语缓缓落下,拂过耳畔,像是柔和的风穿堂而过。时欢目光微颤,旋即她轻笑出声。

心里像是打翻了一个装满糖果的玻璃瓶,刹那间甜味四溢,蔓延开来,整个世界都染上了梦幻的蜜色,整个胸腔都洋溢着柔情蜜意,阳光晒下,不见半点阴云。

"不过我不太明白,都是爱人啊,有什么区别呢?"

时欢弯唇,轻轻捏了捏Marry柔嫩的脸颊,温柔道:"Marry长大后就懂了哦,姐姐也希望,以后Marry爱的人,能够成为你的爱人。"

这大抵是最美好的祝福了,是世间人的美好梦想,是可遇不可求的完美结局。

而她是有多幸运,才遇上了辞野,哪怕分开这么多年,还能重新相遇,即便赌上余生,彼此依旧要将对方刻进自己的骨血里。

世间情爱,最感人的境界,大抵便是"虽九死其犹未悔"了。

时欢也不过是忙里偷闲,陪了Marry一会儿后,便被同事唤走去帮忙了。

这一忙就是几个时辰,直到刺目的阳光在眼中盛开,额前都起了层薄汗,时欢才重新得到休息的时间。

她舒了口气,坐在榻上单手扇着风,虽说巴尼日亚着实炎热,但这风也聊胜于无,能添些凉意便添些,这沉闷又燥热的天气教人有些透不过气来。

时欢替Marry领了营养奶,送过去后,坐着休息了会儿,半晌她觉得口渴,撑着腿站起身来。

活动几下脖颈,时欢抬脚正欲去供水处接点水,突然想起来自己不知道具体的地方。她侧首看向了Marry的母亲,问道:"不好意思,请问供水处怎么走吗?"

妇人闻言,伸手指了指某个方向,对时欢轻声道:"朝着这个方向直走就是了,不过路程比较远,可能会累。"

时欢顺着她所指的方向看过去,望见有部分病患家属顺着小道向前走。

"好的,谢谢啊。"

"对了,医生……"妇人并不知道时欢的名字,只好唤她医生。

时欢止住步伐,看向她,眨眨眼睛,模样似乎有些疑惑:"还有什么需要帮忙吗？"她还以为对方是需要自己帮忙。

"不是的，不是的。"妇人连忙摆了摆手，解释道，"是这样的，供水处附近似乎有敌人埋下的地雷，一直没有人排除，前段时间有人被炸死了，你一定要小心，最好跟在别人身后走。"

敢情过去接个水还这么危险，当真是为难营地的人们了。

时欢心中暗自这么感慨着，随即笑着应声，对妇人的温馨提示表示感谢后，便迈步离开了营地，走向他们医疗队的专用车。

时欢看了看自己的座位下面，她的包包果然躺在那里。

在这边外出时，她习惯性会带着个小包，包内有辞野给的对讲机，以及基本的医疗物品，她摸了摸小包侧兜，确认那把武器还在，便将包拎了出来。

时欢依妇人所说，踏上了那条小路，不过这个时候病患和家属都在营地午休，一路上人也并不多，时欢便跟在后面不紧不慢地走着。

四周越发荒芜，满地荒草，鸟兽匿迹，没有半点生机。

时欢收回视线，继续向前走着，余光突然瞥见不远处的杂草丛中，有一抹瘦弱的身影蹲在地上，一动不动。

出于职业素养，时欢觉得兴许是受伤的孩子，当即快步小跑上前，在对方面前蹲下身子，用当地语言询问道："你受伤了吗？"

对方闻言浑身微颤，半晌才有些踌躇地抬首，时欢这才发现他是一名少年，黝黑的面庞，看起来也就十七八岁的年纪，眉眼尚且青涩，此时脸上挂满了困苦与狐疑，似乎是在怀疑时欢的目的是什么。

他也不答话，就这么安安静静地瞧着时欢，眸中的暗沉是其他同龄人不曾有的。

"我是营地的医生，路过这里看到了你。"时欢见他这么警戒的模样，倒也没急着继续追问他的情况，而是耐心解释道，"我不会伤害你的，你是不是哪里受伤了不舒服，需要我帮忙吗？"

时欢尽量将最友好的一面展露出来，这边的孩子饱经战火的摧残，变得无法对他人抱有信任，这是情理之中的，时欢已经习以为常地去解释自己的身份。

少年沉默半晌，欲言又止后，他终于低声说道："我的脚腕，受伤了。"

他看着她,"可以帮帮我吗?"

时欢见他终于放下戒备心,点点头,将肩上的包包放到地上,打开后将医疗物品拿了出来。

不知道为什么,时欢觉得这个少年的眼神太过冷漠阴暗,不像是一般孩子该有的,似乎有些危险隐藏其中。她不太喜欢这种感觉,便想着赶紧给他处理好伤口就离开。

时欢这么想着,低头见少年的左脚踝血流不止,似乎是被什么尖锐物划伤所致。

这种程度的伤口不难处理,她手下动作十分利索,清理消毒最后包扎,也不过只用了短短几分钟的时间。

见大功告成,时欢松了口气,对他道:"好了,如果没人帮助你,你可以继续向前走一段路,去营地。"

少年活动了几下脚踝,见的确不那么痛了,便颔首道:"谢谢。"

时欢收好包,轻轻快快地站起身来,习惯性向后退了两步,却在下一瞬察觉到脚下有些许异样感。

那感觉极其细微,时欢险些就要忽视,却硬生生将自己给逼了回去,保持着原姿势,没有动弹。

她浑身僵住,冷汗立刻就下来了。

时欢突然想起,临走前Marry母亲对自己的提醒,自己竟然全然忘记了这回事儿,独自走到了荒草区,这种地方是最容易埋地雷的。

她不禁低骂了声,却仍旧尽量保持冷静,余光瞥见那少年没有动弹,蹙了蹙眉道:"你快去营地吧,还在这里待着?"

少年摇了摇头,眸中仍旧淡然冷漠:"你看上去不太对劲。"

"我没事。"时欢语气软了些许,对他道,"你先走吧,我休息会儿,去接水。"

"你看起来很僵硬。"他说着,下意识皱了皱眉,突然反应过来什么,神色略微惊讶,"是地雷吗?"

时欢没有回答,只让他走:"你赶紧离开吧,这里不安全。"

"我不走。"少年固执地摇摇头,站在旁边,"我在这陪你。"

时欢实在没办法了,只能任由他去。她从包中摸出对讲机来,指尖有些颤抖,强行将情绪稳定下来,道:"辞野你在吗,我这边好像遇到了点麻烦。"

很快,辞野的声音便从对讲机中传来:"怎么回事?"

"我好像……"时欢咬了咬牙,做了个深呼吸,道,"踩到地雷了。"

对方沉默了半晌,时欢的心就这么吊着,此时艳阳高照,本来燥热的天气,她却遍体生寒。她轻轻合眼,拧着眉唤:"辞野?"

"告诉我你的位置,我马上就赶过去。"辞野的声音自对讲机中传来,很是沉稳,让时欢的心放下来些许,"时欢,你不会有任何事。"

时欢闻言,眼眶有些发涩。她"嗯"了声,随即便冷静下来,将具体位置告诉了辞野,辞野收到消息后,便立即动身赶了过去。

时欢不知道自己站了多久,在等待辞野的时间里,她心底发慌,再加上就这么在太阳下晒着,她有些发晕。

绝对不能动。时欢摇了摇脑袋,强打起精神,决定和旁边站着的少年聊天,问他:"嘿,小兄弟,你是自己一个人走过来的吗?"

少年似乎想不到她会找自己聊天,想了想,还是点点头:"嗯,我的家人都死了,只有我逃了出来,我要去营地,但是受伤了,只能在路边休息一会儿。"

"这样啊。"时欢闻言顿了顿,听闻他已经没有家人,眸中闪过些许复杂之色,便转移了一个话题,"那你有名字吗?"

本来只是个随意的问题,但时欢没想到,少年闻言,面上竟出现些许疑惑。

"名字?"他启唇,半晌才淡声道,"我没有名字,我们这里都是成年后才有名字,但是不太巧,在我成年那天,我也失去了父母。"

时欢闻言顿了顿,才反应过来,巴尼日亚由于长期处于战乱之中,很多小孩很难活下来,就算是长成了少年,也容易被拉到军队里去,取名字没有什么意义,所以人们一般都是等孩子接近成年的时候才考虑为他们取名。

她这会儿实在是慌了神,说话都不过脑子,好像又问了一个不该问的问题。

时欢苦笑着捏了捏眉骨,决定不说话了,安安静静地等辞野赶过来。

辞野赶过来后，将车停在远处，徒步走向时欢。时欢保持同一个姿势已经很久了，此时身体已经有些僵硬，见他来了，差点儿腿软。

与辞野一同来的还有张东旭和刘峰，二人神情十分严肃，跟着辞野走上前来。

辞野在时欢身前蹲下，用手拨了拨她脚下的杂草，瞥见草下被掩埋的那冷硬一角，不禁拧紧了眉。

时欢见他这表情就知道自己倒霉了："怎么办啊……"

"你冷静点，别乱动。"辞野呼出一口气，眸色微沉，对她淡声道，"这是防步兵地雷，不能拆，但是比较方便找东西代替。"

时欢连忙点点头，大气都不敢出一下。

辞野起身走向张东旭和刘峰，三人表情严肃地简单讨论了几句，迅速敲定好了解决方案。

冷汗顺着下颌悄然滑落，时欢浑身紧绷，合上双眼，期望幸运能够降临到她身上。

艳阳高照，天热难耐，这片土地被无情地炙烤着，空气中都翻涌着热浪，目之所及的事物轮廓虚晃，有些雾状的灰气弥漫在空中，几乎令人窒息。

万物皆是无精打采的模样，死气沉沉的。偏偏此时又是最为紧张的时刻，生死皆在一线间，着实令人捏了把汗。

有路过的病人家属认出了时欢，见情况紧急，便也过来陪她，在一旁默默祈祷着。

少年被那名病人家属看着，他们站在距离时欢几步外的地方，一同看着这边的情况。

时欢有些头疼，搞不懂为什么所有危险的巧合都能砸到她脑袋上，这实在令人烦躁。

她眼睁睁地看着张东旭和刘峰上了车，紧接着他们便拿了两根绳子和一块方方正正的铁块出来，放在地面比量了一下，开始商量着什么，距离比较远，时欢也听不见他们的计划。

经历过最惶恐的那段时间，现在时欢看到辞野赶过来了，也不知怎的，一直悬着的心突然有一点轻松了。

她已经做好最坏的打算。

辞野在时欢面前蹲着身子,从腰间抽出瑞士军刀,刀柄在手中打了两个转,随即便被辞野紧握在手中。

他长眉轻蹙,盯着时欢脚下,似乎是在思考详细的方案。

时欢敛眸望着他,启唇却又没有出声,想了想,还是轻声唤他:"辞野,我……"

辞野完全不给她开口的机会,冷声道:"给我闭嘴。"

"不行,这次真的悬了。"时欢坚定地摇摇头,一定要把话说出来,不顾辞野,自顾自地继续说道,"我跟你说,辞野,我这人做事向来是三分钟热度,这辈子唯一坚持的两件事,就是无国界医生的工作,还有陪在你身边。"

她话音刚落,辞野便"啧"了声,抬手将手中的武器放平,移到时欢脚边的位置。与此同时,他开口,嗓音有些冷淡:"我说了让你闭嘴。"

时欢咬了咬唇,心底有些委屈,哑着嗓子开口说道:"都这个时候了……"

她这话都含了些许哭腔,听得辞野心下一软,当即什么脾气都没有了。

辞野轻声叹息,终究将语气放柔和了些,对她道:"你的那些煽情话,还有一辈子的时间可以跟我说。所以时欢,"他说着,抬眸对上她的视线,"听话,放轻松,相信我。"

他眸中那向来不起波澜的沉寂,此时也浮上些许温柔的光,内里糅了些许无奈的笑意,带着难得松懈的深情。

他的话语落到耳畔,时欢的眼眶瞬间就红了,鼻子也有些发酸,她强行忍住了流泪的冲动,点点头,当真不再多言。

他说了会没事,那她就一定会没事。时欢相信辞野,无条件地相信。

与此同时,张东旭和刘峰已经按照计划将绳子缠上铁块,交叉固定在四角,只等着辞野的动作。

辞野额前起了层薄汗,他将武器平移到时欢脚边,紧贴着她的鞋底,淡声对她道:"听我的,慢慢把脚挪开,我在这里抵着,你不要怕。"

时欢"嗯"了声,下意识屏息凝神,尽量控制住脚不要发颤,稳稳当当地向一侧挪开,动作谨慎而缓慢。辞野手中的武器贴着她,她挪动的同时,他几乎同步跟上，没有半分含糊。

危险一触即发。

张东旭和刘峰在旁边看着，也是出了一身冷汗，纷纷集中精力盯着辞野手下的动作，生怕出半分差错。

所幸，辞野和时欢的同步率高，时欢终于将脚完全从地雷上挪开，而辞野用武器抵着，没让地雷弹射出来。

时欢几乎是瞬间便泄了气，一时腿软，险些跌倒在地，幸好她迅速稳住了身形，这才好好站直了。

因为方才高度紧张，她现在身体肌肉蓦地放松下来都有些酸痛。但事情还没结束，时欢紧紧盯着辞野，看他接下来如何解决这地雷。

辞野的神情稍微放松，侧首看向张东旭，张东旭立即会意，将手中固定好的铁块递过去，便迅速同刘峰将绳子的四个角看好，防止松散。

说不紧张都是假的，辞野此时也是提心吊胆，握着武器的手有些发僵，他稳住呼吸，成败在此一举。

各方面都确认好后，张东旭打了个手势，辞野便将手缓缓挪开，用铁块缓缓压在武器上。时间流逝得极为缓慢，时欢在一旁看得揪心，抿紧了唇，心里祈祷着这次能平安。

在场无人敢出声，很是安静。

终于，辞野的手完全离开了刀柄，铁块压在武器上，众人紧绷着神经等待了半晌，确认铁块纹丝不动后，不禁都松了口气。

辞野瞬间便放松下来，笑着叹了口气，不紧不慢地站起身来，第一件事就是拉着时欢向后撤，远离地雷被压住的四角区域，防止误触引发意外。

大伙儿都迅速后退远离那地雷，张东旭长舒了口气，这才敢出声，抬手拍了拍身边刘峰的肩膀："老刘啊，我们也是生死之交了。"话刚说完，他愣了愣，才发现不知何时自己的嗓子竟然已经如此干哑。

刘峰一抹额前的汗，钩着张东旭的肩膀，感慨道："赶紧离远点，这些人可够缺德的，知道有地雷还不围起来。"

众人终于轻松下来，一切尘埃落定。

时欢控制许久的泪水终于敢涌出眼眶，她不由分说地撞进辞野怀中，紧紧抱着他，眼泪止不住地往下掉，呜呜地哭："真的吓死我了，还好我们都没事,你说要是有个三长两短怎么办啊……"

辞野微弯嘴角,轻轻拍了拍她的背部,给她顺了顺气,轻声安慰道:"我还在这,别哭了,这不是什么都没发生吗?"

时欢吸了吸鼻子,泪眼蒙眬地抬起头来看他,撇了撇嘴:"我总是给你添麻烦,烦死了。"

辞野有些忍俊不禁,揉揉她的脑袋,道:"你这不是添麻烦,我除了操心你还能操心谁?没事。"

时欢这才破涕为笑,眨巴眨巴眼睛,此时被欣喜冲昏了头脑,都没有注意到身后的变化。

她开口,刚要同辞野说什么,便见他突然面色一凛,眸中覆上一层冰霜,冷得骇人。

时欢心下颤了颤,还没有反应过来,余光便瞥见张东旭和刘峰也变了脸色,她脑中还没什么想法,下一瞬,整个人便已经被辞野用力扯到了身后。

时欢的脑子瞬间就空白了。她没站稳,险些要摔倒在地,然而紧接着一声闷响响起,虽然微小,却划破了这片宁静,刺耳得要命。

时欢的瞳孔蓦地缩小,眸中的光芒都在此时尽数散去,眼睛变得空洞无神。

眼前,辞野身形微顿,时间仿佛被放慢,他逐渐失去力气,似乎是下意识想要撑起身子,却实在无力,只得慢慢跪下身子,跌倒在地。

时欢甚至都没有反应过来究竟发生了什么,怔怔地望着躺在地上的人,见鲜血自他胸膛涌出,浸湿了他的衣裳,也模糊了她的视线。

那是始终在她身前屹立不倒的盾牌,此时却突然出现了裂缝,在她最放松的时刻,杀了她一个措手不及。

世界崩塌了一角,时欢逐渐恢复过来,目光越过辞野,难以置信地落在眼前那名少年身上。

那少年手中握着把武器,沉稳冷静,面无表情,仿佛只是个阴沉的杀人机器,宰割人命皆看他自身的意愿。

只一瞬,时欢便反应过来了,是士兵。她救下的这个人,是士兵。

少年模样的士兵,那是最为恐怖的存在。

"辞队!"张东旭当即骂了声,满面焦急地扑过来,然而时欢已经先一步上前，跪在地上将辞野揽入怀中。

她垂着头，长发散落掩盖住了她的面庞，面上的表情令人看不分明。

那少年似乎本意是要杀了时欢，见辞野倒下了，他似乎有些不满，便蹙了蹙眉，想要再次动手，所幸被刘峰及时发现，已经将武器对准了那孩子。

少年冷冷地"喊"了一声，见情况对自己不利，便迅速收起武器，转身冲出人群，迅速逃离现场。

时欢只怔怔望着辞野，心头那些冷静与理智被她统统抛开，一瞬间她什么都察觉不到了，眼底只装得下怀中这一个人。

然而下一瞬，远处突然爆发一声轰然巨响，紧接着便是一阵强大的冲击波席卷而来，时欢蓦地回过神来，当即抱紧辞野，俯身将他护住，咬紧了牙关。

半晌过后，碎石飞溅，尘埃落定，全场一阵沉默。

突然，有人怔怔开口："地雷……地雷被那孩子引爆了……"

刘峰和张东旭皆是浑身一震，二人被这轰鸣声震得耳膜发痛，但看过去，却是一片烟雾，根本看不分明。

但方才那名少年，想来已经……

张东旭咬了咬牙，半晌叹了口气，轻轻摇首，也不知道该说是报应还是其他。不过眼下最重要的事情，应该是辞野的安危！

念及此，张东旭喉间微动，缓缓移动视线，看向时欢和她怀中的辞野。

第九章
我只需要你

在这种战火纷飞的地方，孩子们失去亲人，被掳走，被训练。而经历过冷酷的训练，他们长大成年后，便成为战斗机器，无情无义，是他们身上最为重要的特点。

时欢每天都见到很多这个年纪的少年少女，她在营地那边工作，周遭环境实在是太过安逸，没有见过外界的那么多士兵，因此根本就没有概念，遇到人便救下，不过也是职责所在。

可惜实在不巧，时欢今天就遇到了这么一个善于伪装的士兵。

时欢垂眸看着辞野，眸中破碎的光芒终于恢复些许。她微微启唇，强迫自己冷静下来，嗓音沙哑："辞野，你别睡，不然就起不来了。"

她不敢多说，怕有些话一旦出口，便刹不住情绪。

辞野意识模糊中，听到了她这句话，眉间不禁皱了皱。他有些费劲地将双眼睁开些许，望见时欢失神的模样，他顿了顿。

时欢见他清醒了些许，终于有些绷不住，眼泪开始往下落。她压抑住哭声，一时说不出话来。

半晌，辞野勉强牵了牵嘴角，想要抬手给她擦眼泪，然而浑身的力气都好像已经流失，他动弹不得。

辞野在心底无奈叹息，心想他的小姑娘这些年掉眼泪的次数一只手能数过来,今天竟然就浪费了这么多眼泪,实在是不该。但所幸,她毫发无伤。

"我说过了。"辞野突然开口,声音极其微弱,"只要有我在,你就不会有任何事。"

语罢,他似乎有些不适,眉头紧了紧,强撑着对时欢轻笑:"乖,别哭了。"

话音刚落,他眸中光芒便瞬间黯下,整个人失去意识,晕倒在时欢怀中。

时欢浑身僵住,难以置信地望着辞野,眸中光芒逐渐散开,她怔怔开口:"辞野……"

世界碎裂的那一角迅速蔓延开来,刹那间便天崩地裂,一切美好不复存在,只有黑暗与混乱在疯狂喧嚣着。

泪水不可抑制地向外涌出,她有些发颤,突然呜咽着抱紧了怀中的男子,一句话都说不出口,心脏仿佛被撕裂了一个巨大的口子,鲜血迅速涌出,心脏几乎要干涸枯死。

求求你啊,别再让我离开你了。求求你了,辞野。

医疗队的众人,第一次见时欢如此落魄的模样。

在他们的印象中,无论何时,不论何种紧急情况,时欢都是最为从容的那个。她似乎从来不会将多余的情绪表现出来。

而现在,辞野被推进手术室,手术已经快准备就绪。

时欢拧紧了眉,本打算操刀,手却是颤抖着的。

组长站在一旁,目光微动,心下突然生出几分感慨:一名向来从容的外科精英,此时竟然连拿起手术刀的力气都没有。看来,她真的承受不住了。

时欢咬唇,眼睛发酸,随即她深深合上双眼,果断将手术刀放在台上,哑声道:"对不起。"

这是时欢工作这么多年来,唯一不敢去做的一场手术。

情有可原,程佳晚想要开口劝慰什么,最终还是什么都没说,只伸手轻轻拍了拍时欢的肩膀,让她稍微安下心来。

程佳晚戴上口罩,对她道:"交给我吧,会没事的。"简短八个字而已,却极具有说服力。

时欢勉强牵了嘴角,对程佳晚颔首,低声道:"谢谢。"

程佳晚看了看她，随即便转身走进手术室，反手将门合上。

手术开始了，时欢在门外等。

望见时欢失魂落魄的模样，队里的小姑娘们难免有些心疼，纷纷上前轻声安慰道："时欢姐……没事，你也别太紧张了，辞队一定能挺过去的。"

"是啊是啊。"队里当即有人附和，"辞队是什么人啊，肯定不会出事的，时欢姐你放心。"

时欢本来有些失神，闻言摇了摇脑袋让自己清醒些许，勉强弯起嘴角，对组长和同事们道："我没事，你们都去忙吧，我缓一缓也开始工作。"

营地的事情本就繁多，绝对不能因为她一个人，就耽误了整个团队的工作。

大伙儿见她似乎有点精神头了，便纷纷点头，各忙各的去了。

倒不是冷漠，只是在巴尼日亚的每分每秒都十分珍贵，时时刻刻都有生命在等待着延续，完全容不得他们耽搁。

手术室这边没有空着的床铺，时欢便靠在门口的墙壁上，敛眸盯着地面，视线突然有些恍惚。

这周围人来人往，不论是哭泣声还是悲哀的神情，在人们看来似乎已经是稀松平常的，人们的感情已经没有那么多可以宣泄的了。

在这个地方，每日都有无数生命流失，而时欢不希望辞野会成为其中一个。

时欢有些无力，捏了捏眉骨，浑身上下都透着满满的疲倦。手术不知道会进行多久，她撑起身子，正打算重新投入工作中去，却迎面撞见了赶来的张东旭和刘峰。

张东旭急匆匆地上前，见到时欢后，稍微安下心来，当即问道："时欢姐，辞队情况怎么样？"

时欢示意了一下身后的手术室："手术刚开始没多久。"

张东旭闻言登时愣住，着实没想到时欢会是这个答案。

其实他和刘峰赶来手术室前，本来以为时欢会在手术室内进行手术，方才张东旭看到在门口的时欢，还以为手术成功了。

他无论如何都没料到，时欢竟然根本就没有参加手术。

张东旭哑然，一时不知道该说些什么，下意识侧首看了眼身边的刘峰，见刘峰也是有些惊讶。

时欢看到两个人这般模样,倒也不难猜到他们在想些什么,便哑然笑了笑,不紧不慢地解释道:"我本来是想参加手术的,但是后来我发现,我连拿手术刀的力气都没有。"

她轻描淡写的一句话,却听得人心底发酸。

"时欢姐,你不用这样,肯定会没事的。"张东旭在心底叹了口气,有些发愁,面上却没表现出来,而是摆了摆手,笑道,"这几年出任务,辞队没少受伤,哪次不比这严重,不都挺过来了,哈哈。"

他话音刚落,刘峰便低骂了声,瞪了他一眼,手肘一拐打了张东旭一下,冷声道:"你小子说什么话呢这是?"

张东旭这才反应过来,有些尴尬地轻咳一声:"不好意思不好意思,但我的意思希望时欢姐你能明白……"

时欢略一颔首,嘴角扯出一抹苦笑,问他们:"对了,你们的事情处理好了?"

"嗯,已经通知巴尼日亚那边的人去排除剩余的地雷了。"刘峰这次没让张东旭再开口,就怕他说错什么话,"当时在现场的那个男孩……"

说到这里,刘峰顿了顿,蹙眉,看了眼时欢的表情,见没什么波澜,便稍微放下心来,陈述道:"那个孩子的身份已经确认下来了,的确是敌方那边的士兵,之前也出现过,不过没想到这次竟然找上来了。"

时欢目光黯然:"是因为之前的搜救任务吧,这是打算警告?"

"也许是。"刘峰"啧"了声,轻叹道,"他也许是在逃跑过程中撞到了人吧,当时现场情况也挺混乱的,总之不知道怎么回事就踩到了地雷,也真是……"

时欢对这个并不关心,只应了声:"是吗。"

结局如此,时欢也不打算继续纠缠这件事情了。

张东旭和刘峰过来只是想了解一下辞野的情况,见手术还没有结束,而他们还有一堆事要处理,时欢便让他们先离开了,等手术结束了再通知他们。

时欢自知状态不好,便没有再碰一些需要注意力高度集中的工作,而是帮忙分发人道物资,干了一些体力活。

最后她忙了一圈，也不知道过了多久，只看着天色渐沉，便重新回到手术室门口，站在一旁等待着。

时欢正站在手术室门口迷茫，下一瞬，手术室的大门被人推开。

时欢眸中瞬间便溢满了光，她当即侧首去看，便望见程佳晚走了出来，她将口罩摘下，轻舒了口气。

程佳晚看了看周围，一偏脑袋才望见旁边的时欢，当即便弯起了嘴角，对她道："没事，伤口在心脏上方，辞队走运，挺过去了。"

她话音落下的那一瞬间，时欢整个人都放松下来，腿一软险些就要倒下去，伸手扶住了墙，堪堪将身子撑住。

这实在是不幸中的万幸了。自从这次来巴尼日亚工作后，便不断有意外发生，现在终于迎来一次侥幸。

时欢的面上终于浮现些许释然的笑意，她呼出一口气，对程佳晚笑道："谢谢你啊晚晚，我当时的确状态不好。"

程佳晚轻轻摆手，正要开口，却见走来几名巴尼日亚工作人员，步履匆忙，似乎有要事。

见到手术室门口的时欢和程佳晚，其中一人扫视二人，只觉得时欢有些眼熟，便上前问她："请问您是无国界医生组织的时医生？"

和程佳晚对视一眼后，时欢眉头轻皱，虽然不知道对方的来意是什么，却还是颔首应声："我是，有什么事吗？"

"是这样的。"那人见认对人了，便淡声解释道，"之前我们接到通知，说营地的供水处附近有未排除的地雷，今天被人不幸踩中，后来的事情我们也了解了一些，派人去排除了剩余的地雷，那片地区已经安全了。"

时欢闻言，眸中光芒暗沉几分。

今天被人不幸踩中？可是明明不久前就已经有人命搭在那边了，那时候他们倒是没想着处理。也不过是因为今天她身份特殊而已吧。

时欢心底有些发冷，虽然有点抵触情绪，面上却也没表现出来，还是公事公办的态度："对，我本来想去接水，但在途中意外踩中了地雷，是维和部队的辞队长带人过来处理的。"

"我们赶过来就是为了这件事。"对方面上没什么表情，也看不出情绪来，"详细了解事件经过后，我们得知你们遇到了士兵，辞队长不幸受伤，被送来营地这边的手术室进行抢救。上面派我们过来了解情况,若情况有所好转,已经在中心医院给辞队长安排了单间。"

时欢闻言顿了顿。中心医院竟然还特意准备了单间照顾?这的确是她没有想到的。

"不好意思。"时欢垂眸,掩盖住眸中复杂的情绪,开口淡声道,"因为一些个人问题,这次手术的操刀医生并不是我,是我旁边的这位程医生,详细情况你们问她吧。"

为首那人闻言,便看向了一旁的程佳晚,礼貌性地问了声好,开门见山:"你好,程医生,请问辞队长情况如何,脱离危险了吗?"

"已经脱离危险了。"程佳晚应了声,余光瞥了下时欢,随即便轻声道,"只是辞队长目前还没有清醒过来,可能是麻醉剂药效还没过去,还需要进一步观察。"

"好的,明白了。"对方颔首,"接下来我们要送辞队长去中心医院,你们如果不放心,可以跟着过去。"

程佳晚略一挑眉,便拍了拍时欢的肩膀,对她道:"时欢,你跟着过去吧?"

时欢想了想,自己也的确不放心,便"嗯"了声,转头对工作人员道:"我跟你们过去,现在就走吗?"

"没错。"工作人员点了点头,对身后几个人摆摆手,示意开始进行转移,随即便看向时欢,眯了眯眸,问,"对了时医生,关于那名士兵……我听说,他当时就在现场,不过后来伤害了辞队长后逃离现场,结果误踩了地雷。"

那名士兵的情况,先前张东旭和刘峰便已经给她带过来消息了,她没什么好惊讶的。

时欢想起她最初看到那少年的时候,望见他极其平淡冷漠的眉眼,没有分毫情感,仿佛只是个空荡荡的躯壳,没任何灵魂可言。

她从未见过那样奇怪的一个孩子,那时还以为,他只是对每个人都有戒备心,才会有那样冰冷阴暗的眼神。现在想想,那哪里是戒备心,分明就是杀意啊。

如此森冷的杀意,隐患就在她身边,她却因为这孩子的外在因素,全然没有任何提防。种种细节结合起来,未免太过恐怖,令人不寒而栗。

闷声响起的那一瞬间,时欢几乎没反应过来这样的声音是怎么发出的,她甚至完全没想到会有这种声音响起,因此反应才迟钝了一瞬,被辞野拉开,他则替她挡住了那一击。

看到辞野倒下的时候,时欢脑袋彻底放空,连追究责任和抓住那孩子的事情都忘记了,整个人被莫大的恐慌侵袭,那感觉她实在不想再回想一次。

所幸辞野最后没有出事,不然时欢真的怕自己会做出什么事来。

念及此,时欢将思绪稳稳收好,得知辞野脱离生命危险后,她的情绪已经迅速稳定下来,基本恢复了以往冷静从容的模样。

她双手抱臂,对于这件事无话可说,也不后悔,干脆大大方方地承认下来:"是,有什么问题?"

"时医生你误会了,我只是想了解一下情况而已。"当地工作人员察觉出她言语中那若有若无的敌意,便摇了摇头,低声道,"我们确认了身份,虽然他的遗体不好寻回,不过这件事和你们并没有关系,请放心。"

时欢挑了挑眉,轻扬嘴角:"抱歉,我刚刚才缓过来,可能说话的语气不太好,你们见谅。"

对话便没再进行下去。而后,辞野被专业人员转移到了车内,时欢随他们离开前,看了眼天色,天色暗沉,已经快要完全暗下来,此时是医疗队该回派兵区的时候。

时欢这边要跟着离开,自然没时间赶回去,只能稍后再考虑如何返回了。她突然想起,这件事还没跟医疗队的众人说起,便将此事拜托给程佳晚:"晚晚,医疗队这个时候差不多该收拾东西回去了,我有事,你帮我跟组长他们说一声啊,我跟着去一趟中心医院,把事情处理好后我就回去。"

"没问题,你放心去就好,陪着辞队。"这种小事完全不需要嘱咐,程佳晚比了个"OK"的手势,对她笑了笑,"注意安全啊,没事的,时欢,最危险的时候都过去了,你别担心了。"

时欢对她微弯嘴角,笑着同她道别后,便随着巴尼日亚的工作人员上了车。

车厢内,只有时欢和辞野在,其余几人都在前面。她望着躺在床上的辞野,见他合着双眼,面色是略带病态的苍白,比刚开始失去意识那会儿好了不少。

时欢没见过辞野倒下的时候,此时是她这么多年来,第一次见到辞野这般脆弱的模样,心中苦涩极了。她垂眸,胸腔内那苦闷又有些向上涌,被她强压了下去。

不知怎的,那一瞬间,时欢脑海中突然有什么紧绷的东西倏地断裂开来,阴暗如潮水吞没了她的世界,令人窒息的感觉再度袭来,引得她轻微战栗。

手脚被束缚的僵硬、感受自己体内鲜血流失的恐慌、听到苏祈姐的哭喊声的绝望……破碎的场景在不断重组重现于眼前,重重难言的负面情绪突然涌上前来,让时欢退无可退。

时欢咬紧了唇,双手扶住额头,闭紧双眼迫使自己尽快忘掉那些乱七八糟的东西。

别再想了……时欢,事情已经过去了,不要再想了,没事了。身边不会再有人死去了,那种感觉,她不会有机会再体验一次了。

时欢不断安慰着自己,然而这次,床上躺着的男人不会察觉到她的异常,起身抱紧她轻声安慰。她现在只有自己一个人,正因如此,才更不能崩溃。

时欢深吸一口气,睁开眼睛,脑中总算放空了些许,那无名恐慌总算退去不少,指尖的轻颤也已经能够抑制。她缓缓向后靠,望着对面窗外途经的风景,眸中逐渐有了焦距,半晌,气息平稳下来,心跳声趋于平静,她这才重新闭目养神。

其实,无国界医生这份工作十分危险,受伤是常有的事情,原来时欢在工作中受伤的时候,并不怎么在意,伤口好了她也不会有什么委屈。

可这是第一次,时欢迫切地希望能够尽快结束任务,早点回国。

抵达巴尼日亚中心医院后,果然正如工作人员所说的那般,医院相关工作人员已经接到通知,为此准备了单间病房。

辞野被转移到了病房内,由于他刚刚脱离生命危险,此时还没有苏醒过来,医院便安排他暂时与外界隔离了,打算等他清醒过来后做了检查再开放探视。

毕竟那伤口就落在辞野心脏上方几厘米的地方,只要再准确几分,辞野现在躺着的地方,就不是医院了。

时欢坐在病房外面,透过被玻璃封着的小窗口,隐约能望见躺在病床上的辞野。

他戴着呼吸罩,吊着点滴,此番虚弱又病态的模样,看得时欢心底发酸。她深吸一口气,眼眶又要泛红,她连忙将落泪的欲望憋了回去,暗骂自己瞎矫情。

今天大概把她前些年憋的眼泪都给流完了,自从苏祈姐走后,她就没这么失态过,没想到老天还会让她再崩溃一次,虽说只是开了个玩笑,却也将她吓得半死了。

时欢有些发愁,便敛眸轻声苦笑,抬手捏了捏眉骨,想要驱散一些疲惫。

希望他能快点醒过来吧,早点结束任务,早点回家。

她坐在过道的椅子上,望着来往的病人家属和医生,见他们步履匆忙,全然没有时间顾及他人。

真是忙碌啊。时欢勉强牵了牵嘴角,半晌叹了口气,正出神,却听到耳畔传来一阵急促的脚步声,似乎并不是人类,而是什么动物急速奔来的声响。

时欢顿住,突然想起了什么,抬头望过去,刚好被那物撞了满怀。

她条件反射地伸手抱住它,怔怔垂首,望见哮天满目泪光的模样。

兴许是察觉到主人的状况,哮天似乎有些悲伤,见到时欢后仿佛寻到了避风港一般,低声呜呜着蹭她的裤脚。

时欢哑然,心下酸楚不免泛滥开来,她抬手摸了摸哮天的脑袋,撑起笑容,轻声安慰它道:"哮天乖啊,辞野没事,他只是累了,在睡觉而已,很快就会醒过来了,你乖啊。"

哮天蹭了蹭她的手,似乎听懂了她的话,安静了些许,有些蔫蔫地蹲在一旁,双眼中的光芒很是黯淡。

就在此时,时欢发现有人坐在了她的身旁。也是,哮天不可能独自寻来中心医院。

时欢侧首,便望见了一脸沉重的李辰彦,他此时也望着辞野的方向,见自己的战友这般模样躺在病床上,他的心情不见得比时欢轻松。

"李副队。"时欢略一颔首,开口唤了他一声,旋即便将脑袋转了回去,目视前方,"伤口就在辞野心脏的上方,运气好,没出事。而且你不用担心,辞野现在脱离生命危险了,只是还没苏醒过来,被中心医院的工作人员暂时隔离了。"

李辰彦得知辞野的情况后,不禁稍微放下心来,面上的表情也缓和了些:"那就好,幸好没出事⋯⋯"

那时候,他们本来在同工作人员交谈,辞野别在腰后的对讲机冷不防响起,传来了时欢焦急的声音。随后,他们得知时欢疑似踩了地雷,辞野立即带人过去处理了,李辰彦因为有事在身,抽不开身,便没有过去,心却也一直悬着。

谁知三个人一去就是半天,这地雷到底搞没搞定也不知道,时欢那边半点消息都没有,李辰彦这边事情都处理完了,也不知道情况究竟如何。

结果等着等着,居然就等到了辞野受伤的消息,着实把李辰彦吓得不轻,马不停蹄地赶去了解情况。最后去营地,听医疗队的人说辞野被转移到中心医院的单间了,而时欢也在医院里,他便又迅速赶了过来。

李辰彦看了眼时欢,眸色有些复杂。

其实,工作了这么多年,时欢当年发生的事情,他多少是知道点的。所以到这时候,他心里也有点儿担心,这次的事情会不会给这姑娘蒙上一层新的心理阴影。

李辰彦想了想,最终还是决定不提及此事了。估计今天找时欢的人不止他一个,有些事情,也许她已经知道了。

念及此,李辰彦正欲开口,时欢却已经不紧不慢地问道:"对了,李副队,那个小士兵查清楚了吗?"

他没想到时欢会主动问起这件事情,然而待听清楚她的问题,李辰彦整个人一震,忙不迭劝道:"时欢你别冲动啊,可别追究这件事情了,现在人都死了,和士兵起纠纷很棘手的。"

"我本来就没想过深究,那孩子踩中地雷我也挺意外的。"时欢见他似乎误会了自己的意思,不禁有些好笑,摆了摆手,解释道,"我只是问一下而已,就是想知道那个士兵到底为什么会盯上我。"

李辰彦闻言不禁愣了愣，随即才反应过来，无奈地笑了两声，轻叹口气，道："也许是我们之前的搜救行动，被敌人的眼线知道了，而且你经常在我们身边出现，他们才会盯上你。不过到底是怎么回事，你不是踩到了地雷吗，怎么会有其他士兵在现场？"

时欢耸了耸肩，歪了歪脑袋，道："我就是因为看到他在路边蹲着，好像是受伤了，过去给他处理伤口，才会意外踩中地雷。估计那士兵也没料到这个意外，怕危及自己的生命安全，就没敢乱行动，等地雷被处理好后才动的手，结果……"

造化弄人。李辰彦不禁有些哑然，除了叹息，也不知道该说什么好。

此时天色已晚，他整了整衣裳，起身看向时欢："时间不早了，我送你回去？"

时欢想了想，还是摆摆手，婉拒了他的好意："不用了，我打算今晚在这待着，万一辞野醒了呢。"

"注意休息，会没事的。"李辰彦也不强求，知道时欢担心辞野，也就答应下来。二人道别后，他便带着哮天离开了中心医院。

时欢看着李辰彦逐渐远去的背影，抿唇靠在椅背上，将脑子放空，些许睡意便涌上前来。

这一天的变数实在是太多了，时欢累得心力交瘁，实在没有力气产生多余的情绪。

她太过疲惫，抱臂侧首靠着椅子，竟然就这么睡过去了。

中心医院随处可见病人家属，睡觉的地方都是现找的，医院的工作人员都已经习惯，路过时欢身边，护士便好心地给她盖了条毯子。

一夜无梦，却不是好眠，只因疲累。

时欢的生物钟很准，天还没亮透她便已经睁开了眼睛。

困意逐渐散去，她揉了揉眼睛，没想到自己昨晚就这么睡着了。

身上盖着条薄毯子，姑且可以在深夜御寒，兴许是医院的工作人员给她盖上的，时欢心里不禁生出些许暖意。

她看了看病房内的辞野，见他还是没能醒过来，眸中光芒便暗淡了一瞬。不过那失落转瞬即逝，时欢很快便恢复常态。

她看着天色估算时间,心里还没个数,余光竟然瞥见一抹熟悉的身影朝她这边走了过来,定睛一看,发现是组长。

她忙不迭问了声好,却还是有些疑惑:"组长,你这么早过来?"

"我昨晚才听事情的详细经过,没想到突发情况竟然都赶到一起了。"组长缓缓摇头,叹了口气,"我今天提早过来,看看辞队的情况。"

"他已经脱离生命危险了,可还没醒过来。"

组长望着病房内的辞野,张了张口,一副欲言又止的模样,最终还是道了句:"辞队会没事的。"

时欢牵起嘴角,"嗯"了声,正要说什么,组长的对讲机却突然响起,传来了医疗队员的声音,听起来似乎有几分焦急:"组长组长,我们刚接到通知,巴尼日亚又一地区爆发战乱,深夜时营地来了一大批病人,现在还有源源不断的病人被送过来,人手紧缺,我们今天要早点过去工作了。"

组长闻言,眉头轻皱,拿起对讲机回应道:"我知道了,我从中心医院出去直接就赶到营地,你们一起走就好,不用等我。"放下对讲机,他无奈地对时欢笑了笑,有些歉意道,"不好意思啊时欢,你也听到了,现在情况比较特殊,我得赶紧过去,等忙完了再过来啊。"

说完,他便打算抬脚离开。然而下一瞬,时欢却突然开口了,说道:"组长,我跟你一起过去。"

她声音平淡,无比沉静。组长顿时愣住,止住脚步,回首看向时欢,很难将她现在的模样与她昨日的失魂落魄联系起来。想了想,他又劝慰道:"你如果真的状态不好,是可以在医院陪着辞队的。"

其实营地已经很忙,人手不足,只是昨日时欢那状态实在是令人担心,他怕时欢还没恢复过来,肯定是不能好好工作的。

"不用。"时欢否决,整了整衣裳,便迈步走了过来。

她神情淡然,步履稳重,不紧不慢地开口,掷地有声:"我是他的爱人,但我也是一名无国界医生。"

"巴尼日亚的情况本来已经趋于稳定,但昨晚附近地区再次出现了状况。"

张东旭一行人走向营地,他走在李辰彦身侧,沉声说明情况:"刚才我们接到了简讯,当地发生突发事件,情况恶劣。我们要来这边保证营地秩序,以及人道组织成员们的人身安全。"

李辰彦越听下去,眉拧得就越紧,"啧"了声,看着四处赶来的病人与家属纷纷拥向营地,着实拥挤。先前他还觉得运输了两车人道物资已经够用,现在看来,兴许还要再送几趟。

李辰彦脸色微沉,侧首问张东旭:"营地这边显然人手不足,巴尼日亚那边说什么了没?"

"巴尼日亚已经派医疗队过来了,但目前还在途中,现在还是忙碌时期。"张东旭似乎也有些恼,却也着实没有办法,只得轻声叹息,道,"我们只能等着了。"

这天气本就燥热,今天大清早便是烈日当空,营地又拥挤忙碌得很,实在不是什么让人轻松的事。

辞野还在医院里躺着,也不知道一夜过去,他醒没醒过来。

李辰彦抬手捏了捏眉骨,随后转过身子,对队员们吩咐好了各自的工作,随即便下令解散,各忙各的去了。

李辰彦去了人道物资发放处,张东旭和刘峰仍旧是二人组,一同在营地内维持秩序,防止当地居民间发生什么冲突。

忙碌的工作刚开始没多久,刘峰不经意间抬首,望见一个熟悉的身影走了过来。

他顿住,随着那身影与自己越发接近,这才确定了对方的身份,忙不迭抬肘捅了一下身旁的张东旭,语气有些惊讶:"张东旭你抬头看看,是我出现幻觉了还是怎么着?"

"什么?"张东旭闻言,一时没反应过来他在说什么,却还是抬首,随着他所示意的地方看了过去,随即也浑身僵住。

那人身材高挑,一身白褂不染尘埃,栗色长发被随意绾起,很是随性。她戴着口罩,只露出双明眸,眼尾略微上翘,却不显媚态,那眸中反倒沉稳不已,从容不迫的模样,哪里还有半分昨日里的落魄憔悴。

"早啊。"时欢看见张东旭和刘峰二人,便不紧不慢地走上前来,笑着打了声招呼,"早听说今天工作量大,你们也来帮忙了啊。"

"时欢姐早。"张东旭应声点了点头,心下不禁有些迟疑,他总以为时欢是在逞强,但想了想,还是没能开口。

时欢倒是没注意张东旭欲言又止的模样,打了招呼,便也没有多耗时间,直接就进入营地开始忙碌了。

张东旭和刘峰对视一眼,彼此都没有说话,交换了个眼神,继续自己的工作了。

毕竟昨日时欢那般模样实在是令人心底发紧,爱人受伤入院,尚未苏醒,任是谁,怕都无法令状态迅速恢复过来。因此,张东旭和刘峰多少还是有些担心时欢是在硬撑。

不过事实证明,是他们两个人低估了时欢。她如同往日一般,甚至比以往还要认真专注,在病床间忙碌着,果断而利索,办事毫不拖泥带水,安排好了一名病人,便迅速救治下一名病患。

时欢在工作期间展现了异常的冷静从容,让人很难想象她刚刚经历过一系列复杂的事情,居然这么快就能将自己的状态调整过来,不让工作受到自身情绪的影响。

仅这一点,就足够令人敬佩的了。

时欢并不知道自己正被人担心着,给一个病人缝合好伤口,确认没有大碍后,便向病人家属嘱咐了相关注意事项,家属同她道谢,她颔首回应,随后便起身准备检查下一名病人,脚步也不见放慢,不肯耽误一分一秒的时间。

今日的忙碌情况,简直和医疗队刚到巴尼日亚的那天有一拼。若是再这样忙上个两天一夜,时欢怕自己真的会吃不消。

念及此,她不禁在心底苦笑一声,状态虽好了不少,但也不见得就能高强度工作那么长一段时间。

收回思绪,时欢拍了拍衣服上不知何时沾染的灰尘,抬脚去了手术室,刚好看到程佳晚和一名医生将病人送去室内,时欢忙不迭上前去帮忙。

程佳晚看见时欢,有些讶异,但现在情况紧急,她便也没多问,三人开始手术。

最后,时欢将伤口缝合好,确认一切无误后,舒了口气,放下了手术刀。

将病人推出去安置好位置,程佳晚也放松不少,扯了扯口罩,看向身旁的时欢:"我还以为你会在中心医院待着呢。"

"哪能啊。"时欢抬手给自己扇了扇风,聊胜于无,懒懒开口,"辞野既然已经脱离生命危险了,我也没必要一直消沉着吧,多大点事,我要一直在外面等着,估计他都得嘲讽我。"

程佳晚微弯嘴角,见时欢已经恢复以往的模样,心情不禁大好:"不过你昨晚在中心医院守了一晚上吧,辞队情况怎么样?"

"还没醒过来,等今天工作结束后我再去看看。"时欢眨眨眼,似乎有些无奈,"营地今天这么忙,我估计要晚上才能过去了,他要是再不醒就太不给我面子了。"

程佳晚闻言,哑然失笑。她拍了拍时欢的肩膀,道:"放心,等你晚上回去的时候,估计人早就醒了等着你呢。"

时欢略一扬眉,模样倒是自信,听到有病人家属呼唤,便对程佳晚挥挥手,二人各忙各的去了。

由于被送来的病童多营养不良,因此人道物资的数量迅速锐减,分发物资的工作人员琢磨着,估计明天上午要多运些物资过来。

时欢帮忙分发人道物资的时候,看到那些骨瘦嶙峋的病童奄奄一息地躺在床榻上,他们的父母或者长辈坐在一旁,只得落下无力的泪水。

时欢缄默着,挨个分发着罐头与营养奶,耳边传来人们或真挚或麻木的道谢,她一一颔首应下。

望着这些孩子,时欢也有些无力,尽管他们已经竭尽全力去挽救这些生命,但还是有源源不断的病人被送过来,每天都会有新的生命离开这个世界。

她暗暗叹了口气,挨个分发完毕后,站在原地休息了一会儿,却突然想起什么,浑身一僵,忙不迭快步走向了某个方向,掀开帘子,迅速锁定某处床榻。

昨天 Marry 一个下午都没见到她,会不会担心?

时欢眉头轻蹙,走上前去,发现 Marry 熟睡着,Marry 的母亲正收拾水瓶,似乎是打算去接水。她抬首见时欢来了,不禁愣了愣,开口似乎想问什么,然而顾及正睡着觉的 Marry,她便只对时欢略一颔首,缓步离开了。

时欢轻手轻脚地走到床边,缓缓蹲下身来,望见 Marry 安谧恬静的睡颜,她眸中露出几分柔和之色。

小丫头难得睡着,还是别打扰她了。

这么想着,时欢便起身要离开,打算等 Marry 醒后再来找她,但 Marry 似乎察觉到了什么,轻轻"唔"了声,便缓缓睁开了双眼。

她揉了揉眼睛,睡眼蒙眬地打量几眼四周,在看到时欢的那一瞬间,眼睛一亮,顿时喜笑颜开,唤道:"医生姐姐!"

时欢见她醒了,愣了愣,重新蹲下身子,歉意地笑了笑:"不好意思啊,吵到你睡觉了。"

"没有哦,我已经睡了一上午啦。"

"Marry 有好好休息就好。"她笑了笑,揉揉小丫头的脑袋,"不过昨晚对不起啊,有些突发情况,哥哥姐姐都没能来陪你看日落。"

"没事啊。"Marry 忙不迭摆了摆手,急慌慌地问道,"对了姐姐,我听他们说,昨天有个军人受伤了,费很大力气才抢救回来呢,会不会是哥哥?"

时欢想了想,最终还是笑叹着应声:"对,出了点意外,不过他已经没事了,Marry 你不用担心。"

Marry 闻言,使劲点了点头:"姐姐你不要伤心,肯定没事的!"

"嗯。"时欢有些忍俊不禁,敛眸轻声,"肯定没事的。"

忙碌了一天,时欢在营地蹭了点吃的,随后便同医疗队的同事们道别,打算今天也在中心医院待上一个晚上。

坐车前往中心医院的途中,她合眼小憩,如今什么也不想了,只希望辞野已经醒过来。她想抱抱他,没有他愿。

然而老天似乎不见得能听见时欢的心愿,待她来到辞野的病房前时,只撞上了刚给辞野检查完毕走出病房的医生。她上前问了问情况,得知他还是没有清醒过来。

不过所幸的是,由于辞野的身体状况已经稳定下来,时欢已经可以进病房了。

目送医生离开后,时欢轻声叹息,反手关上病房的门,从旁边搬了把椅子,慢悠悠地坐到床边。

呼吸器已经被拆下,辞野的面色好了不少,至少没有那么病态,此时仿佛只是在熟睡而已。明知道他已经没事了,但时欢就是无法控制地开始发慌,生怕他再也醒不过来。

她轻声苦笑,随即便轻声叹息,伸手握住辞野的手。他的肌肤有些冰凉,好像和平时无异,但不知怎的,时欢就是有些难过。

她垂眸,低声道:"快点醒过来,好不好。"声音极低极轻,不知道是同谁说的。

今天忙了一天,所有疲倦都在此时袭来,时欢的眼皮开始沉重,她索性趴在床边开始酝酿睡意,不多久便进入了睡眠。

繁星明月挂上天边,四下静谧。

辞野感觉自己在黑夜里行走了很长一段时间,目光所及突然破碎了一处,泄露了几缕清亮的月光。他走向那散着光亮,伸手挥开阴霾,好似寻到了些许清明。

清醒过来的那一瞬,辞野眉头轻皱,心口处传来隐隐阵痛。他轻哼了声,简单打量了一下周围,发现似乎是在病房内。

也是,他受伤了。

由于刚苏醒过来,身子有些无力,他正欲起身,却在抬手间不经意感受到手臂上的柔荑,随即便怔住。

与此同时,床边趴着的人儿察觉到异样,低喃了一声,迷迷糊糊地醒了过来。

时欢揉揉眼睛,她好像梦到辞野醒过来了,正要感慨一下此番美梦,抬起头,睁开双眼,刚好对上眼前人的视线。

时欢怔住。这是……梦中梦?

时欢还没有分辨出虚实,下一瞬,辞野已紧握住她双手,拉向自己怀里。

时欢回过神后,蓦地落下泪来,心口既酸涩又欣喜。那些被她深埋的倦意与委屈,终于有了可栖的归处。

夜色如水,世间万物皆沉溺在清冽的月光中,披上一层皎洁的光,草木凝了层朦胧雾气,在月色里潋滟着光晕,静谧又祥和。

一片寂静中,病房内光线昏暗,经历了短暂的失明,随着唇上柔和的触感缓缓远离,时欢在泪光中描摹出了男子的五官,心底情绪翻涌而上,无比复杂。

她望进他眸底,那里面比窗外白月光还要清亮,如凛冬将至,却还含了缱绻的柔意。

他轻轻抬手,指尖贴上她颊边,带来几分冰凉,替她轻轻擦去了残留的泪水。

时欢目光微动,长睫颤了颤,她下意识敛眸,有些怀疑这究竟是梦境还是现实。

他在给她擦眼泪,她是在做梦吗?

时欢甚至想掐自己一把,却又害怕真的就此醒过来,再孤孤单单一个人在夜里清醒。

然而紧接着,事实便证明,这并不是梦境。

辞野神色淡然,有些虚弱,便撑起身子半靠在床头,开口问时欢道:"我昏迷了多久?"

由于这段时间他没有摄取任何水分,此时突然开口,嗓音都有些低哑。

时欢眨了眨眼睛,她本来还有些怀疑自我,然而此时听辞野开口说话了,她立马站了起来,就连将身后椅子带倒都没有顾上,满面难以置信地望着辞野,一时说不出话来。

"你醒了?"时欢忙不迭扶住他的肩膀,很是焦急地检查着他,"没有哪里不舒服吧,还是说我活在梦里?"

"没事。"辞野拿她没办法,抬手攥住她的手腕,无奈道,"多大点事,你坐下。"

确认辞野是真的醒过来了,时欢不禁舒了口气。然而听到辞野的这句话,她却有些不乐意了:"多大点事?你知不知道伤口就落在你心脏上面几厘米的地方,差一点你就没命了,还多大点事?"

辞野皱了皱眉,难怪自己刚才醒过来的时候会觉得心口作痛,原来这么幸运。

时欢简单平复了一下气息,便扶起椅子坐好,手肘撑在床边,满面释然地望着辞野,胡乱揉了揉头发:"你昏迷了整整一天,医生都跟我说你已经脱离生命危险了,但你一直不醒,都快吓死我了。"

辞野闻言,眸光柔和了些许,轻揉了揉时欢的脑袋,哑然失笑:"我这不是没事了嘛,乖,别多想了。"

时欢撇了撇嘴,心下沉重倒是尽数放下,整个人都轻快不少。她这才想起什么,连忙将床头柜上的水杯递给辞野,他接过水杯,喝了几口水润润嗓子,这才舒服些许。

时欢舒了口气,撇了撇嘴,开口同辞野讲述他受伤的后续:"那个少年是我中途接水时遇到的,他受伤了,我就去帮他处理了伤口,然后起来的时候不小心踩中地雷。我当时觉得他有些奇怪,却没想到居然是个士兵,不知道是不是我们上次搜救行动的原因,总之就这么被盯上了,可能就是想起个警告作用吧,这边的事情我们还是少参与为好。"

辞野略一颔首,时欢所讲述的这些事情与他猜测的八九不离十,倒也没什么可惊讶的。

他突然想起那名士兵,便轻声问她:"对了,那个少年怎么处置的?"

时欢顿了顿,半晌才开口答道:"他在逃跑的时候出现意外,踩中了地雷,人已经没了。"

辞野闻言微怔,似乎实在想不到会是这种结局,他还以为那少年会被抓起来,却不想……不过事已至此,也没有什么提起的必要了。

最终,辞野还是没有多言,只是反手轻轻握住了她的手,掌心相贴,淡声问她:"我给你的防身武器还在你那吗?"

时欢相当看重那防身武器,自然是随身携带的。

闻言,她便一本正经地点了点头。

"收好,以后优先保护自己,万一那士兵又把目标转到你身上了怎么办?"辞野叹了口气,又着实怪罪不起来,便对时欢道,"在这种地方,做什么事情一定要小心,不要太相信别人。"

时欢有些忍俊不禁,歪了歪脑袋,笑叹道:"好吧,那我只信你一个人。"

别再有什么意外了,他们好不容易重新在一起,老天也该温柔点了吧。

辞野微弯嘴角,眉眼间的清冽淡化些许:"你今天忙了一天,也不回派兵区好好休息?"

他就这么笃定她没有在医院待着?时欢扬了扬眉,没正面回答,而是笑吟吟地将问题给丢了回去:"你怎么知道我不是整天待在医院陪你,我可是担心你担心得食不安心夜不能寐啊。"说着,她还摆出一副虚弱的模样,仿佛当真是没休息好,还挺委屈的。

辞野轻声嗤笑:"你不是那种人。"

他比谁都了解时欢,她绝不是那种为了儿女情长不顾及大局的人,哪怕状态再糟糕,她也能迅速自我调整好,投入工作。

时欢嘴角笑意渐深,她撑着下颌,笑道:"还真挺了解我。"

说完,她才同他讲述这一天的劳累,其间不乏叹息声:"我跟你说啊,巴尼日亚这边又开始乱了,昨天夜里开始病人就被源源不断地送过来,今天的忙碌情况和我们医疗队刚到巴尼日亚的时候有一拼,忙得人都没时间想别的事情,不然我还真不能保证我的工作效率。"

"嗯。"辞野应了声,抬手轻轻捏了捏时欢的脸颊,手下温软的触感十分细腻,他轻笑,"很棒。"

辞野在中心医院静养了一段时间,随后便出院了。

与此同时,巴尼日亚的战火逐渐平息,营地的工作日益轻松下来,能够下床奔跑的孩子越来越多,营地中的哭泣与悲戚也越发减少,一切都在朝着好的方向发展。

巴尼日亚的人们终于快要踏出这漫长的黑夜,迎来曙光。

一个月后,无国界医生团队的任务圆满完成,开始安排回国事宜。

维和部队的工作主要也是跟人道组织挂钩,此时大多团队都完成任务准备回国了,上面也下来了通知,辞野他们一行人的任务也即将落下帷幕。

他们在巴尼日亚的这些日子,终于要画上句号。

今天是在巴尼日亚营地工作的最后一天,组长去同当地工作人员商讨事宜了,医疗队的众人依旧在营地中忙碌,却不是因为救治病人,而是同病人一一道别。

当时欢看着被自己救助数个星期的孩子们欢笑着朝自己奔来时,心里的温暖是无法用语言形容的。

孩子们围着时欢,都在说着什么,时欢只得蹲下身去,耐心地听他们一个个道别。有个别小姑娘舍不得她,还掉了眼泪,时欢好生安慰着,心下也有些酸楚。

虽然只是短短几个星期的接触,但她终究也算是这群孩子健康存活的见证人,此时要彻底离开他们,她心里也不好受。

相逢是缘分,可离别后,就不见得能再相见了。

时欢不知道该如何同他们说再见,也不知道该如何给他们献上祝福。在这片地区,似乎最为平淡的事情都是奢侈。

她也只能在心底默默祈祷,这些孩子都能够健康长大,免受战争的摧残,免受与家人生离死别的痛苦,带着他们已故亲人的那份希望,好好活下去。

营地的病人和家属们都知道这些志愿者要离开了,纷纷同他们道别,场面有些感人,竟让队里不少男儿都红了眼眶。

时欢最后一次抱起Marry,捏了捏怀中小丫头的脸颊,眸中满是温柔。

刚开始,小Marry还是个营养不良的孩子,瘦得皮包骨头,现在已经圆润些许,比以前健康了许多。

这个孩子真的很可爱,总像个小太阳似的。而时欢希望,Marry也能将自己的人生照亮。

"医生姐姐,你是不是要离开了啊?"Marry第一次在时欢面前哭成了泪人,说话都一抽一抽的,泪眼蒙眬,"我们是不是以后再也见不到了?"

"Marry听话,不要哭。"时欢无奈笑道,敛眸轻声安慰她,"在姐姐的家乡,一直都有句话,'离别是为了更好的重逢',所以,我们在未来肯定会相遇的。"

语罢,她轻笑着,指尖轻抬了抬Marry的嘴角,道:"Marry,记住,要向着光活下去哦。"

Marry抹了抹眼泪,使劲点点头,然后道:"我会记住你的,医生姐姐,谢谢你。"

时欢眉眼弯弯,柔和的日光在此时倾泻而下,万物都熠熠生辉。

这片土地最后阴暗的一角,也终于被光明悄然击碎了。

第十章
骑士与公主

这将会是医疗队在巴尼日亚的最后一日,工作相较原来已经轻松不少。

由于前段时间被送往营地的病人突增,因此在人道物资运送方面,巴尼日亚帮了不少忙,组长将工作这些日子以来所运输的人道物资统计出来,记录到了一个单子上,准备开车去中心医院递交。

时欢见营地还有些事情没处理好,组长身上还有不少工作,想了想,便主动向组长请缨前去中心医院递交统计单:"组长,要不你先把手边这些事情忙完,我这边没什么事了,我替你去中心医院吧?"

组长正愁着如何分配工作时间,听到时欢的提议连忙对她道谢:"麻烦你了啊时欢,我这边还要安排一下回国的事情,实在忙不过来。"

"小意思,没什么。"时欢接过单子,笑吟吟地摆了摆手,转身打算开车前往中心医院。

程佳晚本来担心时欢一个人去不安全,想跟着她一起去,但时欢那模样实在是悠闲,她就没有强行跟过去,只嘱咐时欢路上小心,然后去忙自己的了。

时欢找当地的巴尼日亚军人借了辆越野车,对方将车钥匙丢过来,她稳稳接住,打了个手势,便钻进了车里。

时欢打量几眼手中的单子,便启车前往中心医院。

从营地到中心医院并不算太远,没多久就到了,时欢将车停在医院不远处,锁好车子,随后走进了医院。

她对中心医院说不上熟悉,中途找护士小姐问了下路,这才顺利找到中心医院的上层领导,将医疗队这些日子以来的人道物资运输单递交给他。

那人看了看单子,简单扫视了一遍,便将单子收起,对时欢颔首道:"多谢你们这段时间的帮助。"

时欢落落大方地做出回应:"职责本分,不必言谢。"

办好这件事,时欢就打算打道回府了。毕竟明早的飞机,今天难得轻松轻松,可不能老是忙碌。她伸了个懒腰,便沿着楼梯向下走,计划着回国后的事情。

这段时间可累得不轻,不过既然她跟辞野和好了,回去后可得好好计划计划。

无数美好的想法自脑中冒出,时欢"啧啧"两声,嘴角漾起几分笑意,突然觉得目之所及的事物,皆熠熠生辉。

然而,她的笑容还未来得及蔓延,忽然觉得一阵地动山摇,令人猝不及防。

耳边传来低沉恐怖的轰鸣声,整个人瞬间摇晃起来,时欢根本无法控制自己的身体。她瞬间意识到了什么,心里不禁暗骂一声,条件反射地伸手扶住了墙,想要稳住身形,然而根本就是徒劳,整个建筑剧烈地摇晃起来,她根本寻不到任何支撑点,只能勉强蹲在地上,尽量保护好自己。

所幸这一楼层的病人和家属并不算多,场面也不混乱,时欢却不知道究竟是因为人少,还是因为都被这突如其来的地震晃得根本无法行走。

每一秒似乎都是煎熬,时欢死死稳住身形,咬紧牙关,伸手护着自己的头部,强忍着因剧震带来的不适感。

这震感太过强烈,让人觉得度过的每一瞬间,都是噩梦一般。

紧接着,震动减轻些许,虽然地面还在晃动,但较方才已经好太多。时欢顿时站起身来,迅速走下最后几级楼梯,抬脚就要往医院外冲。

中心医院这附近都是小楼,此时地震如此剧烈,外面怕是也不见得有多安全,但无论如何,总比在楼内好上不少。

刹那间,无数病人和家属纷纷拥挤而来,人潮翻涌,中心医院那扇小门似乎已经无力承受如此大的压力，嘎吱作响，本就脆弱的墙壁也裂开些许缝隙，好似随时就会倒塌，看得人心惊肉跳。时欢眼睁睁地看着墙壁上的裂缝迅速蔓延开来，甚至就快要逼至自己的头顶上方。

死亡就在眼前，求生欲作祟，时欢倒抽一口气，顺着人流前行，尽量避免用力过猛的肢体接触，总算一步步接近医院的大门。看到医院外的日光，她仿佛像是看到了希望。

时欢心下微动，那份喜悦刚要溢出来，谁知身后却传来碎石下落的声音，随即便是声声闷响，她甚至不敢想象究竟是何等惨状。

然而出于医生的本能，她还是回首看了一眼，只见一名少女正张皇失措地朝这边跑过来，她面上布满了泪痕，急切地想要逃离这危险地带。在她头顶上方，墙壁无声碎裂，石块摇摇欲坠，眼看着就要砸下来。

时欢眸中光芒涣散了一瞬，周围情景好似被放缓，她全神贯注地盯着那名少女上方的碎石，心底在某一瞬间产生的冲动被无限放大，紧接着，时欢便掉头迈步冲了过去，伸手狠狠将那少女推开。

时欢摔倒在地前，最后看见的，是那名少女茫然无措的面孔，她面庞黝黑，眉眼还是青涩的模样。

时欢是巴尼日亚人民眼中的"异国人"，然而她身为一名异国他乡的人道组织志愿者，竟然会在此时扑出去。

说实话，她自己都觉得难以置信。

时欢用最后的力气，对那少女大喊："跑！"

少女瞬间被惊醒，想要去拉起自己的救命恩人，然而下一瞬，一阵天旋地转，地面开始了比方才更为剧烈的晃动。

碎石纷纷跌落，这栋建筑物最后的坚持也迅速瓦解，灰尘四散，十分呛鼻，人声嘈杂，整个世界都乱糟糟的。

时欢只觉左小腿传来一阵剧痛，她倒抽一口气，拧紧了眉。

痛苦使人清醒，可太过猛烈的剧痛，反而会使人意识模糊。时欢眼前开始变得模糊，她望着人群迅速拥出了医院的大门，那名少女好像也成功逃出去了，却还是有一批不幸运的人，被巨石堵住了道路，陷入绝望。时欢就是其中一个。

地震还在继续，中心医院在迅速坍塌，碎石四溅，尘土飞扬，令人心慌。

随着可见的光芒迅速锐减，黑暗与轰鸣侵占了时欢的整个感官，她哑然失笑，随即一阵眩晕袭来，她眼皮便有些发沉。

竟然就这么光荣殉职了，全尸是不指望了，她就求能有面稍微大点的锦旗好了。

时欢胡思乱想着，尽管已经在努力想要支撑起自己的身体，她却还是彻底昏死过去。

啊，还有一件事来着，希望辞野那家伙……别太伤心啊。

以上，便是时欢彻底失去意识前，最后的想法了。

与此同时，营地也因这地震闹得一团糟。

本来是个祥和的早晨，突如其来的天灾杀人们一个措手不及，十分狼狈。

不过所幸，营地这边基本都是棚子，附近也都是平地，没有任何建筑物，即便是地震，也没有多少伤亡，只是有些手术室倒塌了，或多或少砸伤了附近的病人或者家属。

总体损失并不大，还算是令人欣慰的了。

这场地震来得十分强烈，刚开始的晃动已经能算是中强震，中间缓和了一会儿，谁知又来了一阵更加剧烈的震动。

三次下来，闹得人心惶惶，病人和家属们都在平地上焦急地等待着，生怕还会有余震。

然而接下来的一段时间内，巴尼日亚平静了下来，没有什么波动。

维和部队迅速赶来支援，辞野第一个下车，队员们就没见过他这么急的时候，什么原因大伙儿自然都是清楚的。不过营地这边没什么建筑物，受地震危害并不严重，因此众人也都不太担心就是了。

医疗队趁这会儿集合清点人数，组长确认在场工作的队员都没有少后，这才松了口气。

辞野也在此时走了过来，他扫视医疗队一圈，见都没什么事，心下不禁松了几分。然而紧接着，他顿了顿，再次打量了一遍医疗队，没有那个他想找的人。

"等等！"程佳晚也在此时反应过来，面色惨白道，"时欢，时欢怎么办啊?!"

她反应过来后,是彻底慌了神,都不知道怎么组织语言,好在医疗队的众人都知道时欢去了何处,闻言,队员们的面色都变了变。

辞野目光一凛,当即便沉声问道:"时欢不在营地?"

"她去中心医院了啊!"程佳晚眼眶都红了,模样很是焦灼,"怎么办啊,中心医院那边多危险!"

随着她的话音落下,部队几人的脸色也沉了几分,心下无声敲响了警钟。

中心医院那边都是小型建筑,基本没有平房,都是小楼。而且那片地区人口密集,方才地震那么猛烈,难以想象那边是何等惨状。

种种条件,都显示生还概率迅速下降。

辞野长眉紧蹙,顿时回身就要离开。在场众人都知道他要去哪里,医疗队里有人忙不迭劝道:"辞队,大震刚过去,可能还有余震,不安全!"

辞野不曾回首,脚步未停,嗓音冷冽,字句铿锵:"比我生命更重要的事物,除了国家,只有时欢。"

辞野撂下这句话,不再有任何多余的话语,径直走向了军车。

生离五年就已经让辞野如此难熬,更不要提什么死别。

他与她早就已经是一起绑在生死线上的人了,就算是要去阎王殿前走一遭,他辞野也要把时欢给捞回来。

一生最重,国家与她。

再无其他,是能让他甘愿赴死的了。

医疗队和部队几人留在原地怔神,望着辞野的背影,见他步履稳重,迅速拉开车门上了车,准备启车离开。

辞野的动作迅猛决断,根本没打算给人反应的机会。

所幸李辰彦瞬间惊醒过来,意识到辞野想要独身前往中心医院,不禁"啊"了声,登时便拉着张东旭快步走向军车。离开前,李辰彦对刘峰严肃道:"刘峰,这里交给你了,麻烦了。"

刘峰当即站定,做出肯定回应:"一定完成任务!"

李辰彦舒了口气,对刘峰略一颔首,在辞野即将开车的前一瞬,一把拉开后座的车门,同张东旭一起坐了进去,随后便将车门摔上,同样干脆利索。

辞野看到二人跟着上了车，轻皱眉头，却也不想耽误时间，一句话都没说，当即踩下油门，踏上了前去中心医院的路程。

事发突然，辞野三人的离去也着实迅速，刚才的地震就让人耗费了不少精气神，此时大伙儿的反应都有些迟缓，望着那辆绝尘而去的军车，直到它彻底消失在视野中，现场还是没人开口。

在营地一片嘈杂的人声中，唯独此处显得尤为寂静。

"就……就这么走了？"程佳晚后知后觉地出声，在心里暗骂一句，随即便有些懊悔地抓了抓头发，"我刚才没反应过来，不然我就上车跟着一起过去了啊！"

程佳晚这一出声，在场诸位也都渐渐回过神来。组长拧紧了眉，说实话他也的确担心时欢的安危，但此时命令没下来，他们医疗队回国的行程肯定是要往后拖了，而接下来要派给他们的任务究竟是什么，谁也不好说。

在命令下来之前，他不敢贸然行动啊。

"现在怎么办？"医疗队有人咋舌，犹犹豫豫地开口，提出了条建议，"我们先处理好营地这边的情况？"

随后，队里便有姑娘低低出声："可是说实话，我挺担心时欢姐那边的……"

"是啊。"当即便有人附和，言语里也不免有些犹豫，"要不然我们分出来几个人，去中心医院那边看看到底怎么样了？"

组长此时也有些纠结，侧首看了眼维和部队的几人，不待他开口，刘峰便解释道："事实上，我们还没有接到具体的命令，只是因为刚才的地震，就赶紧赶到营地查看伤亡情况了。"

由此看来，从医疗队分出几个人去中心医院那边，也未尝不可。

就在组长举棋不定的时候，一名巴尼日亚的工作人员快步走向他们，一副风尘仆仆的模样，显然也是刚从地震中脱险，说话还有些气喘："我刚刚接到通知赶过来，中心医院以及周围建筑已经完全塌陷，营地这边由巴尼日亚的医疗人员接手，麻烦你们前往中心医院进行紧急营救！"

此言一出，在场众人的心都不由得"咯噔"一声。

"好，我们这就赶过去！"组长当即接下任务，带着医疗队的众人迅速前往停车处，查看还有没有能够当场使用的车辆，迅速赶往中心医院。

"还有，请问……"工作人员平复了一下气息，侧首看向身旁的维和部队，本来正要喊一声"辞队长"，却没见到队伍中正副队长的身影，不禁愣了愣，一时没反应过来，"两位队长呢？"

"他们在刚才已经前往中心医院了。"刘峰一句话将情况说清楚，问他，"上面派发任务了？"

"是的，我国已经向外交部提出申请，麻烦你们一起去中心医院进行支援，那边有很多重要病患，务必地将人员营救出来。"

"好。"刘峰巴不得这任务赶紧落下来，确认好了目的地，他转头对身后维和部队的队员们打了个手势，道，"接下来，前往中心医院展开紧急营救任务！"

队员们异口同声地应道："是！"

三方行动迅速展开，紧锣密鼓地进行着。

而医疗队已经在停车处找到合适的车辆，组长安排组内成员上车后，便踏上了前往中心医院的路途。

在车辆行驶途中，程佳晚突然想起自己身上还有对讲机可以联系时欢，连忙摸出对讲机，按下按钮，十分紧张地呼唤时欢："时欢，能听到吗？时欢？"

一秒、两秒……没有回应。难道，时欢真的受地震影响了？

车内气氛凝滞，众人都不敢深想，毕竟都是一同在生死战线上工作了数年的同事，此时时欢生死未卜，大家心里都不好受，只期待着能够赶紧抵达中心医院。

"时欢……"程佳晚咬了咬唇，合眼颔首拧紧了眉头，低声喃喃，"老天，拜托了，可千万别出事啊……"

与此同时，最先出发的辞野三人，已经抵达中心医院。

由于方才的地震，中心医院周围的建筑物都尽数倒塌，或者只剩下摇摇欲坠的构架，十分危险，遍地碎石极难行走，来往的人络绎不绝，车辆被迫停在百米开外的地方，实在无法继续前行。

辞野干脆利落地下车，李辰彦和张东旭一路憋着话没说，也跟着下了车。

张东旭摔上车门后,抬眸,浑身微僵。

这片地区此时充满了歇斯底里的悲痛与哭喊,听得人心都被撕裂了几分,滴滴答答地落下鲜血。大街上除了令人寸步难行的碎石与土块,还有不少鲜血淋漓的残肢,以及垂死、重伤的病人,或者抱着尸体痛哭的居民。

人们无从得知,这些尸体是否刚刚大病初愈的病人,他们刚走出人身的晦暗期,即将走向光明,又被打入了无底洞。而这些尸体中是否又有那些病人的家属,此时轮到他们操劳的人来抱着他们痛哭?这份悲哀就此传递,无比凄凉。

人的生命,在天灾人祸面前,就如杂草一般。

这天气燥热得很,空气中的尘埃漫天飞扬,肉眼可见,再混合着些许鲜血味道,令人感到十分不适。

张东旭的脸色不太好看,他和李辰彦对视一眼,彼此都是满面担忧。

而辞野眸色微沉,心下对时欢的挂念越发强烈,那份不安与焦虑也几乎快要吞没他的理智。

他费了好一番力气,才勉强平复自己的情绪。此时场面如此混乱,中心医院的一楼已经完全坍塌了,寻找时欢谈何容易,就连她的下落都无处可寻。

他的爱人兴许埋在废墟下,生死未卜,或许运气比较好,只受了些许伤,混在人群中。在这最危险的时候,在她最脆弱的时候,他却无法陪在她身旁。但无论如何,现在他都无法找到她,抱紧她。

第一次,辞野如此清晰地感受到了自己的无力。

然而就在辞野正心乱的时候,却听到旁边传来了对话声:"妈妈,你陪我找找那个姐姐吧,她明明都跑到门口了,却为了救我被埋住了。我好慌啊,该怎么办?"

少女用的是当地语言,语气里还带着哭腔,她的母亲正在一旁安抚她,她们就在辞野身边几步的距离,他听得很清晰。

不知怎的,辞野就是有种直觉,少女口中的人就是时欢。他上前问她:"请问你能告诉我,那个救下你的人,她的具体长相特征吗?"

少女本有些后怕,然而见眼前的男子身穿军装,似乎是前来支援的,便忙不迭对他道:"您是援兵吗,请帮我找到那个姐姐!"

她做了个深呼吸,尽量去回忆记忆中的面庞,描述道:"她是棕色的长发,长得很漂亮,好像是黄皮肤,应该是异国人,可能是志愿者之类的身份。"

短短几句,辞野便迅速确定了,那就是时欢。

然而想到少女方才那句"为了救我被埋住了",辞野便有些头疼,他敛眸蹙眉,半晌对她轻声道了谢,便直起身来,望着前方不远处早已不成形的中心医院。

场面十分荒凉,连带着辞野的心都一寸寸凉了下去。

"辞野。"李辰彦没见过辞野这般模样,不禁皱了皱眉,喊他一声,然而没回应,他便抬高声音,"辞野!"

辞野倏地回过神来,视野渐渐开阔、清晰。

渐渐地,巴尼日亚派来的救援人员也赶过来了,围绕现场迅速展开营救,清理各处的碎石,竭尽全力去营救更多的生命。

不知怎的,辞野逐渐冷静下来。他侧首看向李辰彦和张东旭,对视的那一瞬,谁都没说话。

有些话,也并不用说,都是多余。

辞野默了默,随即舒了口气,眸中恢复往日的清冽沉静。

他开口,淡声道:"展开营救。"

中心医院这边一片狼藉,救援人员迅速展开营救,四下里都是人们的哀鸣与哭泣声。

这灾难来得着实突然,巴尼日亚的人们刚刚摆脱战争的阴影,却又被天灾狠狠打击了一番。

碎石仿佛永远运不干净似的,中心医院的一楼已经完全塌陷,变成一堆石块,令人完全联想不到它原本的模样。

天气炎热,阳光炙烤着大地,空气中的尘埃粒子显露无遗,昏沉沉的,令人窒息。

满地的断壁残垣,其中还有不少逐渐开始冰冷的尸体,也不知道是无人寻到,还是说他们的家人也正处于危难之间。

这里俨然已经成为一处人间地狱。待医疗队的人抵达目的地后，下车看到的情景，便是如此。

程佳晚有些出神地望着这片区域，双眼看到人来人往，耳边听到嘈杂喧闹，却突然有种被隔离开来的感觉，好似自己与此情此景间有着一层隔膜，戳不破，也迈不过去。

这废墟中，哪处能够寻到时欢？

眼前场景充斥着悲恸，整个镜头仿佛只有黑白灰构成，除了死亡与绝望的色彩，实在无法寻到其他光亮。这实在是……

程佳晚有些咋舌，拧紧了眉，目光有些涣散，一时不知道该从何下手。

这里的伤患太多，目之所及几乎全是身受重伤血流不止的人。

而看到医疗队一行人赶来，越来越多的伤者凑上前来寻求帮助，从最初的几人，到后来的十几人、几十人，甚至上百。

这是一场没有目的性的忙碌，他们只能埋头苦干，也不知道要求什么，只能尽自己所能挽救这一条条生命。

哮天也被带了过来，它没有在行动人员中看到时欢的身影，似乎明白了什么，便也一直在急匆匆地四处跑着，想要寻找那熟悉的气息。

随着时间一分一秒地推移，太阳缓缓向西，天色逐渐昏黄，直到夕阳的残红将天边晕染，大家依旧忙碌着，人们在奔走，医疗人员在抢救病人，都早已身心俱疲。

直到最后，天色暗下，营救行动实在无法继续进行。

一天就这么过去了，众人连时欢的影子都没有看到，生不见人死不见尸。

简单吃过晚饭后，算是补充了些许体力，紧接着便该考虑睡觉的问题了。

由于派兵区那边的楼也倒塌了，以防万一，众人便就附近的平地，搭上帐篷稍做歇息。

不论医疗队还是维和部队，众人都沉默着。一方面是因为今天发生的事情实在太多，彼此都劳累不堪，另一方面是因为时欢还没有找到。

而辞野想到先前那名少女透露的消息，更是揪心。

这边本就危险，再加上人多拥挤，拖延一会儿都是将时欢的生还概率下拉,实在令人无法安下心来好好休息。

而且,辞野后来尝试用对讲机联系时欢,却没有收到任何回应,也不知道她的对讲机是不是在混乱中掉落,还是……

最坏的结果,没人敢想。他们只能待在原地,面对时欢的失踪,竟然毫无办法。

辞野没什么食欲,晚饭随便对付了几口,便先行去休息了。

他望着不远处的中心医院,看到那满目疮痍,眼底都蒙上了一层灰翳,散不开,吹不去。心情的复杂无从言说,只知道自己现在异常平静,虽然脑中是大片的空白,却姑且算得上是有目的性。

辞野自己一个帐篷,吃过晚饭后,队员们都缄默不语地回到各自的帐篷中,想要尽可能卸下一身疲惫,迎来明天一整日的奔波忙碌。

饭后,李辰彦将睡袋给辞野送了过来,见他在草地上盘膝坐着,垂眸不知在思忖什么,不过大抵也能猜到些许就是了。

辞野看到李辰彦来了,望见他手里拎着的睡袋就清楚了他的来意,他接过睡袋,随手放到帐篷里,没作声。

李辰彦在心底默叹一声,却也不声不响地走到辞野旁边,拍了拍他的肩膀,似乎是在安慰什么。

许久,他有些无奈地感慨道:"想想一个多月前,我也对时欢说过这句话。"

辞野闻言,眸中波澜不兴,只是看了眼李辰彦。

李辰彦道:"都会没事的。"

"嗯。"他开口,嗓音淡淡,"她不会有事。"

李辰彦离开后,这边便恢复了寂静,甚至可以说是一片死寂。

辞野在帐篷外坐着,哮天窝在他脚边,状态有些蔫蔫的,好像也在担忧着某个人。他望着深沉的夜色,夜间的天空依旧澄澈干净,却莫名有几分阴森的冷意。

想起什么,他反手摸了摸衣袋,随即便顿了顿,将袋中物体摸了出来。

先前他忘了放回去,烟盒和打火机便这么放在身上了,却没想到此时会用上。辞野低声嗤笑,指尖挑开烟盒,咬了根烟出来,随即单手挡风,刹那间星火跳跃,烟雾徐徐升起,缭绕而上。

在升腾的薄雾中,他眸中光芒忽明忽暗,不知在思忖什么。

夜深露重,传来一声似有若无的叹息,带着几分疲惫。

与此同时,时欢因痛感缓缓苏醒过来。她费劲地睁开双眼,入目的却只有无边的黑暗,口腔中满是咸腥的血腥气息。她感觉自己似乎有点脱水,但不算太严重。

耳边嗡嗡作响,时欢只想起来自己好像是舍身救了一名少女,随后便被落下的碎石砸中,后来发生的事情,便一概不知了。

那震耳欲聋的轰鸣声似乎还在重响,墙壁裂开的痕迹、支架倾斜倒塌的声响,噼里啪啦乱作一团,吱嘎声令人胆战心惊,世界随即堕入黑暗。

简直是经历了一场世界末日。时欢浑身酸软无力,动弹不得,力量还在缓缓恢复,她短时间内只能如此趴在地上,僵硬着身体。

随着意识清醒,身上各处伤口也开始隐隐作痛,各种感觉加起来,折磨得时欢筋疲力尽,整个人都开始麻木困倦。身子无比沉重,手指已经能动弹几下,可见身体在自我恢复中,但她也能察觉到左小腿处传来的那痛感,用撕心裂肺来形容都不为过,疼得她心口发紧,头脑发晕。

估计被那块碎石砸中的,就是左腿了。她现在还有知觉,想来还不算太严重,应该能撑到救援赶来吧。若是被生生困死在这里,她可实在是死不瞑目。

"不能睡,不能睡……"时欢咬紧牙关,喃喃开口警告自己,使劲合上双眼,而后强迫自己整理清楚思路,这才重新睁开眼睛。视野清明了些许,她能够蒙眬望见些许事物。

周围没有半点光,时欢很难判断因为此时是晚上,还是因为自己被埋得太深。

她也不知道自己睡了多久,醒来就是这副模样。不过自己没有死在这场地震中,就是走运,不容易啊不容易……

时欢哑然失笑,然而喉咙干涩,呼吸间都是细小的尘埃,让她肺部传来些许不适感,她很快便有了咳嗽的欲望,却被强行压了下来。

在这种时候,越是呼吸过度,越是难受。

此时双手已经可以移动,时欢探出手,小心翼翼地摸了摸周身的事物,然而除了石头和灰尘,并没有其余的东西。

她试探性地动了动腿,那刺骨的疼痛令她瞬间冒了冷汗,着实是不敢动了。

看来移动位置是想都不用想了,不然时欢还真怕自己会不会被截肢。

时欢想了想,虽然自己现在看不到一点光,但既然这里有空气,就说明和外面隔得不太远。念及此,她心里才有了些许安慰,心态也好了点。

现在这样干着急也没什么用,她还不如好好保留体力,等待救援人员的到来。

四下寂静,也没有人声,时欢不愿去想自己周围是尸体还是存活的人,没出声的话,她就暂时忽视。

在黑暗中,人的恐惧容易被无限放大,她绝对不能多想,否则会害了自己。

时欢敛眸,有些疲惫地将脸贴上地面,也不管脏不脏了,舒服就好。

中心医院这边多为小楼,这场地震来得太过猛烈,即便是保守去想,时欢估计那些楼也都倒塌得差不多了。现场就是一堆乱石,她只能默默祈祷救援人员能赶紧扒到她脑袋上这堆石头。

医疗队的同事们不知道是在营地那边忙碌,还是说会来这边。维和部队呢?辞野会不会过来?

等等,如果辞野去营地的话,不就会得知她不在那边了吗?那他赶来中心医院之后,看到眼前的景象会是何感想?

时欢轻声苦笑,都说人在做天在看,她是想不到自己积德了这么多年,老天却也没怎么眷顾自己。

如果她真的死了,辞野会怎样?时欢努力想了想,实在想不出答案,只得放弃了。

等待救援吧,只要尚有一线生机,她要活着出去见他。

这么想着,时欢弯了弯嘴角,有些无力。

外面,天将大亮。

辞野半宿没睡,一包烟已经空了。他抬眼看到天色亮堂了些许,便不紧不慢地站起身来。哮天也醒了过来,跟在他身后,抖了抖身子。

辞野整了整衣裳,随即便迈步走向中心医院那边,即将开始新一天的寻找。只要还有一线生机,他就要救出她,从此将她绑在身边,再也不让她身陷如此危难。

伤员在不断增多，后来又有些无足轻重的小震，只是人心惶惶，倒也没再有什么实际伤害。

医疗救援是临时展开的，一栋破旧的平房被清理过后，姑且能够当作临时的病房，这次的大规模伤亡比战争都更为严峻，紧急应对计划无法实施，大伙儿都只能在现场寻找能够使用的场所。

医疗用品全在中心医院内，然而现在中心医院变成了一堆碎石，寻找医疗用品的希望实在渺茫，因此医疗队组长只得向巴尼日亚方发出请求，所幸巴尼日亚地区最近摆脱了敌人的纠缠，保留了些许兵力和医疗人员，便统统派来护送数车急救物资，应付这突如其来的地震。

这实在是诸多不幸中唯一能令人开心的事情了。现在不用担心行动人手的问题，眼下食粮补给和医疗用品的问题也解决了，剩下的就只是加快搜救速度了。

但场地实在过于混乱，而且细菌很多，尘土飞扬，十分不干净，这让医疗人员在给伤者处理伤口时十分不便。

程佳晚实在为难，便叫来医疗队的几个人，问道："现在行动太不方便了，我们能不能找到个合适的地方，当成临时手术室？"

一名男志愿者想了想，突然拍手道："我们的帐篷能隔离不少灰尘，可以用来做手术室！"

此话一出，当即便有人表示赞同："对啊，大不了多用几顶，救人最要紧！"

"帐篷的确是个不错的选择。"程佳晚面上出现了一丝笑容，然而下一瞬，她想到了什么，又有些犯愁，"但是我们的医疗设备不够啊，就连氧气瓶也没有，麻醉药也所剩无几。"

"是啊……不知道那些物资什么时候能送过来。"

这的确是个大问题。这下子，几名志愿者都没有办法了，只能无措地等待着。

正愁着，医疗队组长快步走了过来，抬高声音呼唤他们道："你们赶紧过来帮下忙，巴尼日亚这边送来的物资到了，快过来取！"

说曹操曹操到，这批物资来得实在是太及时了。

听闻组长的话，医疗队几名队员纷纷松了口气，连忙赶过去，从车厢内找了一些手术室基本的用品，合力送到了帐篷内，布置起来。

帐篷内的空间倒是还算宽敞，将睡袋收起来后，还是能够铺一张病榻的，只是帐篷的高度不够，医疗人员在做手术的时候可能需要跪着身子进行，但这点对他们来说完全不是问题，医疗队队员便干脆利索地整理起了各个物件。

程佳晚将氧气浓缩机摆到床头，随后将托盘放到一旁，整理了一下方才从车厢中取来的一小箱消毒器具，仔细地将消毒纱布和手术工具分开来，以及各种注射剂和药物也细细归好类，分开摆放，方便一会儿用到。

不多久，临时手术室便布置好了。

由于时间紧迫，因此程佳晚和医疗队里的几名队员先行开始了第一场手术，其余人便去布置剩下的帐篷，努力增加可动手术的场所。

第一名动手术的病人便需要截肢，参与这场手术的医疗人员都是跪在地上进行的，不过在帐篷内能够集中不少精力，而且各种基本器具都在旁边，几个人配合得很好，顺利结束了第一场手术。

程佳晚心中大喜，抬起手背擦了擦前额的汗，如释重负地轻笑出声来，和同事们对视一眼，彼此都在心底默默松了口气。

这是震后第二天，仍有源源不断的伤者被救援人员发现，在手术室忙碌的医生们别说是走出帐篷，就连站起身来休息的时间都没有。

而维和部队那边也在现场忙碌着，协助巴尼日亚的救援人员进行紧急搜救，寻找地下更多的生命迹象。

哮天也不乱跑，就在辞野附近行动，辞野走到哪里，它就围着附近的石堆开始嗅，模样认真，明眼人都看得出来它在寻找什么。

搜救犬竟然能如此有目标性，好像是有人指示它一定要找到谁似的，着实令人忍不住多看了一眼。

中途小憩的时候，一名巴尼日亚的搜救人员看向辞野，用一口流利的英语问他："你好，你不是本国人吧？"

辞野略一颔首，淡声答道："我是这里的维和士兵，临时接到任务，来这里协助救援。"

"也是啊。"搜救人员哑然失笑，有些无奈地叹了口气，道，"本来这边的战火都停息了,我们都以为要没事了,结果这次竟然发生了地震,是不是也耽误你们回国了?"

"不算耽误,职责之内的事罢了。"辞野道,面上情绪没什么波动,望着眼前的人来人往,眸色微沉。

搜救人员挑了挑眉,忽然抬了抬下颌,示意了一下旁边正埋头忙碌的辞野:"那是你的警犬吗,我看它好像一直跟在你附近忙着。"

辞野顺着他的视线看过去,见哮天还在奋力扒着土块,隐约瞥见它爪子上的毛发染上了暗红,辞野眉头轻皱,有些心疼,便将它唤了过来。

"它叫哮天。"辞野对搜救人员简单介绍了一下,便伸手将哮天的一只爪子给抬了起来,见有鲜血涌出,旁边还有地方已经结了痂,肯定是在搜救过程中受伤了。

而哮天并不明白主人将它叫过来的原因,睁着双眼,歪了歪脑袋看着辞野,模样有些无辜。

辞野蹙眉,轻轻揉了揉哮天的爪子,随即便放下,命它:"趴下,休息会儿。"

哮天乖乖听话,趴在他脚边,摇了摇尾巴,合眼小憩。

"原来叫哮天,它很听话啊。"搜救人员了然,笑了笑,打量哮天几眼,便看向了辞野,"我看它好像有个固定目标,它是在找什么人吗?"

闻言,辞野目光微动,心下不免生出几分苦涩。

"嗯。"他顿了顿,半晌哑声道,"我的爱人,她是名无国界医生,来中心医院的时候,刚好赶上了地震。"

搜救人员似乎没想到辞野会是这个回答,一时愣怔在原地,不知道该说些什么才好。

中心医院这边的状况可以说是最为惨烈,这已经是震后第二天,说实话,其实埋在地下的伤者情况究竟如何,并不好猜测。

想了想,他还是安慰了辞野一句:"没事,一定会找到的。"

辞野颔首,觉得休息得差不多了,便起身重新投入到工作当中。

又是一天过去,直到夜深收工,他们依旧没有任何时欢的音信。

医疗队众人几乎已经都要放弃了,维和部队的几人也闷声不吭,今天晚饭时的氛围比昨天还要沉寂。

辞野依旧没什么食欲，但忙碌了两天，他昨夜又没有睡觉，即便他的神志无比清醒，身体却已经在抗议了。

他为了第二天能够保持些体力，多少还是吃了点东西，便回了自己的帐篷。

程佳晚一直憋着，因为晚饭时是集体行动，因此她不好表态，好不容易吃完饭到了单独行动的时间，她这才悄悄寻到一个稍远的地方，蹲在地上哭出声来。

只有自己独处的时候，她才敢让情绪崩溃。

夜深人静，了无生气。

时欢不知晨昏，只知道自己保持清醒已经许久，十分煎熬。

时间一分一秒地过去，她清清楚楚地感受到自己体内能量的流失，却又无能为力。

她应该在地下被埋一两天了，时欢这么猜测着。她早已过了饥肠辘辘的时候，此时口干舌燥，浑身上下没一处舒服的地方，时间久了也算是麻木，时欢在心底苦笑，也不知道该有什么情绪了。

等了这么久，她会不会真的已经错过获救机会？

时欢并不想将事情想得太糟糕，但是事实如此，这是在逼她做最坏的打算。

时欢越想越难受，撇了撇嘴，心想早知道今天会沦落到如此境地，那天晚上她就不该把辞野给赶出房间。

五年后再遇，他们什么都还没来得及做，她这边就要小命不保了，实在是太可惜了，简直是这辈子的遗憾。

时欢乱七八糟地想着，眼皮越发沉重，呼吸也越来越困难，嗓子里如同被火烤过一般炽痛。她察觉到自己体内的生机在迅速枯竭，叫嚣着要吞没她仅存的神志。

这就要结束了？有人说，人在死前会产生美好的幻觉，或许是过往的回忆历历在目，又或许是……

时欢还没来得及继续想下去，便听到头顶上方传来辞野清冽低沉的嗓音："时欢。"

她蓦地顿住,眼眶发酸。

又或许是……此生最爱的人。果然产生幻觉了,看来自己是真的要死了。

时欢咬了咬唇,眼泪还没掉出来,就听他又唤了声:"时欢。"

这幻觉难不成是一直持续到她死去的那一瞬间?这么想想还挺美好的。

然而下一瞬,那熟悉的嗓音再度响起,这次清晰了许多,时欢甚至能清晰察觉到他语气中的焦急:"时欢,你能听到吗?"

时欢的瞳孔蓦地一缩。不是幻觉!

她顿时反应过来,下意识开口想要喊出那两个字,奈何喉咙干哑,根本发不出任何声音。

时欢不敢耽误时间,立刻挣扎着摸起身边的石块,奋力叩响上方的石板。她不知道声响是否足够,但她已经竭尽全力去求得生存,前额起了层汗,顺着下颌线条滑落,滴落在地。

几秒后,似乎是感受到了动静,上面那人也冷静下来,嗓音虽凉薄,却瞬间让时欢安下心来:"我是辞野,我在这,你别慌,保持冷静。时欢,我就在这里,我一直在。"

时欢蓦地落下泪来,深深俯首,无声唤出他的姓名。

我知道啊。辞野,我知道是你。

时欢的指尖颤了颤,这些时日积累的恐慌瞬间迸发,激得她鼻子一酸,面颊上有冰凉的液体滑过。

手中石块砰然落下,她抬手,手心缓缓覆上那块石板。

无论何时,只要听见他的声音,她就有了活着回去的勇气。

隔着重重碎石,时欢却好似能望见那男子清冷的眉眼,以及,他伸向自己的手。

手指微蜷,时欢无声启唇,声音虽哑然,但口口声声唤的,皆是"辞野"二字。

第十一章
在爱里躲藏

在被深埋在地下的这些时日里,时欢一度以为,自己这条命就要丢在这地下了。她甚至连遗言都在脑子里过了一遍,谁知道最后即将昏倒的那一刻,听到了辞野的呼唤声。

求生欲瞬间爆发,时欢顿时便清醒过来,连忙挣扎着伸出手,迅速在周围摸索一番,成功抓到了一个石块。

她咬紧牙关,循着声音的方向确定位置,随即便抬手,用石块叩响上方的石板,一声声,用尽了她仅存的那些气力。

拜托,拜托……

眼泪无可抑制地涌出眼眶,时欢抿紧了唇,泪水使视野蒙眬,在一片阴暗中,那隐约能望见的轮廓也尽数消失,她却不觉得惶恐。

辞野就在上面,一旦意识到这点,时欢就有了活下去的力量。

叩了几下,时欢实在是脱力,甚至还没反应过来,手中石块便已经掉在地上,发出"砰"的一声闷响。紧接着,时欢便听到了上方石板被移动的声音,随着推移的声响越发清晰,她甚至能够听到些许人声。

她顿了顿,许久,缓缓合上双眼,疲惫地勾了勾嘴角。得救了。

地面上的救援人员听到地下的回应后,当即交换了眼神,迅速展开营救行动,小心翼翼地将石板搬开,动作缓慢而谨慎。

213

由于被困者长时间处于黑暗中，猛然接触光照可能会造成短暂失明，他们要尽量去避免这种情况。

哮天在边上焦急地转着圈，十分担心时欢的情况，然而它此时也帮不上什么忙，只能这么干着急。

辞野已经确定好时欢的位置，石板被缓缓推开，在望见下方人儿的那一瞬间，辞野心口发涩。

即便时欢闭着双眼，依旧能够感受到光亮笼罩了自己周身，她早就预料到这种情况，事先闭上了眼睛，但还是有些不适应。

深埋于地下许久，她终于重见天日。

突然，似乎感受到了什么，时欢长睫微颤，缓缓抬首，睁开眼正对上辞野的视线。只一瞬，所有不安和恐惧都迅速退散，消失得无影无踪。

辞野望着她，面色复杂，似乎还没有完全从那大喜大悲中脱身。他此时不知该说些什么好，只对她伸出手，想要握紧她的手。

时欢察觉到他的想法，便将手伸了出去，然而脑中蓦地一片空白，整个人陷入了死机状态，疲倦如潮涌来，迅速将她吞没。

辞野只见她目光迅速涣散开来，下一瞬，她的手便垂落在地，她也趴下身去，陷入昏迷。

辞野倏地回过神来，焦急地唤她的姓名："时欢！"

她没有做出回应。而早已候在一旁的程佳晚见时欢晕倒不禁倒抽了口气，翻身而下，蹲在时欢身侧检查她的伤势，面色严肃。

时欢上半身基本只是撞上和擦伤，并无大碍，好好处理了估计连伤疤都不会留下，应该不是伤口的问题。

程佳晚皱了皱眉，正思考着其他可能性，余光不经意瞥到了时欢的腿部，心下抖了抖。

只见时欢的左小腿处，被一枚长钉钉在地面上，彼时鲜血已经干涸，看起来十分骇人。

辞野也看到了时欢的伤口，神色一凛，当即跃了下去，快步上前查看她的伤势。

程佳晚暗自骂了声，急忙去检查长钉刺入的位置，仔细确认过是真的没有刺穿关键部位，这才舒了口气："吓死我了！"

随即，程佳晚便对身旁的辞野道："赶紧把时欢捞出来，这钉子没刺中要紧部位，不用担心。"

辞野闻言，心下也是松了几分。他立刻起身与上方的救援人员沟通了几句，随即便有几名人员拿着工具下来，小心翼翼地将长钉截断处理，随后他们便将时欢抬了出去。

时欢的衣物虽然已经脏得不成样子，却没有几处破损，伤口也都没有特别严重的，实在是个幸运儿。

随后，时欢便被医疗队迅速推进手术室，进行紧急手术。

不知过了多久，时欢的意识恢复了些许，她清醒过来，缓缓睁开了双眼。

等等，万一有强光……时欢刚担心着，然而睁开双眼后，却发现似乎已经是夜里了。

她愣了愣，左小腿处生疼生疼的，虽然比之前被埋在地底下的时候好了不少，却也十分让人不舒坦。

脖子酸痛，时欢无法调整视线，只简单打量了一下周围，猜测她大概是在一顶帐篷中，身下虽然铺着垫子，却还是能感受到些许草地的松软。

她开口，想要出声，然而嗓子干哑，半点声音都发不出来。就在时欢为难的时候，她被人轻轻揽住了肩膀，小心翼翼地扶了起来。

时欢心下一惊，然而下一瞬，那熟悉的气息无声将自己包围，她便安下心来，一声不吭地靠在对方怀中，难得乖巧，也是因为刚从生死边缘逃回来，整个人实在疲惫。

"醒了？"辞野让怀中的人靠着自己，伸手拿起一旁早就准备好的水杯，送到时欢唇边，轻声道，"喝点水。"

时欢只觉得干燥的双唇瞬间便被滋润，她当即启唇，就着辞野的手将杯中水饮尽，整个人仿佛在一步步恢复生机。

辞野皱了皱眉，着实有些无奈，伸手轻顺了顺她的背部："慢点。"

时欢从来没觉得普通的饮用水这么好喝，水当真是生命之源，她这次是实实在在地体会到了。

喝完水后，时欢沉默了几秒，让刚刚脱离干涸的嗓子恢复一会儿。借这个机会，她打量了一下自己始终在隐隐作痛的左腿，只见小腿处被严严实实地打了绷带，动弹不得。

不过还能察觉到痛感，应该没什么大事吧？

时欢这么猜测着，凭借她多年的行医经验，觉得自己的腿该是并无大碍的，因此她也并不是很担心。

辞野知道时欢现在还不太能顺利地开口说话，便就这么抱着她。他双手力道放轻，环住了她的腰，让她整个人靠在自己怀中，好似这样，才能让那失而复得的归属感牢牢稳住。

时欢似乎察觉到身后人的复杂情绪，有些无奈地牵了牵嘴角。此时身子已经不再那么僵硬，可以稍微活动些许，她便向后靠了靠，微抬下颌，贴着辞野的脸颊，轻声道："辞野，我在这里。"

她的话语落在耳畔，虚弱中混杂着几分不自然的沙哑，听得辞野心下苦涩。

半晌，他似有若无地轻叹一声，责备也不是，安慰也不是，都不知道该拿她怎么办才好了。

辞野低声嗤笑，语气似乎有些无奈："以后我出任务的时候，还是不能跟你一起。"

时欢眨巴眨巴眼睛，笑吟吟地问他："哎，这话怎么说？"

"被你折腾这两次，我只想赶紧带你回国了。"他淡声道，"省得你一个劲受苦。"

时欢闻言愣了愣，总觉得这想法着实熟悉，随即她想了想，这才反应过来，一个没忍住便笑出声来。

辞野眉头轻皱，难以理解她的笑点："很好笑？"

"没有没有。"时欢忙不迭摆摆手，嘴角微弯，眸中光芒渐渐浮起，"我就是突然想起来，之前你受伤那会儿，我跟你的想法一模一样，咱们可真是心有灵犀。"

"可不是。"他敛眸瞪了她一眼，道，"我的伤刚好就轮到你了。"

时欢压根没当回事，笑了笑，伸手轻捏辞野的脸颊："缘分嘛，老天都希望我们绑在一条生死线上。"她知道他还在担心她，于是便将自己最自然的一面展现给他，让他放心。

"得了吧你，好好养伤，够你躺到回国的了。"辞野被她说得没脾气了，无奈地笑叹了声,对她道,"你的左小腿被钉子刺穿了,不过幸好位置偏,没什么大事,只是短时间内走路会很不方便。"

时欢撇了撇嘴,虽然限制行动这点让她十分不爽,但她现在这样已经算得上幸运:"算了,没截肢就很好了,恢复个几天照样蹦蹦跳跳。"

辞野听她这么说,当即就蹙眉"啧"了声,冷下声音来警告她:"你这几天给我安稳点,待在帐篷里别乱跑,余震期还没过去,随时可能发生危险。"

时欢想了想,也知道自己现在一瘸一拐的不好行动,万一真出事了反而是负担。她叹了口气,无奈服软:"好好好,不过你也记得注意安全。"

辞野事先料想到时欢可能会半夜醒来,便在帐篷里准备了些许食粮。现在在时欢眼里,食物和水简直就是神赐一般的存在,她当即一顿狼吞虎咽,好不容易才让那饥饿感淡了些许。

不过现在她刚刚清醒过来,也不敢吃太多东西,如果暴饮暴食的话,明天怕是胃里也要难受了。

想罢,时欢便懒洋洋地打了个哈欠,双眸泛起泪花。她揉揉眼睛,顺带着简单活动活动手臂和脖颈,发现都恢复得差不多了,那酸痛感也都已经淡退,不禁整个人都放松下来。

看来除了她的左腿,基本是没什么事儿了。

她还真是幸运啊,在这么强烈的地震里都能近乎完好无损地出来。

时欢想起自己被埋在废墟下时的所念所想,想到自己似乎是骂老天不眷顾她,不禁默了默,在心底悄无声息地给老天道了个歉。

大难不死必有后福,老天开眼,让她在这场天灾中活了下来。

其实讲来,除了五年前的那场绑架以外,时欢再也没有经历过类似的危难情况,那种生死皆在一线间的恐惧感,实在是让人很不爽。

不过幸好,这次她身边没有人受伤,没有人离开,一切都还算安稳。

时欢短暂地自私了一下,提及这场突如其来的地震,她第一个联想到的,居然是周围亲朋好友的安危,接下来想到的才是巴尼日亚这边惨烈的伤亡情况。

她暗自叹了口气,抬眸正要对辞野说什么,却眼尖地望见帐篷口被什么东西抵着,有一小块向内凸起的阴影,乍一看有些骇人。

时欢被吓了一跳，指着那边问辞野："那个是什么，吓着我了。"

辞野顺着她所指的方向看过去，似乎想起了什么，便起身去拉开了帐篷的拉链。

紧接着，哮天迅速蹿了进来。它转了转脑袋，抖抖身子，视线便紧紧锁住了时欢。

时欢看到哮天，眸中也闪现璀璨光芒，她连忙开口亲昵地唤道："哮天宝贝！"

哮天刚开始看到时欢醒了，好似是没反应过来，随即它便被时欢的呼唤声唤醒，当即两眼泪汪汪地奔了过去，凑到时欢旁边蹭她的手臂。

碍于时欢的伤势，哮天也机智地没敢直接向她身上扑过去，而是适当和她保持着些许距离，只在她身边转悠，成功占据了辞野原先的位置。

辞野刚刚将帐篷的拉链拉上，回首便看到自家警犬蹲坐在自己原本的位置上，狗腿地蹭着时欢，而时欢正满面笑意地揉着它的脑袋。

辞野的眼角跳了跳，他冷冷唤了声哮天，哮天便不情不愿地走了过来，有些疑惑地望着辞野。

辞野倒是从容，在时欢身边盘膝坐下，这才拍手："好了，过来。"

哮天见主人占据了离时欢最近的位置，便不太高兴，委屈巴巴地来到辞野脚边，蹲坐下来。

辞野被它这模样给气笑了，抬手轻拍它："你还开始耍性子了？"

这一人一狗的互动着实是太有趣了。时欢望见此情此景，难免有些忍俊不禁，嘴角微弯，有些好笑道："辞野，你连哮天的醋都吃啊？"

辞野干脆利索地直接将时欢这句话过滤掉，将话题扯开，说道："你与其关心这个，不如现在睡一觉好好休息。"

"我睡醒一觉了啊，趁现在聊聊天。"时欢哼了声，显然不打算配合，而且她现在也的确过了那个疲惫劲儿，"对了，我被埋了几天啊？"

"两天。"辞野淡淡答她，想起那煎熬的两天，心口还是有些发堵，"今天白天的时候，是哮天闻到你的气味，锁定了你的位置，然后我才能找到你。"

突然被点名的哮天猛地抬头，邀功似的摇摇尾巴。

"是哮天找到我的啊！"时欢闻言，面色一喜，当即便俯身抱紧哮天亲了口，毫不吝啬地夸赞道，"我家哮天宝贝太棒了，是你救了姐姐一命哦。"

哮天闻言，骄傲地抬了抬脑袋，模样十分自豪，通了人性一般。

"不过当时真的是惊险啊。"时欢回想起那时候的情景，不禁啧啧感叹道，"我当时也不知道自己被埋了多久，体力基本耗净了，而且其间也没有任何水和食物，我那时候都已经快要昏过去了。"

然而就在时欢开始念叨遗言的时候，听到了辞野的声音。这条命，便瞬间充满了光亮。

"的确是这样。"辞野闻言，低声嗤笑道，"我当时看到你后，还朝你伸手了，结果你伸到一半突然昏死过去，我还以为出了什么事。"

时欢暗自吐了吐舌头，心里想到辞野对自己的担心，却也有了几分暖意："我撑不住了嘛，体谅一下。"

"之后程医生检查了你左小腿的伤口，发现没什么大问题后，救援人员就把你送到手术室了。"说着，辞野指了指下方，道，"这是我的帐篷，做完手术后，麻醉药效没过，你一直昏迷着，刚才醒过来。"

时欢按着辞野的话推了一下，敢情自己这是上午被发现，动完手术当晚就醒了。乖乖，她这恢复速度真让人服气。

时欢笑了笑，突然想到什么，侧首问道："对了辞野，你就没有想过，如果我真的死了，该怎么办？"

然而辞野尚未开口，她便感觉一阵困意袭来，又打了一个哈欠。看来是身体反应过来了，那股子疲惫劲儿又回来了。

辞野见时欢面露疲倦，便皱了皱眉，开口对她道："第二个哈欠了，你现在就睡觉。"

这还记着数呢？时欢哑然失笑，不过这会儿的确莫名其妙疲累起来，她伸了个懒腰，便钻回了被窝中。

有辞野在，她便处于完全放松的状态，忘了辞野并没有回答她的问题，没过多久便沉沉睡去。

时间一分一秒地流逝。辞野侧首，便望见床榻上熟睡的人，他愣了愣，随即不禁无声轻笑。

嘴上说着不困，这才几分钟，就睡着了。

哮天也困得不行了，此时趴在旁边，隐隐约约间也酝酿起了睡意。

辞野却还不怎么累，抬手捏了捏眉骨，想起刚才时欢问的问题，眸色微沉。

其实，这场地震当真惨烈，若说他完全没想过时欢丧命的可能性，的确是假的。但他从未想过放弃，生要见人，死要见尸。

义无反顾，只为了爱的人能够平安归来。

时欢失踪的这两天里，辞野无时无刻不是处于水深火热之中，这份感觉与当初时欢不告而别的五年完全不同，那时辞野知道彼此是生离，而现在，他们甚至可能是死别。

每每想到这点，辞野便备受煎熬。所幸，最终辞野寻到了时欢。

那些焦躁与阴沉，便在瞬间统统烟消云散了。那是拨云见日的瞬间，是辞野决心此生都要陪在她身边的时刻。

不在她身边，他身处何地都是他乡。

有她的地方，才是他的归处。

时欢难得一觉睡到了自然醒，起床时已经是翌日早晨。她想出去看看，便一瘸一拐地走出了帐篷。

当脚踏上草地的那一瞬间，时欢感觉自己仿佛重获新生了一般。

程佳晚刚刚处理好手边的工作，百忙之中刚好抽出时间，走过来打算来这边看看时欢的情况。刚走近些，她便望见帐篷外站着的女子，那纤细的身影如此熟悉。程佳晚怔了怔，一瞬间以为自己出现了幻觉。

时欢余光瞥见程佳晚，忙不迭挥挥手："晚晚！"

时欢醒过来了！程佳晚意识到这点，当即小跑过去，在时欢面前站定，激动得近乎快要哭出声来："时欢你醒了？！"

"是啊，我昨晚就醒了，不过又睡了会儿。"时欢说着，顺了顺长发，对程佳晚轻扬嘴角，"我这铁打的身子，你不用担心啦。"

"你可是被埋了两天哪我的姐姐。"程佳晚翻了个白眼，对于时欢的态度实在是无奈。她上下打量时欢几眼，确认没有大碍后，这才叹了口气，"你可千万别乱跑，你左腿的伤并不严重，赶紧养好。"

"得嘞。"时欢打了个手势，"中心医院那边忙不忙？"

"忙啊，都忙不过来了。"程佳晚想起这个就犯愁，苦笑了声，"虽说巴尼日亚派来了救援人员,也运输了物资过来,但这场地震太强烈了,死伤惨重,每天都有一堆新伤员。"

时欢摸了摸下巴:"那我要赶紧养伤,好去帮忙了。"

"你别想了,先保证好腿伤痊愈吧。"

时欢笑着耸了耸肩,随口道:"我这恢复速度,最多几天时间嘛。"

谁知当真一语成谶。过了几天时间,时欢已经差不多能够下地走路了。她的伤愈速度堪称神速,令医疗队和维和部队的众人惊讶万分。

时欢的腿伤痊愈很快,过了几天,她便已经能走路了,虽然还是不能活动太久,但是已经可以帮忙照顾一下伤患。

辞野不放心她,但也有自己要忙的事情,只好让哮天跟在时欢身边。

程佳晚全程陪着时欢,敛眸看到她脚边的哮天,不禁"啧啧"两声,感概道:"辞队可真是用心良苦啊……"

时欢闻言便微弯嘴角,伸手揉了揉哮天的脑袋,对程佳晚笑道:"我大概是有个即使出门在外,也能像家人一样照顾好我的男朋友。"

程佳晚翻了个白眼,十分拒绝这份狗粮:"得了吧你,这会儿男朋友,过段时间可能就是老公了。"

时欢想了想,好似被点通了什么似的,才恍然反应过来。

不过谈婚论嫁的话,是不是有点早了?虽说见家长什么的流程多年前就已经走过,但是毕竟时隔五年,而她突然丢下辞野离开的事情,估计辞野家里人不会太高兴的。

时欢念及此,不禁叹了口气,似乎有些犯愁。

程佳晚察觉到她的异样,便一边收拾医疗器材一边问:"怎么了,愁什么呢?"

"晚晚啊,我跟你说件事。"时欢琢磨半晌,最终还是压低声音,"关于我跟辞野的。"

鬼使神差地,程佳晚一听她这么说,就自动联想到不久前,医疗队讨论的那些八卦。她隐约记得是说什么时欢原来有个特警男朋友,后来因为时欢的工作分手了……

程佳晚记不太清楚了,索性随口调侃了一句:"你不会是要跟我说,辞队是你前男友吧?"

时欢顿时瞪大了眼睛，难以置信地出声："你怎么知道的？！"

她话音刚落，程佳晚便僵住。这姑娘刚才说什么？

"你说什么？"程佳晚吓得连活都干不下去了，忙不迭直起身来，握住时欢的肩膀，"你和辞队真的是前任关系？！"

时欢被程佳晚这个问题搞得有点迷糊："你不知道？问我？"

"我知道啊……不对，我不知道！"程佳晚有点纠结，摇了摇头，"我之前听医疗队里讨论过，说你有个特警前男友。"

"这老底都能被翻出来啊。"时欢有些无奈地笑叹一声，抬手顺了几下头发，道，"对，五年前我下定决心成为无国界医生的时候，我们就分开了。"

程佳晚此时只觉得内心的震惊已经无以复加，她不知道该说什么，只能呆呆地看着时欢。

乖乖，这猛料实在是让她有点吃不消。

时欢讪笑几声，有些心虚地别开视线："就是，五年前我没跟辞野说，一声不吭就跑国外去了……"

程佳晚更接不上话了。

得，敢情更让人瞠目结舌的爆料，现在才开始。

程佳晚这会儿是真的不知道如何开口了，随后她突然想到了什么，惊讶地看着时欢："等等，那这么说来，当时我们在A市机场的时候，你的电话没拨出去，不就相当于时隔多年再次一声不吭地走了？"

时欢对程佳晚的推理能力表示敬佩，默默比了个大拇指，点头说道："对，所以我那时候才那么担心。"

程佳晚表情复杂地拍了拍她的肩膀，陷入缄默。

好一出狗血大戏，令人咋舌。

"不过这都不是问题。"时欢挥挥手，皱眉看向程佳晚，"关键是，既然我和辞野现在和好了，那回国后，我该不该去见家长啊？"

"对哦，这个比较尴尬了。"程佳晚闻言也是幡然醒悟，不禁蹙眉沉思，"但是迟早都要见吧，误会的话就说清楚，时间长了肯定是能和解的。"

时欢有些发愁，叹了口气，喃喃道："叔叔阿姨原来挺喜欢我的，不知道现在会怎么样。"

"安心啦。"程佳晚安慰道,"你和辞队生死都跨过去了,这点事情肯定可以解决的。"

也对,既然都决定要在一起了,这些问题,她无论如何也要处理好,毕竟是自己犯的错,后果自然也要自己承担了。

想罢,时欢心里算是松快了点,她当即一拍手掌,道:"好,那就回国见家长去!"

"快了。"程佳晚俯身继续忙活,"只希望别再有余震什么的,顺利的话估计下个月我们就能回去了。"

时欢刚应了声,却冷不防想到了Marry,忙不迭问道:"对了,营地那边没什么事吧?"

"营地那边只有少数人受了伤,毕竟都是平地,只要没发生踩踏事件,基本没问题。"

时欢这才安下心来。随后,她也在搜救现场帮起忙来,在救助过程中,她在临时休息处认识了一对小兄妹,哥哥大概十岁,妹妹年幼些,看模样不过六七岁。

时欢由于腿伤初愈,因此并不能活动太久,哮天始终安安静静地陪在一旁。她歇息的时候,便同这两个孩子聊起天来,得知他们在不久前的战争中失去了双亲,此时又遭遇了地震。

不过所幸,两个孩子并没什么大碍,只是哥哥身上有不少擦伤,兴许是保护妹妹时受的伤。

他们还没有彻底从失去父母的悲痛之中走出来,现在相依为命,保持着坚强。

时欢不知道该怎么安慰他们,正纠结着是否要开口,妹妹突然问她:"姐姐,你是这里的医生?"

"嗯,姐姐是来救人的。"

哥哥蹙眉,似乎有些疑惑:"可是你看起来并不像是巴尼日亚人。"

"我是无国界医生,通俗来讲就是来这边的人道组织志愿者。"时欢想了想,简单解释了一下自己的身份,"所以我是异国人哦。"

"这样啊……"妹妹恍然大悟,点了点头,"姐姐,你们真伟大,我以后也要成为无国界医生。"

"可以啊。"时欢对她笑了笑,"一定要好好长大,然后去帮助更多的人。"

小丫头十分激动地点点头:"我会的!"

真是可爱,时欢哑然失笑,正欲开口,脚下地面突然晃了晃,紧接着便传来了碎石跌落的声音。

时欢一时没反应过来,兄妹两个也是茫然无措。很快,时欢便意识到发生了什么,连忙拉着兄妹两个迅速远离周围有石堆的地方,抬高声音提醒周围的人:"都赶紧跑,是余震来了!"

时欢不能跑太快,她的左腿还在隐隐作痛,但她强忍着不适,迅速将兄妹两个带到了稍微空旷点的地方。

与此同时,不少人从中心医院的方向迅速奔来,各个都神情惊慌,生怕余震的二次破坏会殃及自身。

这次余震的振幅不小,持续时间也很长,比先前那些小震要强烈得多。不远处的一栋小楼,本就在地震后摇摇欲坠,此时再次经历了余震的折磨,不堪重负直接倒塌,发出轰然巨响。

随后,便有惨叫与哭喊声响起。余震结束了,情况却变得更加惨烈。

时欢皱紧了眉,心跳慢了半拍,有种窒息感涌上来,让她十分不适。

那边还有病人啊……等等!时欢定睛一看,却在那片废墟前,望见了维和部队的身影。

她愣了愣,随即便仔细打量了一番,没有发现辞野。怎么会?

强烈的不安与恐慌侵占了时欢的脑海,她有些腿软,不敢猜想辞野是否出了事。几乎是一瞬间,她尚且没来得及萌发什么想法,已经迈开腿朝那边跑了过去。

她逆着人流,不管不顾地奔了过去。

脑子发蒙、心跳加速、冷汗直冒……时欢刚从地底下被救出来没多久,仍害怕那种濒死的感觉,实在不敢想象周围的人出了事会怎么样。

哥哥实在担心时欢,嘱咐妹妹留在原地,自己抬脚想要跟过去,小丫头却固执地跟着他一起前去,他只得无奈答应了,连忙跟在时欢后面追了过去。

"李副队!"时欢上前一把攥住了李辰彦的手腕,神色慌张地问道,

"辞野呢？辞野在哪里？"

"时欢，你怎么……"李辰彦看到她，似乎有些惊讶，开口正要说话，身边传来一阵脚步声。

辞野略带无奈的嗓音响起："余震刚过去，你怎么又乱跑？"

时欢的泪水都开始在眼眶里打转了，此时冷不丁听到辞野的声音，她有些发蒙。

他们现在的对话并不是当地语言，因此跟在她身后赶来的兄妹两个完全不懂这些大人在讨论什么，只能茫然地看着。

"辞野？"待辞野在时欢面前站定，她才难以置信地唤出声来，声音有些发颤，"你去哪了，我刚才怎么没看见你。"

辞野不明就里，答她："我刚才去旁边忙了。"下一瞬，他望见她眸中闪烁的泪光，似乎明白了什么，皱眉问她，"你以为我在里面？"

话音未落，时欢便紧紧抱住了他。

辞野微怔，半晌目光淡了淡，无奈地低笑了声，神色温柔地揽住怀中人儿，轻拍她的背部，安抚道："乖，我一直在这里。"

方才余震结束后，时欢看到倒塌的小楼前没有辞野的身影，还以为他发生了意外，便不顾一切地跑了过来。

好在有惊无险，他并没有出事。时欢舒了口气，刚才的紧张与恐慌将她的眼泪都给逼出来了，实在丢脸。

她轻咳了声，整理了一下表情，便伪装无事从辞野怀中钻出来："刚才我没看到你，还以为你在里面，吓死我了。"

哮天方才没有看到主人的身影，也急匆匆跟着跑了过来，现在看到辞野没事，它才放松下来，摇了摇尾巴。

"我不会有事的，放心吧。"辞野抬手轻揉了揉她的脑袋，无奈地笑了笑，"不是让你好好待在帐篷里休息吗，又乱跑。"

时欢眨巴眨巴眼睛，模样倒是无辜："我是想帮你分担工作嘛！"

"就是啊辞队。"部队里有人笑着出声，"嫂子这不是关心你吗？"

辞野不咸不淡地扫了对方一眼，随即便对时欢道："余震刚结束，不知道一会儿还会不会有小震，你先去平地那边待着。"

说完，不经意间，他余光瞥到了一旁的那队小兄妹，心里大概猜到是时欢救下的病人,便嘱咐了一句:"你们也跟着她回去,保护好自己。"

妹妹忙不迭点头应声,没开口,心里只觉得这个哥哥长得好看,就是太过冷漠了。

时欢自然不会选择留在这里给他们添麻烦,当即便干脆利索地答应下来。临走前,还不忘叮嘱辞野:"你也注意安全啊。"

小楼突然倒塌,原先下面还有些病人,肯定又要开始一番搜救,他们还有的忙活。

辞野略一颔首,并不耽误时间,紧接着便去同队员们下达搜救命令了。

时欢向前走了一段距离,见平地那边几乎已经被病人和家属们占据了。她倒也无所谓,索性挑了个稍微安全点的位置,还能看到辞野他们那边的行动。

盘膝坐在草地上,时欢紧张兮兮地望着辞野他们那边,眼睛一眨不眨地,生怕错过半点情况。

兄妹俩跟在她旁边,也坐了下来,妹妹的视线在辞野和时欢身上来回转换,似乎颇为疑惑,却没有将问题问出口。

许久,小丫头实在是好奇,便伸出手轻轻扯了扯时欢的衣角,讷讷地问她:"姐姐,你很在意那个哥哥呢。"

时欢闻言怔了怔,倒是没想到这小姑娘会注意到这些,也许是因为方才自己的反应太过激烈了。她耸肩轻笑了声,回答道:"对啊,很在意。"

"哎?"妹妹瞪大眼睛,好奇心完全被激发了出来,忙上前缠着时欢问,"那个哥哥是什么人啊?好帅哦,就是好冷淡。"

"他是这里的维和官兵,和姐姐是一个国家的人哦。"听到她这样的评价,时欢不禁哑然失笑,道,"别看他这么冷淡,其实是个很温柔的人。"

妹妹尚且没来得及开口,一旁的哥哥皱了皱眉,低声道了句:"我好像觉得,他只把温柔给你。"

时欢想了想,寻思着好像的确也是这么回事,便没否认。

小丫头歪着脑袋,看向时欢,双眸乌黑明亮:"那姐姐,你和哥哥是同事吗?"

"不是哦。"时欢摇了摇食指,笑吟吟纠正道,"他是姐姐的男朋友。"

话音刚落,两个孩子都是一顿。在他们这个年纪,与爱有关的词汇似乎都是懵懂的,此时也只觉得好奇和羡慕。

"男、男朋友吗?"妹妹当即便是一惊,难以置信道,"姐姐,你们居然是恋人?"

时欢点了点头,给了她一个准确的答复。

"居然是恋人吗……"哥哥的模样看起来也有些惊讶,"实在是想不到。"

毕竟都还是小孩子,时欢也不好讲太多,只是将她与辞野的关系坦白出来,便嘴角微弯看向辞野那边,眸中漾着柔和的光。

兄妹俩本来也无所事事,便干脆顺着时欢的视线看过去,一起观察辞野。

只见他正配合着巴尼日亚当地的救援人员进行紧急搜救,他走进了那座还在不断向下跌落碎石的废墟,看得兄妹二人倒抽一口气,提心吊胆的。

没过多久,辞野便将一名受伤的老者背了出来,安置好后,他没有任何休息时间,再次进入了废墟中。

就这样,他与救援人员一同,救出了一名又一名伤患。

时欢跟着一起紧张,眼睁睁看着那些碎石不经意滚落下来,虽然动静不大,但她就是担心还会出现什么意外。

突然,哥哥轻声唤她:"姐姐……"

时欢看向他,笑着回应:"怎么了?"

"你的男朋友,是位英雄。"

男孩的话语虽然尚且带着稚嫩,但意外地铿锵有力,十分坚定,仿佛就是在讲述他心底的话。

他话音刚落,时欢顿了顿。半响,她无声轻笑,眉眼间都染上了嫣然笑意,很是好看,旁边的小丫头甚至有些看呆。

"是啊。"时欢笑着抬头,锁定那抹身影,喃喃道,"他是位英雄。"

他是世间英雄,亦是她的独家英雄。

他平了她命里的万千风浪,握紧了她的手。只要他在身旁,她就无所畏惧。

# 第十二章
一路灯长明

果然如程佳晚所猜测的那般,巴尼日亚的情况逐渐稳定下来,众人的归期也越发接近。

终于,风波过后,医疗队和维和部队都接到了上面的通知,准备回国。刚好赶巧,两边是在同一天回程。

时欢和辞野最后一次同 Marry 道别后,便同大部队回派兵区,看看有没有什么能拿回去的行李。

地震后的那段时间,由于工作紧张,他们始终是搭帐篷住在附近的,其间根本就没有时间赶回派兵区。此时一看,原来派兵区的小楼也被地震尽数摧毁,只剩下一堆碎石,什么东西都没留下。

时欢暗自庆幸,幸好自己没带什么贵重物品,不然可就心疼死了。

既然没什么可以收拾的,众人便干脆将回国的时间提前,同飞行员敲定了时间。

由于这次巴尼日亚之行经历了太多事情,此时任务画上了句号,众人都松了口气。李辰彦同组长闲聊着,谁知越聊越起兴,大伙儿便决定回国后稍作休息,当晚聚个餐。

不少人赞同这个提议,时欢也想回国后放松放松,便也拉着辞野答应下来。

很快，医疗队和维和部队便分开上了飞机，各自踏上回国之旅。

飞机落地时还是凌晨，时欢困得不行，回到家后用座机给父母打了个电话说明情况，随即洗了个澡，躺倒在床呼呼大睡，睡了个自然醒。

醒来时已经是中午，手机早就已经充满电，她刚醒过来，就接到了医疗队同事的电话，确认好了晚上聚餐的时间和地点，定好闹钟又睡了会儿，这才算是彻底恢复精神。

果然还是这边舒坦啊……时欢换好衣服化好妆后，不禁心生感慨。

都市生活着实自在，联想到巴尼日亚生活的种种，在这里生活也实在是运气好了。

夜间聚餐十分热闹，不谈工作，众人聊得十分欢畅。时欢也来了兴致，跟人拼起酒来，直到喝得微醺才收手。

一桌人兴致勃勃的，直到深夜，才舍得散去。

程佳晚不胜酒力，喝了个烂醉，趴桌子上就睡。李辰彦无奈，只得打车送她回家。

时欢虽然还清醒着，但毕竟喝过了酒，晚上自己回家不安全，辞野自然便成为护送她回家的人。

辞野今天开了车，便没有沾酒，全程看着时欢一杯杯没完没了，着实无奈。

上车后，时欢似乎是酒劲有点上头，她自觉扣好安全带后便靠在座位上合着眼，似乎在小憩，又似乎在醒神。

时欢酒品不错，即便喝醉了也不会乱闹腾，辞野心知这点，便也没有开口打扰她。

车一路行驶到了时欢的小区门口，辞野看了眼身旁的人儿，见她仍没有睁眼，便低声叹了口气，索性继续开，最终停到了她家楼下。

然而时欢早在中途就大概清醒过来了，此时车子一停，她就知道是到家了。

她不情不愿地将眼睛睁开了条缝，刚刚睡醒过来，有点儿犯困，不太想动弹，便歪着脑袋继续睡。

"时欢。"辞野等了会儿，见时欢还是没动静，只得轻声叫醒她，"到家了,回去再睡。"

时欢心下无奈,本来想就这么睁眼起来,然而下一瞬,她便来了个坏心眼儿。

"嗯……"想到什么就做什么,时欢有了计划后,便像模像样地打了个哈欠,懒洋洋地睁开眼睛,道,"到啦?"

"嗯,解安全带下车。"

"你帮我嘛。"

辞野皱了皱眉,以为时欢是真的醉了,便倾身靠近她,伸手去解她的安全带。

时欢算准了时机,当即便攥住了他的左手腕,与此同时,她将身子略微向前倾过去。一个轻飘飘的吻,便这么落在了辞野唇间。

辞野目光一凝,身子僵住。他实在是想不到,时欢竟然会趁她不注意,搞了个突然袭击。他怎么就忘了,这小姑娘最擅长的就是装样子。

事实上,时欢也不过就是脑袋发蒙而已,刚才清醒过来,竟真有种酒劲上头的感觉,就随了自己的性子。

"惊不惊喜意不意外?"时欢笑吟吟地望着他,嘴角微弯,在看到他短暂出神后,目标达成,她有些得意,"你肯定被吓到了。"

辞野顿了顿,不禁觉得她幼稚,心下有些好笑,摇了摇头,叹了口气:"行,我被你吓到了,开心了?"

"超级开心。"时欢说着,伸手捏了捏辞野的脸颊,随便揩了个油。

此时,辞野已经将时欢的安全带解开,他正欲开口,时欢却突然"咦"了一声。

"对了辞野,我一直有件事没问过你。"时欢眨巴眨巴眼睛,侧首看向他,"我原来不就说过吗,之前去你家的时候,看到了你床头的那张照片。"

辞野还是副没事儿人的模样:"嗯,怎么了?"

"你别装了,我想起来那是我拍的了。"时欢见他这不慌不忙的模样,不禁翻了个白眼,"我就是想问问,你除了这张照片,是不是还留了一些别的东西啊?"

"你上次去我家里的时候,自己没翻看?"

时欢默了默,突然有种被抓包的羞愧,但她轻咳一声还是道:"就是因为我翻了啊,没找到,但是我记得……"

"记得什么?"

"虽然有点儿不够义气,但我还是比较好奇。"时欢纠结了半晌,最终决定将事情给抖出来,"其实小张同志跟我提起过,你每次出任务前,好像都要去你的储物柜那边待好久……我就有点好奇,是不是你留下了什么东西啊?"

辞野闻言,当即长眉轻蹙:"他这都跟你说?"

时欢倒是痛快,摆了摆手道:"别生气嘛,反正咱们都在一起了,这种事情有什么好遮遮掩掩的。"

的确是这个理,辞野念及此,轻叹了口气,事到如今也没什么好遮掩的了,便道:"是你当时送给我的手链,你自己编的那个,我没舍得扔。"

时欢愣了愣,刚开始好像记忆还有些模糊,毕竟已经过去了五年多,她仔细想了想,的确有这个印象。

她这人说来也奇怪,明明是位医生,干着最精细的活计,却算不上手巧。难得一次突发奇想给辞野编了条手链当生日礼物,她还学了一两个月,累得不轻。

然而她如此努力过后得到的最终成品,也不过只是条简简单单的彩绳而已。辞野当时还挺嫌弃的,但还是好好收起来了。后来时欢也没见他戴过,还以为他直接收起来了,时间久了都忘得差不多了。却没想到,辞野竟然会将那手链收起来,一直留到现在珍藏着。

她一时不知道该说什么,只能茫然地看了看辞野,却见他神色并无异样,倒是搞得她有些无措。

其实时欢突然提出这个话题,就是打算让辞野一口气全部给交代出来,她本来还想看辞野窘迫的模样,现在看来,窘迫的人显然并不是他。

时欢现在的心情有些复杂,她心里堵了一堆问题问不出口,半晌才问他:"你从什么时候开始留着的?"

"从你送给我的时候开始。"

"我还以为你早就不知道给扔哪儿去了,那手链编得那么烂……"时欢闻言,不禁有些心虚,小声嘀咕了一句,"但是我当时去你房间里看的时候,我感觉你好像是把所有关于我的东西都给扔了啊,怎么就偏偏留下了这个?"

"就这一个算有点儿你的心意,我最后还是没舍得扔。"辞野说着,嗓音淡然,言语间有些无奈,轻声笑叹,道,"后来就干脆放到了储物柜里,闲着没事拿出来看看。"

时欢抿了抿唇:"你有没有想过万一我再也不回来了我们就这样了,你会不会后悔?"

"不会。"辞野答得果断,"我绝对不会后悔。"

他说,他绝不会后悔。漫不经心的一句话,便将时欢所有的疑惑全部打消。

那些复杂的情绪迅速消散,温暖蔓延在心脏的各个角落,氤氲着甜意。

几乎是瞬间,时欢便来了股冲动,想都没想,倾身环住辞野的脖颈,吻了上去。

翌日清晨,时欢难得没被生物钟唤醒,由于太过疲累,她竟然睡了个自然醒。

时欢的困劲儿过去后,缓缓睁开眼睛。窗帘敞开了一条缝隙,那束阳光刚好便迎着她照耀而来,斜斜折入眸底,带来了几分清明。

虽说她是自然醒,但似乎也就天刚刚大亮的样子。

时欢有些怔神,毕竟他们刚从巴尼日亚那边回来,在那边度过了那么多提心吊胆的日夜,此时突然一番岁月静好的模样,反而有些不习惯了。

明明从小到大就是在这种安谧的环境中成长的,她竟然也会有这种陌生感。

时欢在心底哑然,略微眯眯,歪了歪脑袋,朝身旁看去,果然已经没有辞野的身影。他的生物钟向来准,没有任何事会动摇,哪来的疲倦。

时欢心下这么想着,不禁暗自翻了个白眼。

虽然身子还有些疲惫,倒是无足轻重。她活动几下脖颈,起身下了床。

从衣柜中拿出要换的衣服,时欢将长发绾起,去洗漱间简单冲了个澡,整个人舒坦了不少。随后她套上一件宽大点的衬衣,推门而出,隔绝身后那氤氲的温热水汽。

她随手将皮筋扯下套在手腕上,长发披在肩头。由于是刚沐浴过,发丝都染上了几分朦胧的水润。

刚走出卧室,时欢便嗅到些许鲜美诱人的食物香气,与此同时,她似乎隐约听到了厨房传来什么动静,想是辞野在做早饭了。

居家好男人啊……时欢微弯嘴角,懒洋洋地打了个哈欠,伸了个懒腰,将餐桌上的水杯拿起,喝了口水润润嗓子,便不紧不慢地走向厨房那边。

她轻轻巧巧地将门推开了点缝隙,暗中观察了一下厨房内的情况,只见辞野仍是那身黑衣黑裤。

时欢撇了撇嘴,见辞野单手拿着手机,贴在耳边,似乎是在打电话。

应该是和朋友吧。时欢随意猜测着,突然起了坏心,便有意将脚步放轻,打算突然过去吓一下辞野。

而辞野手底下忙着做饭,耳朵还忙着接电话,自然没有注意到身后传来什么声响。

"你昨天回来后,也没想着先回家看看爸妈啊?"辞母在电话那边感慨,幽幽叹了口气,"唉,打个电话就不见了踪影,爸妈多伤心。"

辞母虽然这么说着,语气中倒也没几分怪罪的意味,并不是在生气。

辞野在心底算了算大概时间,想着吃完饭就走的话,过去还能吃个午饭,便对话筒道:"我中午回去,昨晚有场聚餐,就没回家。"

辞母张口便应下:"行啊……"

话音未落,辞野还没听清楚母亲说了什么,便有人自身后环住了他的腰身。

他身子登时僵住,与此同时,时欢那慵懒的嗓音传来:"辞野,早饭吃什么啊?"

电话那头也陷入了沉默。时欢并不知道辞野在同谁打电话,她从辞野背后抱着他,微踮着脚抬着下颌,笑吟吟地靠着他。

几秒后,辞母颇为惊喜地笑了声,当即便问:"是小欢吗?"

时欢凑得近,因此也能听到手机听筒内传来的声响,她只觉得这声音有些耳熟,稍加思忖过后,表情瞬间就变了。

"伯、伯母?"时欢被吓得立即松开了辞野,嘴角笑容僵硬,一时有些手足无措,"不好意思啊,我不知道辞野在跟您打电话……"

辞母倒是干脆利索,对辞野道:"辞野,你开免提。"

辞野着实无奈,却还是照办,指尖点下免提。

"小欢啊,能听清伯母说话吗?"

时欢战战兢兢:"能的能的。"

那瞬间认怂收敛的模样,让辞野不禁侧首低声嗤笑。这会儿她倒是不敢闹腾了。

"我们都多少年没见了,之前就知道你回国了,但一直没机会联系,看来你们两个是重归于好了。"辞母似乎十分愉悦,继续道,"中午一起回家来吃顿饭,怎么样?"

辞母的声音透过手机话筒,清清楚楚地传入时欢的耳中。

时欢整个人如同石化,她微微启唇,一时不知道该怎么回应。

其实,时欢虽然在回国之前就考虑过这些事情,但并不代表她做好了迎接的准备。

她本以为自己五年前的那次不告而别,会让伯父伯母对她的好感度降至低谷,但是现在看来,伯母好像一点都不在乎的样子?伯母难道不知道当年她离开的事情?

时欢百思不得其解,讪笑道:"可以啊……"

"那正好,今天两个人都回家,热闹。"辞母笑吟吟地回她,道,"小欢,你想吃什么啊?我给你准备着。"

时欢有种受宠若惊的感觉,忙不迭答道:"不用不用,我都可以,伯母您做您擅长的就好!"

"哎,我们之间客气什么,想吃什么直接说就好。"

辞野看不下去了,拿起手机,淡声对着话筒道了两三个菜名:"这些是她喜欢吃的,别的没什么,做点家常菜就行。"

时欢听到那几个菜名不禁愣了愣,旋即侧首看向辞野,目光微动,似乎有些惊讶。

时欢并不是个挑食的人,对食物这方面一向低要求,喜欢吃的也无非就那几个。而辞野他……竟然还记得她最爱吃的那几道菜?

心下情愫复杂,有些说不上来,时欢没绷住,侧首无声弯唇,总觉得欣喜。

她突然有些庆幸自己当时去找了迟软,那样,她才遇见了多年未见的辞野，发生后面一系列的事情。

"你小子当时还否认我来着。"辞母闻言哑然失笑，调侃辞野道，"看看，都分手五年了还记着小欢的喜好，不就是念念不忘。"

"……"辞野的眉角跳了跳，"我和时欢一会儿过去，你忙，挂了。"说完，他便干脆利索地挂断了电话。

时欢侧目看他，一副嬉皮笑脸的模样："不就是念念不忘？"

辞野低声嗤笑，扫了她一眼，意味不良："你这会儿舒服了？"

时欢闻言顿了顿，瞬间便端正了态度，一本正经地转移话题，道："对了辞野，伯母是不是不知道我们五年前分手的原因啊？"

"怎么不知道？一个大活人跟人间蒸发了似的。"辞野倒也顺着她，说着将手机放在一旁，"她一直知道是你一声不吭就把我给甩了。"

时欢："……"怎么感觉这语气迷之嘲讽？

她清了清嗓子，抱臂靠在一旁的台子上，歪了歪脑袋，问："既然知道的话，伯母不是应该对我印象不好吗？"

辞野闻言微怔，长眉轻蹙看向她，似乎有些疑惑："你为什么会产生这种错觉？"

"这不是理所应当的吗？"时欢也很是疑惑，"儿子被人毫无理由地甩掉了，人还跑了，不应该很生气吗？"

"想太多。"辞野轻笑了声，抬手将火调小了些，"她一直把你当准儿媳看待。"

这样啊……时欢摸摸下巴，突然灵光一现，笑眯眯地看着辞野："那你呢？"

她这话没什么重点，辞野没多想，将问题丢了回去："什么？"

"伯母把我当准儿媳看待。"时欢嘴角微弯，眸中潋滟着水光，她从容靠在一旁，望着辞野，姿态带着几分慵懒，"那你怎么看待我的？"

辞野盯着她，眸中深邃无从窥测，时欢看不出来他有什么情感波动。半晌他饶有兴趣地低笑，嗓音微哑："你真想知道？"

时欢本来就是开了句玩笑，但没想到辞野似乎真打算回答她，便愣了愣，心下微动。

其实她也说不准自己究竟怎么想的，只是觉得现在和辞野这么在一起也挺好的，但更深层次的事情，例如婚姻方面，她还没有考虑……不，应该说是还没有想过。

只是年轻那会儿两个人成天腻歪在一块的时候，她也想过关于他们两个人的未来，不过那时候只是小女生的美好愿望而已，扯到现实里，还是需要认真考量的。

念及此，时欢便打算不着痕迹地将话题转移开来，伸手轻拍了拍辞野的心口处，一本正经道："嘘，答案自在心中，我都懂。"

懂个屁！辞野敛眸，不紧不慢地攥住她的手腕："不懂装懂？"

时欢的表情僵了僵，半开玩笑道："哈哈哈不要那么严肃嘛，好像要在这儿求婚似的。"

他不置可否，只抬起她的手，俯首在上面落下一吻，若无其事地道："我还没这个打算。"

转瞬即逝的柔软滑过肌肤表面，时欢微怔，一时出神。

他的吻，落在了她的无名指处。

时欢心下瞬间激起波澜，她不禁有些心跳加速，双颊都开始发热。

说什么没这么打算，那他一本正经地亲她的无名指做什么啊？这暗示得也太明显了好不好？

时欢难得羞赧，轻咳了声，连忙随便找了个换衣服的理由，离开了厨房。

时欢只顾着落荒而逃，便这么错过了身后男子那忍俊不禁的模样。

辞野无声低笑，摇了摇头，轻叹了声，便将注意力转移到饭菜上。然而方才时欢那般脸红的模样，似乎还浮现在眼前，挥之不去。

辞野无奈，勾了勾唇，眸色却悄然沉了下来。

自己真没那个打算吗？虽然还没具体去想过，但关于结婚的想法，辞野倒是有的。

只是他也知道，时欢那性子不会太早安稳，若真要谈这些事情，她定是会回避话题的。

反正两个人的年纪还不算大，倒是不急，且为了避免不必要的矛盾出现，辞野便没有提及这些。

算了……他并不想将时欢逼得太紧，若是太急切的话，说不定会适得其反。

慢慢来吧，来日方长。

二人用过早饭后，时欢开始挑衣服。她纠结了许久，觉得这件不端庄，那件不好看。

好不容易找了身顺眼点的衣服，她又开始纠结妆容的问题。

时欢在卧室里忙活了许久，辞野在外面客厅里玩着手机，都等得有些没脾气了。

见时间差不多了，车程又比较长，他便开口催促："收拾好了吗？"

"应该……好了吧？"时欢的声音从卧室内传来，与此同时，人已经从房间里走了出来，脚步有些踌躇。

辞野听闻声音，便随意一抬眸，停留在手机屏幕上的指尖却顿住。

眼前的人身穿一袭素白裙子，柔顺长发披在肩头，面上化着淡妆，平日里眉眼间的粲然柔和了几分，此时竟生出些许文雅来。

时欢神情带着几分不安，双眸盛满了温柔的水光，她顺了顺长发，问他："你觉得这样行吗？"

辞野迅速回过神来，当即垂眸掩下眸底的情绪，佯装无谓道："挺好，人靠衣装马靠鞍。"说着，他将手机收起，拿起桌上的车钥匙，走向门口。

时欢这才放了心，听到后面的补充却哼了声："你就不能正儿八经地夸我一次。"

辞野闻言，脚步倏地停顿，时欢本来跟在他身后，见他突然停下，不禁有些疑惑。

他似有若无地叹了口气，侧身盯着她，嘴角笑意有几分无奈。随后，他俯首在她额间轻吻，开口道："我喜欢的样子你都有，让我怎么夸？"

时欢愣了下，摸摸额头，又觉得脸有些发热，随即轻咳一声，暗自嘟囔了句："这么多年不见，你倒是会哄女人了。"

声音虽低，辞野却听得清明，抬手轻揉她的脑袋："我只会哄你。"

心跳声简直要炸开来，时欢抿了抿唇，不禁感慨士别三日当刮目相看。辞野撩人的本事，当真是越来越强了。

时间已经不算早，开车从这边到辞母那，需要一个多小时的时间，时欢和辞野赶紧下楼出发。

上车后，时欢便开始紧张兮兮的，一直拧着眉，望着窗外想一会儿该说些什么。

辞野察觉到她的紧张，问她："见个家长而已，以前又不是没见过，有必要这么紧张？"

"有必要啊！"时欢回他，模样认真，"不都说了伯母把我当准儿媳看待吗？从现在开始我要留下个好印象。"

说完，她便继续去琢磨待会儿见面后的说辞了，压根没多想自己那句话的其他意义。

而她不经意的一句话，却让辞野心下微动。他不禁侧目看了她一眼，见她似乎并没有察觉到什么，他只得无奈地勾了勾嘴角。

一步一步来吧。他们的故事，还很长。

第十三章 拿爱回应我

抵达目的地后,辞野将车停好,时欢平复了一下心情,便推开车门走下了车。

就算再怎么紧张,也得见家长,早见晚见都要见,时欢这么安慰着自己,跟在辞野身后走进庭院中,刚好望见了正给花草浇水的辞母。

辞母听见声响,抬眸看了一眼,在看到二人的那一瞬间,眸中闪过一抹光芒,当即便将浇水器放在草地上,笑吟吟地迎上前去:"来了呀,刚好快做好饭了。"

辞母越过辞野,来到时欢面前,轻轻牵起了她的手,嘴角微弯:"哎,这么多年不见,小欢你真是越来越漂亮了。"

"伯母你也是啊。"时欢见辞母态度如此,放松了不少,笑着回应道,"越来越年轻哦。"

"哎,小姑娘的嘴真是越来越甜了。"辞母轻声感慨了一句,摸了摸自己的脸颊,"伯母可比不上你们了,满脸的胶原蛋白,正好是最美的时候。"

明明两人已经五年不见,但横亘在彼此之间的那些距离,好似全然不存在一般。辞母依旧将时欢当作准儿媳来看待,二人仍旧能够谈笑风生。

这让人有些意外,但并不出乎意料。

被晾在一旁的辞野长眉轻蹙,有些无奈地开口道:"时欢一来就不管我了？"

"女人之间的话题是很多的，你就别瞎掺和了。"辞母一本正经地摇了摇食指，"你爸估计在厨房盛饭呢，你帮帮忙去。"

来了就是干活的苦力，辞野似有若无地叹了口气，只得笑了笑，迈步走向房内。

时欢见辞野走了，不知道怎么回事，那份紧张感又回来了些许。

辞母自然是察觉到了这姑娘的小心思，弯了弯嘴角，抬手搭上时欢的肩头，笑叹道："你好像真的很紧张呢。"

"啊……这倒不是。"时欢见被拆穿了，一时有些尴尬，忙不迭摆摆手否定，然而一时也找不到合适的理由解释。

"没事，毕竟五年不见了。"辞母很是和蔼，"你在担心我不喜欢你吗？"

时欢顿了顿，没想到伯母竟然猜出来了。她抿唇，轻声道："不好意思啊伯母，五年前我一声不吭就走了。"

"不需要道歉，感情是你们两个人的事情，我喜欢你这孩子是另一码事。"辞母哑然失笑，眉眼间泛着温柔，"我知道你肯定有自己的理由，既然你和辞野的误会已经解开了，那以后就好好在一起，多信任一下彼此，有什么事要尝试去沟通。"

时欢听着这一番话，心底有些发酸。

一直都是她自己顾及的事情太多，不论什么时候，她都习惯性将事情复杂化，明明有时候简简单单的事情，也会被她搞得一团糟。可其实，有些事并不需要那么多猜测和假想。

时欢先前在车上想的那些回话，一句都没有用上。她本已经做好了长话短说的打算，将五年前的事情告知辞母，却无论如何都没有想到，辞母根本就不打算过问。

伯母一直就信任着她啊，她却还顾虑那么多，实在惭愧。

念及此，时欢便有些释怀，轻笑了声，道："谢谢伯母。"

这四个字，已经道尽了那些没来得及说完的话。

"傻丫头。"辞母拍了拍时欢的肩膀，对她道，"伯母可一直很看好你的，你们两个人好好的，就比什么都好。"

时欢闻言，突然想到了什么，轻咳了声，有些踌躇地问："那……伯父知道我今天过来吗?"

"肯定知道啊,他还帮忙准备了饭菜呢。"

"关于我和辞野,伯父是怎么看待的呀?"

辞母闻言,嘴角笑意敛起。她摸了摸下颌,似乎陷入了沉思,也不知道究竟在思忖什么。

时欢本来已经放轻松了,见辞母这副模样,下意识便以为辞野的父亲反对两个人,不禁为自己捏了把汗。

然而几秒后,辞母笑着道:"他好像对这方面不是很在意,我跟他说你们两个人和好的时候,他还挺高兴的。"

时欢心底一颗石头便这么落了下来,瞬间安下心来了。

饭桌上,时欢同辞父辞母开心地聊着,简单说了下自己目前的工作,以及和辞野一同去巴尼日亚期间发生的事情,对面二老听得津津有味。

辞母撑着下颌笑吟吟对时欢道:"小欢,你和辞野是怎么遇见的啊,这孩子不跟我说,你透露一点嘛。"

时欢被呛了口,侧首看了看辞野,又想了想,才简单概括了一下,道:"时间比较赶巧,我去接我朋友一起回国的时候,刚好遇见了辞野他们,就一起回来了,后来又偶遇了几次,比较有缘分。"

"两个人之间有误会的话,现在重新和解了就好,毕竟在一起的时间不算短了,有什么话不能说,是吧。"辞父笑道,不经意地提了一句,"对了辞野,你们两个在国外折腾了那么久才回来,现在开始考虑结婚的事情了没有?"

他话音一落,时欢和辞野皆是一顿。

"结婚"这个关键词直接砸到时欢的脑袋上,砸得她有点儿发蒙。

这……这就要提到结婚的事情上去了?这么快?!

时欢有些怔,一时不知道该如何回答伯父的这个问题,心下纠结无比,短时间内实在想不出一个比较好的回答。

而辞野面上的表情也有些复杂,他启唇却又没出声,一副欲言又止的模样。

二人这不情不愿的踌躇模样,完完整整地落在了对面二老的眼底。

"你们俩怎么都犹犹豫豫的?"辞父有些狐疑,甚至有点怀疑自我,

"还是说我这个问题问得有点早？"

辞母歪了歪头，颇有一番蕴意道："都快奔三的人了，也不算早吧。"

这简直就是催婚的节奏了，言下之意如此明显，时欢要是再察觉不出来可就是真的傻了。

她正要开口，一旁的辞野却已经出声解释道："是这样的，目前我和时欢还不算彻底稳定下来，需要考虑的事情还有很多，我们也需要再相处一段时间，所以暂时不考虑结婚的事情。"

时欢在心底默默给辞野疯狂鼓掌，这个回答简直不能更棒！

"也是。"辞父闻言便想了想，觉得似乎有些道理，"毕竟你们两个人刚和好没多久，直接谈结婚的话的确是有些急了。"

辞母也觉得辞野这话说得十分具有信服力，便没有继续这个话题。

时欢舒了口气，悄悄给辞野丢了个wink过去，辞野无奈弯唇，在心下叹息了一声。

于是乎，二人就这么巧妙地避开了结婚这个敏感的问题。

在辞家的这场饭局十分顺利，简直可以说是意外之喜，时欢没想到这么多年不见，还能同二老如此愉悦地聊天。

饭后，时欢主动去帮辞母收拾和清洗碗筷，辞父无聊了许久，见儿子回来了，便拉着辞野陪自己下棋去了。

时欢将碗和盘子归类放在架子上，大功告成，舒了口气。

辞母那边也将厨房的东西收拾好了，侧首问了一句："小欢啊，你和辞野今天还有事情忙吗？"

"没有啊，我们两个今天很闲的。"

辞母了然地笑了笑，做了个剪东西的手势："那能陪我去庭院里修剪一下花草吗？"

时欢欣然答应："当然没问题。"

随后，时欢便跟着辞母前去庭院。

她对修剪花卉这方面不太了解，但除去杂叶什么的还是能够帮点儿忙的，拿着剪子小心翼翼地比画着，比照旁边动作从容的辞母，实在太正儿八经了。

辞母见她这模样，有些忍俊不禁："放轻松，慢慢来就好。"

时欢便尽量让自己自然下来些许，后面的修剪便越发顺手了。

　　庭院中只有二人，时间静静流逝，温柔的日光倾泻而下，风卷着几分花香穿堂而过，安谧而祥和。

　　似乎想到了什么，时欢手下的动作突然一停。半晌，她开口轻声道："伯母，我想……了解一下辞野这五年发生的事情。"

　　辞野是如此惦念着她，她却对他这五年来的事情一无所知，这种滋味实在是不好受。

　　她无法去亲口问他，因为她知道即便问了，辞野也不会说，所以只好求助辞母。

　　辞母闻言默了默，似乎有些意外，但好像又料到了似的："小欢，你很想知道吗？"

　　时欢坚定地点了点头，道："不论是过去还是现在，我都想了解他。"

　　辞母沉吟了几秒，无奈轻笑，终是松了口，同时欢道："虽然已经是过去了，但其实你刚离开的那段日子，是辞野状态最糟糕的时候。"辞母回忆起那时，还是不免有些感慨，"我和他爸爸，还真没见过他那么失魂落魄的样子。"

　　随着辞母的话音缓缓落下，时欢目光涣散了一瞬。

　　辞野没有提起过，过去的五年，他究竟是如何度过的。但时欢觉得，他一定不会过得比她好，无论是身体还是心理。

　　辞母轻轻叹了口气，眸中情绪流露些许无奈，她敛眸，轻声对时欢道："我跟你说这些话，也只是想让你知道，你对辞野来说有多重要，你一定不要有什么负罪感。"

　　时欢轻轻点头："我都明白。"

　　辞母闻言，这才稍微放下心来，缓缓开口，将那段回忆从脑海中捞起："虽然表面上看不出来，但他一天比一天沉默，发了疯似的开始全世界跑，到处出任务，成天出生入死，也不听劝，一年到头来能回家的日子也不过就那几天。"

　　时欢陷入了沉默之中，眉间无意识地轻蹙，心下传来几分不清不楚的酸楚，令她说不上话来。

　　辞野突然这么沉浸在工作当中，自然不是开了窍。

"小欢你肯定也知道,辞野那孩子,不太喜欢把情绪和想法表露出来,所以他一旦有什么负面情绪,就会强迫自己全身心投入到一件事情当中。"辞母说着,看了看时欢,嘴角笑意无可奈何,"我和他爸爸还以为,分手这么点事情,估计他过段时间就能自愈了,但是后来看他……"

说到这里,辞母停顿了半晌,轻声叹了口气,虽然没什么别的情绪,时欢却能够听出来,辞母当时的难过心情。

"时间越来越长,辞野却还是老样子,也不肯谈女朋友,回绝任何感情方面的问题。"辞母悠悠道,"他因为前几年经常出任务,没少受伤,九死一生地回来,都快把我和他爸爸吓坏了。但是我们两个人也劝不动他,他似乎一直想要把自己的精力分散到工作上,虽然没问过,但我猜测大概是因为他还想着你。"

"大概两三年后吧,辞野的状态恢复过来了,见他终于自己走出来了,我和他爸都挺高兴的。"辞母说着,摇了摇头,哑然失笑,"不过我还真没想到这小子是个实打实的情种,竟然真的念念不忘。"

时欢没吭声,心下情绪复杂,她抬眸看向辞母,想要听下文。

"有一次,辞野出完任务回家来看我们,深夜在客厅沙发上睡着了,我出去喝水的时候看到,就去给他盖了条毯子。"辞母想到当时的情景,心下不免有些感触,"他并没有说梦话的习惯,但我当时清清楚楚地听到,他在梦里喊你的名字。"

说完,辞母还半开玩笑似的猜测道:"不过也许这就是他不常回家的原因呢,怕被人发现。"

她话音刚落,时欢眼眶便蓦地有些发酸。

他在梦里,喊了她的名字。都过了那么久,他竟然依旧挂念着她,这五年来,他从来没有尝试去放下她。

胸腔里积满了混乱的情绪,时欢有些理不清楚,只觉得一腔感动与愧疚涌上前来,逼得她湿了眼眶。

时欢从来都知道,辞野那人沉稳又漠然,他的感情也毫无声息,他并不会甜言蜜语那一套,只会在生活中的各种小细节上照顾好她。

他就是这样一个男人,成熟内敛,不会将她绑在身边,只会沉默地助她前行。她从来都知道。

时欢抿了抿唇，心底乱得一塌糊涂，差点儿就要掉下泪来。

原来这份感情，对他来说是如此之重。

"小欢，两个人能遇见，实在是太不容易了。"辞母见时欢这般模样，却也不知道该劝些什么，只得抬手轻轻拍了拍她的背部，道，"你们两个人兜兜转转这么多年，最后还能走到一起，真的就是缘分了，好好珍惜。"

那一刻开始，时欢突然觉得，考虑结婚的事情，似乎也并不算早了。

往后的日子里，她一定会陪在他身边，同他走过春夏秋冬，和他并肩前行。

时欢和辞野准备离开的时候，已经是下午了。

同辞父辞母告别后，时欢笑眯眯地拉开车门坐上了副驾驶，心情舒畅，整个人愉悦得很。

辞野插入钥匙，启动车子踏上归程，余光瞥见时欢这么高兴的模样，不禁嘴角微弯。

就在此时，他突然想起先前不经意间看到庭院里，边修剪花草边凑到一起说话的二人。

念及此，辞野便随口问了句："你们在庭院里忙活的时候，聊什么了吗？"

他心里基本有数，肯定是聊了什么。

时欢懒洋洋地将身子向后靠，若无其事道："没什么啊，就是唠唠嗑而已啦。"

辞野微眯眼眸，摆明了一副不相信她的模样："哦？"

"哇，你真的一点都不信任我哎。"时欢佯装伤心，捂着心口叹了口气，装出一副悲痛欲绝的模样，"我对你真心实意的，一颗红心摆在你面前，你都看不到的吗？"

辞野轻嗤："我还真没看见。"

时欢闻言，当即便干脆利落地凑过去给他比了个小心心，嬉皮笑脸地道："这下看到没，看不清我还能给你比个大的呢。"

辞野被她这搞怪的模样给气笑了，实在没什么脾气，只得无奈地对她道："行了行了，收起你的心，我认真问你的。"

时欢见辞野似乎真的好奇这件事，不禁暗自撇了撇嘴，思忖着到底该不该说。

　　嗯……辞野这人这么好面子，如果直接把事情说出来的话，估计他又要口是心非地拒绝一波，傲娇本性难改，时欢也没什么办法。

　　而且，这是时欢想要藏在自己心底的消息，所以只好暂时保密了。

　　决定后，时欢微弯嘴角，侧首似笑非笑地看着辞野，用半真半假的语气道："伯母可是跟我说了很多，说你五年里怎么对我掏心掏肺念念不忘，为我痴为我狂，为我'哐哐'撞大墙。"说完，她还不忘做出一副感动到流泪的模样，很是真挚，"唉，真是感动死我了。"

　　见时欢这样，辞野心底的那点疑虑便打消了。看来两个人的确只是唠家常了。

　　辞野敛眸低笑，轻轻摇头，不置可否。

　　"所以说啊辞野。"时欢歪着脑袋，身子歪歪斜斜地靠着，凑近辞野，"过去的那五年里，你到底有没有过放下我的打算？"

　　辞野倒是干脆，十分坦诚地道："有。"

　　一个字，直接敲打在时欢心头，一颗红心瞬间凉了半截。

　　时欢叹了口气，有点儿受挫地抚了抚胸口，道："直男本色，真不会哄人。"

　　"不过，"辞野不紧不慢地开口，将转折道出，"后来我想了想，你一声不吭就把我甩了，我绝对不能就这么放过你，迟早得把你给绑回来。"

　　这世上的神转折，总是太多。

　　时欢眨巴眨巴眼睛，随即禁不住笑出声来，眸中溢满了细碎的光芒。

　　唉，真是……再这样下去，她真想直接去跟他扯证了。

　　由于车程有些长，时欢便小憩了一会儿。

　　待她醒过来的时候，车子刚好堵在商业街附近，此时正好是下班的高峰期，他们也只能等着。

　　时欢有些无聊，便摸出手机来看了看，状态栏里有几条推送的消息，她还没有阅读。

　　她随意扫了一眼，本来已经打算按下全部清除的按钮，又被生生止住了动作。

"辞野辞野！"时欢双眼放光，忙不迭拿着手机凑到辞野面前，"咱们一会儿去看电影吧，我最喜欢的一对娱乐圈夫妻主演的，估计会很甜！"

辞野皱了皱眉："谁的？"

"蒋远昭和沈温欢。"时欢美滋滋地看着电影宣传，见评分高达九点多，不禁嘴角微弯，"他们两个人的互动是真的甜，我记得他们还有个小女儿呢，长得也特别漂亮。"

"那你现在就定好票吧，看看还有没有空位子。"辞野倒是没什么异议，反正一会儿也没什么事要忙，但他有些好奇，"你什么时候开始关注娱乐方面的消息了？"

"不不不，我不混粉圈的。"时欢干脆利索地摆手否认，解释道，"我只是沉迷他们这对CP而已，毕竟蒋远昭的六年暗恋史可不是盖的。"

辞野嗓音淡然："我不也等了你五年。"

时欢闻言愣了愣，仔细想了想，好像的确如此。

"所以啊。"她笑，趁现在堵着车，便俯身环住辞野的脖颈，在他颊边落下一吻，道，"辞野，我最喜欢你了。"

时欢环着辞野的脖颈，眉眼间漾着笑意，眸底埋着粲然，一字一句说道："这醋都吃？"

辞野扫她一眼，旋即便无奈笑叹了声，轻轻摇头："行了，你快定电影票去吧，别没位子了。"

"好嘞。"时欢微弯嘴角，当即便好整以暇地重新坐回了副驾驶席，拿起手机解开锁屏，开始刷附近的影院。

不过这电影的票房着实火爆，现在这个时段，不论哪个影院都已经满座，时欢撇了撇嘴，只得心不甘情不愿地换个时间段搜索，发现就近有家影院还有位子。

虽然在后排，却是靠近中间的位子，还算不错。

时欢双眸亮了亮，将相关信息给辞野看："你看，这电影是一个半小时后开始，如果我们堵会儿车的话，赶过去大概刚好可以看。"

辞野并无异议："那就买吧，正好看完电影一起吃顿晚饭。"

他答应得干脆利索，时欢心下也是美滋滋的，指尖点了几下屏幕，便

247

将位子给确认了下来。

唉，果真还是回国后舒坦啊，时欢不禁在心底由衷感叹着。

由于时段特殊，车道着实拥挤，即便是前行也十分缓慢，她百无聊赖，便边玩手机边等着抵达影院。

她去微信里看了看医疗队的群，没几个人冒泡，估计都在好好休息，像时欢这样一回国就开始疯玩的人，应该并不是很多。

这么想着，时欢本来还想约程佳晚改日出来，便也先暂时放下了。

在车内待着的时间着实无聊，时欢暗里打了个小哈欠，便去看了眼待会儿电影的宣传片。

短短三分钟不到，却让时欢瞬便提起了兴致，电影中二人的互动极其有爱，看来当真是部高质量的高分片，虽说题材是都市情感，但还是值得期待的。

辞野余光瞥见时欢嘴角的笑意，一个没忍住便侧首问她："真这么好看？"

"是啊，太好看了，我可期待得不得了。"时欢撑着下巴瞅他，面上笑吟吟的，"我还记得原来都说'蒋沈CP'是国民恩爱的典范，好像的确属实，唉，真好啊。"

辞野瞧不懂她，实在不知道他人感情好于她有什么可开心的："你好像还挺羡慕的？"

"不是羡慕。"时欢开口答道，一本正经地伸出食指摇了摇，道，"我跟你讲，我原来一直觉得，看别人恋爱比自己恋爱有趣多了，天天吃糖，还不用担心别的事。"

辞野长眉轻蹙，似乎觉得更加无法理解："这逻辑我有点理解不了。"

"直男，估计永远懂不了。"时欢暗自翻了个白眼，不过随即她便歪过脑袋，对辞野展露笑颜，"不过呢辞野，自从我遇见你后，我觉得果然还是自己谈恋爱最有趣。"

"不对……"时欢想了想，又觉得重点错了，便纠正过来，"是你更有趣。"

辞野闻言，虽然嘴上并没有说什么，时欢却清清楚楚地望见了，他无声上扬的嘴角。

时欢敛眸掩住眼底笑意,再次在心底默默感慨。

唉,傲娇自有傲娇的可爱。

正如时欢所预料的那般,二人堵车堵了将近一个小时。辞野将车停好,两人共同踏进了影城的大门,去取票机兑了票出来。

时间还剩下半个小时左右,时欢拉着辞野去楼上买爆米花和饮料,这会儿人多,又因为是部热门电影,因此买东西的人很多,排队又花了一段时间。

待辞野将爆米花从服务员手中接过的时候,开始检票提前入场的提示音便响了起来。

时欢负责拿好手中的两杯饮料,检票过后,她脚步轻快地跟着辞野走到了后排的位子。坐到位子上后,她发现这角度似乎还不错。

时欢对爆米花没有抵抗力,此时已经忍不住将手伸向了爆米花桶,随口问辞野:"对了,我们两个上次看电影,是什么时候?"

"五年前了,七夕约会的时候。"辞野看了看她,又看了看她暗中伸向爆米花桶的手,意味不明地笑了声,道,"现在想一想,还真是令人难忘。"

时欢脸不红心不跳的,佯装没事人般便将爆米花往嘴里塞,一时也没反应过来辞野在说什么旧事,应了句:"竟然能让辞队如此难忘,看来你对我是上心得很嘛。"

"的确上心。"辞野略一颔首,开口,语气似乎有些复杂,"毕竟电影开场前半个小时,你就吃完了一桶爆米花。"

时欢闻言,手下动作蓦地一顿。

她轻咳了声,整理了一下表情,笑嘻嘻道:"没想到这种小事你还记得啊,不就是小贪吃嘛。"

辞野侧首对她笑了笑,淡声道:"我倒是到现在还记得,后来买了第二桶,结果电影开始的时候又被你吃完了。"

时欢哑口无言了。

她不就是贪吃了点儿吗,吃你家大米了啊?

二人对话期间,便有源源不断的观众走进来,渐渐地,全场几乎坐满了人，影院的灯光暗下，大屏幕也即将进入广告的最后阶段，电影即将开始。

周围仍有些许嘈杂的人声，时欢本来没有注意到，耳边却不经意听到了个有点熟悉的女声，十分耳熟，时欢一时却想不起来究竟是谁的声音。

她有些好奇，当即抬头看了看四周，然而放映厅漆黑一片什么都寻不到，而那声音也没再响起过，好像只是错觉。

辞野察觉到她的动作，便侧首问她："东西掉了？"

时欢开口正要说话，电影却在此时开始了，她便忙不迭放下这事儿，拉着辞野兴致勃勃地集中精力看起电影来。

电影剧情饱满，十分欢快，看得现场欢笑阵阵，氛围很好。

电影结束后，影院灯光亮起，观众们散场，边谈笑风生，边各自排队离开影院。

"真是对得起那么高的评分啊，好久没看到这么优质的国产片了。"时欢伸了个懒腰，面上很是满足，对一旁的辞野道，"哎，你说好不容易任务结束回国了，我们得好好放松放松嘛。"

"你计划就好。"辞野见她这般愉悦的模样，嘴角便也挂了丝笑意，"你做什么我都陪着。"

辞野的话音刚落，时欢的动作顿了顿。

她哑然失笑，侧目看向辞野："虽然你不会说什么甜话，不过……"她倾身凑过去，伸出手来，指尖似有若无地摩挲着他的下颌，道，"我就喜欢你这样的。"

辞野被她搞得心痒，便攥住她的手腕，眉间轻皱佯装正经，对她道："别闹。"

"没闹啊。"时欢睁眼说瞎话也不带脸红的，眼神都不曾飘忽，笑吟吟的，借机便握住了辞野的手。

辞野顿了顿，垂眸看她，望见她笑意粲然，面上满是春风得意，不禁低声轻笑。随后他从容张手，与她十指相扣，握紧了她的手，牵着她走向出口。然而下一瞬，他便望见了前排刚刚起身的一对情侣。

辞野目光微动，眯了眯眼，突然有些怀疑自己的双眼。

情侣？不对。辞野蹙眉，唤了声时欢，示意那处："时欢，你抬头看那边。"

时欢见他这样也有些疑惑,顺着看了过去,一面看还一面漫不经心道:"是有什么新奇的……"

话还未说完,她便倒抽一口气,瞠目结舌地望着那对男女,有些难以置信。

"我认错人了?"时欢有些茫然,脑子没反应过来,便问辞野,"李副队有没有年龄相近的兄弟?"

"那我问你。"辞野与她对视,神情复杂,"程医生有没有年龄相近的姐妹?"

显然,两边的答案都是没有。那也就是说……

时欢与辞野交换了个眼神,就在他们一同看向那边的时候,那二人中的一人似乎察觉到了什么,侧首向这边看了一眼。

不看还好,只一眼,那人便傻在原地。

"看到什么了?这么惊讶?"程佳晚见李辰彦这副表情,难免有些好奇,便也看了过去,然而也是瞬间换上一副震惊的表情。

完了,这就被发现了。以上,便是程佳晚的第一想法。

"所以说,你们两个到底怎么回事?"

辞野点好菜,将菜单递回给服务员,一旁的时欢这才拧着眉问道。

对面坐着的,便是程佳晚和李辰彦二人,皆神色复杂,欲言又止。

"我倒是不记得,之前在巴尼日亚你们有什么交集。"辞野看向李辰彦,神色淡然,"今天和时欢出来看场电影,没想到就这么撞见了。"

"你们两个今天不说清楚可别想走啊。"时欢撑着下巴,眼神在对面二人之间来回转着,意味不明,"哎,晚晚我本来还想找你出来呢,没想到这就遇上了。"

时欢的模样有些不满,她佯装生气,捂着胸口唉声叹气道:"你说说,谈了个男朋友都不给朋友说,什么时候开始暧昧的也不跟我说,心真痛。"

"不是你想的那样,时欢你别气啊,我们也就是出来看了一场电影而已,什么都没有。"程佳晚讪笑两声,眨巴眨巴眼睛,很是无辜,"其实,我和李副队就是普通的朋友关系啊,一起结伴出来玩的……"

"普通的朋友关系?"时欢也不是真生气,就是装装样子而已,听程佳晚这么说，不禁愣了愣，"真的吗？"

时欢仔细想了想，在巴尼日亚相处了几个月，医疗队和维和部队的接触也挺多，二人回国后发展成朋友的话，也的确不是不可能，也许真是她想多了。

"估计没这么简单。"辞野突然在此时开口道，打量了一下李辰彦，"如果我没记错的话，昨晚打车送程医生回家的，好像是你吧。"

时欢闻言，便也立刻想了起来，昨夜饭局程佳晚醉酒，是李辰彦打车送她回家的。

二人都喝了酒，难不成……

时欢忙不迭把脑中那猜想给抹干净，瞪大眼睛望着李辰彦："我去！"

"时欢你想到哪去了啊！"李辰彦看见时欢这表情，就知道她脑袋里想的是什么，连忙头疼地矢口否认道，"就是发生了点儿小意外，我为了道歉，就请佳晚……"

"佳晚……"时欢轻飘飘地打断了李辰彦，径直将他言语中的关键提取出来，面色复杂地点了点头，"不好意思李副队，你继续。"

李辰彦也不知道该说什么了。

还继续个屁啊，你这不是摆明了绝对不信吗！

"没事没事，我不干扰你们。"时欢开口，一副善解人意的模样，笑眯眯道，"不用解释了，我都懂，你们两个以后好好相处。"

这言语听着体恤大方，然而细品品就会发现意思有点不对。

辞野侧目，瞥见时欢嘴角的"姨母笑"，便知她心底在想些什么了，不禁无奈地弯了弯嘴角。

"好好相处是什么意思啊？"程佳晚暗自翻了个白眼，却也不知道该怎么回，毕竟昨晚发生的事情的确一言难尽，"时欢你这可就想太多了。"

"好好好，那我就不瞎掺和了，不说这事儿了。"时欢哑然失笑，忙随意地摆了摆手，果真从容地将话题转移开，"不过没想到今晚看电影都能遇见，还真巧。"

"是啊，我们刚回国，我还以为医疗队和部队的人都会在家好好睡上几天来着。"程佳晚说着，叹了口气，笑道，"要不怎么说巧呢，还刚好是赶上了晚饭的时间，今天又在一起凑了一桌。"

"不过都这个时间了,你们两个没回家啊?"李辰彦说着,看了眼手机时间,便略一挑眉,看向对面的辞野,"昨晚估计过得不错吧?"

这是意有所指啊。时欢当即便将脑袋给低下了,装没事儿人似的,看得对面的程佳晚险些笑场。

好家伙,当真是风水轮流转,方才还是时欢调侃他们,让他们无话可说,这会儿就轮到李辰彦让对面两个人沉默了。

"过得不错。"辞野却面不改色心不跳,神色淡然,从容不迫地答道,"有女朋友陪着,到哪都能过得舒坦。"

李辰彦无话可说了。

自家队长是个行走的狗粮生产机,他好气却无能为力。

"不止如此。"辞野慢条斯理地喝了口水,继续补充,"我和时欢刚刚从我爸妈那回来,身心愉悦,这不就来看电影了?"

李辰彦神色复杂,眼神里全是满满的戏,憋了半晌他也只是道:"那真是妙啊。"

辞野挑眉,正儿八经地点了点头:"的确妙。"

时欢和程佳晚在旁边交换了个眼神,实在是忍不住了。时欢先笑出声来,拍了拍身旁辞野的肩膀:"辞野你悠着点,现在撒的狗粮就是以后要吃的糖,别齁着了。"

"这秀恩爱技术我也是服气。"程佳晚也有些绷不住,想到辞野方才说的见家长,便问时欢道,"对了时欢,我记得你之前好像就在思考见家长的事了,怎么样啊?"

时欢微弯嘴角,当即便美滋滋地拍了拍胸口,道:"我天生丽质,能说会道,怒刷了一波好感。"

程佳晚见她这得意扬扬的模样,心下不禁也为她高兴。

饭菜开始往桌子上摆,因为开了车,所以辞野和李辰彦都没有喝酒,四人便都喝了茶水。

四个人在吃饭的时候,时欢总是拐弯抹角地打听程佳晚他们的情况,李辰彦总觉得不行,得赶紧找个话题搪塞过去。他思忖良久,突然想起了什么,看了眼时欢,便佯装不经意道:"哎,时欢,你可能不知道吧,辞野他有事情没跟你说。"

他话音落下,程佳晚也看了过去,女人的八卦之心瞬间便燃烧起来。方才一直是被动方,现在突然抓到了猛料,她忙不迭问:"什么事啊?"

辞野蹙眉看着李辰彦:"你要跟她说什么?"

虽然他并不记得自己还有什么瞒着时欢的事情,但李辰彦这么神秘兮兮的,好像还真有什么事似的。

时欢见此,瞬间便被勾起了好奇心:"来来来,不用怕辞野,有我在这儿呢,你放心大胆地说!"

李辰彦清了清嗓子,不紧不慢道:"其实吧,辞野这五年来一直把你放心里呢,他每次出任务前都要去看看你留下来的东西。时欢你也别想那么多了,辞野真是个情种,好好珍惜着。"

原本以为时欢会感到惊讶,然而李辰彦说完后,满面震惊的只有程佳晚。

时欢歪了歪脑袋,对他笑道:"这件事啊,其实我早就知道了。"

辞野在旁边不紧不慢地喝了口水,还以为李辰彦要说什么,这件事早就已经被时欢套出真相了。

李辰彦见此,不禁愣了愣,有些惊讶:"难道你已经知道了?"

"不好意思啊李副队。"时欢摸了摸脑袋,无奈叹道,"你不说,不代表别人不会说啊。"

李辰彦瞬间了然,不免觉得有些痛心:"肯定是张东旭那小子……唉……不过,我倒是还没见过辞野看的是什么东西。"话题转回来,他多少还是有些好奇,"到底是什么啊?"

"原来在一起的时候,我给他编了条手链当生日礼物。"时欢实在不想提及这件事,抬手捏了捏眉骨,"唉,黑历史了,还被他这么挂念着。"

李辰彦在听到"手链"二字后,险些被口水给呛着。

敢情竟然是成天把时欢亲手编的手链给好好珍藏起来了,不过他实在难以想象,辞野一个冷面硬汉,竟然会对着一条手链睹物思人。

"想不到啊想不到。"李辰彦很是感慨,摇了摇头,道,"五年前你们俩分手,辞野除了更冷淡了点儿倒是没什么,我还以为辞野没受那么大的打击,原来还有这个事情,啧啧啧。"

程佳晚也很是震惊，不禁叹了句："辞队真是个情种啊……"

辞野却在此时抬眸，扫了一眼李辰彦："李辰彦，你到底都给他们说了什么乱七八糟的？"

李辰彦吓得瞬间便挺直了腰板，疯狂给时欢使眼色。

时欢自然是不会说的，便打趣道："没什么啊，就这一件事情，还是我当时逼迫小张说的呢。"

辞野轻嗤一声，也不知是信还是没信，总之最后，这话题便不了了之。

晚饭过后，四人便在门口道别。时间不早了，李辰彦准备开车送程佳晚回去，辞野则和时欢一同去取车。

晚风阵阵，此时已经过了立秋，虽然天气依旧有几分燥热，夜间却已经有了几分凉意。

时欢在车上时，打开了点儿车窗，就这么吹了会儿夜风，好像也挺清爽的。

回国以后，她觉得和辞野度过的每分每秒，都无比舒服自在。

时欢微弯嘴角，不知怎的，又念起先前辞母同自己说的那些事情，眸色淡了淡，心下微动。

温柔细腻的情愫无声溢出，她敛眸，无声轻笑。

就这样继续下去吧，一步步来，往后的日子，她会陪他一起走下去的。

送时欢到小区门口后，辞野停了车，便送她一同到了居民楼下。

"今天累了一天，回去好好休息。"辞野说着，抬手轻揉了揉时欢的脑袋，俯首在她额间落下一吻。

时欢倒是爽快，便笑吟吟地道："那晚安啊。"

辞野无声扬眉，随意调侃了一句："客气都懒得客气了，也不请我上去坐坐。"

两人这样小打小闹的，倒也轻松愉快，辞野的嘴角始终放不下来，噙着淡淡的笑意。

只是天天两边赶，两个人的家离得并不算近，实在是麻烦了些。

"对了时欢。"他开口，决定跟时欢商量一下，"你觉不觉得，每天这样来来回回挺麻烦的？"

时欢没反应过来,只当辞野是转移话题罢了,便也没有多想,直接回答道:"对啊,两边跑着,还有点费时间。"

看来意见一致,那还算好说。辞野略一挑眉,便开口轻描淡写道:"那我们就同居好了。"

时欢闻言吓了一跳。

"同、同、同……同居?!"她连话都说不好了,实在没想到这进展速度非凡,纵然是原来年轻气盛的那段时间,二人也没这样成天黏在一起过,"辞野你没在开玩笑吧?"

"这有什么可开玩笑的。"辞野见时欢这反应,感觉就跟不情不愿似的,不禁皱了皱眉,对她道,"同居而已,就这么抵触?"

时欢愣了愣,定定看向他,确认一下眼神:"你真不是开玩笑的?"

"不是,我在认真询问你的意见。"

"我当然愿意啊!"时欢面露喜色,眸中光芒都闪耀了起来,"我终于不用再过着天天吃泡面的日子了,不仅能跟哞天玩儿,日常起居还能有人给我操心,多好啊!"

辞野闻言,眉角当即跳了跳。敢情她就是想找个生活管家了。

"你绝对不准后悔啊辞野。"时欢当即自顾自道,喜滋滋道,"唉,今天真是个好日子啊!我跟你讲,我明天就火速搬过去,绝对不给你反悔的机会。"

辞野倒是没想到同居的建议这么快就被接纳了,他道:"那我明天晚饭后过来接你,一天时间你把行李收拾好够了吗?"

时欢比了OK的手势,信誓旦旦:"绝对足够。"

同居啊……美妙的生活啊……

一想到往后每天清晨睁开眼看到的便是辞野,时欢就满心欢喜。

时欢美滋滋地用额头蹭了蹭被子,本来还又累又困的,打算洗了澡就好好睡觉休息,结果这会儿她便高兴得睡意全无了。

没办法,突然天降同居这等好消息,时欢实在是无比欣喜。

"不行不行,好好睡觉,好好休息。"时欢扯了扯自己上扬的嘴角,老老实实盖好被子合上双眼,警告自己道,"明天收拾行李,以后辞野就陪睡了！"

念及此，她便满意地将脑袋放空，逐渐酝酿出睡意，沉沉睡去。

一夜无梦，时欢一觉睡到了大天亮。她刚自然醒没多久，床头柜上的手机便振动起来。

她清醒了点儿，见来电人是辞野，便接起电话："喂，大清早就想我了啊？"

"我一会儿就到你家了，你还记得之前的席然吗？"辞野倒是开门见山，也不多闲侃，径直对时欢道，"我今天有点事，要去一趟军区，你帮我把席然送到席景卓那边，就在中心医院。"

"哟，小席然啊？"时欢一听，便想起是那个小可爱，当即应了下来，"没问题，等会儿你把他送过来吧，正好我回国后还没见过席景卓呢。"

挂断电话后，时欢便去简单洗漱了一下，待她换好衣服后，门铃便响了起来。

她快步过去开门，一眼便望见了俊秀可爱的小席然，冲她笑得稚气，奶声奶气地唤她："小姐姐，我现在是不是可以喊你嫂嫂了啊？"

时欢微弯嘴角，俯身轻捏了捏他的脸颊，笑："随便喊。"语罢，她直起身子，对辞野道，"你忙你的去吧，我一会儿等医院那边上班了就过去。"

"好。"辞野刚接到通知没多久，也的确赶时间，便对她道，"晚上我来接你。"

时欢笑吟吟地道："那你路上注意安全啊。"

辞野应了声，俯首吻了吻她的前额，便回身离开了。

席然当即捂住了眼睛，慌慌张张地道："啊啊啊羞死了，我还是个孩子呀！"

时欢摸摸自己的额头，见席然这般模样不禁哑然失笑，抬手轻轻戳戳他："行了你，笑都憋不住了。"

第十四章
千万种心动

"席然,你在客厅看会儿电视,一会儿我送你去找哥哥。"

时欢说着,便将席然领到沙发前,给他打开电视,将遥控器放到他面前,道:"我有点东西要收拾,你先玩一会儿。"

席然一脸乖巧地点点头,在沙发上坐好:"好的!"

席然这孩子不似同龄人那样闹腾,行为分场合,说话也知轻重,这点还是让时欢十分欣慰的。

不过看这小家伙上面的两个哥哥,一个是年轻有为的总裁,一个是医学界精英,这遗传基因就这么明晃晃地摆在这里,怕是不优秀也难。

席家大少爷目前是席家名下财团的执行总裁,时欢未曾见过,只听说他常年待在海外,鲜少回国。

而这席家二少爷便是席景卓,他是辞野的好友,因此时欢和他关系也不错,她出国进修前,两人有些交情。

这一别便是五年未见,刚好时欢今日也没什么事情,打算收拾会儿行李,等会儿就带着席然去医院找他。

时欢这么想着,便拎出了自己的行李箱,打开衣柜收拾东西。

她仔细想了想,除了衣物和日常用品外,也没什么需要带过去的,因此收拾起来的话估计会挺轻松的。

正忙活着,时欢便听到外面客厅传来席然稚气的声音:"小嫂嫂,你在做什么呀?"

时欢笑了笑,应声:"我在收拾行李呢。"

"收拾行李?"席然似乎有些疑惑,便问她,"小嫂嫂你不是刚回来吗?怎么又要走?"

"是啊。"时欢轻飘飘地回他,语气里满含笑意,"席然你猜猜,我这次要去哪里?"

"嗯……"小席然见时欢卖起关子,不禁被勾起了好奇心,摸着下巴冥思苦想。

是要去旅游吗?好像不对哎……

席然突然想起什么,面上一喜,当即一拍掌,道:"小嫂嫂,你是不是要搬去辞野哥哥家里了啊?"

此话一出,时欢便冷不防被呛了一口,险些没顺过气来,忙拍了拍胸口,讪笑两声。

她无论如何也没想到,小席然竟然这都能猜出来,这小家伙到底是怎么想到这方面去的?

"对,以后席然要是想我了,就可以直接去你辞野哥哥那里找我啦。"时欢微弯嘴角,将手中的衣服叠得方方正正地放入行李箱内,道,"不过小席然,你是怎么知道的啊?是辞野哥哥跟你说了吗?"

除了辞野告诉席然,时欢实在想不到别的可能了。

"我超级聪明的!"席然见时欢做出了肯定回答,不禁"嘿嘿"笑了声,模样很是骄傲,回她道,"我记得刚才辞野哥哥走的时候,还对小嫂嫂你说了句'晚上我来接你',说明你们两个人肯定是要一起住了呀。"

这观察能力和记忆力,着实让时欢服气。她哑然失笑,同席然聊了一会儿天,手下收拾行李的动作也没停。将衣服都规整好放入行李箱后,时欢便去洗漱间将生活基本用品也收到了一个袋子中,放入行李箱内,这才算彻底大功告成。

这么看来需要带的东西也没有多少,她根本就没有费太多时间嘛。

时欢想着,不禁舒了口气,抬眼看了看时间,见快十点了,便将行李箱放到房间门口靠着墙壁,走出卧室对沙发上看电视的席然道:"席然,我们走吧。"

席然忙不迭应了声，将电视机关上后，很是乖巧地跟到了时欢后面。

时欢穿上高跟鞋，拿好钥匙便带着席然离开了。

二人打车去了中心医院，时欢好久没来过这边了，走进中心医院大厅后，看着这人来人往的，根本就不认识路，不禁有点儿茫然。

"小嫂嫂，到了这里你尽管跟着我走就可以啦！"席然看出了时欢的纠结，便伸手牵住她，抬起脑袋对她笑吟吟道，"我经常来这边找我哥哥，我哥哥的办公室就在三楼，我带你坐电梯过去！"

"好啊，那就拜托席然领路啦。"时欢见席然认识路，不禁松了口气，笑着轻揉了揉他的脑袋，便跟着小家伙一同去了电梯处。

上到三楼，席然便带着时欢向一个方向走过去，然而左拐右拐，却又回到了方才下电梯的地方。

席然本来还是一副自信模样，现在却有点儿发蒙，意识到自己好像记不太清楚了，只得撇了撇嘴，委屈巴巴地扯了扯时欢的手，低声道："对不起啊小嫂嫂……我好像把路给忘了。"

"没事没事，我们稍微问一下路不就好了吗？"时欢见小家伙一副自责模样，有点心疼，好生安慰了一下。望见迎面走来的护士，她忙开口轻声唤住她，"小姐你好，麻烦能告诉我席医生的办公室在哪里吗？"

"席医生？"护士狐疑了一瞬，毕竟对时欢的面孔有些生疏，印象里似乎并没有见过，此时不禁有些疑惑，但她在看到时欢领着的席然后，便知道是席景卓的熟人了。

念及此，她便给时欢指了一下方向，道："就在前面的第二个通道，左拐进去向前走就是了。"

时欢大概打量了一下，确认没什么问题后，便对她笑了笑："好，谢谢你。"

护士愣了愣，当即便笑着回应："不用客气。"

眼前这名领着席然的女子，五官着实明艳动人，笑起来粲然无比，很是好看，教人情不自禁地便喜欢她。

看着时欢和席然逐渐远去的背影，护士有些疑惑，喃喃低语道："奇怪……席医生好像没有女朋友啊？"

想了想又觉得弄不清楚，她索性摇了摇头不再多想，去处理自己的工作了。

　　与此同时，席景卓正站在办公室的窗前，百叶窗被折起，他眯眸望着窗外医院的后花园，手机靠在耳边，响了几声，便被接通了。

　　"你什么时候过来？"席景卓开门见山，眉眼淡然，声音平稳，"四份转院病人的资料，我都放到文档袋里了。"

　　手机听筒里传来女子清冽的嗓音，辨不出情绪来："两分钟，我在停车场。"

　　"到了打电话，我送下去。"席景卓说完，刚准备挂断电话，身后办公室的门便被推开。

　　竟然没事先敲门，席景卓长眉轻蹙，侧首看向来人，却愣了愣。随即他轻声低笑，对手机那边的人道了句："等等。"

　　"还有事？"

　　"你上来吧。"席景卓不紧不慢地道，"有惊喜。"说完，他挂断电话，将手机放入白大褂的衣袋中。

　　"没打扰你工作吧？我替辞野给你送人过来了。"时欢笑着调侃道，反手将办公室的门关上，毫不客气地坐到沙发上，"这么多年不见了，你怎么也不觉得震惊啊？"

　　"早就想到你会和辞野复合，没什么好惊讶的。"席景卓的模样倒是无所谓，他给时欢倒了杯水，递给她，道，"更何况，你之前不就已经回国了吗？"

　　"是我跟哥哥说的！"一旁的席然满脸笑意，眨巴眨巴眼睛，道，"哥哥那时候就告诉我，你是我未来的小嫂嫂了呢！"

　　席景卓坐到办公椅上，略一颔首，淡淡道："事实证明，确实如此。"

　　"这么笃定我会跟辞野和好啊。"时欢将身子向后靠，懒懒地窝进沙发里。反正都是老熟人，她也不端什么架子，姿态闲适得很，"你呢？我走这五年，你们席家除了添个小少爷，有没有少夫人？"

　　"上面那个还没娶，我急什么？"席景卓倒是从容，根本不给时欢调侃的机会，"况且我工作忙，没时间。"

"好好好，大忙人。"时欢扬眉，撑着下颌无奈失笑，"之前我回国就跟辞野撞上了，你说巧不巧？后来我看到你弟弟了，本来想找你一起吃顿饭来着，不过又来任务了，这才刚回国。"

席景卓捏了捏眉心，又戴上了无框眼镜，随手翻看着桌子上的文件，淡淡道："我听说了，辞野跟你去巴尼日亚，回来就在一起了。"

"虽然累了点儿，但还是有点乐趣的。"时欢摆摆手，想起在巴尼日亚的那些日子，悠悠叹了口气，"我记得原来你偶尔还会跟医疗队去支援呢，好像这些年都没偶遇过，很忙？"

"还好，腾不出时间而已。"

"怎么说？"

席景卓神情淡然，道："当哥哥的在国外不回来，二老自然要关心我的感情生活了。"

时欢闻言默了默："你就一定要把相亲这种事，说得这么好听？"

"不说这个了。"席景卓说着，抬眼看向时欢，"你的熟人快上来了。"

"我的熟人？"时欢愣了愣，有些疑惑，"谁啊？"

席景卓没答，只将手中文件翻了一页，摆明了不打算告诉时欢。

时欢摸了摸下颌，思忖着这熟人究竟是谁。她朋友多了去了，熟人的话也就那几个，但若是和席景卓也认识的话……难不成……

脑中瞬间闪过一个名字，时欢面色一喜，忙侧首看向席景卓："是喻霖回来了吗？"

席景卓微抬下颌，算是承认。

中心医院大厅内，男子迈步踏进大门，身着休闲西装，身材颀长，气场不凡，只是面上戴着副墨镜，遮住了大半张脸，教人看不清楚他的样貌。

他身后跟着名黑衣男子，似乎是保镖，不苟言笑，冷若冰霜。

"少爷，记得尽快把事情解决。"黑衣男子开口，毕恭毕敬，始终颔首。

"知道了知道了，一个劲儿催。"谢舟慵"啧"了声，显然已经有些不耐，"我来医院是来探望我朋友的，叙叙旧聊聊天还不得晚上了？"

黑衣男子闻言默了默，似乎是觉得哑然，但又十分想要反驳回去，只好尽量控制着自己，轻咳两声，道："所以说……还请动作快些，您也别怪我催得紧,老爷那边下了死命令,不然我这边也不太好交代。"

"得,刚把我从谢家放出来,这又要变相软禁?"谢舟慵听得腻歪了,抬手轻轻点了点自己的耳朵,轻嗤了一声,"我要是真的想跑,你们想找我不也照样没办法?"

言下之意,他够给他们面子的了。心里这么想着,黑衣男子在心底默默翻了个白眼,面上却没有表现出来,只是笑了笑,很客气地道:"不好意思,少爷,老爷叮嘱了,不论什么时候,必须时刻跟在您身边。"

"按你这么说我就是上厕所你都得跟着?"

"按照老爷的话,的确是这样。"

他算是彻底服气了,实在不想继续说下去,冷笑了声,便将手机拿了出来,手机刚被抓在手中,指腹还未来得及贴紧金属外壳,便来了电话。

机身振动,手机就这么滑出了谢舟慵的手掌。他蹙眉,条件反射地收手,却将手机推得更远,眼看着就要砸在地上。

与此同时,一名女子步履生风,途经谢舟慵身侧,高跟鞋踩在瓷砖上的声响十分清脆。女子带了些许无名的馨香,却偏冷冽了些,没什么柔软的味道。

喻霖将手机靠在耳侧,听见话筒中传来了席景卓的话语:"你上来吧,有惊喜。"

喻霖闻言,不着痕迹地蹙眉,一边朝着电梯的方向继续走,一边问道:"惊喜?有什么惊喜?"

这医院大厅内人来人往,她并没有注意到周围有什么人,只隐约听到"啪嗒"一声响,似乎是什么东西摔在了地上,脚边踢到了什么。她此时在打电话,也完全没有注意到,就这么直直地走了过去。

而她身后的谢舟慵,就这么眼睁睁地看着掉落在地上的手机,被人二次踢远。

谢舟慵长眉轻蹙,只瞧见那女人身段窈窕,看背影似乎是个美人,原本在心头燃烧的火气消了不少。

他倒也觉得无所谓,待会儿刚好找个买新手机的理由,甩开身后这个跟屁虫。

这么想着,谢舟慵便打算就此作罢。

然而身边的人已经率先抬高声音，开口冷冷唤道："前面那位小姐，麻烦停一下。"

此时，喻霖刚被席景卓挂断电话，正莫名其妙着想要上楼去找他，听到身后这声音似乎是有针对性的，也不知是不是在说自己，便随意地回头看了一眼。

谢舟慵原本晦暗的眸色，却倏地被光芒映亮了一瞬，那抹光意味不明，教人捉摸不透。

黛眉杏目，那眼角微挑分明就带着柔媚，生在她脸上却有种清冽淡漠的感觉，她五官生得尤为精致，挑不出半分瑕疵，谢舟慵一时也不知该如何形容好。

仅仅一眼，这女子的容貌便被他印进了心底。

是位极标致的美人，这么思忖着，谢舟慵长眸微眯，突然就觉得稍微纠缠一下也未尝不可。想到这里，他开口道："小姐，你刚才踢开了我的手机。"

喻霖面上没什么表情，她想了想，觉得自己刚才接电话的时候是踢走了什么，但她现在没时间去寻，还有事在身。

对面站着两名男子，为首那个说话的戴着墨镜，虽看不清楚容貌，但仅看面部轮廓也能猜出，大抵是长得不错。

她凭借声音判断，方才初次唤她的那个人，应该不是他。

"不好意思，我刚才在打电话，没有注意脚下。"她解释了一句，却不想多花费时间，便对谢舟慵道，"我现在比较赶时间，可以的话麻烦在大厅等几分钟，我处理好事情下来进行相应赔偿。"

喻霖顿了顿，觉得让人就这么等着实在不太好，便补充了一下："这事的确是我没有注意，还需要你们等等，若有需要，多赔偿些也没什么。"

说完，她便回过身子，简单告别了一下，快步走向了电梯那边，似乎真的还有要事在身，只留下谢舟慵站在原地，饶有兴致地轻笑出声。

多赔偿些也没关系？敢情自己也有被人用钱砸的一天。

"走吧，不耽误时间了。"谢舟慵将墨镜摘下，随手别在领口处，懒洋洋地道，"没意思。"

喻霖乘电梯上楼后，向人问了下路，随后去了席景卓的办公室。

倘若只是他席景卓卖关子，就这样浪费时间，那实在是没什么必要。

喻霖念及此，叹了口气，推门而入。

她第一眼本要看向正前方的办公桌，然而余光似乎瞥到了熟悉的身影，当即便愣了愣，侧首定定看了过去。

席景卓抬眸扫了她一眼，这才将手中的文件合上，淡淡道："不知道算不算得上惊喜。"

五年未见，喻霖有点不敢认，便有些怀疑地唤了声："时欢？"

回想二人上一次相见已经是五年前，虽然对彼此的模样还有印象，但毕竟已经隔了这么久，不论外貌还是气质都有了些许变化，喻霖一时竟然有些怀疑自己的眼睛。

"喻霖！"时欢倏地站起身来，面上瞬间浮上了喜色，忙不迭迈开腿迎上去，好好打量一番眼前人儿，"真的是你啊，没想到这就遇上了！"

"五年没回来，你就一直在满世界乱跑？"喻霖哑然失笑，面上难得浮现几分笑意，抬手拍了拍时欢的肩膀，道，"还说什么没想到在这遇上，你这是觉得现在见我太早了不成？"

时欢"啧啧"两声，笑叹："哪有哪有啊，你瞧你想的，这么久不见面了，我可都快想死你了。"

喻霖也不过是开玩笑，便问她："你今天过来做什么的？"

"喏，送席家小少爷过来。"时欢眨巴眨巴眼睛，示意了一下旁边乖巧模样的席然，接着道，"顺便跟席景卓唠唠嗑，结果我刚准备走，他就跟我说要有熟人来了，我就猜会不会是你，结果真让我猜对了。"

"看来还是有点缘分的。"喻霖笑了笑，说明了一下自己的来意，"我过来拿几份转院的病人资料，这段时间我那边忙得紧，都没有什么时间来A市。"

时欢佯装惊讶，失落地叹了一声，对她道："哎，都没假期的吗？"

喻霖哪会不明白这姑娘的意思，无可奈何地耸了耸肩，戳戳她："你得了吧，少在这里给我炫耀，你们虽说休息时间长，但要是摊上忙起来的时候，可不比我这边轻松。"

"无妨无妨，反正我现在是在休息的嘛。"

喻霖叹了口气,想起了什么,问:"迟软最近怎么样了,我一年半载没时间回一次A市,都没怎么见过她。"

"她啊,战地记者嘛,也差不多满世界乱跑,我和她偶遇次数还挺多。"时欢微弯嘴角,谈及此事倒是也有了个想法,"对了喻霖,你什么时候回去啊?"

"明天中午的飞机。"

"正好赶巧了,我和迟软最近都在休息呢,一会儿我们叫上她,三个人去聚一聚怎么样?"

"行啊。"喻霖颔首,反正自己在A市这边也的确没什么事情,"就看你晚上有没有事了。"

时欢被欣喜冲昏了头,闻言也没多想,直接干脆利索地摆了摆手,道:"我能有什么事啊,一天到晚闲得难受。"

于是乎,辞野说好晚上来接她的事情,就这么被她无情地抛在了脑后。

席景卓知道她们二人许久未见,便也不多留,将转院病人资料交给喻霖后,便进入工作状态了。

和席景卓告别后,时欢和喻霖一同离开了办公室,二人边等待电梯,边商量着待会儿吃饭的地点。

A市这边时欢最熟悉,喻霖倒没什么意见,她们两个再加上迟软,三个人又都是多年的老友了,对彼此的口味都最熟悉不过,因此饭店的挑选不多久便有了结果。

吃饭和玩乐一向是人最本能所喜爱的,时欢对这方面尤为热衷,迅速就解决好了行程问题。

既然已经确定好,时欢便给迟软那边打去了电话。手机听筒"嘟嘟"响了好几声,才被人接起,那边传来迟软慵懒困倦的声音:"二十块钱以上的活动麻烦不要联系我。"

"想什么呢你,活在梦里?"时欢愣了愣,蹙眉道,"你怎么这么困的感觉,这都大中午了,还没睡醒?"

迟软疲倦得很,本来接电话的时候都没注意到是谁打来的,此时听出了时欢的声音,她又打了个哈欠,算是醒了点儿神,"我昨晚忙着追剧啊,熬夜全补完了,我这才睡了几个小时。"

"你这丫头,敢情不是工作期间就天天熬夜了?"

"人生苦短,需及时行乐嘛。"迟软懒得说那么多话,还想继续睡个觉,便道,"不是吧大姐,你打电话就为了问我起没起床?"

"Surprise!"时欢略一挑眉,微弯嘴角,"你绝对想不到我要跟你说什么。"

迟软沉吟几秒,似乎想猜测一下时欢究竟想说些什么,最终还是放弃了,道:"那我还是不想了,睡觉重要……"

时欢的眼角跳了跳,这迟软实在不给面子,她叹了口气,开门见山道:"喻霖来A市了,就在我旁边,你收拾收拾,一会儿一起出来吃顿饭。"

话音落下后,手机那头就陷入了沉默。时欢差点儿以为是电话断线了,看了一眼手机屏幕,发现是在通话中,没有任何异样。

"喂?"时欢皱眉,唤了声迟软,"不会是秒睡了吧?醒醒醒醒。"

"你刚才说谁来了?"迟软瞬间就清醒了,整个人直接从床上弹了起来,用那只空闲着的手胡乱揉了揉头发,似乎想让自己赶紧反应过来,"喻霖?喻霖来A市了?"

时欢见她这么惊讶,便对身旁的喻霖耸了耸肩,将手机送到她唇边,示意她说句话给迟软听听。

喻霖会意,想了想,便道了句:"中午好啊迟软,好久不见。"

听到手机听筒中传来熟悉的女声,迟软傻眼了几秒钟,随后才算是明白过来发生了什么,忙顶着头乱糟糟的头发,从床上坐直身子,握着电话激动不已:"喻霖你什么时候回来的啊?也不跟我和时欢说一声!"

喻霖十分无奈,便轻笑了声:"你们两个一天到晚在外面待着,我怎么知道这么巧都回A市了呢?"

"一会儿把地点发给我,我马上就起来收拾好赶过去!"

迟软干脆利落地撂下话儿,迅速挂断了电话。喻霖来到A市的消息实在是意外之喜,高兴得迟软连一星半点的困意都没有了。她忙不迭下了床,小跑到洗漱间开始忙活了。

"你看看,你还觉得我反应太激烈了。"时欢收好手机,刚好这时候电梯停在了本楼层,二人便走了进去,"迟软这不更激动?都多久不见了,你也不想着联系联系好好聚一聚？"

"这不是没想到嘛！唉。"喻霖哑然失笑，伸手按下了一楼的电梯按钮，对时欢道，"今天这顿我请客，不许反驳，就当我难得来一次 A 市给你们带的礼物了，虽然廉价了点儿，但毕竟下次见面又不知道是什么时候了不是？"

"都是朋友，客气什么？"时欢"啧啧"感叹了两声，伸长手臂径直一把将喻霖搂住，美滋滋地道，"所以我就不跟你客气了哈，这顿饭我和迟软就跟着你蹭了。"

"随便蹭。"喻霖摆摆手，压根不在乎，"能吃多少吃多少，敞开怀花我的钱。"

"富婆啊，抱抱我。"

"行了你，这种话就没必要说了。"喻霖没接她的茬，想起了一些往事，正了正色，侧首问时欢，"对了，你和辞野分手后，还有后续没有啊？"

时欢眼珠子骨碌碌一转，偏偏就是没松口，反问道："你觉得还会不会有后续啊？"

喻霖倒是十分笃定："要不你找他，要不他找你，你们俩没那么容易断干净的。"

这姑娘实在是太了解时欢和辞野的感情了。时欢无话可说，只得感慨了一声，拍拍喻霖的肩膀，道："好吧，你没猜错，的确是有后续了，至少现在是复合了。"

"你后来五年内都没回来吧？别跟我说是出任务见到面了，那你们两个的缘分还真是巧妙。"

"差不多的意思吧，五年后我和辞野遇见的，我本来和迟软一起回国呢，谁知道就这么遇上辞野他们一队人马了。"时欢说着，耸了耸肩，其实直到现在她还觉得自己和辞野的再遇有些戏剧化，但毕竟的确是现实发生的，"我感觉老天好像是要把这五年的过失都给弥补回来，总之后来各种巧合偶遇，难得出一次任务，又正好赶到了一起，你说巧不巧？"

"我就不说巧不巧了。"喻霖看了她一眼，笑，"我倒是觉得你们该结婚了。"

时欢很是低调地摆了摆手："麻烦催婚大队控制一下自己。"

二人就这么一边闲聊着,一边来到了一楼大厅处。

直到走出电梯,喻霖才想起先前踢人家手机的事情。因为遇上了时欢,她耽搁的时间只怕已经不是短短几分钟了。

她暗骂自己一声,担心人还在那里等着她,便加快步伐先行走了过去,却没有看到方才那两名男子的身影。是因为等的时间太长,就离开了吗?

喻霖有些懊恼,拧紧了眉,扫视一圈这边的地上,却并没有看到什么手机。刚好旁边有清洁工在打扫,她走过去轻声问道:"阿姨你好,麻烦问一下,你有没有看到刚才地上有一部手机?"

"手机?"保洁阿姨闻言愣了愣,抬首看了眼喻霖,越看越觉眼熟,几秒后蓦地回想起来,"哦,我想起来了,你是不是之前在大厅和那两个男人聊天的姑娘?"

"对,是我。"喻霖一怔,忙不迭承认下来,继续打听下去,"阿姨你知道他们两个人去哪里了吗?"

"手机我的确看到了一部,好像是其中一个小伙子掉的,你走之后,有个小伙子就找到了手机,给捡起来了,好像也没摔坏。"保洁阿姨仔细回想了一下,这才开口道,"我记得他们两个好像是来看望病人的,你前脚刚走他们也离开了,不过他们也没在里面待太久,最多也就十几分钟吧,很快就走了。"

如此一来,她怕是寻不到那两位了。

喻霖有些愧疚,虽然听保洁阿姨说手机没有坏,而且那两个人也并没有等她的意思,但毕竟把人家的手机给踢了,总归还是不太好的。

但她也没有那人的任何联系方式,不过是萍水相逢,估计这件事也就没有后续了。

念及此,喻霖叹了口气,向保洁阿姨道了谢。

身后的时欢趁机问她:"你这打听谁呢啊?难道刚来一趟医院就有艳遇了?"

"什么艳遇?"喻霖无奈轻笑,叹了口气,简单说明了一下情况,"就是我刚来这边的时候,打着电话,没注意脚边有人家的手机,给踢到了,本来说要赔偿,但现在找不到人了。"

"这样啊。"时欢闻言,摸了摸下颌,"手机坏了吗?"

"没有。"

"人家等你了吗？"

"没有。"

"嘿，那不就完了。"时欢拍了拍手，笑吟吟地说道，"说明人家不需要你赔偿吗！无所谓啦，走走走，打车去饭店！"

听了时欢的话，喻霖便也暂时将这件事给放下："不用，我开车过来的，你直接跟我去取车就好。"

时欢眼睛一亮，调侃她："哟，都买车了？"

喻霖笑着回道："老司机了。"

与此同时，停车场。

谢舟慵好不容易才将旁边的人给支开，难得清净了会儿。他坐在驾驶席上，不紧不慢地咬了根烟点燃，优哉游哉地吞云吐雾。

手机是没什么事，没想到这么耐摔。不过，那女子的确长得标致，他就这么走了，有点可惜。

谢舟慵正懒懒散散地想着，右侧就有一辆车缓缓行驶向车库出口。他微微眯起眼瞧了过去，发现这车似乎还价值不菲。而驾驶席处的窗口敞着，驾驶者正是先前那女人。

他眸色微暗，倒也没什么动作，看着那辆车消失在视野中，轻吐了口烟。直到指间香烟燃尽，他才将烟碾灭。

时间刚刚好，陪同的人也在此时打开副驾驶的车门，上车提醒他该回谢家了。

谢舟慵略一耸肩，却懒得再兜圈子，启动车子踏上回程。

方才的那些，似乎也不过是一场有些巧妙的缘分罢了。

迟软收拾得倒快，洗漱过后便迅速换好了衣服，忙不迭拎着包赶了出去。

走出小区便是个路口，等了没一会儿，迟软便望见有辆缓缓驶来的出租车。她忙不迭挥挥手将其拦下，报了地址便去往约定好的饭店。

当她抵达目的地的时候，进门询问了一下服务员，便被领上二楼的一个单间,推门而入,却见两个女人已经开始点菜了。

"你们两个也是够意思的啊。"迟软哼笑了声,佯装一副不乐意的模样走上前去,对二人道,"点菜这么重要的事情,也不想着等我会儿?"

"哟。"时欢见迟软这么快就来了,不禁有些惊讶,当即挑了挑眉,道,"我和喻霖都觉得你还没睡醒嘛,估计得等一会儿,没想到你这么快就赶过来了。"

"哪儿能啊。"迟软"啧啧"两声,好整以暇地拉出椅子,径自坐了上去,撑着下巴很是正经道,"咱们喻霖难得来一次A市,我动作必须利索啊。咱们都多久没见了,聚餐肯定比我睡觉重要。"

虽然这么说着,但迟软哪有半分生气怪罪的模样,眸中摆明了都是欢喜之情。不过这话说得,好像她就是在怪喻霖不常来这边看她似的。

喻霖虽知道这丫头说的不过是玩笑话,却也依着她,佯装出一副正经模样,道:"倒不如这么说,你们两个人难得回国一次,我们必须得好好聚聚。"

她只轻描淡写的一句话,就给怼回去了。

"好嘛好嘛,我的错,别生气哈。"迟软哑然失笑,忙倾身上前揽住喻霖,笑吟吟道,"不过真的是好久不见了啊,这几年我们三个都忙,竟然联系都少了。"

"我这边,是的确抽不开身。"喻霖默默翻了个白眼,抬手拍了拍迟软,道,"你们俩倒好,一出去忙就是大半年,根本见不到人影,我忙的时候还会抽空来A市跑跑呢。"

"我和迟软的错。"时欢笑出声来,认了错,服软非常爽快,"忙着工作冷落了姐妹,让我们喻霖受了不少委屈啊。"

"对!"迟软帮腔,眉眼弯弯道,"所以作为补偿,今天这顿我请客啦。"

"别忙着这个了,我也没多委屈。"喻霖无奈轻笑,身子向后靠了靠,"今天这顿我的,你们两个也别抢,你们俩成天往战地跑,忙里忙外的,可比我辛苦多了,就当我补偿你们的,算是心意呗!"

迟软听见喻霖要请客,那当真是一点儿都不再客气,满面笑意地凑到菜单前,道:"行啊,那我可就不客气了。"

喻霖摆摆手:"只管点。"

虽说是随便点,但毕竟还是要看浪不浪费,三个人都吃不了多少,所以也就点了几份都喜欢的。

在等待上菜期间,三人闲聊着未曾相见的这几年来彼此的生活变化。

喻霖问起时欢先前五年的海外生活,迟软也有些好奇。时欢便想了想,道:"也没什么特别的,就是去进修了一下热带病学,然后就加入了无国界医生组织,作为人道组织志愿者开始满世界乱跑了。"

"别看这五年时间挺长的,但是我们出任务的日子也久,不论是哪个地方,稍好一点的也要待半年吧,所以也没跑多少地方,就是忙活而已。"时欢说着,摆了摆手,嘴角微弯,"丰富了一下阅历,感觉倒是还不错。"

"然后刚回国一次,就偶遇了第二春。"迟软替她补了一句较为重要的话,说完便叹了口气,悠悠开口,"唉,可真是场旷日持久的感情战争。"

"低调。"时欢倒也坦坦荡荡地承认下来,晃了晃手,嘴角笑意不减,"只要是对的人,无论如何,不论多久,最后总会在一起的。"

"得了吧,在场就你一个能谈婚论嫁的。"喻霖轻声嗤笑,叹道,"估计过不了多久就能当你的伴娘了。"

迟软使劲点了几下脑袋,表示赞同:"那是,估计就差见家长了。"

时欢闻言,不禁抬了抬眸,想了想,还是回道:"其实,我刚去了辞野父母家来着。"

迟软惊住了。

"行吧。"喻霖扶额,捏了捏眉骨,"看来今年就能开始打算了。"

"这倒是不急。"时欢从容地耸了耸肩,"我和辞野都对结婚这方面没什么想法,所以暂时放着呗。"

"倒是你们两个,别成天忙着赚钱和玩乐啊,也好好考虑考虑感情生活。"时欢说着,美滋滋地开了瓶饮料,道,"很滋润的,谈场有趣的恋爱,比自由和随意还要让人愉悦。"

迟软翻了个白眼,正要开口讽她趁机秀恩爱,一旁的喻霖便已经果断道:"金钱至上,其余随缘。"

时欢哑然,只得摇了摇头:"干脆利索的女人啊,太无情了,太无情了……"

三人聊成一片,菜也依次呈上了桌子,餐桌上欢声笑语不断,十分融洽。

时间一分一秒地过去，时欢总觉得自己似乎忘记了什么，但无论如何都想不起来，便也干脆不再去想。

"我去趟洗手间啊。"时欢同二人说了声，便起身离开了房间。

迟软和喻霖正说着话，然而时欢前脚刚离开，后脚她的手机铃声便响了起来。

迟软就在旁边，本来想给时欢开个静音，余光瞥到来电显示，发现竟然是辞野。

而喻霖看到迟软表情变了变，便也朝手机屏幕上看了一眼，望见是辞野的名字，愣了愣，不禁弯了嘴角。

"这么关心人家呢，都吃饭的点儿了，还打电话来问问情况？"迟软说着便笑出声来，思忖了几秒，索性打消拒接的念头，将电话给接了起来。

不等迟软开口，辞野开门见山地问道："你不在家？"

迟软清了清嗓子，一本正经地问他："时欢在外面吃饭，辞队你找她有什么事啊？"

此时，辞野已经开车来到时欢家楼下，上去敲门许久不见回应，而屋内的灯也是暗着的，他便推测时欢大概还没回来。

接电话的声音有些耳熟，他皱眉想了想，这才想起是时欢的朋友迟软，便顿了顿，问："在吃饭？"

"是啊，今天有个朋友难得来 A 市，就一起凑了一桌。"迟软笑吟吟道，语气里还有点儿沾沾自喜的意味，"所以啊辞队，你被人捷足先登了，今晚就暂时把你家时欢借给我们吧。"

辞野沉默了，半晌低声轻笑，着实是无奈得很——看来时欢是完全把他给忘记了。

说是不生气，但辞野心头的确有点儿火苗子；但说是生气，时欢不回来的理由又挺充分的。

所以，他就这么被放鸽子了。

辞野无奈叹息，抬手捏了捏眉骨，眉间好容易才舒展些许，他问道："好吧，方便把饭店地址给我吗？"

迟软很是干脆，直接将地址和房间号给报了过去，而后还调侃："那等会儿记得来接人啊。"

辞野的眉角跳了跳："你们好好吃饭。"

"没问题。"迟软应声，便将电话给挂断了。

辞野看了眼时间，已经快九点了，估计那边的饭局也快结束了，干脆等会儿吧。

这么想着，他便走出居民楼，走到车前，靠上车身，百无聊赖地摸出烟盒，抽起烟来。算是靠此度过这段漫长的等待时间了。

与此同时，另一边。迟软将手机放下后，便同喻霖找到了个新话题，一旦聊起来便停不下来，时欢回到单间后，也兴致勃勃地加入聊天，竟没人提起辞野来电的事情。他就这么再次被晾着了。

大概一个小时后，饭店单间内仍然充满谈笑声。

"我跟你们说啊，就在我结束任务回国后，我和辞野去看电影的时候，竟然看到我的同事和维和部队的副队长在一起呢。"时欢说着，拍了拍手，模样感慨，"你们说巧不巧，缘分这东西就是妙不可言。"

迟软闻言，不禁撇了撇嘴，委屈巴巴地开口道："这么看来，出任务也能给自己牵红线啊，我怎么就没这好运气？"

时欢摆了摆手，失笑道："放心，指不定哪天碰上个，就在一起呢。"

"唉，不过我觉得，你们可能今年真能参加我的婚礼。"时欢说着，身子向后靠，眼神落在上方，似乎在想什么事情，"我想了想，五年过后还能重归于好，不结婚绑在身边，有点儿浪费。"

"那可不是。"喻霖喝了口饮料，抬眸扫了她一眼，"人家辞野可是痴心一片。"

"对了，说起辞野。"迟软这才想起来，吓得一个激灵，"我忘了跟你说，之前你出去的时候，辞野打电话来找你了。"

"打电话找我？"时欢刚开始还没反应过来，问，"为什么找我？"

"好像是去你家找你了吧，吃了闭门羹，问你是不是不在家呢。"

时欢正疑惑，然而下一瞬，脑中瞬间闪过什么，她身子蓦地僵住，脸色都变了。

完了！她竟然忘了要搬去辞野家的事情！

"刚才你不在这儿，我看是辞野的电话，就给接起来了。"

迟软摸了摸头发,好像这时才反应过来刚才那通电话已经过去多久,脸色都变了变,侧首对时欢道:"完了,这都过去一个小时了吧,我刚才只想着聊天,都把这件事给忘了。"

"过去一个小时了?!"时欢闻言愣了愣,难以置信地看了眼迟软,而后便解锁手机,点开通话记录看了一眼,果真辞野的来电是一个多小时前的。

完了,完了。

时欢只觉得脑袋一阵疼,抬手捏了捏眉骨,道:"完蛋了,我怎么跟他解释啊?"

喻霖瞥见她这副纠结的模样,不禁皱了皱眉,有些疑惑:"不就跟朋友一起吃顿饭吗,这有什么需要解释的?"

迟软点了点头,也不太能理解:"是啊,而且我听着辞野的声音,也没怎么生气。"

"那个傲娇,生气哪能让人听出来啊?"时欢无奈笑叹了声,这才将事情的原委给说了出来,"本来我上午和辞野说好的,收拾好行李后晚上他去接我,我们两个准备一起住的。正好他们军区那边有点事情,我就替他送人去了,结果遇上喻霖太高兴,竟然把这件事给忘了。"她说着,太阳穴隐隐作痛,赶紧在脑中思考着对策。

"唉,怎么办啊?我得赶紧走了。"

"这你都能给忘了,我也是佩服你。"迟软翻了个白眼,不紧不慢地将筷子放下,"对了,其实刚才打电话的时候,我把咱们这儿的地址……"

"告诉辞野"这四个字她还没来得及说出口,房间大门便被人从外面推开了。

喻霖还以为是服务员,正要开口,却在看到来人的那一瞬间,愣了愣。

迟软也看清楚了门口站着的人,瞪大眼睛,看了看时欢,模样竟然有些心虚。

由于时欢的座位刚好是背对着房间门的,所以她并没有第一时间看过去,看见两个人这奇怪的神情,狐疑地回头,便这么直直地对上了男子沉寂淡漠的眼神。来人正是辞野。

时欢差点儿被自己的口水呛着,拍了拍胸脯,讪笑着挥了挥手:"嘿,晚上好啊。"

"是挺好。"辞野看着她，眸中晦暗的光芒转瞬即逝，实在教人捉摸不透，"晚饭吃得怎么样？"

"特别香！"迟软当即拍了拍手圆场，拉着喻霖迅速起身，找借口就要赶紧走，"正好时间差不多了哈，我和喻霖先下去结账……"

她话音刚落，辞野便抬手示意了一下手中的发票："不用，我已经付了。"

迟软和喻霖对视了一眼，总觉得有种莫名沾光的感觉是怎么回事？

辞野扫视一眼桌子，虽然没看到酒瓶，但保险起见还是问了句："你们喝酒了吗？"

"我开车了，滴酒未沾。"喻霖应了声，一把拉过身边的迟软，对辞野笑了笑，"那谢谢了啊，下次有空我请回来，时欢就交给你了，我送迟软回家。"

辞野略一颔首，很是客气地嘱咐了一句："路上小心。"

语罢，他便单手拎起了座位上身子僵直的时欢，带着她离开了房间。两个人就这么迅速离场了。

喻霖和迟软待在房间内，交换了一下眼神，表情都十分复杂。

半晌，迟软问："哎，你说今晚……时欢还能睡觉吗？"

喻霖想了想，只道出两个字："够呛。"

闻言，迟软便在心底默默给时欢祈祷了一下，顺便给自己洗去一点儿愧疚之情。

今夜月色澄澈，月光温柔地洒落下来，给周遭草木镀上了一层光晕。

A市已经入秋，夜晚的风带着些许凉爽，拂过肌肤表面，竟也有些寒意了。

时欢吸了吸鼻子，很是心虚地背着手跟在辞野身后，也捉摸不透辞野到底生没生气，都不敢跟得太近。

而辞野在前面走了好一会儿，一直没看到时欢跟到自己身边来，不禁长眉轻蹙，停下脚步，回首看向她。

时欢一直低着头看着地上，发觉前面辞野停下了脚步，便忙不迭跟着停下来,轻咳两声,一本正经地向他道歉:"对不起,我不是故意的!"

辞野略一挑眉,没应声,显然是想听听这小姑娘到底想怎么解释。

"那个……就是,我不是送席然去医院吗。"时欢边说着,边抬手顺了顺头发,讪讪道,"然后刚好遇到了好多年没见的朋友,张罗着一起吃顿饭,我太高兴了,就把这事儿给忘了……"

"不好意思啊,我真不是故意的。"时欢对上辞野的视线,伸手扯了扯他的衣角,撒娇似的,"原谅我这一次嘛。"

她说话时,眸中漾滟着水光,天边的银光映入她的眸底,粲然生辉。

其实辞野心头还是有点儿火气的,但此时见时欢软下来撒娇的样子,他一点愠怒都没了。

辞野敛眸看着时欢,沉默了几秒,最终无可奈何地叹了口气,道,"不准再有下次了。"

听见辞野这么说,时欢就知道他肯定没有生气,忙不迭换上一副笑吟吟的样子:"没问题没问题,绝对不会再放你鸽子了!"

这女人,稍微给点好脸色就又原形毕露了。辞野哑然失笑,着实无奈。

时欢这才迈步跟到他身边,十分自然地挽他的臂弯,道:"哎,辞野,我好像记得你家就一张床?"

辞野看了她一眼,不明白她为什么会突然提起这个,便将问题给丢了回去:"怎么了?"

"我要是搬过去的话,那就是同床共枕喽?"

"不然还分床睡?"

时欢闻言皱眉摸了摸下颌:"盖上棉被纯聊天,总觉得有点危险。"

"行了。"辞野见她这假正经的模样,不禁低声嗤笑。

"当年是当年嘛,小孩子而已。"时欢说着,毫不在意地摆了摆手。

不过时隔多年,现在再想想,其实……也没什么变化。

"现在也一样。"辞野淡然道,"家里还是我们和哮天,没有任何改变。"

他话音落在耳边,时欢目光微动。

然而她更加在意的是"家里"这个关键词,总觉得听到"家"这个字好像就有种莫名的温暖感觉。

时欢有些出神。其实,现在两人虽然年纪不大,却也不算是年轻了,一场恋爱继续谈下去，总该考虑些以后的事情。

谈恋爱的感觉是浸在蜜罐里，每天都有新的甜意。而若是长久相处，则平淡了些许。但好在有温馨与长情，似乎也有种别致的新鲜感。

身边的人难得没有活跃起来，辞野禁不住多看了她一眼，便见她拧紧了眉，垂眸思忖的模样。

他问："在想什么？"

辞野这么问出声来，时欢这才回过神来。她抬了抬头，沉默几秒，开口唤道："辞野。"

"我在。"

"你想跟我结婚吗？"

辞野闻言愣住，着实没想到时欢竟然会问出这个问题，纵然是他，也有些惊讶。但时欢一脸正经的模样，似乎是真的想从他口中得到一个回答。

辞野便停下脚步，俯首与时欢对视着，一字一顿道："一直都想。"

果然是这个回答。时欢抓了下头发，虽然心里开始斗争起来，面上却还没表现出什么来。

辞野性子稳当，做事有自己的分寸，始终在为以后考虑，做打算也总是想得长远，完全不似她一般随性。

唉……她这个女人啊。

时欢不禁在心底叹了口气，暗暗骂了自己一句。

"但是，我不想操之过急。"辞野却突然开口，淡然补充道，"你如果还没做好准备，那我就等着你。"

时欢动作一顿，有些惊讶地望着辞野。

"我耐性还算好，但也有针对性。"他低声轻笑，漫不经心道，"既然能等你五年，那一辈子也可以。"

第十五章
陪你渡千山

"我既然能等你五年,那也能等你一辈子。"

随着辞野的声音落下,时欢怔住。

眸中光芒汇聚又涣散开来,她望着他,一时说不出话来。

他太狡猾了,时欢想。

"辞野,你变了。"时欢将眼神给移开,清了清嗓子,佯装感慨道,"你已经不是原来的榆木疙瘩了,现在情话说得比谁都溜。"

"我说出口的话,完全没当情话讲。"辞野没什么表情,只看了看她那窘迫却还装作镇定的模样,不禁哑然失笑,"句句属实,不过是落在你耳朵里,有了情话的意味而已。"

"就算你这会儿一个劲说好话,我也还是要考虑一下的好吧,这招不管用!"

"所以我说了,我等着你给我一个回答。"

她哼了声,赌气似的不吭声了,跟着辞野上了车。

辞野先送她回了家,时欢倒也利索,去楼上将自己的行李箱给拎了下来,没浪费时间,这一趟不过就几分钟的时间。

时欢的行李也少,就两个行李箱而已,别的就没什么了。

她将行李箱放好后,便钻到了副驾驶席,舒了口气:"这下子就大功告成了,直接回去吧。"

"就两个行李箱?"辞野方才看到她下楼的时候,便觉得有些难以置信,"你没有落下什么东西吧?"

在辞野的印象里,时欢出门旅个游的时候都是大包小包的,此时搬去他家住,需要带走的行李竟然不过两个行李箱,实在是少了点儿。

"我东西没那么多啦,上午的时候就收拾好放在我房间门口了,直接拎下来就行。"时欢说着,摆了摆手,此时时间也不早了,她打了个哈欠,"忙了一天,我都困了。"

辞野见她这么确定,便没再问她,发动车子驶出了小区。

他将手搭在方向盘上,对时欢道:"我可是记得,原来你出门的时候总是带一堆东西。"

"有吗?"时欢闻言,眉头轻锁,仔细回想了一番,发现好像的确是这么回事,便笑着耸了耸肩,"那是原来嘛,后来工作原因,带走的行李都要求最简化,时间久了,那些杂七杂八的东西也就被我自动屏蔽了。"

原来如此。辞野这才颔首:"那你今天是跟人玩了大半天,一直到刚才我去饭店找你们的时候?"

"是啊。"时欢应声,很是颓废地瘫在座位上,"所以我现在浑身没力气,都累死了。"

他叹了口气:"回去后好好休息。"

"必须的。"时欢拍拍他的肩膀,嘴角笑意慵懒,"有你陪着我睡觉,我绝对一夜无梦那种。"

辞野没回应,闻言只扫了她一眼,不置可否地笑了声。

在前往辞野家的路程中,时欢在车里小憩了会儿,竟然真的睡着了,最后还是辞野将她叫醒的。她揉了揉眼睛,这才发觉自己不知何时睡过去了。她打开车门跳下车,整个人还是迷迷糊糊的。

辞野将车停好后,便将时欢的两个行李箱给拎了出来。他回首,见时欢还在原地站着等他,也不知道是睡迷糊了没回过神来还是如何,他走过去,牵过她的手,向车库外走去。

小区和车库隔着一条马路,这会儿刚好是红灯,二人索性放慢了脚步,慢悠悠地走着。

就在这时,马路上驶来一辆运输卡车,带来了不少汽车尾气与灰尘,时欢没反应过来,呼吸没控制好,差点儿就要猛吸一口。

然而辞野已经先一步伸出手,轻轻掩住了她的口鼻,将她的身子向后带了带。

时欢愣了愣,也不知道是不是因为夜深人静容易感情爆发,她竟然被这个小动作感动得一塌糊涂。

车辆缓缓消失在视野中,确认灰尘已经散去后,辞野才放下手,垂眸看她:"没呛到吧?"

"没事。"时欢摇了摇脑袋,嘴角微弯。

该怎么说呢?辞野最好的,便是在这种小细节上"斤斤计较"了,无处不在的维护,时时刻刻将她护在身后。

念及此,时欢不禁低声轻笑,辞野有些奇怪地看她一眼:"怎么了?"

"没什么,就是突然觉得有点儿开心。"她忙正色,摆了摆手,笑吟吟地对他道,"我突然特别想做一件事情。"

"什么?"

辞野话音未落,时欢便已经踮起脚,在他唇间轻啄一口。

蜻蜓点水般的一吻,辞野只觉得双唇贴上了一抹温软,转瞬间便已经消失。

随后,时欢歪着脑袋对他眨眼,面上洋溢着狡黠的笑意:"嘿,突然偷袭。"

辞野无奈轻笑,虽然不明白她为何会突然心情大好,但也没有多问,只伸手轻捏了捏她的脸颊,淡笑道:"你啊,睡醒了精神了是吧?"

"觉还是要睡的,我还是很困的。"时欢"啧啧"两声,伸手抱着他的手臂,"我就是觉得自己好像更喜欢你了,唉,没办法。"

就这么闲聊着,二人走到了家门口。辞野拿出钥匙,刚将门打开,哮天便窜了出来。

在看到时欢的那一瞬间,哮天蒙了一会儿,紧接着它便双眼发亮,摇晃着尾巴在时欢脚边徘徊,看起来十分开心。

"哮天,你想我没有啊?"时欢走进门后,俯身揉了揉哮天的脑袋,笑眯眯地亲了它一口,"哎,咱们一家三口以后就住一起啦,你开不开心?"

好像是听懂了时欢的话一般,哮天"汪汪"回应了两声,便蹭着时欢,不肯离开她的怀抱。

时欢被它逗得有些发笑,张开双臂环住哮天,又胡乱揉了一通,舒服得很。

"你们两个别急着腻歪了。"辞野见一人一狗相处得这么融洽,不禁有些好笑,提醒她道,"是先休息休息,还是先把行李给收拾好?"

时欢被他一提醒,这才反应过来:"哦对,还有行李没收拾呢,先整理一下吧。"

时欢是个行动派,不喜欢把事情往后拖,即便现在已经困得打起哈欠,她还是将行李箱给拖到了卧室,开始收拾自己的东西。

辞野家里东西少,风格也偏冷,看得时欢有点犯强迫症,总想用点儿温暖的颜色来给他填充上去。

时欢看了看,发现衣柜刚好有个分层是空着的,便将衣服整理了一下,刚好能将自己带来的那些叠好放进去,甚至还有点儿空闲的地方。

收拾衣物这种事儿辞野就不多操心了,他只去将鞋柜和一些生活杂物收拾了一下,家里东西少,来了个时欢后,竟然感觉刚好填满了那些空缺之处。

不多不少,恰到好处。

时欢动作利索,没多久便将两个行李箱给清空了。她将行李箱收好放起来,随后拍了拍手,长舒口气。

好了,这样就彻底完工了,以后就能和辞野在一起生活了。

念及此,时欢嘴角不禁上扬些许。就在此时,辞野刚好冲完澡从洗漱间走出来,见时欢这边收拾好了,提醒她道:"水温刚好,去洗个澡吧,今天累了一天,早点休息。"

时欢应了声,便拿着自己换洗的衣服小跑过去。

走进浴室前,她还不忘拍了拍辞野的肩膀,笑着调侃了句:"辞野,你可别忘了啊。"

辞野嗤笑,无奈地道:"行,等着你。"

时欢这才美滋滋地关上门,好好冲了个澡,将满身疲惫冲洗干净,整个人舒坦了不少。

洗好后,她又去外面拿了吹风机,跑到洗漱台前将头发吹干。

在吹头发的时候,时欢无意间望见了台子上的两个漱口杯,一黑一白,设计风格简单。

时欢目光微动,揉着头发的动作悄然停下。自己带过来的每样东西她都有印象,这两个漱口杯,并不是她带过来的。

方才她只负责收拾衣柜和卧室内的小杂物,这些东西都是辞野放的,她并不知情。但这两个漱口杯,显然看着便是新拆封摆上的。也就是说……

时欢愣了愣,这才意识到什么,当即有些忍俊不禁,心变得柔软。

辞野啊辞野,没想到你竟然早早就做好了同居的准备。明明连情侣漱口杯这种东西都买好了,竟然还装作只是不经意提出来而已。

哎呀,有点儿可爱啊。

时欢这么想着,嘴角笑意渐深,轻轻摇头。

他啊,就是在这种小细节上,一步步将她的心动捕获,收入囊中。

翌日清晨,时欢是在辞野怀中醒来的。她迷迷糊糊地将眼睛睁开一条缝,隐约间似乎看见落地窗那边,有些许阳光透过了窗帘。

日光折射在木质地板上,似乎泛起了金灿灿的涟漪,一层推着一层,照着这安谧而祥和的晨间。

时欢轻轻"嗯"了声,随后便懒洋洋地翻了个身,靠着辞野打了个哈欠,还是副睡眼蒙眬的模样。

"醒了?"头顶上方传来有几分喑哑的男声,也不知道是因为刚刚睡醒,还是因为别的。

时欢顶着头乱糟糟的长发,懒得睁开眼睛,哼哼唧唧地道:"嗯……睡得真舒服。"

辞野瞥见怀中人儿这副慵懒模样,不禁哑然失笑,俯首在她额间落下轻吻,低声道:"早安。"

额间传来一抹柔软的触感,伴随着那熟悉的清冽气息,时欢这才稍微清醒点儿。她终于舍得睁开眼睛,撇了撇嘴,好似不满意一般,向前凑了凑身子,吻上辞野的唇,姑且算作是回应了。

亲完后,时欢便翻了个身,很是满意地喟叹了一声:"唉,每天一个早安吻,我能活到百来岁啊。"

"就你会说。"辞野低声轻笑,不紧不慢地坐起了身子。

辞野的生物钟向来准,事实上,天还没亮堂的时候他基本就醒了,但是怀中的时欢还在熟睡,他便又闭上眼睛,算是闭目养神了。

"这是'爱'好吧。"时欢撇了撇嘴,抬手随意地拍了一下辞野,谁知道没收住力气,似乎是有点儿重了。

"啪"的一声响,辞野当即便"嘶"了声。时欢眨巴眨巴眼睛,忙不迭乖巧地收回手,很是无辜地盯着他。

虽然时欢拍在他后背上的巴掌不痛不痒,但辞野还是有些不满地侧首看向她:"这才第一天,你就开始家暴了?"

"对不起嘛,我没收住。"时欢也坐了起来,想了想,随后便挪挪屁股,凑近辞野,笑吟吟地环住了他的腰。

她将身子贴过去,下颌靠在他的颈窝处,在他耳畔嬉笑:"这个才是'家抱'啊。"

辞野被她逗笑,叹了口气。

好一个"家抱"。这时欢还真是个人精。

时欢瞥见辞野没生气,便笑嘻嘻地侧过身,问他:"现在几点啦?"

辞野将放在床头柜上的手机拿起,按亮扫了一眼:"快八点了,你平时也这么晚才起床?"

"我工作和日常生活分得很清楚。"时欢跷着腿,懒洋洋地打了个哈欠,"我工作的时候生物钟比谁都准,要么不睡觉要么天还没亮就醒。"

"那你日常生活就是睡到自然醒?"

"必须的,人嘛,活着不能太累。"时欢说着,一本正经地摆摆手,"还说我呢,你不也是在睡吗?"

"那是因为你还没醒。"辞野无奈,"我四五点的时候就睡醒了。"

时欢心中感叹,这自律到恐怖的男人。

"那以后你陪我睡!"她倒是一副很轻松的模样,"既然是休假,那就要好好放松,生物钟都抛开。"

"好好好。"辞野知道时欢怎么扯都有自己的道理,也不跟她理论,不紧不慢地下了床,将窗帘拉开,室内瞬间便被阳光照得亮亮堂堂。

"起床吧,早上想吃什么?"

时欢也下床活动了一下身子,回答道:"清淡点儿就好啦。"

她不挑食,只要有口吃的就行。毕竟是在恶劣环境中生活过的人,就算原来在吃住行这些方面有高要求,也给硬生生地逼过来了。

辞野得到回答后,便略一颔首,走到卧室门口,将门拉开,早早等待在门口的哮天便摇着尾巴凑了过来,"汪汪"叫了两声。

"哟,哮天宝贝儿!"时欢挑眉,笑吟吟地蹲下身子,张开怀抱将它给揽了过来,"早安呀,昨晚睡得香不香?"

哮天窝在时欢怀中很是享受,蹭来蹭去的好不舒服。

辞野看着一人一狗这么亲热,不禁微弯嘴角,无奈地摇了摇头,便去洗漱间简单收拾了一下。

辞野冲了个澡出来,整个人清爽不少。他看时间不早了,便也懒得再去换身衣服,索性穿着浴袍,给时欢做早饭去了。

按照原先时欢的习惯,早上不过吃个三明治就可以,辞野看了看冰箱里的东西,顺带着给她打了杯豆浆。

时欢没有早起洗澡的习惯,刷牙洗脸过后,发现辞野已经将自己的日常化妆包放在了台子一旁。

时欢微弯嘴角,从化妆包中拿出小瓶精华,补水过后,便将东西重新收拾好。

也就是不到十分钟的时间,她忙活完后,穿着拖鞋踢踢踏踏地走出了卧室,同哮天一起走向厨房那边。

隐约能听到油炸的声音,时欢思忖着可能是煎蛋什么的,将脚步放轻放慢,踮着脚走进了厨房。

辞野背对着这边,似乎刚将火关上,在看到旁边放着的面包片和一小堆切好的食材后,时欢就知道是三明治了。

空气中还飘荡着些许醇香,引得时欢有些饿,她仔细辨认了一下,是豆浆的味道。她双眼一亮,想不到辞野竟然还记得她原来的喜好,心下仿佛剥开了几层糖衣,泛出浓浓蜜意。

而辞野在餐台前忙活着,正做着三明治,腰间却突然环上一双手臂。

"你还记得我的早餐习惯啊？"时欢从背后抱着他，言语间满含着笑意，"真是惊喜噢，辞野你就承认吧，你爱我爱得深沉。"

辞野没理她，只让她安分点儿："别乱闹腾，吃完饭后你想干什么？"

"嗯……"这个问题把时欢给问住了，她眼珠子骨碌碌转了一圈，想了想，道，"我们去游乐园玩一圈吧，然后去逛逛商场，刚才我从窗户往外面看，大街上挺多人的哎，难得这么热闹，可能是哪里有活动。"

她话音刚落，辞野的动作便顿住，似乎是没想到时欢竟然会这么说。随后，他便以为时欢是在装傻，淡淡道："今天的人肯定多。"

时欢纳闷了，百思不得其解。她松开辞野，侧过身子看他："为什么啊？"

还一本正经地追问？辞野眉间轻皱，也不知道她是真不知道还是装不知道："时欢，你没必要这么装傻。"

时欢默了默："我怎么装傻了？"

辞野见她满面困惑，似乎是真的不知道，便好心提醒她一句："今天是七夕情人节，你忘了？"

七夕情人节？！辞野话音刚落，时欢便怔在原地，还真没反应过来今天是七夕。

方才她从阳台向外看，见到小区外的街道人来人往，热闹得很，还在想今天是不是有什么商场搞活动呢。现在仔细回想一番，大街上那些人，明明都是成双成对的啊。

"啊，竟然就这么到七夕了？"时欢有些懊恼，自己竟然连七夕到了都不知道，她摸了摸头发，"我刚才也没看手机日期，那我们吃完早饭赶紧出去，今天得玩一天！"

"这都能忘，你还真是睡迷糊了。"辞野说着，叹了口气，虽然说的话仿佛在责备，面上却满是宠溺。

他将三明治放在盘中，拿了两个杯子，见豆浆晾了这么会儿应该已经不烫了，便倒上了两杯。

辞野走出厨房，将二人的早餐放上饭桌，时欢很是自觉地跟在后面，坐上了辞野对面的位子。

她瞥了一眼辞野的早饭，见他盘中是培根和煎蛋，加上豆浆，便算作早餐了。一如既往地简单啊。

就在此时,时欢突然想起什么,跑去给哮天倒好狗粮,这才美滋滋地坐回了桌边。

辞野见她这都想着,不禁哑然失笑:"我都差点忘了它。"

时欢"啧啧"两声,轻声感慨道:"见色忘狗的男人啊。"

"好好吃你的饭吧。"

时欢耸了耸肩,先是喝了口豆浆,拿起三明治正准备下嘴,突然脑中灵光一现。

坏心思一起来,怎么都压不住,时欢在心底偷笑着,身子向前坐了坐,做出实际行动来。

辞野正吃着饭,却冷不防觉得小腿处贴上了抹温软,意图不良地摩挲着,若即若离,皮得很。

他微眯眼眸,看向了对面的时欢,便望见她笑吟吟的模样。单是看她的表情,那可真是无辜得很。

但餐桌下,时欢可就不见一点儿安分,跷着腿,葱白的脚趾勾着辞野,脚在他的小腿肌肤上轻轻滑下,又重复了一次。

辞野倒是不紧不慢,只将筷子放下,淡淡唤她:"时欢。"

他话音刚落,时欢便老老实实地正襟危坐,轻咳了两声,瞬间恢复正经。

时欢讪笑两声,乖乖巧巧地啃了口三明治,为自己辩解了一句:"我就是开个玩笑,开个玩笑。"

顿了一顿,时欢又说:"对了辞野,我有个想法。"

辞野喝了口豆浆,闻言抬眼看向她,摸不透她这会儿又冒出了什么奇妙的点子:"又想到什么了?"

"我想了想,我们两个在一起后,好像一直没有单独出去旅游过吧。"时欢说着,用手指头点了点桌面,眉毛耷拉下来,佯装一副委屈模样,撇撇嘴,"我们一起去外地的时候,好像都是一起上战地工作,实在煞风景了点儿。"

辞野闻言略一扬眉,当即明白了她的意思:"你想计划去旅游吗?"

"没错。"时欢见辞野会意,便也干脆利索地承认下来,抿了抿唇,道,"不过我还没有想好地方,就我们两个人去吧,我不太想跟团,想过过二人世界。"

辞野毫无异议，想了想觉得两个人出去玩上一段时间也挺好的，便答应下来："可以，正好趁我们两个这段时间都没什么事，多玩几天。"

时欢见他这么爽快就答应了，当即便喜笑颜开："好嘞，我就知道你会同意的！"

辞野见她这么高兴，不禁无奈地笑叹了声，很是宠溺。

二人吃过饭后，时欢本来想帮着辞野一起收拾，但辞野将活全给揽了下来，时欢只得去卧室里挑衣服了。

拉开衣柜门后，时欢目光闪烁了一瞬。昨晚她只顾着忙碌了，现在这么看，衣柜中放着两个人的衣服，辞野的衣物色调偏冷，整体看上去冷冷淡淡的没有人情味儿，但时欢的那一空间，多姿多彩，鲜亮夺目，为这片平淡增添了几分光彩。

仅仅是放了两个人衣服的衣柜而已，竟然都能让时欢看得心情大好，她不禁在心底暗笑自己什么时候这么小女生了。随后时欢便在衣柜中挑了挑，想到要去游乐园，她的手便从裙子上转移开来，挑了件露脐短衬和高腰裤拎了出来。

换好衣服后，辞野刚好收拾完东西走进房间，扫了她一眼："收拾得倒挺快。"

"不不不，你想太多了。"时欢闻言，忙不迭伸出手摇了摇食指，叹息道，"再等我一个小时吧，我还要化妆呢。"

辞野早在先前带时欢去见家长的时候，便体验过一次她的化妆时间，被她这么提醒一句，倒也没回应，只是眉眼间流露出些许无可奈何来。

辞野收拾得快，先前已经洗漱过，换好衣服后，瞥见时欢还在梳妆台前忙碌，便去外面陪哮天了。

哮天吃完狗粮后，便百无聊赖地待在阳台向外看，似乎挺想出去的。

辞野估计时欢要收拾好还有一段时间，便想着先带哮天去小区花园里遛一遛。念及此，他对时欢那边道："你大概还有多久好？"

时欢回答得十分利索："半个多小时吧。"

时间充裕得很。辞野颔首，带着哮天走向门口："我带哮天下楼逛一逛,一会儿就回来。"

时欢欣然应下:"没问题,你去吧,我这边还没收拾好呢。"随后,她便听到了房门被关上的声音,想必辞野已经带着哮天下去了。

时欢将长发扎了起来,这才清爽些许,她发现好像找不到自己的随身化妆包了,一时忘记放在了哪里,便又开始到处去寻。

辞野带着哮天来到楼下,刚好遇上一些遛狗的邻里,还有不少孩童在嬉戏打闹,欢笑声阵阵。

此时已经不似原先刚入秋时的燥热,有了几分凉意,很是舒服。小区花园内,花花草草上还残留着露珠,在日光下泛着莹莹的光晕,时隐时现。

清风拂面,鸟鸣阵阵。这个清晨的确舒适得很。

也不知道是不是时欢搬过来住的原因,辞野现在看什么都顺眼。

哮天平时一天三次下楼来逛,和小区里不少狗狗认识,此时正好是遛狗的时候,哮天一下来,瞬间就围上来几条和它关系好的狗狗。

都是些眼熟的,主人们也都是认识的,辞野便任由哮天去了。

望着哮天撒了欢的模样,辞野隐约觉得,似乎时欢的到来,也让哮天欢快很多。

还真是个小太阳,走到哪儿哪儿是晴天。

这么想着,辞野微弯嘴角,心思涣散了一瞬,没捞回来,脑中就只念着时欢的事情了。

其实他也知道自己不善表达,是那种不论在感情上还是生活当中,都只会在后面一声不吭默默付出的类型,即便心里有不自在、不满意的,也不会直接表达出来,大抵就是这么个隐忍的性子。

在原先年轻时那会儿,辞野还坦诚直率些,但不知道是不是前些年在部队里待久了,整个人都过分沉稳下来。这种性子并不算好,辞野心里清楚,但时间久了,便也懒得去刻意纠正了。

早在回国前,辞野心底就一直藏着一个念头。等到自己回国后,一定要将时欢绑到身边,就算她不愿意,也得让她搬过来住。

多年后再度相遇,辞野从来不知道自己的占有欲会如此强烈,疯狂蔓延发展,已经不是单凭理智能够控制的。

回国后,他便打算对时欢提出同居的建议,但在同她谈之前,自己逛超市的时候,就忍不住先买了情侣款的漱口杯。

辞野向来喜欢先开始行动再告知别人,但事实上他做了之后,也不一定会说,比如对未来的打算,比如对身边人的照顾,都只是在平日里的各种小细节中体现。别人注意不到,他也不会主动说。

所幸,时欢是他沉闷生活中的灿烂阳光,照亮了他灰白的世界,将他的生活乐章重新谱写,使其充满了趣味。

别的不多想,他只希望以后也能这么一直生活下去,便知足了。

别再有什么狗血的误会或者意外,他已经过了那个热血莽撞的年纪,而过去五年所经历的苦难也足够多了,辞野希望那些都是铺垫,只为了日后他与她能好好在一起。

辞野正想得出神,有个老太太上前来打了声招呼:"辞野啊,今天这么巧遇见了,还真是好久不见了。"

辞野不着痕迹地将思绪收回,侧首对老太太微笑,很是礼貌地问好:"好久不见,您最近身体怎么样?"

"老样子,老样子,还能四处走一走。"老太太和蔼地笑了笑,眉眼弯弯,"唉,前段时间都没看到你和哮天呢,我下楼遛狗的时候,我家小逗见不到哮天,都没什么精神。"

"前段时间我带着哮天出任务去了,刚回来没多久,现在开始休假,以后我会天天带着哮天下来的。"

"哦哦,原来是这样啊。"老太太明白过来,知道辞野工作特殊,一旦离开便是好久,便颔首笑道,"年轻人就是好啊,多为祖国做贡献,不过你工作那么危险,平时也要注意安全,这次没受伤吧?"

"没事,挺轻松的。"辞野轻轻摇摇头,"您也注意着点身体,这会儿天开始转凉了,注意添衣服。"

老太太应着"好好好",便听到其他老人朋友在唤她。辞野见时间差不多了,便同她道别,带着哮天上楼去了。

一路上了电梯,辞野从衣袋中摸出钥匙来,刚打开门,便望见时欢已经扶着鞋柜在穿鞋了,她蹲在地上摆弄着运动鞋,长发被高高束起,很是清爽。

开门的声响传入时欢耳畔,紧接着她余光便望见哮天踏着步子走了过来，舔了舔她的手。

时欢系鞋带的动作停下，她旋即抬头看向辞野，对他粲然一笑："哟，这么快就回家啦！"

不知怎的，辞野恍惚了一瞬，心头的柔软处像被人用指尖轻轻悄悄地抚过，滋味复杂，却意外柔和。

他无声轻笑，应了声："嗯，回家了。"

哮天乖乖地待在家里看家，两个主人现在一出去，指不定要多晚才能回来。

毕竟是七夕，时欢和辞野一出门，便见大街上都是成双成对的情侣。

今天日子比较特殊，打车都不方便，时欢站在街头看着好多辆载着人的出租车过去，等了好一段时间，还是等不来一辆空车。

辞野见这会儿人多打不上车，便叹了口气，伸手将时欢揽了过来，道："算了，我从 App 上约个司机。"

时欢见此，也只得作罢，撇了撇嘴，很是无奈地叹了口气："唉，今天小情侣也太多了点。"

"别嫌弃这会儿了。"辞野边说着，边将手机锁屏滑开，"估计等到了游乐园那边，人更多。"

时欢就着他的话想了想，也的确是这么回事。要在人海中约会了啊……

时欢轻声叹息，心下有些无奈。其实她也算是过了小女生的年纪，对于情人节以及其他各种节日，都不是那么上心。而且她和辞野这是都吃了回头草，感情中的新鲜感也就那么回事儿，对方喜欢什么不喜欢什么，彼此差不多都摸清楚了。这种看名字就觉得粉红泡泡乱飞的节日，和普通日子并没有什么差别。

"怎么？"辞野这边刚下好单子，便看到时欢在一旁叹了口气，大约猜到她在想什么，便问了她一句，"今天人多，觉得烦躁了？"

"也不是吧……"时欢知道自己那点儿小心思在辞野面前就是玩儿的，索性懒得糊弄，直接承认下来，"就是感觉人那么多，这次约会都有点儿变味了。"

辞野见她这副模样，不禁轻笑了声："你啊，这么不待见情人节？"

"不是不待见啊,就是没那么多感触呗。"时欢说着,耸了耸肩,道,"也不知道是不是人老了,前些年的那点少女心现在基本让我丢干净了,佛系不少……"

辞野听她说着,心下觉得有些好笑,正要开口,却听时欢慢悠悠道:"唉,反正我就是觉得,只要是跟你在一起的日子,每天都是情人节啊。"

时欢的话音刚落,辞野便顿住动作,敛眸看向她。

时欢说这话时,刚开始面上还是一副云淡风轻的模样,说完就觉得有些臊,忙轻咳了两声,用手挡住了脸颊。

"不行,这话太肉麻了,不适合我。"她余光瞥见辞野正看着自己,更难为情了,"反正就是这个意思,你明白就行了!"

这害羞别扭的神情,着实难见,看得辞野那叫一个身心舒畅。

辞野哑然失笑,无论如何脸上也绷不住了,嘴角微弯,道:"明白,不用说我也明白。"

时欢抬眸扫了他一眼,望见他眸底满是温柔情愫,心底便软得一塌糊涂。唉,这腻腻歪歪的感情,怎么就这么让人沉溺其中啊。

果然,恋爱不但会使人的智商降低,现在看来似乎还能将人的脸皮给磨薄。

时欢撇了撇嘴,低声道:"算了,你还是别应我了,不是小女生的时候了,现在我脸皮子薄得很。"

辞野忍俊不禁,抬手轻揉了揉时欢的头发,轻声对她道:"在我这,你永远是小女生。"

时欢闻言愣了愣,没想到辞野也会说出这种话来。她"扑哧"一笑,拍了拍他:"想不到啊辞野,你这甜话也是一套一套的。"

辞野轻笑:"多跟你学习。"

时欢很是大方地摆了摆手,就差把头给仰起来了,对他道:"只管往我身上使就行,对别人低调点儿。"

二人这么说着,辞野看了眼手机,见有司机师傅接单了,正往这边赶。

等了没一会儿,二人终于坐上车。

报了地址后,司机便朝游乐园那边行驶过去,刚好前面是个红灯,他便停下来候着了。

时欢趁这时候，朝外面看了看，见那川流不息的街道，不禁皱眉，"啧啧"两声，感慨道："我的天哪，今天人这么多的吗？"

"毕竟情人节啊，也是赚钱的好时候。"司机接了她的话，看着前方的车辆似乎也有些犯愁，抬手捏了捏眉骨，"你们也是小情侣吧，别看现在时间挺早，我这都送好几趟游乐园和商业街了。"

辞野略一颔首："那估计挺热闹的。"

热闹是肯定的了，指不定还拥挤呢。时欢这么想着，在心底苦笑了一声，暗自估算了一下路程，虽然许久没有去过A市的娱乐场所，但凭借原先的那些记忆，她隐约记得还有一两个路口就能到游乐园。

这会儿好像有点儿堵车，但走过去的话，估计也就不到十分钟的时间。还好，今天的时间还是很充裕的，玩一天的话不成问题。

这么算了算，时欢不禁松口气，拍拍胸脯。

果然正如时欢猜测的那般，也就十分钟左右，他们两个就抵达了游乐园大门口。

付好钱后，时欢和辞野下车。虽然早就做好了心理准备，但是看到人山人海的游乐园，时欢还是有些咋舌。

不过，她已经很多年没有来过了，这里比印象中扩大了简直不知道多少倍，设施豪华了太多，本来是复古的建筑风格，现在完全就是座美好的童话镇。

时欢双眼一亮，心底对这些还是有一种潜意识的喜爱，忙不迭拉着辞野走进了大门。

游乐园的设施都是单项收费，无须购入场门票，因此并不用挤着再去排队，还算轻松。

不知道是不是今天七夕的缘故，游乐园内到处都是粉红色的装饰，少女心满满，门口站着几名穿玩偶服的工作人员，正在同游客们合照，十分热闹。

不得不说，热闹的确就是有氛围，虽然人多，但并不拥挤，时欢的心情瞬间便晴朗许多。

辞野侧首，望见时欢满面的粲然笑意，知道她这会儿兴致来了，心情也跟着好了起来。

他正要开口,时欢已经先攥住他的手,兴致勃勃地拉他走向了入园通道:"走走走,我好久没来了,好像很好玩的样子哎!"
跟个小孩子似的。无论如何,她在他眼里都是小女生模样。
辞野无奈失笑,紧跟着她,还不忘提醒:"慢着点,小心脚下。"
入园通道也被游乐园的工作人员用心装扮了一番,道路两边是朦胧的水雾,上方缀着不知名的粉色花朵,空气中氤氲着甜蜜的清香,教人身心愉悦。
时欢也不知道是不是被身旁那些情侣感染了,此时竟然觉得,情人节果然是情人节,总能看到些平时看不到的好东西。
走到通道出口后,二人又拐了个弯,这才算是正式入园。
看到眼前的景象,时欢眸中的光芒越发明媚。
气球与彩旗一同飘扬,令人觉得仿佛是走进了童话世界般,色彩缤纷梦幻,都鲜亮得很,游乐园里人来人往,十分热闹欢快。
时欢的玩心瞬间被勾起来了,全身心投入到玩乐当中,也算是回国后好好放松了一回。
设施玩到中途的时候,有园内的工作人员发了海报过来,时欢接过来看了看,发现竟然有马戏团表演,还有五六分钟就开场了,她连忙拉着辞野赶到相应场地。
然而二人赶到的时间着实晚了些,这会儿场地内都已经挤得人山人海了,到处都是人,别说表演了,舞台上的人影儿都看不到。
时欢自认并不算矮,然而现在,尽管她已经竭尽全力地踮起脚,还是看不到最前方的舞台,只能听到主持人的介绍声,人海中瞬间爆发出一片掌声与欢呼,她还一脸茫然不知发生了什么。
实在是遗憾,时欢不禁叹了口气,眉角有些下垂,似乎有些沮丧。
辞野看到她这样子,不禁皱了皱眉,问她:"这么感兴趣?"
他的身高刚好能看到,自然轻松不已,但时欢可就费劲儿了。
"想啊,但是来太晚了。"时欢叹了口气,只怪她没关注园内活动,这会儿早就错过前排的位置,只能挤在最后面听声音了。
这么想着,时欢无可奈何地歪了歪脑袋,看到旁边的小朋友们都能被家长放在肩上看,不禁"啧啧"两声,感慨:"别人家的小朋友就是好啊,有优势。"

感慨完,她决定最后一次做出努力,倾身正要再踮起脚,突然觉得身子一轻,竟就这么被辞野抱了起来。

时欢猝不及防,下意识地轻呼了一声,等她反应过来的时候,自己已经被辞野单手抱起,双手撑着他的肩,整个身子被他的单只小臂支撑着。

视野瞬间开阔,舞台上的表演,时欢看得一清二楚。

她正出神,便听辞野轻笑了声,道:"你是我家的小朋友。"

时欢被辞野单臂抱在怀中,突然看得这么清楚,还有点儿发蒙。

她看了看前方即将开始表演的马戏团,又低下脑袋看了看辞野,见他一副轻松的模样,不禁小声问了句:"我……我不重吧?"

辞野被她这奇怪的言论给逗笑了,便答她:"我平时训练,随便两个轮胎扛着,你说我重不重?"

时欢不答话。那她还真算是轻的了。

时欢看了看周围,见都是群小朋友坐在家长肩头,好像只有她这么一位"大朋友",是被自己男朋友抱起来的。

不知怎的,时欢嘴角不可抑制地上扬了几分,心下的蜜意根本压不下去。

马戏团的表演十分精彩,令观众们大呼过瘾,随后时欢便拉着辞野重新开始体验各种设施。

感兴趣的设施差不多玩了一遍后,辞野才终于找到机会将时欢按在休息处,得到了喘息的机会。

时欢喜欢玩刺激项目,辞野倒不是怕,就是玩多了,多少有些发闷。

"今天这一上午玩得太舒服了,幸好来了游乐园!"时欢一副美滋滋的模样,好似不知疲惫,看了眼时间,"咦"了一声,"都一点多了啊……"

辞野叹了口气,其实早就知道时间了,但看时欢玩得开心,就没提醒她,此时见她这个模样,便道:"我们还没吃午饭,你光顾着玩了,都不饿?"

时欢闻言,便摸了摸自己的肚子:"嗯……玩的时候不饿,现在还真有点儿饿了。"

"你想吃什么?"

时欢果断地回答道："火锅。"

辞野颔首答应："行，那你先休息会儿？"

"不用不用，我对于出来玩这种事情，从来感觉不到累。"时欢忙不迭摆了摆手，完全不需要这方面的关心，笑眯眯起身，道，"我们现在就去吃东西吧，正好直接打车去商业街。"

辞野坐下来休息的原因就是怕时欢累，既然她这么爽快地否认了，辞野便也跟着起身："好，那我们走吧。"

于是，二人便一起走向游乐园出口处。

这次实在是玩得尽兴，时欢整个人精神头好得很。

之前在国外，不是学习就是工作，工作的时候还天天在苦日子里面煎熬，这种休闲娱乐场所，时欢当真是好久未曾来过了，今天着实畅快。

正美滋滋地想着，时欢余光瞥到了旁边某处，只见那里围着一堆人，好像还挺热闹的模样。

"哎，辞野。"好奇心被勾了起来，她当即拉住身旁的辞野，伸出手示意了一下那边，"咱们过去看看？"

辞野顺着她所指的地方看过去，见那边热闹得很，仔细一看，好像围过去的还都是些情侣。

辞野对这些没什么兴趣，但是看时欢兴致勃勃的模样，便微弯嘴角，带着她过去看看究竟是在做什么。

二人来到展厅前，发现是个小饰品屋，好像是卖纪念品的地方，实在不明白为什么会有这么多人。

时欢有点儿疑惑，见似乎有个活动摊，工作人员坐在摊前，手下正统计着什么，很是忙碌。

时欢忍不住凑过去问："小姐姐你好，这边是有什么活动吗？"

"啊，是这样的。"工作人员闻言抬头，对时欢笑了笑，简单介绍了一下，"因为今天是七夕，所以园内举办了一个活动，特意做了一批精致的毛绒玩具作为奖品，仅限情侣参加活动，详细规则你们可以看一下宣传海报。"说着，她指了一下旁边放着的宣传海报。

时欢道了声谢，便抽了张拿过来看，大概了解了一下。这活动还挺有意思的,就是给情侣双方各发一张调查卷,上面有十个问题,是关于对方喜好的,填写问卷过程中两个人不得有任何交流,填写完成后交给工作人员进行提问,问的是另一方的喜好,若两个人都能将这个问题回答正确,便能将奖品带回家。这摆明了就是考验小情侣们对彼此的了解程度。

"挺有意思的哎。"时欢有点儿感兴趣,便给辞野看了看,"而且特意标明了,有上百个问题备份,所以不一定会抽到哪个,问参加完活动的情侣也不好统计,完全随机。"

辞野看了看,略一颔首:"那我们也参加看看。"

时欢笑眯眯地点头,当即便去找工作人员报了名。交好报名费后,她看了眼奖品,见是个中型的绵羊毛绒玩具,绵羊怀中抱着一颗小心心,可爱得紧,她一眼便喜欢上了。

报完名后,前面还排着两对情侣,时欢和辞野耐心地等待着他们答题。其间时欢还稍微注意了一下参加完活动后的情侣们,发现能够领到奖品的实在是少之又少,心下不禁有些感慨。

唉,虽说她一时冲动就报名了,但是如果真的回答错误,也有点儿尴尬啊……

时欢这么胡思乱想着,便轮到了他们,听到叫号码的声音,辞野牵着时欢走到相应工作人员面前,二人一同领了调查卷,被安排在两张分开的桌子上填写问卷。

考虑到过程复杂以及参与人员众多等因素,所以作答有时间限制,只有五分钟。

时欢本来还紧张了好一会儿,拿到调查卷后,见十个问题都是平日里那些最细微的地方,不过辞野对自己应该还挺了解的,估计都能答上来。

以防万一,时欢在生活习惯那里多写了几条,辞野能说中一两条就行。

很快,二人便将调查卷交给工作人员,然后坐回自己的位子上。

这是一个独立的单间,工作人员简单看了看二人的答卷,便先对时欢进行提问。

时欢有点儿紧张,有的问题想了一会儿才回答出来,但所幸十个问题提问下来竟然一个都没错,她不禁舒了口气。

工作人员略一颔首,便将辞野的调查问卷放在一旁,手中拿着时欢填写的,看向辞野,依次进行提问。

辞野从容应答,未曾有过半分犹豫,流畅得让工作人员都有些惊讶。

最后一个问题,工作人员轻咳一声,问:"辞先生,时小姐的生活习惯请你列举一下。"

到了这里,辞野沉吟了几秒,随后便淡淡道:"感冒不喜欢吃药、不喜欢打针、有点怕黑、不喜欢吃辣、睡觉的时候喜欢抱着东西、不喜欢把洗漱用品摆出来,还有……"

他这么一条条罗列下来,把工作人员的下巴都惊掉了。工作人员颔首看了看时欢的答案,而后难以置信地望着辞野。

这活动进行一上午了,少说有几十对情侣过来答题,领到奖品的情侣,一只手都数得过来。但像面前这对这样厉害的,工作人员还是第一次见。

这男方,不仅将女方所填写的几条答案都说了出来,竟然还补充了那么多!

而一旁的时欢也怔怔地望着辞野,心情复杂,不知道该说些什么。

她回答问题的时候都要多想几秒,但辞野从未犹豫,对她的喜好如此清楚,甚至比她自己还要了解自己。

"好、好的,辞先生……"工作人员忙不迭打断他,讪笑道,"其实只要答出两条就可以了,你可真是了解时小姐。"

辞野略一颔首,便没再继续说下去,不紧不慢地起身:"答案有错的吗?"

"没有没有。"工作人员忙不迭摆摆手,"我这就去后台把你们的号码统计上去,你们一分钟后直接去前台抱走玩偶就可以。"

时欢摸了摸自己那颗"扑通扑通"跳个不停的小心脏,心情有些复杂。

她起身,见辞野很是自然地对她伸出手,她忙伸手握住,同他一起走出了单间。

最终,时欢还是忍不住问他:"辞野,有些习惯我都没说过啊……"

"原来相处的时候就有印象,之前在巴尼日亚一起工作的时候,也记住了不少。"辞野倒是说得云淡风轻,抬手将她颊边散落的发丝顺到耳后,"我的记性比较好而已。"

时欢撇了撇嘴,心里感动得不行,伸手抱了抱他,蹭了蹭他胸前的衣襟，叹道："唉，你可真是个宝，咱们以后绝对不能分开。"

"嗯。"辞野哑然失笑，宠溺地摸了摸她的脑袋，"绝对不分开。"

随后，二人便去前台领了奖品。时欢将那个玩偶抱个满怀，绒毛的手感实在是好，看来那报名费花得很值，时欢很是满意。

出于女孩子的心思，当她抱着玩偶和辞野一同谈笑的时候，感受到周围那些情侣们艳羡的目光，更加开心了。

时欢敛下眸，不知怎的，突然笑出声来。

她真的，这辈子很难再这么爱一个人了——所以啊，她已经决定，要将自己所有的心动，统统交给辞野。

能接受也罢，接受不了也罢，反正时限都是一生，无所谓啦。

由于今天是特殊节日，商场和商业街都人满为患，各大餐厅也都需要预约排队，时欢和辞野没想到人会这么多，吃了亏，只好在门口排队等。

等了半个小时左右，好不容易轮到了两人，时欢都快饿过劲了。她坐到椅子上，伸手扇了扇风，叹气："哎哟，这种特殊时期，出来逛街还真是不容易啊。"

"还好，等了半个小时而已，我还以为起码要一个小时。"辞野苦笑了声。他知道时欢喜欢吃什么，一同点好了，将菜单交给服务员。

时欢等着也是无聊，想起计划旅游的事情，便拿出手机来，上网物色了一下度假的好去处。

最近休息得好，整个人都清爽了许多，也不怕太阳晒了，时欢想了想，决定去一些海滨城市。

虽然现在已经过了冲浪的最佳时间，有点可惜，不过要是有机会，去海上玩一玩也挺自在的。

这么想着，时欢便挑了挑合适的地方，觉得D市那边不错，看网上介绍说最近还有不少新的海边游乐项目。

"哎，辞野，你看看这个。"时欢说着，凑过去将手机摆到辞野面前，兴致勃勃地问他，"你看看D市这边怎么样？"

辞野就着她的手，简单扫了几眼D市的海滨图，风光秀丽，海水清澈，倒是个不错的度假选择。

他略一颔首,没什么意见:"挺好的,你想去海边?"

"嗯,虽然最近天气转凉了,但我想去海边吹吹风,正好过了旺季,应该还不错吧。"时欢说着,嘴角微弯,将手机收了回来,指尖轻滑屏幕,"我对大海有种奇怪的好感,就喜欢朝那边跑。"

"想去咱就去,我跟你一起。"辞野见她这么感兴趣,便将事情给揽了下来,道,"正巧现在是休假期间,能多玩一段时间。"

"行啊。"时欢闻言,双眼瞬间熠熠生辉,"那我看看这几天有没有合适的票啊,咱们准备一下。"

辞野点点头,毫无异议。

见事情就这么轻松确认下来了,时欢只觉得浑身畅快,心情无比愉悦。

她将身子向后靠了靠,伸了个懒腰,笑眯眯地道:"唉,你还真别说,假期就是美好啊,又热闹又悠闲。"

辞野抬眸扫她一眼,沉默几秒,淡淡道:"其实,如果放在从前,我就算是有假期,也是天天泡在体能训练里。"

即便他不说,时欢也知道这人死正经,但既然现在提起这事儿了,她还是忍不住翻了个白眼,嘟囔一句:"辞野,你真是太沉迷工作了。"

"还好,也算是提升自我。"辞野说着,喝了口水,眸色淡淡,"但是现在我发现,跟你一起出去玩玩好像也挺不错的。"

"那是必须的。"他话音刚落,时欢便很是自豪地拍了拍胸脯,道,"我可告诉你啊,跟着欢姐荒废度日,保准只有开心没有负能量!"

辞野顿了顿,虽然有些忍俊不禁,却还是提了一句:"荒废度日有点过了。"

"没事没事,大概就这么个意思。"时欢倒是不拘小节,随便摆了摆手,便抱着方才赢来的毛绒玩具左看右看。

之前打量这玩偶的时候,她是隔了个展示柜看的,而且距离还有些远,只大概看出些许轮廓,详细的样子倒是没看得太清楚。

现在这么近距离地抱在怀里,时欢见这小羊羔可爱得紧,手里还捧着颗粉色的小心心,怎么看怎么讨人喜欢,而且这绒毛的质感极其舒适,时欢简直爱不释手。

"这个玩偶也太可爱了吧。"时欢用脸颊蹭了蹭玩偶,毛茸茸的触感很是舒服,她不禁喟叹了一声:"四舍五入就是我们爱情的结晶了啊。"

辞野很是无语。这四舍五入的跨度有点儿大吧。

"真的,抱起来太舒服了。"时欢还怕辞野不相信似的,给他示意了一下,敛眸道,"我突然觉得……以后抱着它睡也行。"

辞野当即眉角一跳:"不行,回家把它放沙发上。"

时欢眨着眼睛,刚开始还没反应过来辞野为什么反应这么大,随后她便"扑哧"笑出声来,揶揄他:"哟,辞队,你这是连玩具的醋都吃啊?"

事实上,时欢也不过就是随口说说罢了,睡觉时要抱着的肯定是辞野,放着个这么好的男人不抱偏去抱玩偶,时欢还不至于傻到那个程度。

不过辞野竟然当真了,时欢还是觉得有些好笑的。

"你想多了。"辞野当即垂眸否认,面上仍旧是一副淡然模样,"我还不至于跟一个玩偶置气。"

"哦?"时欢看他这样,玩心瞬间就起来了,便抱着玩偶,佯装无意道,"那就放沙发上吧……以后一起看电影的时候抱着它。"

辞野本想喝口水,然而听见时欢的这句话后,拿水杯的动作蓦地顿住。他哑然失笑,轻摇了摇头,无奈地看向她:"你故意的?"

时欢绷不住了,笑出声来,但碍于公众场合,她还是憋住了,强行正了正色,道:"没事没事,就当我什么都没说。"

然而模样虽一本正经了,那眉眼间洋溢的还是满满的笑意。

被当成乐子,辞野却丝毫生不起气来,只轻叹一声:"这么喜欢拿我开玩笑?"

"因为你太有趣了。"时欢吐了句实话,看到他略微皱眉后,她又忙不迭讪笑着凑过去,"主要原因是我很爱你啊,宝贝儿。"

那声"宝贝儿"唤得太过酥麻,辞野眉间更紧了几分,远离了她一点:"行了行了。"

这人面上嫌弃,那耳朵却开始泛红了。

时欢注意到这个小细节,差点儿又要笑出声来,硬生生给憋住了。

二人吃过饭后,见天色还没暗下,辞野便陪着时欢逛了逛商业街。

到处都是搞活动的单子和海报,宣传声与音乐声混杂在一起,虽说嘈杂了些,却也热闹极了。

时欢一逛街就停不住脚,刚逛完这家店,在心底默默发誓自己绝对不会再乱买东西了,紧接着瞧见了下一家有特卖商品,便又忍不住凑上前去。

次数多了,她手中倒是空空荡荡,可苦了跟着过来的辞野,手上东西越堆越多,刚开始一只手还能多提点,后来两只手都快腾不开了。

化妆品、衣服、包包、鞋子……时欢简直是要把过去没买的那些,一口气儿全给补回来。

好不容易逛完一条街,二人得以坐下来歇歇脚,时欢去买了两杯奶茶放到桌上,看到辞野身子两侧那满满的购物袋,她自己都愣了一下。

刚才她总觉得便宜就买,买着买着,怎么就这么多了?

时欢撇了撇嘴,很是心疼地拍了拍辞野的肩膀,软下声音道:"亲爱的你辛苦了,我发誓,我一会儿绝对不再……"

"省省吧。"辞野都忍不住让她住口了,满面无可奈何,抬手捏了捏眉骨,苦笑,"你知道你已经第五次说这句话了吗?"

时欢心想:是吗?这就很尴尬了。

她轻咳一声,最终还是决定就此收手,不然这么多东西,估计一会儿打车也不好带回家了。

下定决心后,时欢坐在椅子上,说话都有了底气,信誓旦旦地道:"我这次真的不买啦,咱们休息休息,喝完奶茶就回家。"

辞野闻言看了看时间,也愣了愣:"都这个时候了?"

时欢正喝着奶茶,随口问:"几点了?"

"七点多了,晚饭都还没吃,你也不饿?"

"七点多了?"时欢闻言也有些错愕,但想了想,好像没什么毛病,"没啊,你忘了我们才吃的吗,肯定不饿了。"

也对,辞野便没再问下去,二人喝完奶茶后便准备离开,但辞野不放心,路过小吃摊的时候,还是去给时欢买了盒炸土豆备着以防万一。

而时欢口口声声说自己减肥不吃,结果上了出租车没多久肚子便打起鼓,最后还是忍不住把一盒炸土豆给吃完了。

辞野就这么看着这丫头自行打脸,催都不用催,他看向窗外,轻声笑着叹息。

回到家后，辞野将手中的购物袋统统放下，顿时觉得浑身轻快。

时欢忙着去整理今天买来的东西，便由辞野去给哮天倒狗粮了。

其实辞野三餐向来准时，今天陪时欢出去，午饭竟然下午才吃上，三餐里有一餐乱了时间，辞野便没了食欲，所以晚饭于他也是没必要的了。

正想着，他见时欢还忙活着，便先去冲了个澡，洗去一身疲惫。

而时欢收拾东西向来利索，即便再琐碎的小物，也被她迅速规整了起来。她将购物袋收好后，便舒了口气，坐在床边活动了一下有些酸痛的手臂。

辞野还在浴室，时欢闲着无聊，便看起了近几日去D市的机票。

刚开始的时候，时欢还在火车和飞机间纠结了许久，但最终为了尽快抵达D市，她还是选择了飞机。

时欢本来以为，现在已经不是盛夏时节，旅游的高峰期差不多已经过去，游客不会像原先那么多了。然而现实狠狠打了她的脸，她去网站查询过后，才发现这个星期的机票已经没有了，她只能去找下个星期的。

时欢无奈扶额，突然庆幸自己今天突发奇想确定了旅游地点，不然时间再往后拖一拖，这事情又得耽搁几天，真要到事情确定下来怕是半个月都过去了。

事不宜迟，她看好了一个不错的时间，便抬高声音唤辞野："辞野！"

随后她便竖起耳朵，隐约间听到了辞野的应声，便继续喊："去D市的话，我看下周二夜里的飞机挺好的，你觉得怎么样？"

辞野此时刚洗完澡，正用毛巾擦拭湿发，回了一句"都可以"，但时欢似乎没听清楚，又将问题重复了一遍。

他着实无奈，便推门走出浴室，对她道："可以，你用我的手机买票吧。"

时欢比了个没问题的手势，道："不用，其实我的便捷支付绑定了我们两个人的银行卡。"

辞野闻言便哑然失笑，摇了摇头："你就这方面自觉。"

"不不不，你太小瞧我了。"时欢"啧啧"两声，手中仍旧摆弄着手机，"我呢，各方面都很自觉的。"

"嗯。"辞野略一颔首，只是态度明显敷衍了很多，"勤俭持家的时欢，买起东西来说停就停。"

他话音刚落，时欢搭在手机屏幕上的指尖便顿住了。这句反讽，用得实在是妙,竟让她无以反驳。

成吧,虽然他说的也都是实话。

时欢这么想着,无奈地耸了耸肩,干脆利索地订好了机票,将手机锁屏放在一旁,美滋滋地躺倒在床上:"我今天身心愉悦,不跟你犟嘴了。"

她也知道是犟嘴。辞野嘴角微弯,心下柔软情愫溢出,嘴上却也舍不得再说她了。

他用毛巾擦了擦湿发,见半干了,便将毛巾搭在肩头,侧头看了一眼,却见时欢躺在床上,仿佛打算就这么睡了,便提醒道:"今天累了一天,你去洗个澡然后好好睡觉,收拾行李的时间还多的是,明后天再说。"

时欢也的确累了,今天走了一天的路,四肢都有些发酸,幸亏穿的是运动鞋,如果是高跟鞋更累。

"我小眯一会儿,就一会儿,没事。"她说着,摆了摆手,又忍不住嘀咕了一句,"真奇怪,工作的时候也没觉得有多累啊……"

"累的时候一休息就睡着了。"辞野轻声叹息,上去拉了拉她,"起来吧,听话。"

时欢撇了撇嘴,睁开双眼正要起身,然而看见辞野就在眼前,身上还只穿着浴袍,不禁起了坏心。

想法一来,时欢便干脆地做了,抬手攥住了辞野的手,以防万一,她双手一起拉了一把辞野,辞野收力不及时,竟就这么朝着她倒了下去。

幸好辞野反应迅猛,将双手撑在时欢身侧,不然就真的压到她了。

时欢见他拧紧眉盯着自己,嘴角微弯,伸出手臂美滋滋地揽住他的脖颈,笑眯眯地道:"惊不惊喜,意不意外?"

辞野牵了牵嘴角,俯视着她,皮笑肉不笑地道:"意外。"

这人绝对是故意的,她才不信一点儿惊喜都没有。

时欢在心下叹息,想了想,趁辞野没注意的时候,猛地起身亲了他一口,亲完便躺平,再次发问:"惊不惊喜,意不意外?"

辞野眸色微沉,唇间那香软蜜意似乎还未消散,他轻笑:"这次是惊喜了。"

话音刚落,他单手捞过时欢,俯首便要吻下去。

然而就在此时,时欢格外敏捷地翻身从床上坐了起来,拿过一旁早就准备好的换洗衣物，拔腿就往浴室跑。

临走前，她还不忘笑道："早睡早起啊辞队。"实在是皮得很。

经历了刚才的乱撩一通，时欢心情莫名舒畅，喜滋滋地泡了个澡。

时欢洗完澡，吹干头发后，见辞野已经熄了大灯，只留下床头昏黄的小夜灯，照耀得房间很是柔和。她也不知怎的，一颗心，突然就安稳下来了。

而辞野正坐在床头看着手机，见时欢来了，便神色淡然地拍了拍身旁的位置："收拾好了就来睡觉。"

时欢回了回神，也不知道自己究竟在发什么呆，心底的雀跃与欣喜，总是这样来得莫名其妙。

恋爱的小情绪啊，着实奇怪。

时欢无声轻笑，小跑过去，钻进被窝中抱住了辞野："哎哟舒服，今晚肯定也是场好觉了！"

辞野抬手轻轻揉了揉她的脑袋，将手机放在一旁充上电，也躺了下去。

时欢窝在他怀中，那份归属感令她无比安心，她十分喜欢这种感受，也愿意沉溺其中。如果每天都能够有这样的感觉，那长长久久地在一起，又有何不可？

时欢这么想着，嘴角便上扬了些许。

辞野瞥见她面带笑意，便笑问她："想到什么好玩的事情了？"

时欢"哼哼"了一声，一本正经道："不好玩，是很严肃的事情。"

"怎么？"

她眼珠子骨碌碌一转，突然就笑了笑："我还没想清楚呢，以后告诉你啦！"

辞野见她这般，倒也没有继续问下去，他知道两个人今天出门在外，几乎一整天都没好好歇息过，她一定是累坏了。

于是睡前聊天也给免了，他将夜灯关掉，在她额间落下一个晚安吻，轻声道："晚安。"

时欢嘴角笑意渐深，心满意足地合上双眼，低声回应他："晚安。"

晚安，我的心上人。

后来的几天，时欢和辞野就安稳多了，自从情人节那天累过以后，时欢莫名开始双腿酸痛，就不再出去乱跑了，成天窝在家里追剧，做个短期宅女，生活倒也过得很是滋润。

时欢揉着腿，和辞野一起窝在沙发上看电影，却还不忘抱怨："你说说怎么回事，原来在战地天天跑也不见腿疼，这就逛了一天街，竟然这么累。"

辞野随口搪塞了她一句："购物的压力。"

时欢瞬间就被堵住了嘴，默默地翻了个白眼，抓起一把爆米花就开始嚼，心下十分无奈。

辞野这话好像也不无道理，但她怎么就是听不顺耳呢？

因为时间充裕，所以二人收拾行李的进度也十分缓慢，每天收拾一点，想起来了就往行李箱装，装了两三天，才将行李箱准备好。

启程时间将至，二人便事先将哮天送去了李辰彦那边。

追剧时间久了也无聊，时欢怕天天在家里宅着会胖，便买来一些花卉养着，闲来无事时还会跟辞野一起做做饭什么的，厨艺多少也有了点进步。

二人过了几天休闲轻松的日子，虽然平淡如水，时欢却不觉得无聊。

该如何去描述那种感觉呢？就像是热恋期已经过去了，最轰轰烈烈的阶段已经淡去，但剩下的温馨和细腻，还能让人心动不已。

这是种很难开口描述的感情，但时欢知道，这种感觉无须描述，只要彼此都用心，就能够相通。

如此一来，时欢心头仅存的那些疑惑，好像也散去了不少。

时欢没有告诉辞野，但她已经在心里决定下来，两个人旅游回来后，她便带着辞野去见自己的父母。

时欢的父母当时得知时欢一声不吭就出国学习后，震怒了好久没有理会她。时欢还记得当时父亲说，只要是丢下的，就绝对不要后悔再寻回来。其实时欢也从来都是那种执拗的性子，失去的事物，或者被自己单方面遗弃的，无论如何她都不会再动半分寻回的心思。

但是她活了二十多年，终于忍不住为辞野破例，吃了一次回头草，还是决不后悔的那种。

可时欢也知道，辞野又何尝不是如此？

他能够为她付出那么多,她就也能够为他放下面子,敞开心扉,好好和他在一起。
　　这场感情注定无法相等,但她只想努力,不要让这场感情留有遗憾。
　　于是,时间眨眼间便流逝而去,不知不觉已经到了周二,时欢和辞野的二人度假开始了。

　　虽说已经到了旅游淡季,但去海滩边游玩的人并不见少。
　　反正两人的假期长,也就不紧不慢的,将D市这一圈有趣的场所都逛了一遍,也买了不少东西。
　　就这么悠闲地玩了一段时间,直到再没什么可玩乐的了,两人才发觉已经过了半月有余,时欢和辞野商量了一下,便打算将回程的机票给买好。
　　时欢窝在酒店的沙发里,穿着简单的吊带上衣和短裤,一双美腿搭在扶手上,玉足有一下没一下地晃着,很是慵懒。
　　她刚洗完澡出来,发丝还湿漉漉的,虽然已经擦得半干,发尾处却还是泛着晶莹水光。她懒得吹头发,索性就这么懒洋洋地晾着了。
　　时欢摆弄着手机,查看近几日回A市的飞机,想找个合适的时间回去。
　　这次回程的机票就比较充足了,时欢翻了翻,看好了两天后的机票,问了一下辞野的意见,得到肯定答复后,便将票给买下了。
　　"不知不觉都玩半个月了。"时欢定好票后,将手机放在一旁,伸了个懒腰,叹道,"怎么过得这么快啊,感觉也没玩多少东西。"
　　"回去之后休息休息。"辞野正简单整理着行李,头也不抬,"回国之后就一直在外面玩,你还觉得时间过得快?"
　　时欢闻言就要反驳,蹙眉想了想,发现真如辞野所说一般:"的确,因为在巴尼日亚憋太久了啊。"
　　辞野轻叹了口气,问她:"回A市后你还有什么想做的?"
　　别说,还真有点儿事情在等着她去办。时欢撑着下颌,姿势不变,仍旧是一副懒懒散散的模样:"有件事我想了很久,最后还是决定早日解决比较好。"
　　辞野对于她这种卖关子的行为早就司空见惯,敷衍地回了句:"哦?"
　　"回A市后,你陪我回家一趟吧。"

时欢话音刚落,辞野手下的动作便是一顿。他似是没反应过来自己听到了什么,半晌,才抬头看向她,面上难得出现了一抹惊讶之色。

时欢刚好侧首瞧见他这副神情,不禁笑出声来,调侃他道:"不就是见个家长嘛,用得着这么惊讶吗?"

"你说回家一趟……"辞野还是有点儿怀疑自己的理解能力,再次确认了一遍,"是去见你的父母?"

时欢打量了一下自己的手指,漫不经心地应他:"对啊,不然呢?伯父伯母我都见过了,这有什么的?"

她没再看他,也不知道是不好意思还是如何,分散精力的行为有些许刻意的意味。

虽然她面上看着无所谓,但显然,说话的时候还是有点紧张的。

辞野注意到这个细节,不禁哑然失笑,却也没戳破她,只略一颔首,道:"好。"

时欢动作一顿,低哼了声:"我还以为你会更开心一点。"

辞野抿了抿唇,最终还是没绷住,轻笑出声,摇了摇头。

这小姑娘啊,还挺别扭的。念及此,他便不紧不慢地起身,走到时欢身旁,缓缓蹲下身来,与她平视。

时欢眨巴眨巴眼睛,好像没想到他会这样,不禁有点儿发蒙,问他:"怎么了啊?"

辞野嘴角微弯,伸手轻揉了揉她的脑袋,嗓音柔和:"我很开心。"

说完,他便俯首,在时欢额间印下一个轻吻,低声道:"时欢,我很开心。"

他嗓音低沉,但显然含了情,温热的呼吸近在咫尺,时欢不知怎的,双颊有些发热。

明明辞野只是说了简简单单的四个字而已,但她心底就是有说不上来的欣喜。

她眉眼间逐渐染上一层笑意,突然伸出手揽住辞野,在他唇上轻啄一下。随后,她凑到他耳畔,笑吟吟地道:"辞野,我最喜欢你了。"

二人返程的那日,天还没亮时欢便把辞野给拉了起来,拉着他一起去了海边。

她也是突然想起还没有看过海上日出,今天都准备回去了,可不能再丢了这个机会。

所幸海滩距离他们所居住的酒店比较近,不用打车,只要提前一会儿,步行十分钟就能抵达。

辞野被时欢这么着急地拉出来,出门后才知道她的目的,不禁皱眉捏了捏眉骨,无奈道:"你真是想一出是一出。"

时欢假装听不见,牵着辞野的手,美滋滋地朝前走着。

清晨的薄雾还没散去,两人接近海滩,便觉风大了不少,毕竟也不是夏天了,那风吹刮过皮肤,连温度都带走了。

辞野有先见之明,在外面套了件运动外套,但时欢没想那么多,直接穿了件短衬就出来了,此时被风一吹,直接打了个喷嚏。

她吸吸鼻子,抱怨的话还未出口,肩头便搭上了件衣裳。

辞野为时欢整了整衣服,言语间有点自责的意味在:"你收拾得太急了,我刚才都忘提醒你了,别受凉。"

外套上还残留着些许余温,披在身上之后,整个人都暖和起来。

时欢抿了抿唇,忍不住在心底感慨:这种闷葫芦型的男人,就是撩人于无声啊!一个简单的行为,都胜过千言万语了。

时欢本来以为他们已经算早的了,却没想到已经有不少人在海边等着了。

她微弯嘴角,同辞野沿着海边向前走了段路,待周围清净后,才停下来。

辞野看了看天色,道:"这个位置差不多了。"

此时,天边已经有了雾蒙蒙的一道线,整片天空开始被暖橘色晕染开来。

耳边涛声阵阵,咸腥的海风迎面而来,带来些许未散开的水雾,教人十分清爽。

时欢望着天边,心情突然就晴朗了许多。

大自然的力量总是很神奇,虽然只是目光所及的美景,却也能给人的内心带来一些奇妙的感受。

她突然开口,轻声唤他:"辞野。"

辞野侧首看向她，面部轮廓被海上光辉笼罩，眉眼间漾满了温柔，应了一声："嗯？"

　　时欢没有看他，定定望着大海的边界，看那色彩缓缓绽放，掩下阴沉沉的夜色。日出之处是个半圆的环，上方流云层层渐变，由明媚到惊艳，美不胜收。

　　她无声微笑，眸中柔软情愫流露而出。

　　这一生有太多的美景，但时欢在此时突然觉得，只要身边是她最想要的那个人，这一切的一切，都是美好的。

　　"辞野……"时欢再次开口，柔声道，"我们会一直在一起的。"

　　海风与涛声充斥两耳，时欢的声音很轻柔，本该被淹没的话语，落在辞野耳中，却将外界一切嘈杂都盖了过去。

　　某一瞬间，他的世界中便只有身旁这个人，眼里心里全是她温柔的眉眼。

　　许久，辞野将视线转移到海上，无声轻笑，不紧不慢地扣住时欢的手，回她："我这辈子，就没打算过放开你的手。"

　　随着他的话音落下，时欢的眼眶浮上几分湿润。

　　能够遇到他，真的是太好了。

　　太阳终于冲破那万千霞光，跃出海面，天边大亮，为这一切事物镀上了生命的色彩。整个世界，幡然苏醒。

　　时欢无声紧握住辞野的手。这手、这人，她此生都不会再放开。

　　二人抵达 A 市的时候，天已经完全暗下。

　　三个小时的行程不算太久，时欢和辞野倒也算不上累，打车将行李等杂物放回家中后，二人再次出门去商业街吃晚饭。

　　商业街仍旧繁华热闹，灯火通明，人来人往，二人吃完饭后便沿着一条街溜达，倒也悠闲。

　　上次两个人来这附近逛街的时候还是七夕，时欢仔细回想了一下，好像就剩下这条街没看，正好趁现在瞧瞧，有没有什么新奇的小东西。

　　两个人闲逛的时候，经过一家珠宝店。门口的工作人员看到他们，便凑过来递了张宣传单。

时欢见是钻戒的宣传单,便随便看了一眼,然而这么一看,便移不开眼睛了。

工作人员见她这表情,就知道有戏,忙不迭介绍:"您好,这是我们品牌刚刚出的新系列,是限量款的哦,感兴趣可以去店内看一下。"

时欢虽然没有立刻回应,辞野却看到她双眸中的喜爱之情,不待她开口,他便道:"好,进去看看。"

时欢愣了愣,没想到辞野会先开口,她抬头看向他,刚要说话,辞野的手机却响了起来。

他脚步一顿,拿出手机来看了一眼,本来打算直接挂掉,然而在看到来电人后,眉间皱了起来。

时欢见他这样就知道是有事了,摆了摆手,对服务员笑:"不好意思啊,有点事情,过段时间吧。"

她知道需要回避,便对辞野道:"那你接电话,我先去那边活动区逛逛哦。"

辞野心有歉意,开口欲言,最终却只是揉了揉她的脑袋,点头"嗯"了声。

时欢便笑眯眯地走向活动区,脚步轻快,身影逐渐消失在他的视野中。

辞野向前走了几步,到了一个安静些的角落,接起电话。

第十六章
来路是归途

时欢去活动区逛了一圈也没白逛，买了一件外套。估摸着时间怎么着也过去半个多小时了，她便拎着购物袋走了回去。

果然，她刚离开购物区没多久，就看到等在门口的辞野。他双手插在兜里，面上神情淡漠，不知在望着何处，似乎是在思忖什么。

时欢知道，可能出什么事了。

毕竟这种情况太过熟悉，好几次自己和朋友在外逛街的时候，无国界医生组织一个电话，就能将她所有的计划打散。

念及此，时欢不禁在心底叹了声，随后整理了一下表情，笑吟吟地小跑过去。

在接近辞野前，她刻意放缓了脚步，从他身后接近，突然伸手环住了他的腰。

辞野身子微僵，本来在想事情，突然就这么被抱住，着实被吓了一下。紧接着他便反应过来是时欢，不禁无奈轻笑，握住她环在自己腰间的手，说道："又买了什么？"

"你不理我，我肯定要买东西啊。"时欢哼笑了声，松开他，走到他面前，"我买了件外套而已，没别的了。"

辞野本来也就是随口一提，真正想说的事情并不是这个。他想了想，最终还是皱眉,对时欢道:"时欢,我明天要离开A市一段时间。"

时欢早就预料到了这个情况,没怎么觉得惊讶,勾唇笑着道:"我已经想到啦。"

辞野默了默,半晌道:"抱歉……"

时欢知道,他是在指陪她回家见家长的事情要因此而耽搁下去了。但是这有什么关系呢?孰轻孰重,时欢身为一名无国界医生,自然比谁都清楚。

她根本就不会生气,他又何必道歉呢?

时欢有些忍俊不禁,伸出手来,轻轻捧住辞野的脸,眉眼间是清浅的笑意,对他道:"道什么歉啊?既然有任务,那肯定要优先的啊。我又不是不懂事,我都明白的。"

虽然有些可惜,但时欢没有丝毫的负面情绪。

"而且……"时欢说着,眸中光彩逐渐柔和下来,笑着道,"我真的很喜欢,你身穿军装,亲吻国旗的模样。"

她的爱人啊,属于国家,也属于她。他是位英雄,也是她此生之重。

辞野心下微动,敛眸望见她眉眼粲然,那双眸似映入了星光,她整个人熠熠生辉,好似镀了层光晕。

爱人是知己,这实在是件幸事。

"好。"他俯首吻了吻她的额头,柔声道,"等我回家。"

时欢乖巧点头,握紧了他的手。

辞野突然想起什么,开口道:"对了……"

"没关系。"时欢率先开口,截断了他未说完的话,很是体谅道,"反正结婚是迟早的事,戒指什么的,等你任务完成回来后,我们再看。"

辞野默了默,半晌轻笑,答应她:"好,这么说定了。"

时欢微弯嘴角,与辞野并肩向前走,两个人的影子在地上拉得长长的,她敛眸瞧着,无声轻笑。

他们相处的时间虽然短暂,却分分秒秒都是珍宝。

这份感情因为二人的职业,注定不会平淡安稳。但正因如此,才更值得捧在心尖上,用心去体会。

辞野次日便离开了。他走的时候天还没亮,他不想打扰时欢,并没有叫醒她。

于是,待时欢醒过来的时候,身边位置已经空荡荡的了。她摸了摸,余温都没有,看来是离开许久了。

时欢揉了揉眼睛,今天要开始没有早安吻和晚安吻的日子了,希望不会太难过才好。

也是奇怪,原来分开的那五年,她都没怎么执着于这些,现在重新在一起了,心思竟然都细腻了不少。

就像方才她清醒后发现身旁无人,即便知道辞野肯定要很早就离开,但心下还是不可抑制地感到有些难受。

唉,忙起来就好了,忙起来就好了,时欢这么自我催眠着,下了床,简单收拾过后,便开始一整天的事情。

她打开手机,发现昨晚李辰彦给她发了条短信,她竟然没注意。

时欢点开来看,原来是李辰彦告诉她,哮天放在军区了,他已经提前和人打好招呼,有人在门口接应,可以带她进去领走哮天。

时欢原来跟辞野在一起的时候,没少去过军区,即便时隔多年,她还是记得具体地址。她便看了眼时间,出门了。

抵达军区后,果然有个身穿军装的小士兵在门口等着,时欢仔细看了看,模样挺清秀的,比自己小是没错的了。

她上前,那小士兵一眼便认出了她,笑着喊了声:"嫂子,这里!"

时欢迎上去,笑眯眯地打招呼:"你好啊,我是来接哮天回去的。"

小士兵忙不迭点了点头,笑着道:"李副队跟我打招呼了,哮天在辞队的宿舍那边,我这就带你过去。"

"好的,谢谢你啦。"时欢对他笑了笑,便跟在他身后,向宿舍区走去。

时欢跟着小士兵来到辞野的宿舍中,发现哮天正在吃着食盆里的早饭。

听到声音后,哮天抬起脑袋看了一眼,一见是时欢,双眼发亮,瞬间就扑了过来,黏着时欢不放。

小士兵见此,不禁哑然失笑:"嫂子,哮天跟你比跟辞队还亲呢。"

"可能是你们辞队看起来不太好接近?"时欢这么说着,自己也忍不住轻笑出声,"不过毕竟刚开始,是我们两个一起养的哮天。"

"原来是这样。"小士兵闻言，点了点头，道，"那嫂子，你等哮天吃完饭后再回去吧，原路返回就可以，我还有点事，要先走了啊。"

时欢轻轻摇头，道："没事没事，你去忙你的吧，我很快就走。"

小士兵略一颔首，同她道别后，便离开了。

时欢哄哮天去吃饭后，不紧不慢地打量了一下辞野的宿舍，干净整洁，清清冷冷，还是老样子。

不过多少有些怀念，时欢便随便溜达了一下，见大多数还是五年前的模样。

余光不经意瞥过墙边处，她本没有注意，但那储物柜就这么敞开了条缝，实在是显眼。

时欢眉间轻皱，她明明记得储物柜是有钥匙的，难不成辞野忘记锁了？也太大意了。

念及此，她便上前，正要将柜子合上，却看到了里面放着的事物，是个方方正正的盒子。

好奇心作祟，时欢左思右想，最终还是忍不住办了坏事。她将那盒子拿了出来，打开放在桌上。

里面是一沓信，只一眼，时欢便明白，这是他们每次出任务前，必会留下的遗书。

这么翻看的话……是不是不太好？

时欢纠结许久，最终还是将盒子倒扣过来，一摞信便这么稳稳落在桌面上。

看这数量，时欢心口发涩。辞野这五年内究竟多少次出生入死，实在难以想象。

她将第一封遗书展开来看，见是辞野对父母说的话，这封没有标注时间，内容无他，仍旧是辞野那简单干练的风格。

连遗书都不肯煽情一点。时欢无奈摇头，将遗书叠好放回。她只打算看三封，便继续将下一封展开。

下一瞬，时欢浑身僵住。

那信纸洁白无瑕，这封遗书中，却只有刚劲有力的两个字——时欢。而日期，是他五年前写下的。

不知怎的,时欢突然有了个猜想,指尖微颤,将这封遗书叠好后,便继续将剩下的展开来看。

一封、两封、三封……十几封、几十封,都只有"时欢"二字,以及日期。

时欢眼睁睁看着日期逐渐从五年前,转为四年前、三年前……不曾间断,每年都没有缺少。

时欢说不出话来,难以置信地望着手中的信纸,紧紧盯着"时欢"二字,明明是自己的名字,她却从未有过这种感受。

下一瞬,时欢思绪混乱,她甚至还没反应过来,泪水便已经滴落在信纸上,无声晕染开来。

时欢不禁怔住,而她的眼泪仿佛开了闸,不管不顾地涌出眼眶,迅速模糊了她的视线,她只能看见事物朦胧的轮廓。

时欢说不出心底是什么感受,只觉得心底那份感动与悲伤糅杂在一起,从未如此强烈地涌上前来,完全将她吞没,令她根本没有任何挣扎的机会。

眼泪顺着下颌滴落,时欢终于准备将最后一封遗书展开,她才发现,自己的手竟颤抖得不成样子。

这封遗书是最新写下的,时欢先看了眼日期,果然是今天,看来是辞野刚写好没多久的。

视线缓缓上移,纸上的文字终于不再是简单的两个字和日期。时欢逐字逐句地扫过,在心底默念。

随后,她轻轻将遗书叠好,重新将一摞信纸规整好放入盒中,塞到了储物柜中。

合上柜子的那一瞬间,时欢的情绪终于崩溃,她缓缓蹲下身来,捂住唇发出轻微的呜咽声,眼泪噼里啪啦地往下掉。

在最后这封遗书中,辞野只写了一句话:"我等了你五年,这次你等我回来,我们就结婚。"

时欢将脸埋进掌心,心脏狠狠地揪在一起,那酸楚与心疼化作泪水宣泄出来,令她控制不能。

辞野,辞野。

她在心间唤他的姓名,启唇却哑然。

时欢闭紧双眼,蹲在地上无声哭泣,哮天蹲在她旁边,无声陪伴着她。

这半生她活得洒脱，没心没肺。后来，她心甘情愿栽在辞野手里，甘愿将此生长情，尽数献给他。

这漫长的余生，若有他作陪，当是人间幸事。

一个月后，恰逢时欢生日那天，辞野回来了。

夜晚，时欢在厨房忙活着，还不忘调侃他："你回来得还真是时候，要是错过了今天，我肯定要生你的气了。"

辞野哑然失笑，从她身后揽住了她，下颌靠在她耳畔："这不就回来了吗。"

辞野刚沐浴过，发丝有些湿润，清冽淡香萦绕周身，给时欢一种无名的安心感。

"好好好。"她轻笑，歪了歪脑袋，蹭蹭他的下颌，"今明两天好好休息，后天能见家长去啦！"

辞野微弯嘴角，一个月未见，他只想多在时欢身边待着，轻声回她："听你的。"

时欢想了想，故作遗憾道："不过，我下午才去接到你，看来这生日礼物是没着落了。"

辞野刚回来没多久，回到家后睡了一觉，这才精神了些，直接赶上时欢做晚饭了。

辞野却轻笑："谁说的？"

时欢刚将火关上，正准备拿碗筷，闻言便动作一顿。她尚且没反应过来，辞野便将她的身子轻轻转过来，随后，他从衣袋中拿出一个精致的小盒子。

时欢浑身僵住，难以置信地望着他，整个人直接蒙了。

辞野不紧不慢地将盒子打开，钻石在灯光的照耀下微微闪烁。他嘴角微弯，轻轻执起时欢的右手，将戒指缓缓套上了她的无名指，大小刚好。

他敛眸望着那戒指，神情柔和，眉眼间笑意清浅："这个礼物，你满不满意？"

这显然是枚女戒，而款式正是当时两个人在商业街因事错过的那款。

时欢眼眶发酸，没克制住，眼泪就这么掉了下来。她哭笑不得，左手揉了揉眼睛，哑着嗓子问他："你难道那天就买好了？"

317

"嗯,当时想跟你说,但你没让我说完。"辞野说着,笑了笑,"所以,只好当作是生日礼物了。"

"什么生日礼物啊……"时欢破涕为笑,事到如今辞野还在这儿装傻,她将那盒子拿过来,取出另一枚戒指,轻轻为辞野戴上。

她道:"当时你知道我会来接哮天,故意没把储物柜锁上,就是等我看,对不对?"

辞野没说话,只望着她,眸中神色却温柔得不像话。

"你这是求婚啊,辞队。"时欢微弯嘴角,看向他笑道,"行吧,看在你写了那么多遍我名字的分上,我答应了。"

她话音刚落,辞野便将她拥入怀中,轻舒了口气,仿佛思量已久的心事终于稳下,尘埃落定。

"其实这枚戒指,我出任务的时候也随身带着。"他突然开口,嗓音低沉,带着几分沙哑,"在最艰难的时候,就是它支撑着我活下去。只有活着回来,我才能把你绑在我身边。"

在生死一线的时刻,他心中一遍一遍唤着的,仍是她的姓名,仅"时欢"两个字而已。

时欢抬手将他拥紧,千言万语不知该如何开口,最终只轻声道:"辞野,我们要一直在一起。"

一直在一起,直到白发苍苍,直到最后记忆逐渐淡去,携手离开这人世。他们分开的时间太久,老天在他们之间开的玩笑太多,所以未来的日子,才显得越发珍贵。

他是她漫长生命中唯一眷恋的光。

生活是上帝给予众生的一场游戏,爱是最终奖品。

所幸,他们最后得以共有。

番外一

时欢和辞野的相遇，是在时欢十九岁那年。

那时候的时欢还是个医学院的学生，比工作后皮得多，朋友圈极其广泛，甚至可以说是男女通吃，无论何时何地，她都是人群中心最为闪耀的那个。

说来也是奇怪，时欢这种人，成天忙里忙外，想尽了办法耍滑头，平日里也总跟一群朋友去校外疯玩，表面上就是一副不务正业游手好闲的模样，偏偏她成绩优秀，性子大方爽利，实在是让人讨厌不起来。

交际圈广倒也说明不了什么，都说能够做到让同性对自己有好感的女孩，才是真正厉害。很巧，时欢就是那种女孩。

她无论在哪里都十分吃得开，因为长得漂亮，身后也有不少追求者，却没人见她动过正儿八经谈场恋爱的念头。曾经有朋友问起这件事，按照时欢的原话来说，就是谈恋爱耽误她玩乐和自我提升的时间。

这话也就这么传开了，医学院上下都知道有个叫时欢的姑娘，特别讨人喜欢。

而时欢混得如此风生水起，在遇见辞野之前，倒也曾经听身边的女性朋友提起过，同市军校里的兵哥哥们尤其英俊，曾经有个特别出类拔萃的，还跟她们是同龄人。

时欢将这些话权当作是耳旁风,只笑了笑,道:"是吗?喜欢的话就去追啊。"

"我也想办法跟人家偶遇了啊。"那姑娘说着,叹了口气,眉眼间尽是无奈之色,"但是人家太高冷了,不论怎么看都是朵高岭之花。而且咱们这有不少姑娘念叨着呢,攀不上啊攀不上。"

"哇。"时欢略一挑眉,"真这么好看?"

"不仅好看,还有实力啊。"姑娘撇撇嘴,单是想想就觉得美好,"不过时欢,你真该看看那位兵哥哥,保证你绝对会心动的。"

"绝对不会心动的。"时欢果断摆手,满口否认,"我对军人无感,绝对服从命令什么的,整个人太死板,不适合我。"

"得了吧,要是跟你一样皮,你们两个还不得上天了?"朋友毫不留情地吐槽道,"你就该找个能压制住你的。"

时欢笃定道:"不存在的,我就是孤独终老,也绝对不会找个军人当男朋友。"

于是乎,誓言就这么落下来了。

这也不过只是段小插曲,数月后的暑假里,有大学里的朋友拉着时欢一起聚餐。说得好听,其实也不过就是将认识的人都凑到一起,看看会不会有看对眼的人。

时欢虽然心里清楚,但朋友要去,她便也跟着去了,权当是出去玩一趟,也无所谓。

那天,便是时欢遇见辞野的日子。她随性地活了十九年,第一次遇见这样一个人,能让她手足无措,说不出话来。

那天饭局,时欢遭遇了堵车,姗姗来迟。众人正打算开吃,她便在此时推门而入。

"我的姐姐,你还真是个大忙人啊,这会儿才来?"同学翻了个白眼,虽然嘴上嫌弃着,却不见半分不高兴的模样,忙示意了一下桌边唯一的一把空椅子,"喏,人都坐满了,正好还给你留着呢,够意思吧?"

"嘿,够意思够意思,回头我给你单请回来。"时欢笑吟吟地打了个响指,便迈步上前,坐上了自己的位子,"不好意思啊,路上堵车了。"

不待人开口,她便兀自将杯子满上了杯白酒,十分爽朗地一口干掉,笑道:"当赔礼了,我敬你们一杯啊。"

下一瞬,桌上便一阵起哄声,还有人鼓起掌,实在是佩服时欢。

"我说欢姐,你也太猛了。"身边的姑娘是同校的同学,和时欢关系不错,戳了戳时欢,"不用客气呢,大伙儿都认识你。"

"我这么出名吗?"时欢微弯嘴角,"我怎么看着大部分人都脸生啊?"

"有不少外校的,其实就是变相联谊呗。哎,我告诉你啊……"女生说着,凑到时欢耳边道,"就你旁边那个男生,他还有个同伴来着,他们两个是军校的!"

军校的?时欢心中不以为意,但闻言还是意思意思般侧首去看了一眼身边坐着的人。

方才她坐得急,并没有注意两侧的人,这会儿正眼看他,竟忍不住眼睛一亮。

身旁的男子面庞俊朗,五官清俊,虽说他神情淡漠,气场也清冷了些,但还是让人移不开眼。

时欢不知道该如何形容那种感觉,她从未见过如此符合她审美的异性,甚至可以说,就算他现在不开口说话,她都想跟他要个联系方式。

也不知道是不是军校出身的缘故,他整个人都透着一股冷硬气质,有那么点不近人情。

但这些乱七八糟的,根本就不在时欢的考虑范围内。

时欢用舌尖抵了抵腮,眼珠子骨碌碌转了一圈,趁酒桌上大伙儿讨论得正欢,凑过去开口:"嘿,小哥哥,给个联系方式怎么样?"

女孩带着一股特有的甜香突然接近,她发间清香无声飘散,不知怎的,让辞野怔了一瞬。

他眉头轻皱,敛眸看向她:"不好意思。"

时欢早就料到会是这个结果,耸了耸肩,虽然嘴上说着遗憾,却没有罢休。打听到桌上哪个是他的同伴后,时欢便转移目标,得知他的朋友叫李辰彦,是辞野在军校的同学,便和他搞好了关系。

时欢这人嘴甜,性子也好,而李辰彦也好说话,跟时欢聊了一会儿,就把辞野给卖了。

刚开始的时候,辞野看到有人加自己的微信,见是陌生人便直接忽视删除，并不知道好友已经将自己的联系方式给供了出去。

然而时间久了，每隔几天，同一个人的好友申请便会乖乖躺在微信中，一次两次也就算了，辞野权当是巧合，但是这种情况一直持续了一个月，他终于不耐烦，通过了申请。

还不等他问对方是谁，对方便兴致勃勃地发过来消息："你总算通过我的申请啦！"

辞野蹙眉："你是？"

"不知道你还记不记得，暑假里我们一起吃过饭的。"

辞野几乎是下意识地就想到了当时在他身旁坐着的女孩。

果然，她已经承认道："我当时坐在你身边哦，想起来了吗。"

"嗯，有事？"

时欢看着手机屏幕上简短的三个字，撇了撇嘴，暗自感慨这人还真是有够难追的。不过来日方长，她现在不能操之过急，别到最后被拉黑名单就尴尬了。

这么想着，时欢便放缓了速度，轻飘飘地带过这个话题，两个人的初次聊天就算是结束了。

然而辞野并没有那么好接近，时欢着实费了不小的力气，她都不知道自己竟然这么有耐心地去追一个男生。总之，这场漫长的拉锯战持续了一年有余，时欢才和辞野建立了普通的朋友关系。

嗯……其实也并不是普通朋友，毕竟时欢费尽了心思，两个人在那时，其实已经是恋人未满了。

自从时欢盯上辞野后，夜店去得也少了，"蹦迪"也全推干净了，把心思全扔在了辞野身上。

其实时欢认为自己并不是个有耐性的人，做事向来三分钟热度，现在还能对辞野这么感兴趣，着实让时欢感到意外。

不过感情这方面的事情，她向来随缘，不紧逼也不强迫，就这么跟辞野耗着。

她曾经问过辞野，按理说他这种性子的不该会去参加聚会，为什么那天会来。

辞野想了想，却也无法给出个清楚的答案，他当时也不过是一时兴起想放松而已,谁知从此便被时欢缠上了。

时欢不管,全当作是老天为了让他们相遇给做的铺垫。

时间久了,时欢身边的朋友们也觉得不对劲,纷纷质问她是不是谈了场地下恋爱。时欢笑而不语,并不正面回答。

有一次,时欢将东西落在了辞野那里,辞野便亲自给她送过来,这件事在医学院上下疯传,几乎闹得尽人皆知。

令人惊讶的原因有两点:一是时欢竟然也会谈恋爱?二是她谈恋爱的对象,竟然是个比她更不可能谈恋爱的人!

朋友抓着时欢的肩膀狂摇:"时欢你这个大猪蹄子,你不是说对兵哥哥不感兴趣吗?我当时跟你说的那个兵哥哥就是辞野啊!"

时欢眨巴眨巴眼睛,闻言还感慨了一下:"原来我和他的缘分这么早就开始了……"

总之,她闭口不提当时发誓不找军人做男友的事情。自行打脸这种事情,时欢做得太多了,本来脸皮就厚,压根儿不放在心上。

辞野二十岁生日那天,他将朋友们请客的好意推掉,训练完后满身疲惫地回家,却望见了靠在他家门口等着的时欢。

她手上还提了个蛋糕盒子,辞野扫了一眼,不禁顿了顿。

"回来啦,训练一天很累吧。"时欢侧首看见他,忙笑吟吟地打了声招呼,"生日快乐啊,寿星。"

那一瞬间,辞野不知怎的,心脏仿佛中了一枪,柔软得一塌糊涂。

他敛眸掩下眸底泛滥开来的情感,随后上前将门打开,问:"你知道我生日?"

"早就知道了好吧,我对你可是很上心的。"时欢撇了撇嘴,很是自然地跟了进去,反手关上门,"我就知道你肯定不会出去吃饭,我送你一个蛋糕,生日必须吃蛋糕!"

辞野本想开口婉拒,然而看着她这副模样,突然就改了口:"好吧,你放在桌子上。"

时欢见他答应了,很是欢快地去餐桌那忙活了。

一边拆着蛋糕盒,她一边碎碎念道:"辞野你说说你,也老大不小的一个人了吧,成天顾着训练训练,你不对自己上心也就算了,生日怎么能敷衍呢？要是今天我没来，你又要一个人了，也不觉得孤独？"

辞野洗了把脸出来，闻言顿了顿，淡淡道："习惯了。"

"那我陪你换个习惯。"时欢理直气壮，"迟早让你习惯有我陪在身边。"

她话音落下，辞野没出声，嘴角却无声弯起。

时欢卖关子，非让辞野自己将蛋糕盒子展开，辞野依她的，动手打开了盒子。

蛋糕很新奇，整体是圆形，但上面的图案，似乎是一艘船停泊靠岸的景象。

辞野长眉轻挑，问她："这是什么意思？"

"这是岸边。"时欢嘴角微弯，侧首看着他，眸中潋滟着水光，开口笑道，"辞野，今年是我陪你过的第一个生日，但以后，你就有可以停靠歇息的地方了。"

番外二

婚后一年，时欢怀孕了。

当时欢痛痛快快地跟无国界医生组织申请假期后，这消息便迅速在医疗队传开了，惊得队友们说不出话来。

他们都知道时欢和辞野这对夫妻奇怪得很，双双沉迷事业，实在是想不到这么快就要了宝宝。

而且时欢请假时，据说已经怀孕四个月有余，程佳晚作为时欢的同事兼好友，得知消息后自然是第一时间就跑去探望时欢。

而时欢本人显然没有一名孕妇的姿态，虽说小腹已经微微隆起，但当程佳晚联系上她后，是在商场找到她的。

时欢倒还活蹦乱跳的，明明是将为人母的女人，却还跟以前似的，玩心压根收不起来。

程佳晚陪着她逛街，本期望这姑娘累了之后能好好安分下来，谁知她脚都酸了，时欢还是精神饱满。

不过和原先不同的是，自从怀孕后，时欢便将花钱的重心放在了饮食方面，程佳晚这一路上，就没见她的嘴停过。

程佳晚眼尖地看到不远处有片休息区，便一把拉住时欢，叹道："我的姐姐啊，找个地方休息休息行吗？"

时欢表示并无异议，二人便去椅子上坐着了。

程佳晚揉了揉手臂，看向她："人家都说怀孕之后胃口不好，怎么到你这里就反过来了？"

时欢不以为意，继续吃着自己的炸土豆："我都这么吃四个月了，看来老天眷顾我，不忍心我受苦。"

说来也奇怪，那些令孕妇们头疼的早孕症状，一样都没有发生在时欢身上，她该吃吃，该玩玩，好像也没耽误什么事儿。

"四个月？"程佳晚闻言愣了愣，"你这四个月天天吃这么多？"

"是啊。"

程佳晚蒙了，再次将时欢从上到下打量了一番，确认她除了肚子大了以外，身材仍旧纤细匀称。

"你吃不胖的？"程佳晚难以置信地看着时欢，"原来你有这体质？"

"原来我没吃这么猛，所以没注意。"时欢摆了摆手，眨巴眨巴眼睛，笑容无辜，"不过现在看来，的确是吃不胖。"

程佳晚扶额："行吧，那你好好吃。"说完，她突然想到了什么，"不对，辞野能这么放心让你一个人出来？"

时欢闻言，狡黠一笑，凑过去低声道："他今天去军区，管不住我。"这么说着，时欢想起了怀孕后的种种，不禁长叹一声，道，"而且我真是想不到，不就怀个孕吗，你能想象辞野恨不得天天看着我吃喝睡？"

程佳晚默了默："按辞野那性格，不这样才奇怪吧？"

"他就差把我捆起来养着了好吧。"时欢翻了个白眼，"管得太多了，我今天好不容易才出来一回。"

"不行，一会儿我就送你回家。"程佳晚摇头，态度坚决，"你毕竟是个孕妇，万一真累到了怎么办啊？"

"别总是说我了。"时欢眼珠子骨碌碌一转，忙不迭将话题转移开来，"你最近和李副队怎么样啊？"

谈及李辰彦，程佳晚就不吭声了，瞬间就把眼神给移开，装没事儿人。

彼时程佳晚和李辰彦正处于热恋期，时欢和辞野当时果然没有看错，这两个人之间还真发生了点儿事情，阴错阳差就走到了一起。

"透露一下嘛。"时欢撇了撇嘴，满面期待地看着程佳晚，"晚晚你看，我这边都怀宝宝了,你后脚是不是也该扯证了?"

"扯、扯、扯证?!"程佳晚听到这个关键词,脸立刻就滚烫起来,"没那么快啊,我还想再考虑考虑呢。"

时欢逮住这个机会,便开始调侃起来。于是乎,话题成功被时欢给带歪,二人最终还是在外面耗了半天时间。

而经这天后,医疗队便有了新的任务,大家都去忙各自的事情了,时欢便百无聊赖地在家里度过了接下来的数月。

直到进产房前,时欢还好整以暇地躺着,没有任何不良反应。

然而事实证明,老天给了你多少甜头,就会让你吃多少苦头。

时欢在产房里被折腾了整整一天,那孩子比时欢还皮,就是赖着不出来,直到最后时欢筋疲力尽,才顺利完成手术。

而辞野一个铁血硬汉,在门口坐立难安,平生第一次感到如此强烈的无措与惶恐。见时间一分一秒地过去,他一颗心简直揪成了一团。

最终,时欢顺利产下了一名女孩。

说来也奇怪,别的孩子刚刚产下都是皱皱巴巴、满面血污的,但这个折腾医生又折腾母亲的孩子,抱出来却很是干净,五官也生得秀气,头发乌亮,单是这么看着就十分讨人喜欢。

时欢从手术室出来后,得知是女孩,心满意足地点了点头,转眼便累得睡死过去,都没跟辞野说上话。

辞野也是心疼,便没打搅时欢,看着怀中的自家姑娘,着实喜欢得紧。

后来,念及这小丫头当时是如何折腾自己的,时欢便特意给自己女儿起了个温柔点儿的名字——辞念,小名念念。

随着年龄增长,辞念五官长开了些,虽然也就是刚踏进幼儿园的年纪,一张小脸却生得明艳精致,老师和家长们都很喜欢这个小姑娘。

时欢身为母亲,自然无比骄傲,辞野虽然面上从未表现出什么,却比时欢还宠着辞念,恨不得将她给捧在心尖儿上。

不过令人头疼的是,辞念若只是继承了父母的面貌优势还好,关键在于,她还继承了二人的性格特点——时欢的活跃与洒脱,以及辞野的傲气与硬气。

两相结合,这孩子更是令人难以管教。

然而辞念也机灵，在家里向来是乖巧的好宝宝，在外便是最能捣蛋的小魔王，令老师们头疼。

但偏偏这孩子长了张好看的脸，每次老师教育她时，她只需要摆出个委屈的表情，随便撒个娇，便让人没了脾气。

某种角度来看，辞念的确是时欢生出来的女儿。

辞念也比同龄人早熟，时欢和辞野去接她放学回家的时候，这小丫头动不动就说喜欢同园的哪个男孩子，满嘴夸赞的话。这也就罢了，有时她几天就换一个夸赞对象，惹得时欢忍俊不禁。

而辞野在教育孩子方面向来正经，便对辞念道："念念，对男孩子有好感，可以，但是你在欣赏别人的同时，也要多学习对方吸引你的优点。"

辞念似懂非懂，但也一本正经地点点头："我明白啦！"

时欢从来不吃辞野那一套，笑眯眯地对自家女儿道："念念，妈妈告诉你啊，遇到喜欢的男孩子就要勇敢搭话，没什么好怕的。"

辞野闻言，当即长眉轻蹙："念念还小，你怎么跟她说这些？"

"女孩子的教育方法，我很有一套。"时欢摇了摇食指，"啧啧"两声，"你看我成长得多优秀，双商同时在线，我家宝贝儿肯定比我更优秀。"

辞野表情复杂地看了她几秒，随后便轻叹一声，开口："的确，你身为母亲，个人条件十分不错。"

时欢自信地抬了抬下颌，哼笑道："必须的。"

然而紧接着，辞野便不紧不慢地补充道："但是感情这方面，你容易误导念念始乱终弃，还是我来教导比较好。"

时欢接不上话，这男人还真是记仇。

辞念在二人中间走着，竖起耳朵听着父母的日常调情，模样若有所思。

几周后的植树节，幼儿园组织活动，要求父母陪同孩子来参加植树活动，一个家庭一颗种子，种在后院的草地上。

虽然不知道这样是不是给幼儿园做了免费的义工，不过时欢看辞念着种子兴致勃勃的模样，还是接受了这个活动。

今天来参加活动的，是辞念所在班级的孩子以及家长们，毕竟还是要考虑空间因素，所以幼儿园内每个班关于植树节的活动都不同。好巧不巧，只有辞念他们班抽到了植树活动。对比其他班级办手抄报、唱歌表演什么的，不得不说的确多了不少趣味性。

时欢和辞野都不舍得让辞念刨土，时欢便拿过小铲子打算自己动手，但辞野更舍不得身边这位辛苦，便主动从她手中拿过铲子，摆摆手示意他来就好。

没几下，一个小土坑便出来了。时欢开口正要唤辞念过来撒种子，侧首却发现身边没有小家伙的影子，她愣了愣，忙打量了一下四周，辞野拉了她一下，指了指身后。

时欢看过去，发现辞念正站在同班一个五官清秀的男孩面前。小丫头一脸严肃，男孩疑惑地问她："念念，你找我有事吗？"

辞念问他："你的种子在手里吗？"

男孩点了点头，张开手掌，上面躺着一颗种子。

辞念当即弯起嘴角，不待男孩有所反应，便伸手拿过他的种子，放到了自己的掌心里。

辞野愣了愣，还以为辞念在抢人家的种子，正要开口制止，却听自家女儿笑吟吟地道："好啦，这样你就栽在我手里啦！"

辞野呆住了。这丫头刚才说了什么？

时欢一个没绷住，直接笑出声来："不愧是我家念念，这么小就学会撩人了。"

听完辞念的话，男孩的脸瞬间就红透了，低下头羞得不知道该说些什么好。

而辞野待在原地，就这么看着时欢毫不吝啬地夸赞辞念，心情复杂。

短短一瞬间，辞野突然产生一个疑问：辞念长大后，究竟会是怎么个性子？这实在是个令人细思极恐的问题。